Burning Winter

焚冬

李大发
—著

长江出版传媒 长江文艺出版社

图书在版编目（CIP）数据

焚冬 / 李大发著. --武汉：长江文艺出版社，
2022.5
ISBN 978-7-5702-2530-9

Ⅰ. ①焚… Ⅱ. ①李… Ⅲ. ①长篇小说－中国－当代
Ⅳ. ①I247.5

中国版本图书馆 CIP 数据核字(2022)第 034146 号

焚冬
FENDONG

责任编辑：梁碧莹　　　　　　　　责任校对：毛季慧
装帧设计：天行云翼·宋晓亮　　　　责任印制：邱　莉　杨　帆

出版： 长江出版传媒 长江文艺出版社
地址：武汉市雄楚大街 268 号　　　　邮编：430070
发行：长江文艺出版社
http://www.cjlap.com
印刷：武汉市首壹印务有限公司

开本：640 毫米×970 毫米　　1/16　　　印张：20.25　　插页：1 页
版次：2022 年 5 月第 1 版　　　　2022 年 5 月第 1 次印刷
字数：375 千字

定价：42.00 元

0-1

这个十三岁的小女孩听说纹身可以驱走魔鬼，便在后腰纹了一句梵文，翻译出来是："恣行淫欲堕入地狱，千万亿劫求出无期。"

今天是最后一次纹身。她趴在椅子上，她面前两米摆着一台老电视，播放着《自然密码》。这集的主角是著名的狮子兄弟团，这支由五只从小流浪的公狮组成的团伙在非洲大草原横行数年。它们杀掉其他狮群的公狮，咬死它们的幼崽，然后占有母狮，因为母狮只在幼崽死了之后才会重新发情。

"与其他新任国王不同，兄弟团会留下年幼的母狮作为日后的基因库，于是幼狮的母亲们就无法重新发情。这时自然界神奇的一幕出现了，成年母狮为了和女儿争夺交配权将它咬死。"

很快又到了无聊的广告时间，她望着倚在墙角的那幅耶稣像发呆。耶稣左边是南海观音，右边是魔礼海。她最初想纹一幅魔礼海，因为这个张牙舞爪的家伙是所有图案中最凶恶的。如果自己长成这样，就不会引来魔鬼了吧。

纹身师立刻拒绝了她的要求，她开出双倍价钱，纹身师却无动于衷。她本该转身离开，可还是留下了，选了《地藏菩萨本愿经》里面的一句经文。

嗡嗡声终于停下来，纹身师默默把镜子拉过来，她看着自己白皙的后腰，纹身比想象的轻松多了，那种轻微的切肤之痛甚至能带来痛快的感觉。

她起身穿上校服，对纹身师说："我没钱。"

纹身师是个穿着白衬衫和牛仔裤的中年男人，有点像语文老师，也有点像她爸爸。她看着他从抽屉里拿出烟斗，压进烟丝，用黄铜的打火机点燃。她很喜欢那个造型奇特的打火机，尤其喜欢点燃时发出"嚓"的一声。

寂静的房间里只有嘶嘶的声音，接着凭空涌出一团蓝色烟雾，把纹身师的脸笼罩起来。

"走吧。"他说道。

她一惊，之前谈的价格是三千块钱，她只付了三百定金。这几天她一直在想纹身师会怎么对付她，没想到竟然放她走。她反而变得不知所措，觉得自己变成了个无赖。

"走吧。"纹身师把烧焦的烟草倒进烟灰缸，熟练地拆卸起烟斗来。

"可是……"她双手用力揉搓着校服下摆。

纹身师抬起头看着她："如果你被人欺负没地方去，可以去那里。"

他看着她张大嘴巴的样子，心想这果然是个可怜的女孩，于是将一把门钥匙放在桌上："楼下 509 一直空着，以前我女儿住那。"

她跑回家，家里没人，墙上挂着她妈妈和继父的婚纱照。她冲进卧室，把衣服和书本一股脑塞到书包里。她的心脏快得要跳出嗓子，浑身冒着热气。

终于可以逃出地狱了，哪怕只有一天也好。不会只有一天的，干脆就不去上学了。反正学校也是地狱，到处都是喷着岩浆的裂缝，升腾着腥臭的浓烟。她坐在地狱中心的孤岛上，被浓烟和热浪熏得昏昏沉沉。

自从住进这套大房子，她发现自己正在慢慢死掉，不知道是什么东西占领了她的身体。总有个声音在她耳边低语：你生来就是个肮脏的人……

她闭上眼睛冲向大门，这时大门打开了，继父站在门口。

"你干什么去？"

她像是被施了定身咒，站在原地打颤。

继父走到她身边，拿下她的书包，手很自然地按在她的后背上，然后缓慢地往下摸，最终停到发育良好的屁股上。

"你去哪？"

她说不出话，呆在原地不停地颤抖。

"今天吃药了吗？"

继父把她拽到厨房，从橱柜里拿出一个白色的瓶子，倒出一把药片。

"吃药。"继父捧着药片，露出瘆人的笑容，"然后我给你温功课。"

1

奚莉莉知道张珂单独留在家里要干什么，一年半前她第一次碰见张珂把手放到女儿白静大腿上的时候，她好像五雷轰顶一样。可奇怪的是那个画面在记忆中越来越模糊了，取而代之的是白静趁她不在穿着热裤勾引张珂的画面。

为什么真实的记忆越来越模糊，而臆想的画面却越来越真实？她不敢想这个问题，她也想不清这个问题。她只知道价值两亿的豪宅、每个月二十万元的零用钱、奔驰 G63 越野车和随时飞往世界各地的头等舱，这生活是属于她的，谁也别想抢走。

但她一只脚踩在天堂的柔软草甸上，享受着人间至乐；而另一只脚却永远悬空，下面就是鬼哭狼嚎的阿鼻地狱。她千辛万苦从地狱里逃出来，谁敢让她失去现在的生活，她就和谁拼命，就算是亲女儿也一样。

所以她选择相信了这个谎言：正处于青春期的白静因为心理出现了问题

焚冬

而去勾引继父，而且她还说谎，诬陷继父非礼她。她必须经过药物治疗才能恢复正常人的心理状态。

这一切在奚莉莉脑海中只是一闪而过，她开着奔驰限量版 G63 越野车在暴雪中飞驰。她的脸上写满了惊慌，因为她的前夫白蒙出狱了。白蒙因为经济犯罪被判刑，把他送进监狱的正是她和张珂。虽说张珂有心而她无意，但她并不后悔，她甚至觉得这是自己人生中最正确的选择。

四个小时前白蒙忽然给她打了电话。他一句话没说，可是单凭着呼吸声她就猜到了是他。她早就想到会有这么一天，这个男人要来清算她。但当这一天来的时候，她还是无法承受。于是她定了一张前往洛杉矶的机票，今晚就走。毕竟他没法追到国外去。

她知道白蒙是个只会欺负女人的尿包，让他去找张珂他肯定不敢。如果他敢倒好了，他就敢和自己耍混蛋，耍了十年。那是她人生最美好的十年，被这个混蛋糟蹋了，除了扔给她一个只会找麻烦的孩子，什么都没有。

她摇下车窗，对着漫天大雪的世界怒吼："你们都去死吧！"

"你不是要赶飞机吗？"男人的声音响起，奚莉莉睁开眼睛。

身材健硕的男人站在她面前，身上裹着一条白色的单布，衬托着古铜色的皮肤和黑色的鬈发，就像一尊贝尼尼雕刻的完美塑像。这里是奚莉莉的世外桃源和精神净土，她身体里仅存的 1% 的灵魂在这里栖息。

奚莉莉看着墙边的油画：蓝色的天和湖面、黄色的太阳和油菜花、青色的山和屋顶，白色的云和墙壁。油菜花的中间，躺着一个赤裸的她，虽然画中的女人没有脸，但她相信那就是她。

"这是哪？"她点起一支烟。

"贵州某个地方。"男人缓缓说道，"我明天就要去那里了。"

奚莉莉挥了挥手，不知道是想驱散烟雾，还是制造更多的烟雾。她盯着半空中的烟雾在射灯的光束中舞蹈，像个妖娆的女人。

"咱们私奔吧。"她忽然说道，然后全身起了鸡皮疙瘩，就像刚才被男人带到高潮时的感觉。原来言语也能让人高潮，她想着，情不自禁地扭了扭身体。

"我们去 LA，在山坡买一座小房子，每天看日出日落，每天有你。"说到这里，奚莉莉眼角渗出了泪水，她被自己感动落泪了。

"私奔？"男人笑了笑，扯掉了单布，"I have nothing."

奚莉莉立刻爬起来，像只母豹子："我有！这张卡里有三千万。"

男人走到她面前："三千万？三千万买我们的人生？"

"我们可以省着点花。"奚莉莉把头伸过去，"我可以给你做模特，你不是一直想要我做模特吗？"

"你……该走了。"男人闭上眼睛,"今天下雪,不好走……"

"没事,下雪时航班也会延误。"

男人推开了奚莉莉:"你走吧,再不走,我就不让你走了。"

"你和我一起走。"奚莉莉跪在床上,认真地看着他。

男人看着她起伏的胸部,他知道自己无比爱它,但他不能和她一起走,他要去贵州。他是个画家,还要用画布、水彩和这个世界拼个你死我活,他不能永远待在这个荒诞的美梦里。

"不。"他摇摇头,"你不知道我杀了自己多少次,才下定决心。"

她笑了,这个男人胡说八道都这么帅,不知道以后会便宜哪个女人。她把他拽倒,身体像蛇一样缠住他……

奚莉莉看着电梯镜面里心满意足的自己,身上还有男人的味道,她能感觉到男人这次是真的要走了,她有些惆怅,就像追了两年的电视剧忽然完结了一样。她是真的爱他,刚才说要和他私奔也是发自肺腑的,当然她也知道这只是说说而已。她拥有完美的人生,任何人都不能破坏这一切,更何况是她自己。

电梯门吱吱呀呀地打开,就像魔鬼张开了黑洞洞的大嘴,一股充满霉菌臭味的冷风钻进来,她打了个寒颤。

她咳嗽了一声,声音在走廊里回荡了好一会儿,声控灯才一个一个亮起微弱的灯光。她快步冲进停车场,这里只开了五分之一的灯,无处不在的阴影就像骷髅的眼睛窥视着她。她忽然觉得毛骨悚然。

她掏出车钥匙,按下寻车键,但车子并没有鸣笛。

停车场异乎寻常的安静,电梯间附近的车位停满落满灰尘的僵尸车,黑乎乎的就像一排排装殓着腐败尸体的棺材。地面很脏,到处流着脏水,远处孤零零的停着一辆面包车。

她忽然想起之前朋友圈里盛传有个变态杀人狂专门在管理不善的地下停车场抢劫杀人,目标是独行女性。据说他就藏在那黑乎乎的阴影中,穿着特制的不会发出声音的皮鞋。当你忽然感觉到身后有人呼吸,猛然转过身,就会看到两排白得瘆人的牙齿。

一阵冷风打在脖子后面,她猛然转过身,什么都没有。她想起那篇文章的最后是推销防狼喷雾的,但她没有理会,因为她自认为永远不会去那种地方。如果不是今天地面车位满了,她也不知道男人家的地库竟然如此阴森,甚至连个管理员也没有。

该死的车在哪呢!她忍不住骂出声来,原来是那辆面包车!她想起来自己停好车之后,那辆面包车停到了自己的车子外侧,挡住了它。

她看了看通道两边黑洞洞的人防车位,就像两排阴森的墓穴。她觉得里面藏了什么，等她走过去的时候会忽然冒出来。她想给男人打个电话让他下来送她，但手机没电了。再磨蹭就真的赶不上飞机了，她咬了咬牙继续往前走，一边走一边给自己打气：那个变态已经被警察抓了，还有什么好怕的。自己只不过是被前夫的电话吓着了。

"吱——"一只三十公分长的老鼠从阴影中蹿出来，从奚莉莉面前晃过，冲进另一片阴影中。她吓得尖叫，叫声在压抑的地下空间回荡共振，最后竟变成了咯咯咯的鬼笑。

她的心怦怦怦乱跳，手心渗出了汗水。她快步绕过面包车，终于看到了自己的车。她攥住门把手，感应式自动门锁却没有启动。她使劲拉了拉把手，门还是没开。

她焦躁地拽开皮包，掏出车钥匙按下开门键，依旧没有反应。

难道是电瓶没电了？好在车子配有备用电瓶，但是需要机械钥匙。她拔出机械钥匙往锁眼里插，慌乱中，价值十万的爱马仕皮包掉落在积满厚厚灰尘的水泥地上，手机弹出来，悄无声息地滚到车底。

一阵阴风吹来，她感觉有双看不见的眼睛在窥视着自己，一瞬间恐惧蔓延全身，麻痹了她的大脑和心脏。

就在这时，身后传来"哗啦啦"的金属摩擦声，紧跟着涌来一阵令人作呕的血腥味道。

她从反光的车膜里看到，面包车侧门打开了，就像魔鬼张开了血盆大口。

2

步行街由几十栋巴洛克风格的建筑组成，它的前世是个不成功的别墅地产项目，开发商因为它破产。后来几经周折变成了为周边社区服务的商街，没想到却凭着一家俄式餐厅的露台表演和美食广场的街头四重奏成为"网红"。

展杰就站在俄式餐厅的对面，看着二层露台上俄罗斯胖大叔欢快地演奏《喀秋莎》，三个漂亮的俄罗斯姑娘在漫天飞雪中载歌载舞。他想起了那种倒过来就下雪的水晶球，美丽的风景也不过如此吧。

他旁边是一家专卖烧烤啤酒的档口，由一对姐妹经营。姐姐负责烤肉，妹妹负责卖酒。她们的生意是整条街最好的，门口总是围拢着一群中年人。他们默默交钱，默默接过啤酒和烤串，默默吃完，默默地用眼神相互致意，然后默默离开。

据说十年前店铺刚开张的时候，她们还是两个亭亭玉立的美女，而这些中年人那时也都是朝气蓬勃的年轻人。十年后他们都变了样子，却依旧不离不弃。

展杰的领导李正天就是这群中年人中的一员，他说他更喜欢姐姐，因为姐姐比妹妹安静。妹妹伶牙俐齿，一两句话就能让内向的男人脸红。展杰想象着李正天那张粗糙的脸还能脸红，忍不住露出微笑。

根据线报，这条街上即将进行枪支交易。贩枪团伙的反侦查能力很强，屡次逃脱抓捕。这次展杰代表刑侦总队参与抓捕行动，真正实施抓捕的是散布在这条街上的十二名便衣特警。行动指挥是李正天，刑侦总队三组组长。

耳机里传出李正天的声音："各单位注意，目标A出现。"

展杰看了眼手表，距离交易时间还有三分钟，表盘上同时显示他的脉搏已经超过110次。再有五分钟，"目标A"——这个卖家就是他的战利品了。在行动规范手册里，他们把卖家和买家分别称为目标A和目标B，避免买家和卖家的发音太过相似出现混淆。

他不知道自己为何如此激动，也许是这段日子太闲了。自从市局成立了重案指挥部，大案要案都归了那边。剩下些边角料，连鸡肋都算不上，全是吃力不讨好的活。要不是李正天和刑侦总队队长姜力关系铁，这个案子也轮不上他们。

所有人都知道重指部是未来若干年最有前途的地方，很多人都削尖了脑袋往里钻。按照刑侦系统的晋升逻辑，只有办案才能立功，立功才能升职，升职才能办更大的案，如此循环。一个刑警没有案子，就相当于医生没有病人，他的职业生涯就完蛋了。

重案指挥部的负责人是刚上任的副局长郭博英，郭博英和李正天之间有无法弥合的矛盾，据说两人之前还动过手。很显然在这场竞争中李正天输了，而作为李正天组里唯一的成员，展杰则成了连带受害者。不过他看起来一点都不在乎，依旧吊儿郎当、我行我素。

刺头、怪胎、滚刀肉，展杰这半年来收获无数类似的外号，他现在是刑侦总队里人人避之不及的异类。没人知道是什么让一个前途无量的警界新星，在短短半年时间里就堕落成屡屡触犯纪律而徘徊在开除边缘的麻烦制造者。

"各单位保持距离，严密监视目标A。"李正天的声音再次响起。

李正天站在指挥室的中央，前方屏幕墙上有所有监视器的画面，两个实习警员坐在他身前的操作台旁，一个操作监控器云台，一个记录日志。他不记得多少次被委以重任了，但他依然只是个小组长，而且是最名不副实的组长。别的组至少有十几个人，他们三组只有两个人，他和展杰。

又到年底了，他必须完成破案指标才能竞聘副队长，提了副队长才能分配那套两居室 90 平方米的福利房，有房才有资格结婚。

时隔十年市局终于又建了一批房，以他的资历如果能当上副队长，就能申请上一套 90 平方米的两居室住房，而且错过这次机会下次分房就不一定什么时候了。

但郭博英搞了个重指部，把大案要案全划走了，他想要立功就必须抓紧一切机会。今晚的行动就格外重要，它就像第一块多米诺骨牌，推倒它，才能敲开未来人生的大门。

他的双手在鼻头上下摩挲，这是他思考和缓解压力的习惯动作。他在手指上闻到烟味、汗味和卤肉面的味道；手指向上拨动让他的鼻孔变大，吸进更多的氧气，让他有更清醒和专注的大脑来应对随时可能出现的意外。

这时指挥室的门打开了，一个穿制服的民警探头进来。李正天眉头一皱，行动期间不许任何人进出指挥室，这是最基本的规矩。

"郭处……郭局来了！"警员急忙说道。

李正天眉头皱得更深了。

郭博英比李正天大三岁，李正天当上三组组长那年，他就当上了市局经侦处处长，最近更是升为最年轻的副局长。现在外面风传李正天和郭博英动过手，其实并没有，虽然他俩积怨已久是真的。无论如何这种传言都是风向标，意味着未来一段时间李正天的日子不好过了。

郭博英是今晚的值班领导，但和这个行动没有任何关系。他来干什么？找茬吗？

"指挥中心，目标 A 周围出清，符合抓捕条件，目标 B 没出现，是否按二号预案行动？"对讲机里响起前线指挥员的声音。

李正天纠结了，姜力给他下达的首要任务是抓住卖家目标 A，抓到他就算圆满完成任务。现在他只需要说个"是"，三十秒钟后就能完成任务，成功推倒后半生的第一块多米诺骨牌。但在天子脚下，买家目标 B 绝对不会只是偷猎打鸟这么简单。如果现在抓捕目标 A，就会丢掉"可能更有价值"的目标 B。

但这毕竟只是可能，而且抓到目标 B 并不能换来更多的功劳，所以 99% 的人在面临这种选择时都会毫不犹豫选择执行二号预案，抓捕目标 A。

"继续观察。"李正天说道。

"小李！"郭博英推开指挥室的门，朝李正天笑了笑。

他的金丝眼镜在灯光下一晃，每次看到他，李正天都会想起电视剧里的反派人物。

郭博英身边站着一个中年男人，李正天只瞟了一眼就知道他是个成功的生意人，光他手上的那块 PP 手表至少值五十万。李正天曾经抓过一个杀了妻子全家的企业家，戴的是同款手表。后来那块手表因为沾了死者的血迹被作为物证，他在物证单上看到了天价，还以为写错了。

"郭局等下！"李正天做了个下压的手势，然后转过头继续看监控。

"他就是你们这最好的？"一个强硬的声音从身后响起。

这个声音打乱了李正天的思绪，他回过头，看到中年男人正盯着自己。男人嫌恶地皱起眉头，扫了眼旁边的郭博英。

郭博英凑上来介绍："对，他是……"

"我要你查个案子。"男人打断了郭博英的话，"我老婆失踪了。"

他一共说了十四个字，却只在两个"我"上使用了重音。李正天最讨厌和这种人打交道，他皱了皱眉问道："失踪多久了？"

"三小时。"

"李哥！"操控云台的警员叫道。

李正天回头，看到屏幕上晃出一个人影。他让警员放大画面，看到了一个穿着毛领空军短夹克的中年人向目标 A 走去，右手拿着一份卷起来的报纸，这是他们接头的暗号。李正天抬眼看了看墙上的倒计时钟，还有三十秒。

他立刻抄起对讲机喊道："各单位注意，目标 B 出现！"

目标 B 和目标 A 从两个不同的方向走到街口，这里人多车多环境复杂。两人说了几句话，然后装作不认识一样朝相反的方向各自离开。

"他们在说什么！"李正天对着麦克风喊道。

前线指挥员喊道："目标 B 说交易取消，复述，目标 B 说交易取消。"

"目标 A 和目标 B 正在朝人群聚集处移动，是否行动？"指挥员紧跟着喊道。

"继续监视！"李正天的声音变得紧张。

与此同时李正天的手机响起来，是展杰打来的。

他看着手机，没打定主意接不接，他知道展杰一定会催他执行二号预案，这小子一心就想抓枪贩子。但他不能想得这么简单，也许目标 B 的威胁更大。他在想为什么目标 B 要取消交易，他们明明只需要几秒钟就能完成交易。而如果交易取消，目标 B 付的定金可就全打水漂了。难道这家伙发现什么了？假设他真有这么强的反侦查意识，就一定是个危险分子。

"喂！"男人忽然用训斥的口吻喊道，"我妻子已经失踪三小时了！"

男人再次打断了李正天的思绪，同时点燃了他的怒火。他感觉自己的声音穿过口腔和鼻腔，直接震动了耳鼓："失踪二十四小时才能立案。"

"已经改了，可以立刻立案！"男人大声聒噪，李正天胸口翻起怒火。

"儿童失踪才立刻立案!"他转身看着男人,手机停止了响动。

"李正天!"郭博英用不满的语气叫道。

李正天看了眼郭博英,压下火来,毕竟郭博英是干部考评小组的成员,手握重要一票,于是叫操作云台的警员带男人出去做笔录。

男人忽然一把抓住李正天的胳膊:"你听不懂吗?我让你来做。"

李正天转过头,看到一张嚣张的脸。

"松手!"李正天沉声说道。

男人冷冷看着李正天,根本没有松手的意思。

对讲机里传来嘈杂的声音,前线指挥员大声说目标 B 马上要进入人群聚集区域。李正天抬头看了眼监控画面,几个便衣特警在目标 B 身边晃悠。而另一个画面中,目标 A 已经走到社区广场的边缘。

李正天来不及细想,用力甩开男人的手,对麦克风高喊:"抓目标 B!"

很快,对讲机里传出一个愤怒的声音:"你疯了!"

事实证明李正天确实出了"昏招",目标 B 是个黑车司机,有人给他两百块钱让他给目标 A 传话。便衣冲出来按倒目标 B 三秒钟以后,目标 A 忽然狂奔,冲进了漫天飞雪中千人齐舞的社区广场。

任务失败。

3

目标 A 穿过广场,冲进天街购物中心。他只需要淡定地穿过超市,从员工通道走到卸货区,再跳下一米五高的卸货口,穿过只有他知道的围栏破洞,就能进入高档社区中华阙,然后换上保安制服,完美逃脱。

他走进狭窄的员工通道,终于松了口气,他距离自由只有一步之遥。这时迎面走来一个裹着绿色军大衣的年轻人,一脸专注玩着手机向他走过来。两人擦肩而过时,他下意识一侧身,就在这时对方忽然冲过来一肘砸到他脸上。

年轻人从军大衣里摸出两副手铐,先把满脸是血的目标 A 反手铐住,再把他和自己铐在一起,然后押着他从卸货区出来。

可是他刚呼吸到第一口冰冷的空气,后脑就被一根冰冷的铁管顶住了。

一个冰冷的女人声音响起:"我不想杀警察,把他放了。"

白瓷咖啡杯冒着热气,旁边摆着配套的咖啡壶、奶罐和糖罐,这套高档餐具和刑侦队办公室杂乱无章的环境格格不入。中年男人坐在沙发上,皮鞋反射着白炽灯的光芒。他端起咖啡杯抿了一口。

男人刚讲完妻子失踪的经过：她下午三点离家去进行瑜伽训练，今晚计划乘坐20：35的航班飞往洛杉矶。20：45航空公司给他打来电话说联系不上她，他问遍了她的家人和所有的朋友，都不知道她在哪，于是他报了警。

"你说的报警是打110，还是找郭局？"李正天问道。

"直接找郭局。因为我们企业家遇到绑架的几率要比老百姓大得多，所以企业家协会给我们开了一条绿色通道。"他坦然地回答道。

李正天看着本子上"张珂"两个字问道："你有没有仇家？"

"没有。"张珂干脆地摇头。

"有没有人给你打过勒索电话？"

"没有。"

"你们夫妻感情如何？"

"很好。"张珂顿了顿反问道，"你什么意思？"

李正天点了点头，合上本子，看着办公桌上的咖啡四件套说道："回去等消息吧，保持手机畅通，有任何情况随时和我们联系。"

张珂并没有离开的意思，他又端起杯子喝了一口。

"你准备怎么办？"他摆出一副居高临下的姿态。

"什么？"李正天看着张珂。

"准备怎么办？说说你的想法。"张珂把咖啡杯放在桌上，"我要判断你们有没有这个能力。"

"第一，我没义务和你说这些。"李正天点上一支烟，"第二，你要是觉得我不行，你爱找谁找谁。第三，你在这耗着，耽误的是找你老婆的时间。"

张珂起身，冷冷地看着李正天："我每年缴几百万的税，希望这些钱不是用来养废物的。"

"哐当"一声巨响，办公室的门被人踹开，一个身穿绿色军大衣的年轻人满脸怒气冲进来，他看到张珂先是一愣，然后直奔他过来，一个大背挎把他摔在地上，接着一记重拳兜到他的左脸颊上。

展杰脸色煞白，双手包着纱布，纱布外面还敷着冰袋。他坐在四面软包的禁闭室里，这个房间原本是给情绪激动的犯罪分子预备的。

门外，李正天正和刑侦总队长姜力看一段监控录像，录像中展杰押着目标A从门里出来后被一个戴着头套的人用枪顶住头。这段录像同步了展杰身上的录音笔，所以他们能听到双方的谈话。

"把手铐钥匙拿出来。"戴头套的女人说道，"慢慢转过来，别耍花样。"

声音很好听。展杰慢慢转过身，看到一双漂亮的眼睛。他从兜里掏出一把极小的手铐钥匙，在对方面前晃了晃。

"打开手铐!"好听的声音又响起来。

展杰笑了下,忽然举起手,把钥匙吞了下去。

漂亮的眼睛瞪圆了,她没想到竟然遇到了一个比自己还不要命的浑人。她盯着展杰,想看他究竟是真的不要命还是在装腔作势。

"开枪啊。"展杰敞开军大衣,看着对方。

"你走!"目标A叫了起来,然后做了个封嘴的手势。

女人看了看展杰,又看了看同伴,同伴对她点了点头,她跑进黑夜里。

姜力关掉视频,对李正天吼道:"这虎逼也就是没出事。万一再碰上个虎逼怎么办!"

李正天挠了挠头发,无话可说。

"这个案子移交重指部了。"姜力拍了拍李正天的肩膀,"当然,在此之前的功劳全算你们的。"

李正天睁大了眼睛看着姜力。

"看我干吗!现在人家是大腿,咱们是胳膊。"姜力被他看得有些心虚,"你那个副队长估计没什么问题了,房子也没问题,赶紧带人婉柔挑家具去吧。回头我给你个天坛家具老总的电话,打五折。"

李正天依旧瞪着姜力。

"干吗啊!"姜力有些恼火,"有话说话,照什么眼!"

"他凭什么把这案子拿走?"李正天问道,"这案子一直是我在查的,不能这么欺负人吧。"

"行了!"姜力粗暴地打断了他的话,过了一会儿才小声说道,"你不知道他的手段吗?你想查?好啊,给你查,他明天就来查你。看你报告写得对不对,标点符号有没有毛病,照片贴左边还是贴右边。错一处扣你一分,扣光了十分,你年终评定就不合格,不合格你就当不了副队长。当不了副队长,先不说你损失多大,我就得提拔他的人当副队长……"

"你要这么说,他想弄我随时有招,我还能忍他一辈子?"

"什么叫忍一辈子!"姜力擂了李正天一拳,"明年你当了副队长,考评你就得上班子会了。到时候我还有老梁就能替你说上话了。"

"现在不能说吗!"

"废话!你现在一个小组长,让梁局怎么替你说话?这不是给人家说梁局偏私的口实吗!困难是暂时的……"

说到这姜力叹了口气,继续说道:"咱们前些年欠债确实有点多,很多案子办得没毛病,但报告写得错漏百出,案卷更是乱七八糟。尤其是跟人家法院检察院没法比。所以你最近小心一点,该补的作业都补齐了,别这时候你冒出来。我不希望你再倒了。"

说到最后，姜力的语气缓和了下来，还拍了拍李正天的肩膀。

"是啊，我倒了没人给你干活了。"

李正天叹了口气。姜力说得对，抽检抽到二组，抽中的二组组长孙贺被查了两周，直接绩效清零，高血压住院去了。但这次没事不代表以后没事，据说警局每年都要自查，而且处分力度越来越大，这次只是绩效清零，下次可能就是摘帽子扒衣服了。

虽然他们组只有光荣的两个人，但办的还都是大案要案，这次没动他，可能也是看在他劳苦功高的份上，给他一个自检的机会。他也拍着胸脯和姜力保证自己办的案都是铁案，都经得起查，查出一个错案他就引咎辞职。

牛皮吹出去了，但他心里也打鼓。其他案子都好说，唯独那起轰动全国的包皮匠连环杀人案，也被媒体称之为"包皮匠案"，却让他有点含糊。

这个案子的案情很清晰，一个代号"包皮匠"的连环杀手绑架、杀害女性，在她们尸体外面包一层塑料模特专用的塑料皮，然后摆成服装模特的样子放到各个公共场所。所以李正天给他起了个外号叫"包皮匠"。

侦查过程很顺利，堪称教科书一般的破案思路。李正天假定包皮匠不可能徒步把受害者搬到现场，所以他一定有辆车。于是他让姜力从警校调来两百个学生，专门看几个现场周边的监控录像，把所有经过的车牌号输入到一个表格里，然后筛选出重复的车牌。

只用了不到一天的时间，他们就用这种看似最笨也是最有效的方法找到一辆白色面包车。从此以后，这种筛查方式便成了重要的技侦手段在全市推广。

与此同时，他们拿着技术科给的结果直奔塑料原料的生产厂家，从源头开始查起。这种原料普通人不会买，都是模特厂家采购。而凶手不太可能跨地区采购这种东西，所以就从本地三个模特加工厂开始调查。

他们很快发现其中一个工厂的保安偷偷向一个男人卖原料，他们约定两天后在正拆迁的工厂区进行交易。

交易当天，李正天装成保安亲自抓捕包皮匠。没想到包皮匠看出他是假的，朝他开了一枪。幸亏李正天一直站在钢架旁边，见他抬手立刻躲到架子后面，这才躲过一劫。

包皮匠跑到天台上，李正天告诉他外面全是警察，让他立刻投降。包皮匠又朝他开枪，两人对射了几轮。最后包皮匠竟然从二十米的天台跳了下去，摔得血肉模糊，当场死亡。

他们顺着包皮匠的行车路线找到了他的住所，里面干干净净，除了基本的生活用品什么都没有，连个电视都没有。技术科在地板上和一双特制软底鞋的鞋底找到了塑料原料的颗粒和水泥粉末，除此以外连一片可疑的指纹都没找到。

这地方不是作案现场，而且找不到任何与作案现场有关的线索。李正天知道他们可能永远找不到作案现场，也永远不会知道这个混蛋到底干了什么了。

唯一值得庆幸的是，那辆面包车里几乎有他们想要的一切证据，被害人的毛发、皮肤碎屑和血迹，以及用来固定尸体的关节托架。包皮匠喜欢把尸体摆成各种造型，但仅靠尸体无法维持平衡，于是就需要托架支撑。这些金属托架还起到配重的作用，确保尸体重心稳定。

案件以包皮匠畏罪自杀结案，至于他的作案动机，还有作案时间、过程、地点等情况，都是一片空白。事后调查，包皮匠和所有受害者均无关系，最终定性为无差别杀人行为。

这起案件之所以让李正天有点含糊，是因为包皮匠拿的是一把发令枪。他一直想不通这个思维敏捷、行事严谨的罪犯为什么要带一把没有任何杀伤力的发令枪，还用这把枪和自己枪战，是为了提弄自己吗？

他确实做到了，李正天回想自己被发令枪压得不敢抬头的样子，根本来不及去怀疑为什么枪响了却没有子弹飞过来。如果当时他再勇敢一点，很容易就能发现包皮匠用的是假枪，然后就能抓活的了。

姜力和他是一样的心思，但姜力想得更远。按说李正天是立了大功，但万一评定组抓着发令枪做文章，不仅不给评功反而再给个处分，那就太冤枉了。

于是姜力把报告里的"发令枪"改成"仿真枪"，广义上发令枪也属于仿真枪的一种，但他们一般把具有一定杀伤力的枪型武器叫作仿真枪。

报告顺利过关，郭博英也出人意料地没有为难李正天。而包皮匠已死，那把发令枪也就不用再上法庭作呈堂证据，永久封在证物室的角落里。

4

李正天打开禁闭室的门，展杰正坐在角落里抽烟。

"出来吧，人家不追究你了。"李正天招了招手，"跟我去给人家道个歉。"

"去他的！他还不追究我了？"展杰拿起香蕉咬了一大口，"因为这个人我差点殉职了！我给他道歉？你让他赶紧追我，我大不了不干了，也得把他送进去蹲三年。"

"你那叫擅自行动，和人家有什么关系？"

展杰站起身，走到李正天面前，看了他好一会儿。

"你为什么要下那样的命令？你傻了吗？"

李正天抿着嘴唇，过了半晌才说道："这次我当没听见，不要再有下……"

"我问你是不是傻了！"展杰吼道。

李正天忽然一拳打在展杰脸上，展杰扑倒在地铺上。李正天十年前拿过全市系统内自由搏击比赛的亚军，这一拳还是收着劲打的，否则展杰最轻脑震荡。

这一下动作幅度太大，李正天觉得后背隐隐作痛，应该是肌肉拉伤了。他盯着趴在地上的展杰，稍微活动了一下后背，一股剧烈的刺痛传递到痛感神经。

"起来，去查案子。"他烦躁地说道。

展杰摇摇晃晃站起来，靠在墙边，整个左脸都肿了起来。

"我觉得你不对。"他盯着李正天说道。

"我怎么不对？"

"犯错就要认，挨打要立正。"展杰捡起军大衣，"明明可以两个都抓，你为什么只抓买枪的？卖枪的是你亲戚啊？"

"卖枪的身上可能带着枪，当时已经失去抓捕条件了。"李正天说道。

"那你早干什么呢？再说这不能抓那也不能抓你叫那么多特警去干吗啊！你知不知道那些人站得笔杆溜直一看就不是老百姓？他们取消交易很可能就是发现了那些便衣特警！"

"这种行动用特警是规定，不用我教你吧。"李正天扯开话题，他不想告诉展杰自己想要抓买家的真实想法，否则又是一顿无意义的争吵。

展杰无奈点点头："行，你怎么说怎么有理。"

说罢他往外走，李正天叫住了他。

"去哪！"

"上厕所！钥匙还在我肚子里呢！"

地下停车场的四周拉着警戒线，两辆皮卡警车架起探照灯，把地面照得亮如白昼。三个穿着白色防化服的技术员围着奔驰 G63 拍照取指纹，警戒线附近，几个制服警察围在一起聊天。

技术科科长张大超看到面沉似水的李正天和鼻青脸肿的展杰，就知道他们又干架了。他听说展杰把郭博英带来报案的朋友给揍了，那家伙还是这起失踪案的事主。

"这案子你们接了？"张大超迎了上去。

李正天四周看了看，然后掏出手套戴上，摇着头说道："你当我愿意接？

还不是郭大领导信任嘛。不过你别说，咱们指挥中心这效率真是说有多高就有多高，九点报的案，十一点不到车都找着了。"

张大超小声说道，"这殷勤献的，大半夜把我折腾到这来。"

"你今天不值班?"

"当然不值班!"

"下次再有这事，你就跟姓黄的说你喝多了，让他自己过来。"

"行了不说他了，过去看看吧。"张大超抬起警戒线，"重指部的人也来了，说话留神点。"

"他们来了还要我们来干吗?"李正天问道。

"说是学习你们的先进经验。"张大超眨了眨眼，往前走去。

三人来到汽车旁边，张大超介绍道："半小时前保安报告发现了这辆车，已经核实过车主就是奚莉莉本人。车辆的主电瓶被人为断开了，除此之外没有别的破坏。现在正对车内外采集指纹，目前看指纹不多。前机器盖和电瓶附近没有采集到指纹，凶手应该是戴着手套。"

"凶手?"李正天看着张大超。

"电瓶都让人剪了你还觉得是闹着玩呢? 还有，这可是限量版 G63，不是一般贼能开的。"张大超从兜里掏出一部摔烂的苹果手机，"这是奚莉莉的，内容已经导出来了，正打印呢。"

"有监控录像吗?"李正天拿起电瓶电线看着。

"有是有，不过不知道她是不是成心的，专找监控没覆盖的地方停。电梯里也有摄像头，从她出电梯到我们封锁现场，总共出去了 463 辆车。"

"这么多?"李正天愣了一下。

"今天晚上这里有场小型演出。"展杰接话道，"一共来了九百多人。"

"演出?"

"一个日本女团，外面有海报。"展杰冲李正天翻了个白眼，拉开车门坐进去，仔仔细细看了一圈。

"前两天有个大老板的闺女非要和我交朋友。"展杰扶着方向盘说道，"说只要我同意就送一辆这个车，这么看，这车也挺一般的啊。"

"几个菜喝成这样?"张大超笑道。

"发现什么了?"李正天走过来问道。

展杰立刻收了笑脸，懒洋洋地说道："左侧车门的锁眼附近有十几道新划痕，说明她试图用机械钥匙开车门。划痕密集杂乱，说明她手在抖，当时情绪很紧张。车门没锁，说明她已经打开车门，这时候只要把机械钥匙插进钥匙孔就能用备用电瓶启动车辆。"

展杰一边说一边用手电照到隐藏在方向盘下面的钥匙孔，"可是钥匙孔附近没划痕，所以她打开了车门，却没上车。"

展杰跳下车，继续说道："从电梯间到这超过五十米，她一路走过来没拨打救助电话，假定她没有发现危险。所以她是在开车门的时候，对方忽然出现并把她劫走的。那么问题来了，除了闪电侠，什么人怎么做到在这么短的时间里把她抓走的？"

"手机没电了。"张大超补充道。

"要么是熟人，奚莉莉主动上了对方的车。"李正天想了想说道，"要么……"

两人同时把目光转向旁边空荡荡的车位，整个停车场都被轮胎上的雪水搞得泥泞潮湿，只有这两个车位是干燥的。

"停车场绑架案。"两人异口同声道。

李正天和展杰刚把车停好，穿着家政员制服的大姐过来迎候。大姐带着两人七拐八绕来到了张珂家，客厅灯火通明，张大超正在指挥技术科的人安装监听设备，张珂坐在沙发上，手里攥着一支雪茄出神。

张珂见到展杰本能往后一缩，但却没说什么。他带着两人来到卧室，这是由两间卧室组成的套房。他解释两人分房睡，奚莉莉睡外面，他睡里面。只有过夫妻生活的时候他会去奚莉莉的房间，完事再回自己的房间。

三人来到张珂的卧室，里面有一张床，一套书桌书柜和一把摇椅。李正天的父亲是木匠，他知道这些造型华丽的家具有多值钱。

"家里还有什么人？"李正天问道。

"女儿。"张珂想了想补充道，"是她的女儿。"

"多大了？"

"上初一。"

"人呢？"

"听说你们要来，临时送到她老师家住了。"

李正天盯着张珂，将这些记录到小本子上。

"你们确定她被绑架了？"张珂靠着墙，脸色惨白地问道。

"她车开得怎么样？"李正天忽然问道。

"什么？开车？"张珂想了想说道，"开得一般。"

"会修车吗？"

"当然不会，她连油箱盖都不会开。"

"那就基本确认了。"

"什么？"

"你问我她是不是被绑架了，我回答你，基本确认了。"李正天说道。

110国道穿过市区北部的山脉，建在风景秀丽的群山之间。每年到了三月份，山里的樱花开了，漫山遍野都是粉红色。

入冬后这条路就几乎没人走了，除了极少数为了省过路费的大车司机。这段四十千米的路每次往返能节约160块钱，陆明诚每个月跑五个来回，就能节省出800块钱，正好可以包下来熊美娟一天一宿。

今晚正是他跑完第五圈的好日子，因为大雪耽搁了半天，原本昨晚就能到达目的地，结果现在才到服务区吃饭。他和熊美娟视频聊天，熊美娟说自己已经攒够了三十万，正好够一辆货车的首付。她今天跟老板娘说不干了，下周就去学开车，学成后让陆明诚带着自己跑长途。

陆明诚听到这话心里又暖又酸，他一边猛点头一边狼吞虎咽，生怕熊美娟看到自己动情。熊美娟在手机屏幕里喊着让他慢点吃，但他根本停不下来。他恨不得立刻飞到熊美娟面前，把她揉捏到窒息求饶。

他看着窗外的漫天飞雪，按照这个趋势很快就要封山了，封山意味着至少要等到明天下午才能通车。他归心似箭，决定趁着还没封山继续赶路，最多两个小时就能到了。

他靠羊肉汤那股热乎气顶着风雪冲回车里，车灯一打开，好像看到了漫山遍野的白色樱花。他开着车在雪幕中穿行，想着熊美娟坐在副驾驶位上，看着漫天樱花兴奋的样子，忍不住咧嘴笑了起来。

前方出现了连续弯路的警告标志，这是离开山区路段的最后一段连续弯路，通过这里就算出山了。他远远望着漆黑的山谷，没有车灯，说明没有对向过来的车辆。他把车带过了双黄线，骑着两条车道开，这样可以获得更大的操作空间。在确认对向没车的时候，这样处理更加安全。

这段路一共有七个转弯，他默默数着数，转到第五个弯的时候，他似乎看到天空中闪了一下，他觉得可能是自己眼花了，要么就是山上的玻璃瓶子反射了车灯的光线。转过第六个弯的时候，路上忽然冒出了一个白影。

这次不是眼花，他一脚踩在刹车上，双手紧紧把住方向盘，但货车还是朝这团影子冲了过去。他听到砰的一声，完蛋了，他想着。

车停了下来，他拿着手电筒走下车，前方十米处横着一团白色的东西。他慢慢走过去，看清那是一个塑料模特，一只手臂还抬着指向天空。

谁这么混蛋！他立刻发怒了，从皮带上解下甩棍，慢慢走到模特面前。

忽然间，他像看见鬼一样睁大了眼睛。

那个塑料模特的嘴里，正往外冒着红色的黏稠液体。

5

李正天被手机铃声吵醒的时候是早上六点。他捂着跳痛的脑袋坐起来，鼻子和口腔干燥得像一块水泥。昨晚从张珂家出来后，他本来想直接回家。这时毛彤彤给他打电话，说酒吧来了几个不三不四的人，让他过来坐一会儿。

一年前某个临近春节的夜里，李正天忽然酒瘾犯了，他溜达出来买酒，发现小卖部老板回家过年了。本来他只想随便喝点，这下酒瘾更强烈了。他就着了魔一样四处溜达，看到了毛彤彤开的酒吧。

他在酒吧门口来回转悠了七八圈，酒吧门忽然开了，穿着豹纹短裙、肉色丝袜、高跟鞋，裹着大皮草的毛彤彤拦住了他，问他大冷天转悠什么呢，是没带钱还是没带嘴。

李正天说自己想喝酒，能不能卖他几瓶酒回家喝。毛彤彤一听乐了，让他进来喝，小卖部卖多少钱就给她多少钱。于是李正天就进去喝酒，一算账竟然五百多块钱。

毛彤彤收了钱，告诉他以后想喝酒随时来，一律按小卖部收费，如果他觉得过意不去就扔个五十一百的服务费。后来两人熟了，毛彤彤告诉李正天，她就喜欢看他坐在角落里默默喝酒的样子。

有次李正天来喝酒，碰上几个闲散人员过来闹事。他给姜力打了个电话，自己却躲到仓库里。十分钟后姜力带着当地派出所的所长过来解决纠纷，姜力还让所长坐了一会儿，说毛彤彤是自己远房表妹，一个人开酒吧不容易，拜托所长以后多关照。毛彤彤心情激动，连干了三满杯伏特加。

送走姜力和所长，毛彤彤立刻冲进仓库，问正在抽闷烟的李正天刚才为什么不出去。李正天说自己和这个所长有过节，所长要是知道毛彤彤跟他有关系，没准以后给她使坏。说完这话，他又沉默了。

毛彤彤忽然冲过去，一把将李正天的头搂入怀里。李正天既没有回应，也没有抗拒，就这么沉默地坐着。过了好久毛彤彤终于放开他，问他是性冷淡还是自己太难看。

李正天说自己不能趁人之危。毛彤彤点点头，对着镜子照了照，说还是自己长得难看。

这事过了之后，李正天依旧常来喝酒，不过不多给钱了。毛彤彤知道他这么做是想让她觉得自己不欠他的，他越这样毛彤彤心里就越别扭，这么好的男人在眼前，却总隔着什么。毛彤彤性格泼辣，但她不敢和李正天乱来，她怕李正天有天走了之后就再也不来了。

昨晚李正天到酒吧的时候只有几个熟客，他知道自己被毛彤彤诓了。毛彤彤把他拽到最隐蔽的卡座，桌上摆满了伏特加、威士忌、红酒和啤酒。李正天转身要走，毛彤彤掏出手机给他看了一段视频。

视频里，婉柔和一个男人站在路边有说有笑，最后拥抱告别。毛彤彤告诉李正天，这个视频是刚才拍的。她发誓自己真是偶遇，本来还想上前和未来嫂子打个招呼，没想到看到这一幕。

"那男的后来就走了。"毛彤彤说道，"但我觉得还是告诉你一声好，像你们这种工作忙没时间陪老婆的，容易出问题。"

李正天觉得这一天实在是太见鬼了，于是一口气干掉一整杯威士忌，脑袋立刻嗡的一下什么痛苦都没有了。之后他喝了多少怎么回的家都不记得了，只记得视频里那对男女紧紧抱在一起。

李正天拿起手机喂了几声，没人回话，可是铃声还在响着。他睁开眼一看拿的是烟盒，手机还在地板上原地打转。

电话是郭博英打来的，他劈头盖脸问李正天为什么案发黄金四十八小时内他要回家睡觉。李正天哭笑不得，一句"你大爷"生生咽了回去，只不咸不淡地回了句"不然呢"。

"不然呢？"郭博英显然被这句挑衅激怒了，"我问你，停车场周边排查了没有，被害人的行动路线调查了没有，社会关系排查了没有，你布置了哪些寻访被害人的措施，有没有落实？什么进度？你跟进了没有？"

李正天实在受不了，终于吼了出来："你这么行你自己去查呗。"

这一嗓子把酒气都吼了出来，他觉得心情好多了。郭博英被吓住了，很长时间没有说话。

李正天意识到自己态度不对，但此时已经骑虎难下，只能硬到底。他对着手机大吼："你自己也说那是受害人，受害人！我拿什么寻访受害人？受害人能寻访到，我就不当警察去算卦了！我告诉你绑架案的普遍规律，要么一抓到人就撕票；要么留着活口等二十四小时联系家属要赎金；要么一抓到人就撕票，然后假装留着活口等二十四小时联系家属要赎金。你听懂了吗？我现在不睡觉，等绑匪联系家属的时候你替我熬啊！"

过了好久，郭博英才说了一句话：九点来市局开会。

刑侦总队外胡同里的早点摊上，姜力一边喝炸豆腐汤一边听李正天说他和郭博英咆哮的经过。姜力沉默了很久，似乎在盘算着什么，终于松了口气。

"我捋了一遍，他手上应该没你的把柄。"姜力慢吞吞地说道，"但是考虑到这孙子惯于鸡蛋挑骨头背后下刀子，从现在到你评上副队长这段时间我就先不给你安排案子了。这个案子你要是不想伺候，我也给别人。"

李正天看了一眼姜力，放下手中的筷子，从手包里掏出烟，默默点上。

"不过呢，有句话我得跟你说。"姜力也点上一根烟，"你也三十多岁了，要注意控制情绪，别跟火药桶似的一点就炸。"

李正天点了点头，继续抽烟。

"刚才郭博英给我打电话了，说你昨天夜里跑去喝了个烂醉如泥，还被事主的朋友碰见。"姜力咳嗽了一声继续说道，"事主已经找到企业家协会了，估计一半天就能到局里。虽说你是下班时间喝酒，但毕竟是办案期间，按规定不能喝酒。你就算想喝……算了不说了，反正这事最后得给人个说法。我和老梁打过招呼了，该处分处分，但是得等你提了副队长再说。"

李正天感觉脑袋一阵跳痛，胃里的早餐开始翻涌。

"他打电话可没和我说有人跟踪我喝酒的事。"

"是啊，他给你打电话就是确认你喝没喝酒，果然喝了。"

姜力的手机响了一下，他拿起来看了看，脸色立刻变了。他把手机推到李正天面前，李正天眯着眼睛才看清上面一行字：有领导参会。

会议室门上贴了一张复印纸，上面打了一行字：自带会议材料。展杰推门进去，偌大的会议室零零散散坐了七八个人，分成两堆聊天，都是穿制服的。他们一见穿着军大衣、蓬头垢面的展杰就停下了谈话，好奇又不屑地打量了他一番，然后继续聊天。

展杰看到门口坐着个年轻女警，制服穿得很精神，正在低头玩手机。她面前桌上摆着一摞会议材料，外面还套了塑料文件夹。展杰拿起一套材料，站在她后面看了起来。

小女警吓了一跳，立刻回头看，也被展杰这一身打扮惊到了。

"这是给领导的。"她一脸厌恶地看着展杰，用不容置疑的口吻说道，

展杰没理她，找了个角落坐下来看。

"喂！"对面一个四十多岁的大姐大声说道，"你哪的？懂不懂规矩啊！这是给领导的！赶紧放回来！"

这时旁边有人站起来在大姐耳边说了两句话，大姐脸色立刻变得像吃了一只苍蝇似的，转头对小女警说道："倩倩，你再打印一份。"

小女警瞪了展杰一眼，气哼哼地出去了。

展杰打开会议材料，第一份文件是《12.18 抓捕持枪团伙行动报告》，里面特意提到刑侦总队三组刑警展杰配合特警队行动时表现出色，将犯罪嫌疑人引到无人区域再实施抓捕，最大限度保障了公共安全。

他点点头，翻到了第二份文件，题目是《关于刑侦总队三组刑警展杰的处理意见》。内容是他殴打报案人致轻微伤，由于报案人是本市著名企业家，

梵冬

因此展杰的行为性质恶劣、影响严重，予以书面警告处分，年度考评分数清零。

这算什么事，打个巴掌给个枣吃？既然都性质恶劣影响严重了，干吗还让自己查他老婆被绑架的案子，谁态度好找谁呗。展杰正想着，看到李正天耷拉着大眼袋走进来。两人彼此嫌弃地看了一眼，然后一起龟缩到角落里。

会议开始之前，屋子里已经烟雾缭绕了。大姐领着三个白衬衫进来，众人立刻安静下来。白衬衫是高级警官的代名词，只有到达警监级的警察才有资格穿白衬衫，俗称进监，至少是公安分局局长的级别。中间的干瘪小老头是市局局长梁安治，左边身材高大戴眼镜的胖子是组长马东，右边是郭博英。

马东一露面，会议室里的温度立刻低了三度。这间会议室里至少有一半人接受过马东组织的程序审查，所以大家一见到他就害怕。

梁安治看了一圈，抬起手臂指了指李正天，又指了指自己对面的座位。于是李正天和展杰只好在众目睽睽下挪到了最前排，坐在三位白衬衫的对面。展杰经过小女警身边的时候，看她一脸惊讶，朝她眨了眨眼睛。

"姜力！姜力呢！"梁安治又开始找。

"在呢！"姜力不情愿地举起手。

"来，你也前排就座。"梁安治指了指李正天旁边的空位。

四下立刻响起不怀好意的笑声。发笑的人都看不起姜力，认为他狗屁能力都没有，瞎猫碰死耗子破了几个大案，居然能混成刑侦总队的队长，而且还一屁股坐稳了这么多年。不仅外人，就连刑侦总队内部也有很多人瞧不上他，说他一将无能累死千军，让郭博英搞了个重指部，把整个刑侦总队的饭碗都给砸了。

姜力磨磨蹭蹭挪到前排，以为接下来就是一场疾风骤雨。没想到梁安治直接跳过前两份文件问起绑架案的情况。

李正天介绍这是一起有预谋的绑架案，目前什么信息都没有，只有等绑匪联系事主才能开展调查。梁安治问他知不知道被害人在出国之前为什么要去那座大厦，找谁。李正天扫了一眼郭博英，看到他嘴角稍稍上扬。

"她去会情人了。"李正天简短地说道。

会议室嗡的一下热闹起来，人们都在交头接耳，郭博英的脸色立刻变了。

"你知道他丈夫是谁？"郭博英看着李正天问道。

"知道，著名企业家。怎么了，著名企业家的老婆不能和情人约会？"李正天针锋相对。

"好，那你说说她的情人叫什么。"

"秦羽笙，是个画家。"李正天回答道。

郭博英看了看梁安治，梁安治示意李正天继续说。

"她进出电梯有监控录像，所以我们知道她去了 26 层。也巧了，那天下午 26 层的住户，就秦羽笙一人在家。"

"你这就能断定她就是去找那个什么秦画家?"梁安治质问道。

"要不她在楼下买一盒安全套给谁用啊。"李正天从手包里掏出一张皱巴巴的纸，铺平了放在梁安治面前，"这是她手机的消费记录。"

梁安治点了点头："画家呢?"

"去贵州了。"李正天回答道。

"砰!"梁安治拍了下桌子，"你放他走了?"

"我联系了贵阳的老钱，让他派人从机场就开始盯着画家，但凡有不对劲的地方就把他拿下。"李正天从容地回答道。

"你没有走访他吗?"郭博英盯着李正天问道。

"走访什么? 要么他是绑匪，他是绑匪找他就是打草惊蛇。要么他就什么都不知道，问了也白问。"

"那你就什么都不做?"郭博英话里有话地问道。

李正天知道他要找机会说自己昨晚喝酒的事了，而且要当着马东的面说，让他们连回旋的余地都没有。他猛然发现，这一切都是郭博英计划好的。

从一开始姜力和郭博英争夺贩枪案的办案权，郭博英立刻就放弃了。他知道姜力一定会让李正天来指挥抓捕行动，而准备工作至少要连轴转三天。所以昨晚李正天在指挥抓捕的时候已经 48 小时没回家了。

行动的时候，郭博英一定是算准了时间来干扰他的，没有绑架案也会有别的案子，他一个副局长还怕找不到案子吗? 刑侦总队和重指部都有值班警长，他为什么偏偏要找正在执行重要任务的自己?

因为郭博英知道他今晚一定会回家，就算不去酒吧也会回家睡觉，去酒吧是意外惊喜。只要他回家睡觉，那个企业家就一定会投诉。他也许不知道李正天已经几天没睡过一个整觉了，也许知道了也不关心。没破案就回家睡觉，这在他看来就是不可饶恕的罪过。

没有一条规章写着刑警在办案期间不得回家休息，但是遇到大案要案时要克服困难坚守岗位。没人会管这个警察已经几天没回家了，大家都会说这个人至少缺乏责任心。

李正天受够了，他从手包里掏出一个东西扔到梁安治面前。

焚冬

6

梁安治面前是一团皱巴巴的纸，他看了一眼李正天，把纸拿起来，慢慢展开铺平，然后认真看了起来，很快就皱起了眉头。

李正天介绍道："这是我昨晚从那个企业家，他叫什么来着，对，张珂，从报案人张珂和被害人奚莉莉家里找到的。这是人寿保单的首页，被保险人奚莉莉，保额一亿，受益人张珂。现在看张珂也不是没有嫌疑，我搞清楚他昨天干什么之前，不能和他接触太多。"

梁安治把保单推到郭博英面前，这次郭博英的脸是真的变得铁灰了。

李正天点了支烟，欣赏着郭博英完败的样子，心里暗自庆幸。他能找到这份保险单完全是偶然在张珂家上了个厕所，觉得卫生间的尺寸不太正常，于是发现了书柜后面的密室。他用勘察灯一照就发现了花瓶上的指纹，然后轻轻一转，打开了密室。

密室里有个保险柜，李正天从指纹分布猜出了密码是张珂生日，顺利打开保险柜，里面除了几张银行卡、两本护照和一块手表，就是这个保险单了。他撕掉了首页，将剩下的放回去，然后退出密室。这时他再观察张珂，终于看到了他虚张声势背后的心虚。

郭博英很快就恢复了常态，他轻松地摇了摇头，表示没有问题了，一副高高在上的德性。接着他说出下一个议题，派内部调查组进驻刑侦三组。

李正天点了点头，原来大招在这呢。看来这小子早就憋着整自己了，这次是有备而来。就算自己躲过了前面那些暗箭，还是得挨这一刀。

郭博英朝门口的小女警点头示意，她立刻出去，然后带进来一个女人。会议室里所有人都同时吸了口气，因为这个女人实在是太漂亮了。

她叫林兮，市局第一警花，肤白貌美风姿绰约，一身肃穆保守的职业套装都掩盖不住她性感的身材。她毕业后就进入市局经侦处，是郭博英的得力手下。郭博英一路高升，她也跟着被破格提拔，三十岁就已经是重指部办公室主任，兼任经侦处副处长。市局机关风传她和郭博英关系暧昧，有几次郭博英夫人忽然到访据说也和她有关。但她毫不在意这些传言，独来独往，从不和同事有非工作的往来。

梁安治一看到林兮立刻笑了起来，招呼她到自己旁边坐，正好和李正天坐对面。林兮入座后一眼都没看李正天，把几份文件推到三位领导面前。

"既然领导都在，我就借两分钟先说了。"她说起话来非常干脆，颇有大将风范，"这是我正在审查的案子，可能有些问题。"

李正天过了两秒才反应过来她在审查自己的案子，立刻燃起一股怒火。他觉得自己受到极大的侮辱，几乎要拍案而起，让对方说清楚自己到底犯了什么严重错误，以至于搞秘密调查。他看向姜力，姜力也是一头雾水。

梁安治一边看一边念了出来："哦，包皮匠，我想起来了。"

李正天感觉两肾同时喷出滚烫的肾上腺素，很快上半身就酥麻了。他艰难地转动眼珠，看到郭博英正看着自己。

"你说这案子有什么问题？"梁安治问道。

"各位领导都知道这个案子，那我就不多铺垫了。"林兮习惯性走到会议桌的椭圆角，那是汇报人通常站的位置。

"首先我有个假设，如果跳楼的那个人不是包皮匠，而是包皮匠花钱雇的一个取东西的人，以现有证据链能不能推翻我这个假设？"说到这里，她才第一次正眼看李正天。

"那辆面包车里到处都有他的指纹，还有受害者的 DNA，所以是他开着那辆车去杀人。"李正天丝毫没有发现自己嗓子在颤，声音变大，语言也失去了条理，"而且，保安也证实了之前买原料的人就是他。"

"虽然你给的答案并没有推翻假设，我们暂时先往下说。"林兮抬了抬下巴，继续发起进攻，"第二个假设，包皮匠有没有可能是两个人甚至是多人合伙作案。"

"不可能。"李正天摇头道，"第一，我们在车里、凶手家里没有找到其他人存在的证据，当然你可以说他们把证据销毁了。虽然这个几乎百分百不可能，除非他们有比我们更专业的设备，辨别出凶手和受害人以外的 DNA 信息，也就是你说的第二个人，然后把它消除掉。第二，我们反复查看了抛尸现场周边的监控录像，没有发现任何可疑。而且每次作案都只有一辆车，除非另一个人能飞檐走壁，否则他怎么去现场？当然你可以说他们有两个人，但是抛尸时只有一个人完成。这我无法反驳你，因为可以有两人，也可以有两百个人，但至少我没有发现他直接参与作案的证据，所以我不认为有这个人。"

"但你们没有找到犯罪现场。"林兮反驳道。

"你知道吗？古往今来，全世界所有击毙凶手的案件，百分之百都找不到犯罪现场。"李正天忍不住讽刺道。

这话引起了在座刑警的共鸣，会议室里升起一阵笑声。

当然，李正天知道这种局部胜利无法影响最终结果。所以当梁安治宣布林兮进驻三组的时候他和姜力都没有反对，他们也无权反对。李正天直觉判断这个女人是那种行政高手，夸夸其谈可以，但业务能力不一定行，因此也不担心。

即将散会的时候郭博英忽然又提到三组，问梁安治既然林兮进驻三组，还要待很长一段时间，要不要和他们一起办案，积累一线经验。

还没等梁安治说话，马东就抢先表示赞同。李正天心里盘算，自己从来没和这个马东打过交道，更没得罪过他，他怎么整起自己这么来劲。

梁安治见马东赞成，于是也同意了。李正天以为这就结束了，没想到郭博英又在大庭广众之下抛出一个极具羞辱性的问题。

"林兮在经侦处是代处长，和副队长一个级别，现在去组里工作，组里谁听谁的？按照规定应该是听林兮的。"

"干脆我也听她的算了。"被一屋子人看笑话，姜力终于忍不住爆发了。

梁安治压了压手，笑着说："你好歹是队长，你们之间相互学习。博英提得对，组织关系要理顺，这样，三组这段时间就辛苦林兮了。李正天，你们几个要好好配合林处长的工作。林兮，工作上有什么困难直接来找我。好，今天的会就到这儿，散会！"

会议室只剩下李正天、林兮、展杰和姜力，谁也不先开口。最后林兮终于开口了，说的是绑架案。

"关于昨晚的绑架案……"

"老姜。"李正天打断了林兮的话，"你不是说我考虑要不要接这案子吗？这案子我不接了。"

"你什么意思！"林兮质问道。

"昨天晚上展杰和报案人发生了肢体冲突，按照回避原则，他就不适合再调查此案了。可是现在三组就我们两个人，按照规定办案至少要两人，所以我们没法办这个案子了。"

"行。"姜力立刻掏出手机，"我给孙贺打电话，让他们组接了这个案子。"

"等会儿！"林兮厉声说道，吓得姜力一抖。

"不用别的组接。"林兮看着李正天，"我和你搭档，两个人够了吧！"

李正天看着林兮，林兮也毫不退让地瞪着李正天。姜力和展杰都悄悄往后挪了挪，生怕马上会出现泼水扔杯子的情节，误伤到自己。

李正天终于点了点头："行，你是领导，你说了算。"

林兮掏出车钥匙，顺着桌面滑到李正天面前，然后说道："你去开车，在楼下等我，车是红色的，尾号257。"

李正天、展杰和姜力站在酒红色的奔驰 C63 轿跑面前，李正天按下钥匙，车子滴滴响了两声，后视镜自动打开。

"那个，林处没说让我也等她，那我就先回去了。"姜力拍了拍李正天的肩膀，"我刚才又想了想，她来也不是坏事。有她在旁边你还能把案子办好，那不更让人信服了。"

说完姜力转身走了，展杰有些幸灾乐祸地看了眼李正天，跟着姜力一起走了。

李正天靠在车边抽烟，一根烟抽完，看到林兮风风火火朝他走来。

"我不是让你去楼下等我吗！"

"你这车我不会开。"李正天把钥匙递过去。

林兮白了他一眼："上车！"

车里收拾得比新车还干净，一件多余的东西都没有，空气中飘着一股淡淡的香味。

"看着！"林兮叫他。

他转过头看着林兮，林兮的手按在启动按钮上。

"这是打火，这是挂挡，往下拉是 D 挡，往上推是 N 挡，再往上推是倒挡，挂 P 挡就按下这个按键。"林兮漂亮的手指搭在挂挡的挡把上。

"哦，我以为这是雨刷器呢。"李正天点点头。

林兮挂上 P 挡，开门下车，绕到李正天这一侧拉开车门。

"你过去开。"

李正天开车的时候，林兮一直在敲打笔记本。她忽然冒出一句："你们是不是从来不看邮件？"

李正天摇头："看啊，每天都看。"

"那为什么我给你发邮件退回来了，说你邮箱满了？"

李正天觉得自己失言了，还不如直接告诉她自己没时间看，搞得自己像做贼心虚一样。他叹了口气，继续开车。

"咱俩总共不到二十厘米距离，有什么事不能当面说。"李正天说道，"如果你非要发邮件，那就等回队里，我打开那台 09 年配的电脑，把邮件都删干净了，估计下班前能看到你的邮件。"

"你不会手机收邮件吗？"

"你会单手上铐吗？"

"什么？"林兮看着李正天。

"一只手上手铐。"

林兮想了想说道："你的意思是术业有专攻，你是外勤刑警，会打人会上铐就行，不用学习怎么用现代化通信工具。"

"我什么时候打人了？"李正天瞪起眼睛。

林兮笑了："展杰脸上的伤不是你干的？"

李正天看了眼林兮，林兮指着李正天的手说道："你好久没打拳了，拳头上的茧子都掉了，偶尔打一下这里就会瘀青。"

李正天皱起眉头："你还知道我会打拳？"

林兮又笑了："我还知道你拿过一个亚军，而且你是我见过的唯一一个拿亚军比拿冠军还高兴的。"

"不对啊。"李正天想了想说道，"那会儿你应该还没工作呢。"

"是啊，冠军是我男朋友。"

李正天吃惊地喊了起来："你是赵阳女朋友？那会儿你多大？"

"十七，还是十八。"

李正天想起来那年的冠军赵阳身边好像还真有个小姑娘，难道就是她？李正天正想说两句俏皮话，忽然想起赵阳几年前在一次抓捕行动中牺牲了。他立刻沉默了，林兮看出他的想法，把脸转向窗外。

过了很久，林兮打破沉默："我发邮件是想和你说，昨晚被绑架的奚莉莉，我已经安排社会协查了。"

"什么！"李正天瞪大了眼睛。

"因为不可能有绑匪向她家人要赎金了。"林兮平静地回答道。

奚莉莉的照片出现在午间新闻里的时候，陆明诚刚迷迷糊糊起床。看到奚莉莉的照片，他吓得立刻清醒了，因为那个"塑料模特"正是照片中的女人。

看到"塑料模特"吐血之后，陆明诚开始吓个半死。后来他冷静了点，走过去看了看，她已经没气了。他检查保险杠，既没有溅到血，也看不出明显撞坏的痕迹，毕竟跑长途的货车经常会撞到一些小东西，保险杠坑坑洼洼的。

如果报警，不管最后是不是他的责任，至少一年别碰车了，光是收入损失就二十万。他一咬牙把她扔下路旁几十米深的山涧里。他对这条路很熟，知道这条山涧里从来不进人，而且森林茂密，丢个把人下去谁也发现不了。就算被人发现那也是猴年马月的事了，到时候谁知道是他撞的。

他开车回到基地，顺利交了车，然后去熊美娟家。出了这种事，他是什么兴致都没有了，想睡觉又睡不着，迷迷糊糊躺到中午，刚起来就看到新闻，心里又愁了起来。

熊美娟见他情绪反常，问他到底出什么事了。他编了个瞎话说家里催他结婚，问她愿不愿意和自己回家。熊美娟当然乐得不行，他让熊美娟立刻收拾东西，下午就坐车回去。

他本来想打个匿名电话报警，至少别让那女人就这么成了孤魂野鬼，死了都没人埋。但是又一想，现在技术这么发达，警察想锁定他还不是分分钟的事。那女的倒是入土为安了，谁管他死活啊。

他琢磨的工夫，熊美娟已经收拾好行李了，看着熊美娟一脸幸福的样子，他更坚定将这件事烂在肚子里。他现在要做的是给熊美娟创造一个有盼头的未来，而不是去管那个不知道得罪了什么人死于非命的陌生女人。

7—1

李正天看着装有奚莉莉银行卡的塑料袋，这就是林兮判断不会有人向张珂勒索赎金的理由。这张卡里有三千万，还是活期存款，光是转成定期一年的利息就要他不吃不喝干十年。

今天早上一个地铁站的保洁员收拾垃圾桶的时候发现了奚莉莉的钱包，身份证、钱和银行卡都在。保洁员把钱包交给值班民警，民警刷身份证联系失主，却看到系统提示此人被绑架，于是立刻报到指挥中心。

地铁民警已经看了一上午车站监控，乘客有一大半都戴着口罩，那个垃圾箱的位置正好被排队乘客挡住，所以看不到谁扔的钱包。安检员也没有注意到谁拿着这个钱包进站，现在还在一张图一张图对比安检仪的录像，但希望渺茫，毕竟凶手完全可以把钱包塞进口袋里进站。

"我们现在至少知道绑架不是为了钱。"林兮将一块溜肉段塞到嘴里，"你们队的厨子不错，比市局的好。"

李正天看着林兮吃饭，看不出来她的食欲还挺好。他自己的饭几乎没动，谁上午受了这么大气，也不会有心情吃饭了。

"下午和我去张珂家，有些事情要问他。"林兮说完又吃了一大口花卷。

"你不是要程序审查吗？"李正天问道。

林兮抬头看了李正天一眼："怎么，你还着急了？"

"你以为你很受欢迎吗？赶紧审完赶紧回去。"

林兮放下筷子，慢慢地说道："那如果我不回去了呢？"

李正天靠在椅背上，慢慢掏出烟点上，就像一个中枪即将死去的牛仔，一边抽烟一边等待着死神到来。

"你们要把姜力弄走？"他问道。

"如果你得了重病去医院，你愿意一个医术高超的医生给你看病呢，还是一个……滥竽充数的医生给你看病？"

李正天从烟雾的缝隙中端详着林兮昂起的脸，过了很久才说道："第一，你认为滥竽充数的姜力破获了这里排名前十的大案中的四个，另外五个是梁安治当队长时破的，所以他是医术高超的医生。第二，我不知道医生看不好病会被怎么处理，但至少在我们这，破不了案的刑警都去你们重指部了。"

焚冬

"还有第三么？"

李正天想了想，摇了摇头。

林兮忽然笑了，她一笑，李正天眼前莫名亮了一下。他下意识想着，她笑起来这么好看，为什么总绷着脸？

"没有就干活吧。"林兮站起来，"你还挺维护他。不过我可没说他是滥竽充数的，是你自己对号入座。所以，其实在你心里他是个滥竽充数的家伙。"

说完这话，林兮端着餐盘转身走了。她走起路来从腰肢到臀部形成了一条完美的曲线，向两边充满韵律地摇摆着，就像她的红色 C63 一样性感。

他刚想起身，又猛地坐下，装作无事一样掏出烟点上。这时他的手机响了，一个陌生号码给他发了个短信：吃完了就到大门口等我。

张珂坐在橘红色的沙发上，表情悲戚，语调低沉，但李正天知道他并没有看上去那么难过。这是因为他的思路非常清晰，反应也很迅速，真正悲伤的人是不可能这么冷静的。

他流利地回答着林兮的提问，躲过了每一个陷阱。比如林兮问他会不会经常和妻子吵架，选项有从不、偶尔、经常、非常频繁。他回答只是偶尔会吵。下一个问题是如果吵架妻子会去什么地方，选项有父母家、异性朋友家、同性朋友家和娱乐场所。他回答是父母家或同性朋友家。

第三个问题是他会不会把生意上的问题拿来和妻子讨论，有没有因为生意受挫把火气撒在妻子身上，妻子知不知道他的经营状况，选项是有或者没有，他全都选择没有。

但是他不知道，正因为他躲过了每个小陷阱，才掉进了最大的陷阱。因为这些问题根本不是为了探听他们夫妻之间的关系，而是为了测试他在和警察谈话时是在说真话还是在说警察愿意听的话。答案是他在顺着警察的话说，极力证明自己是清白的。如果他没有认为警察怀疑自己，为什么要自证清白？如果他认为警察怀疑自己，他做了什么，为什么会觉得警察怀疑自己。李正天觉得这个男人越来越可疑了。

果然，李正天看到林兮在笔记本上画了个钩，这并不是说她认为张珂回答得很好，而是她确认这个家伙在说谎。张珂瞟到林兮画钩的动作，他还以为自己过关了，脸上露出一丝窃喜。殊不知警察的对钩不是证明了一个好人，而是发现了一个坏人。

"你昨天干嘛去了？"

李正天冷不丁一问，张珂的脸立刻绿了。

他大概有十秒钟说不出话来，然后反问道："你为什么要问我？"

"回答问题。"李正天从兜里掏出笔、本子和手铐，把手铐放在茶几上，慢慢拧开笔帽，然后打开本子，翻到空白的一页，做出准备记录的样子。

"我……我昨晚不是去找你了吗！"张珂忽然反应过来，大声说道，"你……你们那个小年轻还打了我！你都不记得了？"

"报警之前呢？准确的说，你接到航空公司电话的时候在什么地方，我要听详细的位置。"李正天盯着张珂说道。

"航空公司？"

"你说航空公司给你打电话问奚莉莉的行程，因为你是她的紧急联络人。"李正天说道。

"啊……对……"张珂困难地吞咽着唾液，但越是想吞咽越咽不下去，最后呛到了，咳嗽了起来。这是人恐惧而且慌张时的典型表现，人在恐惧的时候潜意识想逃跑，清空口腔是剧烈运动前的准备工作。但因为慌张，喉咙肌肉的控制力下降，会把唾液误送进气管，造成咳嗽。

"在哪？"李正天问道。

"在……在家……"张珂回答道。

"在家干什么？"李正天追问道。

"没干什么，在看电视。"

"看什么节目，哪个台？"

"中央一台，节目忘记了。"

"好，然后呢？你继续看电视了？"

"当然没有，我就打电话联系她，联系不上就报警了……"

"你在说谎！"

"我没说谎！"

"好，那我问你，你说你当时在看电视，为什么我们来你家的时候电视是关上的？"李正天快速说道。

"我离开前关了电视！"张珂喊了起来。

"后来开过电视吗？"

"没有啊，后来你们的人来了，我都没出过卧室！再说我老婆都被人绑架了我哪有心情看电视！"张珂生气地喊道。

李正天出了口气，拿起遥控器打开电视，屏幕上是湖南电视台。

张珂彻底傻了，喉咙上下动了几下，又猛烈咳嗽起来。

7—2

李正天站在张珂家开放式的阳台抽烟，欣赏着这个高档社区的雪景。太阳有气无力地挂在半空中，似乎迫不及待就要日落下班了。今天是冬至，一年里日照最短的一天。

张珂和他们说的最后一句话是要见律师，林兮给郭博英打电话请示后同意了他的要求。现在张珂和律师正在书房谈话。

林兮带着两杯咖啡来到阳台，递给李正天一杯。李正天喝了一口，让她有什么想问的就问吧。林兮"扑哧"一下乐了，问他一直都这么有偶像包袱吗？两人都笑了一下，立刻又收住笑容。

林兮将了将头发，问他怎么知道张珂在说谎。李正天告诉她咳嗽理论，她认真想了想，然后点了点头，接着问他是否就靠咳嗽判断张珂说谎。

"不全是。"李正天回答道，"昨天晚上我见到他的时候，他脸起皮了。当然作为男人来说这很正常。但是他刚才脸上却非常润滑，和昨晚完全不一样。我去了他家卫生间，里面有一柜子男士护肤品。他是个讲究人，老婆被绑架了都不忘在脸上抹油，为什么昨天晚上脸会干到开裂？"

"因为他昨晚不在家。"林兮说道，"但是又洗脸……泡温泉去了？泡温泉就泡温泉呗，用得着和律师谈吗？"

"除非他不想让我们知道他和谁去泡温泉了。"李正天把目光伸向远方。

"谁？"

"我怎么知道。"李正天小声说道，这时他的手机响了起来。

李正天看完手机，脸色变得铁青。林兮见他一下子变了个人，于是搭上他的胳膊，问他怎么了。她连问了几句，李正天却一句话不说，两眼直勾勾地看着手机，就要瞪出来一样。

他忽然像疯了似的快步回到室内，冲进书房，抓起张珂，一拳揍在他脸上。

昨天晚上，张珂带着他的继女白静去温泉酒店开房，监控录像把两人进入大厅到走进房间的画面全都拍了下来。

"白静十三周岁，有严重的抑郁症和社交障碍，半年前演变成躁郁症，目前正在服用精神类药物治疗。"林兮闷声说道，"法医还在给白静做全面体检，但是刚给我传回信息，可以拘人了。"

"这是畜生！"姜力猛地一拍桌子，"一对畜生！"

"可是这畜生不是绑架的幕后指使。"李正天把文件夹扔到展杰面前，平静地说道，"按强奸幼女罪立案吧。"

"你怎么确定张珂不是幕后主使？他不是给奚莉莉保了一个亿保险吗？"姜力问道。

"他前脚找人把老婆绑架了，后脚带未成年的继女去酒店开房，这个智商怎么当企业家？"李正天说道，"就算绑架案没找到他，也会因为强奸幼女至少判刑十年，正常人绝对不会干出这种事。"

"你有目标了？"姜力问道。

"既然是继女，就说明她有个生父。"李正天说道，"而且据我所知，她的生父之前因为经济犯罪被判刑了，最近刚放出来。"

说到这里，李正天停顿了一下，然后继续说道："假设生父知道了白静现在的处境，而作为生母的奚莉莉却不管不顾，他很可能产生杀人动机。"

"没错。"姜力点点头，"换成我，我也会杀了她。"

李正天站起身，掸掉身上的烟灰，对所有人宣布："我已经安排属地派出所去找白静的生父了，估计找不到。假设白静的生父就是绑架奚莉莉的凶手，那么找到他最好的途径就是……"

"白静。"林兮接话道。

"没错。"

"我有个问题。"林兮说道，"如果白静生父知道张珂强奸他女儿，他不应该首先报复张珂吗？"

"张珂不已经被报复了吗？"李正天拿起皮夹克，"张珂犯下的罪由法律来处理。他老婆犯下的罪由他自己处理。"

"没错！"姜力点头道，"如果我是他也会这么做。"

展杰颇为疑惑："可是张珂强奸幼女最多也就是判个无期，他为什么不想亲自杀了他？"

"他坐过牢，知道监狱里对强奸幼女的罪犯是如何折磨的。把张珂扔进监狱远比一刀杀了解气……"李正天说道。

"为什么？"展杰好奇道。

"因为……"李正天忽然意识到林兮还在，于是拿起档案袋扔进展杰怀里，"哪那么多为什么，赶紧去市局把张珂的拘留手续做出来。"

李正天和林兮来到警官医院的时候，正好遇到景樱和法医主任争吵。景樱是白静的精神疾病医生，怒气冲冲地质问医生为什么没有征求她的意见就给白静开药。主任虽然也很气愤，但依旧文绉绉地反驳："小姑娘刚才忽然情绪失控，并伴有自残行为，所以我们才按照规定给她使用了微量镇定剂。而且我们不是第一时间就通知你了嘛。"

"你早就应该通知我！"景樱伸出手腕，露出一只绿色手环，"你不知道这个手环是什么意思吗？上面写着我的电话呢！"

主任当然知道绿色手环代表着"绿丝带"，是精神病人戴的装置，上面有医生的联络方式。主任只是犯了大多数人都会犯的错误，不把精神病当回事，以为不发病和正常人一样就没事，没想到发起病来却控制不住了。

事已至此，他只好软下来道歉。李正天和林兮走过去，主任看来了救星，交代了两句就跑了。

李正天看着还在生气的景樱，二十多岁年纪，素面朝天，眼睛格外漂亮。他怎么也看不出来这个看着像幼儿园老师的小女孩竟然是精神病医生。

李正天拿出警官证："你好，你是神经病……"

"你才神经病！"景樱吼了起来，吓了李正天一跳。

林兮上来解围："抱歉，我同事不懂，我知道您是精神疾病医生。我是白静案件的主办警官，我叫林兮。我想请问您，白静的病这么重了吗？我们都以为她是心理疾病，没想到发展到精神疾病了。"

景樱看她说话比较得体，于是心平气和下来，和她介绍了白静的情况。白静父母都没有家族精神病史，从生物学角度来说不应该得精神病。但是人在长期受到刺激后也会从心理疾病发展成器官病变，比如大脑结构发生变化。

"她从十二岁开始服用大量精神类药物。"景樱说到这里，情绪激愤得连声音都开始颤抖了，"一直吃了一年，直到遇到我。我和孩子妈妈说，你再敢喂她吃一粒药，我就报警。我给她治疗了半年多，她才慢慢摆脱药物依赖。这样的母亲真应该下地狱！"

"她本来只是单纯的心理疾病？"林兮问道。

景樱看了看他们："你们知道她家的情况吗？"

两人点点头。

"那我就明说吧，她就是被继父性侵产生的心理疾病。"景樱说道，"你们知道人在得了心理疾病后一定会有明显的异常表现。她母亲为了隐瞒事实，私下找医生开了许多药给她吃，就为了消除这些表现。那些药都是给重症病人吃的，她一个孩子，每天吃那么大剂量，你们想想会怎么样！"

李正天观察着眼前这个女人，一身优衣库，阿迪篮球鞋，手里拿着没有任何装饰的廉价手机，没有指甲油，没戴戒指、手链和耳环，没有化妆和染发，刚过脖子的黑发一看就是很久没有打理过，挎包也是一两百块钱的平价货。

她是个社交简单、生活有节制、物质欲望较低的女人，有担当，极富正义感和同情心，思维活跃，表达能力强，是证人的好人选。

"你怎么知道她被继父性侵？"李正天忽然问道。

景樱看了一眼李正天，然后对林兮说道："你们知道心理疾病的原理吧，就是用变态方式逃避他所无法解决的问题。人的大脑有自我保护机制，如果大脑认为某件事会伤害到自己，它就会忘掉这件事。但当伤害持续发生且无法回避，大脑就会做出决定，要么逃跑、要么战斗，但没有承受这个选项。"

"所以承受就是变态？"李正天问道。

"人的身体会承受，但大脑永远不会，它要么逃跑、要么反抗。"景樱忽然顿了顿，然后慢慢说道，"只有大脑认为这个伤害不再是伤害，而是有益，它才会真正承受。"

"也就是说，张珂让她觉得性侵对她来说是有益的？"李正天问道。

"对。"景樱点点头。

"那我刚才的问题……"李正天试探地问道。

"我给她做的心理治疗，其中一个内容就是让她在能控制住情绪的基础上说出这件事。老实说我听说之后也十分震惊，我想过报警，但前提是把她治好，否则你们一问她就会崩溃。"景樱说道，"所有的治疗就白费了。"

"我明白。"林兮碰了下她的胳膊。

"她什么时候跟你说的？"李正天问道。

"12 月 12 日。"

"你见过白静的生父吗？"李正天忽然问了个奇怪的问题，连林兮都不明所以地看着他。

景樱摇了摇头。

李正天告诉林兮，白静的生父是 12 月 11 日刑满释放的。

8

展杰给李正天打电话通报白静的生父叫白蒙，入狱前是一家大型能源公司的财务主管，因受贿和操纵招标等多项经济犯罪被判刑。奚莉莉是那家公司的前台，和白蒙结婚后便辞职了。

"你猜谁和他是一个公司的？"展杰在手机里问道。

"这还用猜？肯定是张珂。他如果不是那家公司的，怎么会认识已经做家庭主妇的奚莉莉？"李正天说道，"你找到白蒙了吗？"

"他释放后还没有回原籍派出所报到。"展杰说道，"登记地址的房子出租了，租金直接给了他母亲。他登记的手机已经关机了，现在谁也不知道他在哪。"

"看看他有没有买过机票和火车票，有没有租过车，登记过住宿，有没有进入市界的身份登记。"李正天命令道。

果然不出所料，这家伙离开原籍了。李正天心里升起一种不祥的预感，这个背负着深仇大恨的男人肯定有什么重大图谋。

"都查过了，什么都没有，一片空白。"展杰大声说道，以显示自己的思路并不比李正天慢。

　　　　　　　　　　　　　　　　　　　　　　　　焚冬

没有。李正天沉吟着，那他是怎么来到这个城市的呢？就算是坐朋友车过来也要经过市界检查站，肯定有信息登录。难道自己想错了，他根本没回来，只是找了个地方躲起来混吃等死。

唯一的办法就是从白静嘴里打听到白蒙的消息，但景樱肯定会阻拦。于是他把林兮叫到一边，把自己的想法告诉她，让她去和景樱说这个事情，因为景樱看起来对她没有敌意。

林兮听他说完，柳眉立了起来，直接问道："你是让我过去挨骂？"

李正天也没有否认，他知道自己是在挑衅，这种挑衅非常幼稚而且没有任何好处。但他却十几年如一日地四处挑衅，挑衅权力、挑衅虚张、挑衅所有他看不惯的人和事，哪怕树敌无数也难改本性。

"有可能，但你去总比我去效果好。"他说道。

林兮并没有生气，反而认真地问道："你有多少把握白静知道白蒙的情况？"

"70%。"

"怎么得来的。"

"我看了奚莉莉的通话记录，她昨天上午接了一个网络电话，一个小时后定下了昨晚飞美国的航班，这说明什么？"

"她在躲这个人。"林兮说道，"你认为打电话的就是白蒙？"

"除此之外我想不到还有别的人能一个电话就把她吓到国外去。"

"就算是白蒙，你怎么知道白静一定知道白蒙的情况，他们见面了？"

"也许是通电话，我也说不好。"李正天想了想说道，"我只是觉得白蒙11号释放，白静12日向心理医生坦露心扉，这不应该是巧合。"

林兮也想了想，然后说道："要不这样，你先过去把她激怒，最好让她扇你一个嘴巴，然后我再过去，连哄带吓就能把她拿下了。"

她以为李正天肯定会反对，没想到李正天点了点头，直奔景樱而去。两人还没说两句话，景樱忽然大声骂李正天是混蛋。

所有人都朝他们看过来，执勤警察摸着警棍走过去。李正天示意没事，请他走开。林兮赶快一路小跑过去，景樱咬着嘴唇，眼中含泪瞪着李正天。林兮刚要开口，李正天先说话了。

"我知道这很矛盾，你让她通过伤害自己去拯救那个混蛋妈妈，换作是我肯定会说去他的。不过我还是希望你能帮帮我们。"

"帮你们什么？帮你们破案，帮你们完成工作？代价是伤害她？"景樱质问道，"你怎么这么不要脸？你有本事去别的地方找线索啊，为什么要和这个可怜的孩子过不去！是不是就因为她软弱可欺，你们就所有人都欺负她！"

李正天表面十分尴尬愧疚，但心里松了口气。他已经引导景樱把怒火宣泄出来了，下面就好办了。果然，林兮领悟了他的意思，扶住景樱的胳膊，把她带到远处的长椅坐下。

景樱慢慢恢复平静，和林兮说了几句话。林兮不住点头，然后招呼李正天过去。

"如果她不想回答你们的问题，你们不能逼她。"景樱瞪着李正天说道。

"当然。"李正天点头。

见到白静那一刻，李正天感觉有把刀在自己的心上捅了一下。这是个漂亮又乖巧的女孩，但是她的双眼却散发着哀求和恐惧。他坐在距离女孩三米外的地板上，即便如此，女孩也吓得浑身发抖，但却不敢靠向身边的景樱。直到景樱伸出手臂，她才钻进她怀里。

李正天知道这是被无数次心理虐待后出现的心理现象。那叫什么来着，李正天大脑飞转着，他终于想起来那个词，习得性无助。他想起 FBI 警讯资料里有个类似的案例，人贩组织在培养蛇女的时候，命令她保持不动。只要动一下就会遭到无法承受的毒打和虐待。最后女孩便出现了习得性无助，哪怕让她赤身裸体坐在大街上，身上还放一条毒蛇，她都不敢动。

李正天特别想冲进看守所，把张珂的牙拔光。

林兮小心翼翼地问白静一些基本问题，每个问题都必须经过景樱重复，白静才会回答。林兮刚提到"爸爸"两个字，她忽然颤抖了一下，然后抿住嘴唇。

李正天终于凑了过来，跪在白静面前，目光和她齐平，轻声问道："爸爸来看过你，对不对？"

她没有说话，一边颤抖一边流下眼泪。

"叔叔不会抓走爸爸的，爸爸是好人。"李正天说道，"告诉叔叔，爸爸是不是来看过你。"

她忽然开口了，她说的话让李正天和林兮感觉像晴天霹雳一样。

她哀求着："叔叔别问了，求求叔叔别问了，我陪叔叔睡觉行吗？"

李正天就像鼻梁骨被人狠狠揍了一拳，立刻夺门而出，一路跑过拐角，对着空气猛挥拳头。他愤怒是因为羞愧，羞愧是因为女医生说对了，他就是个只会欺负孩子的冷血混蛋。等他冷静下来，转身看到林兮，勉强挤出一个笑脸。他不想让林兮看出自己的软弱和动摇。

"我知道白蒙怎么躲过检查回来的了。"李正天很快恢复了常态，"他 11号释放，但是 12 号上午刑罚执行科才会把他的信息更新到系统里，在这期间他用身份证所做的一切都会在更新时被覆盖掉。所以只要他 12 号之前回来，而且以后不再使用身份证，我们就找不到他任何信息，只有他到过的地方，当地的信息系统里还有备份。"

"你的意思是他从一千二百公里以外的地方，一天之内赶回到这里？"林兮指了指脚下。

李正天立刻往外走，一边走一边说道："虽然很困难，但不是不可能。如果他申请 11 号零时释放，到 12 号下午有超过 36 个小时，只要计划得当完全赶得回来。"

"你去哪？"

"回队部，发协查通告！"

展杰操作电脑查询交通工具时刻表，李正天趴在一张巨大的中国地图上，用标尺在各个点位上画线，林兮把可能的交通组合写到黑板上，最终找到了九种能在 12 日中午之前赶回的路线。

展杰拿着这些资料去发协查通告，办公室里恢复了沉静。李正天一看，外面天已经黑透了。

"食堂关了吧。"李正天看了眼手机，已经晚上八点多了。

林兮收拾好东西，拎着包走到门口，转身对李正天说："你和展杰去吃点东西吧，开发票。"

李正天看着林兮走出办公室，他点了支烟走到窗前，看到楼下停着一辆黑色的奔驰 E300 轿车，郭博英站在外面正往上看。

郭博英朝他挥了挥手，他也朝郭博英挥了挥手。

林兮走出大楼，郭博英迎上去拉开副驾驶的门，两人在车门边说了两句话，郭博英很自然地把手搭在林兮的腰间，送她上车，然后驾车离开。李正天想起昨晚看的视频里，那个男人也把手搭在婉柔的腰间。按照行为心理学的观点，当女人允许男人搂住自己的腰，就说明她已经接纳这个男人，或者他们已经发生了实质性的关系。

李正天摸了摸口袋，林兮的车钥匙还在自己这里。

展杰进来，冷冷地问他要不要订外卖，他刚要接话，手机响了起来，婉柔给他发来信息，问他今晚忙不忙。

婉柔是李正天的女友，计划明年结婚。婉柔有个轻度智力缺陷的哥哥，三年前把纠缠骚扰她的男人打成重伤，判了刑。哥哥在里面经常受欺负，婉柔找了好几层关系，最后托到李正天这里。李正天听她说完事，立刻就约了在第二监狱做狱警的刘春见面。晚上三人一起吃饭，李正天把婉柔哥哥的事情和刘春说了一遍。

刘春和李正天是警校同学，他知道这就是李正天的脾气，于是二话不说就应了下来。一个月后婉柔去探视，哥哥和她说这段日子没人欺负他了。婉柔请李正天吃饭，请了三次李正天都没时间，之后就慢慢凉了下来。

过了一年，被婉柔哥哥打成重伤的男人在停车楼捡垃圾，又遇到了婉柔。他拖着一条残腿追婉柔，婉柔吓得躲进车里。他又拿砖头砸车玻璃，婉柔受到惊吓驾车逃跑，跑到没人的地方哭了好久，翻遍通讯录，最后给李正天打了电话。

看到李正天从警车走下来的时候，她忽然获得了巨大的安全感。她立刻跑下车冲进李正天怀里，在他怀里号啕大哭。

接下来婉柔就开始追求李正天，正赶上那会儿李正天刚破完一个大案，有半个月的调整期，两人就频频约会，很快确定了关系。后来李正天又忙了起来，两人聚少离多，只维持每周见一面的频率。

李正天其实一天都在思考如何处理这段感情，他并不想就此结束。他甚至有些愧疚，正是因为自己每天瞎忙，连最基本的陪伴都做不到，让婉柔出现了情感缺失，才让别的男人乘虚而入。

有个故事说各国老婆出轨后老公的反应，有直接拼命的，有买凶杀人的，有收集证据离婚的，有自己也去出轨的，还有装不知道继续苟活的。只有法国男人买了一大束玫瑰花，重新和老婆约会，从第三者手里把老婆抢回来。李正天觉得法国男人做得对，这才是男女平等的表现。

他想起婉柔之前说了几次 LV 粉色的小钱包，从七夕节说到了圣诞节，不能再等到情人节了。于是他坐地铁去了 SKP，找到 LV 专卖店，和销售说了要买个粉色钱包。销售拿出所有小钱包，没有一个是粉色的，后来终于明白他说的那款是有一朵粉色樱花的小钱包。

销售说钱包一款只有一只，这款已经卖掉了，推荐给他一个刚到货的经典款女式拎包，和那款小钱包最搭配。李正天看着九千多的价格，一咬牙买了。

李正天在咖啡厅见到了婉柔，桌上放着一个粉色樱花的小钱包。幸亏刚才咬牙买了，当他把 LV 购物袋放到婉柔旁边的椅子上的时候，婉柔的眼睛里迸发出迷人的光芒。

"啊！亲爱的！你怎么知道我想要这个包！"婉柔喜出望外地叫道。

李正天笑着说："昨晚任务大功告成，队里批了点奖金。对了，这两天你怎么样？忙不忙？"

"忙啊！"婉柔爱不释手地把玩着包，"特别忙。"

"年底了还这么忙。没和朋友出去吃饭逛街？"他又问道。

"你不知道，我们越到年底越忙，昨天来了一批货，手续不全被海关扣了。我弄到晚上十点多才走。"婉柔大吐苦水，"那些日本人说的英语我还听不懂，幸亏有个同事会日语，才把事说清楚。"

李正天点了点头，他昨晚特意看了时间，两人分别是在十一点左右，也许是她的同事呢。

"你呢，这两天不忙了？"

李正天想起工作上的一堆破事，叹了口气。

两人又看了场晚场电影，出来时已经夜里十二点了。李正天把手搭在婉柔的腰上，感觉婉柔好像往前一躲。果然情侣不能长时间不见面，都生疏了。他本来还想和婉柔亲热一下，这时也没了兴致，于是送她回家。

他平时停的车位被一辆黑色的商务车占了，他只好把车停在通道上。不过现在夜深，后面没有跟着车，可以短暂停一下。

"谢谢你买的包。"婉柔温柔地笑着。

"谢什么。"李正天笑道。

婉柔停顿了一下，似乎在考虑要不要和李正天拥抱吻别。但是她没有，推开车门说道："路上有雪，开车慢点。"

李正天看着她快步冲进楼门，然后往上数十层，那是婉柔的家。他等着那盏灯亮起，才驾车离开。

第二天早上，李正天拎着豆腐脑和油条走进办公室，却看到姜力眼睛通红地坐在办公桌后面，盯着桌上的一张纸，烟灰缸里塞满了烟头。

李正天拿起这张纸一看，肺都要气炸了。原来这是派出所发来的说明，白静今年十五岁，已经不属于幼女范畴了。

9

李正天得知白静已经十五岁了，立刻吼了起来："谁家孩子十五岁上初一！"

"应该是改过户口，但是查不到。"姜力颓废地说道。

"如果找不到白静修改年龄的证据，无法证明她是幼女，是不是就不能给张珂定罪了？"李正天问道。

"如果不能证明张珂强奸她，就不能定罪。"姜力搓了搓脸。

"怎么证明？"

"如果能证明张珂知道她有精神疾病，那么不管她本人是否愿意，张珂都属于强奸。"姜力缓缓说道，"如果不能证明，那么就需要她出具证词，阐述张珂是如何强奸她的。"

"还有这么奇葩的规定？"

"还没完。"姜力摆了摆手，"但是因为她有精神疾病，所以她的证词是否具备完全效力，这个还说不好。"

李正天火了，咆哮起来："什么叫说不好！这不是明摆着的吗？她虽然有精神病，但她不傻！这是哪个傻帽老检跟你说的！"

"我这个傻帽老检和他说的。"门口传来一个男人的声音。

李正天不用回头就知道，说话的是专门负责未成年案件的老检察官罗珺。罗珺在司法界有名的人品不好，以前负责经济案件的时候整天牛皮哄哄，据说他一个人就能养一个高尔夫球场。后来犯了错误，但他毕竟是法律专业出身，精通明哲保身之道，没被抓住马脚，挂了几年职后调到未成年案件组。

他知道自己就这样了，于是找了个当律师的老婆，全部精力都放在帮老婆打官司上。他老婆不在本市执业，他们又不是一个专业，所以完美回避了"回避"政策。

罗珺竟然负责这个案子，李正天心里咯噔一下。

"我看这个案子是四组负责啊，你跟着掺和什么？"罗珺坐在沙发上翘着腿说道。

"今天这么有空？你老婆没开庭啊？"李正天反问道。

"怎么没有，上午一个下午一个。"罗珺就像没听出弦外之音，"我这是百忙之中过来给你们免费咨询，连杯茶水都没有，唉！"

"可别这么说，谁叫你来这么早呢，有早点吃不吃？"李正天指了指桌上的早点。

"吃！好久没吃你们这的地沟油明矾大油条了，都不接地气了。"罗珺倒不客气，拿起来就吃。

三人默默吃完早点，李正天把东西收走，沏上茶，罗珺终于开口了。

"所以啊，我建议你们这案子，要么就别立案，要立案就再找找证据，现有这点玩意真不够瞧的。"罗珺皮笑肉不笑地说道，"告诉你们个消息，你们也别问我是从哪打听的，这个大老板的律师要打无罪辩护。"

"无罪辩护好啊，拒不认罪，从重量刑。"李正天笑道。

"你就别在这嘴硬了。"罗珺喝了口茶，"这些年你们丢人现眼还少吗？我可丑话说头里，你们不要脸我还得要呢。这案子有足够证据我收，要是证据不足你们就趁早别往我这送，送来我也不收。"

"什么叫有足够证据？张珂本人的认罪书够不够？"李正天反击道。

罗珺不屑一笑，摆了摆手："瞧把你牛的，你还能让他认罪？"

"那也不能就这么把人放了啊。"姜力愁着脸说道。

"你这叫什么话！"罗珺指着姜力说道，"放不放是你说了算吗？是法律说了算！人家没犯法就得无罪释放！"

"原来你大清早的跑过来，阴阳怪气地说这么一大堆废话，就是想让我们撤案放人？"李正天看着窗外，不知什么时候又下起了鹅毛大雪。

"我可没这么说。我说的是如果，条件从句，懂吗？"

"不懂，你就直说吧，你什么意思。我们这都挺忙的，没空陪你瞎聊。"李正天不想再和他废话，摆出一副逐客的架势。

"我的意思，你们有能耐上山打虎，没能耐就老实猫着，别打虎不成再被老虎咬死，那就丢人了。不过我会替你们把关。记住，没有足够证据别往我这送，送了我也不接。告辞了！"

说完这些话，罗瑂趾高气扬地离开了。

"你不是把这案子给四组了吗？他来我办公室干什么？"李正天盯着姜力问道。

"那个，啊……"姜力有些不好意思，"我收到这个以后，觉着四组还是不保险，就给老瑂发了个短信，又改回你们组。"

"你真是可着我一人坑啊！"李正天无奈点了点头，"我手头还一个他老婆的绑架案呢！"

"先找到他老婆。"姜力指着告示板上奚莉莉的照片，"我有个预感，她在白静案里会起到关键作用。再说你也不想让张珂逍遥法外是不是？"

对于姜力强加给他们组的案子，李正天虽然嘴上埋怨，心里还是挺高兴的。他觉得自己之所以能称得上是一个好警察，第一是保持善良，保持善良是世上最简单也是最困难的事，他很幸运，到目前还没遇到什么重大考验；第二就是对这份工作还保持热情。很多工作没有热情也能做好，但刑警不是。一念间的懈怠就可能让一个凶手逍遥法外，让一个灵魂永不瞑目。

他不知道自己还能坚持多久，坚持一天是一天吧。他想着，等自己干不动了就去公园当民警，这是姜力答应他的。

展杰红着眼进来，手里拿着一块 SSD 移动硬盘，脸上抑制不住的兴奋。

"有消息了！警校那帮孩子整整干了两天两夜，"他把移动硬盘插到电脑上，对姜力说道，"校长托我给您带个话，回头得书面表扬。"

"有什么消息？"姜力双手环抱在胸前，挺着大肚子问道。

"这是一起典型的停车场绑架案。"展杰在白板上画了两个长方块代表两辆车，"我们推测，奚莉莉是在开车门的时候被旁边车里的人劫走的。但是，注意但是啊，从车辙来看，这两辆车之间的距离很短，根本没法完全打开车门。"

"所以呢？"

"所以旁边的车是侧滑门。"展杰用力写下面包、GL8 等关键词，"这就一下排除了 70% 以上的车啊！我让警校的孩子追踪每辆进入过 B3 的侧滑门汽车，最终找到了六辆可疑车辆，其中三辆是假牌照，三辆是套牌车。"

"路线呢？"李正天起身问道。

"都搞定了，现在属地派出所正在走访。"展杰打开一张图片，图片上一辆白色面包车正在过收费口，司机戴着口罩和棒球帽。

"这辆车很可疑。"展杰继续说道，"跟着奚莉莉的车下地库，在地库待了三个多小时，但是没有发现司机坐电梯的录像。"

"三个多小时都在停车场？"李正天沉吟道，"有没有更清楚的照片？"

"没了。"

"这车去哪了？"

"最后一次出现在监控里是在 G110 的辅路上，那条路要么进北部山区然后一路往张家口方向去，要么去附近的那些村里。"展杰介绍道，"目前没发现这辆车去张家口，所以我们只要顺着路地毯式搜索就肯定能找到人。"

"坏菜了！"李正天抓起外套往外跑去。

李正天在楼下碰上林兮，林兮穿了一身红，脸上还化了妆，站在漫天风雪中像一枝骄傲的玫瑰。李正天想起昨晚她和郭博英在门口亲昵的样子，心底涌起一股烦躁。

"开我的车吧。"林兮开的是郭博英的奔驰 E300。

"不了。"李正天一说一边钻进展杰的哈佛 H9。

展杰手脚麻利地做完一系列准备工作：点火、系安全带、调整后视镜，然后天窗打开一条缝，一股冷风夹杂着雪片钻进来。

展杰点烟，然后试探地问李正天："怎么坏菜了？"

"什么坏菜了？"李正天随口重复道。他的注意力全在林兮妖娆的背影上，也许是因为郭博英的关系，他对林兮总有种本能的警觉和排斥。

"你刚才说的坏菜了！"展杰把点着的烟递给李正天，这是他缓和关系的惯用手段。

"噢！"李正天接过来抽了一口，注意力还在林兮身上，"我觉得凶手很可能已经跑了。"

他说话的时候，林兮正摇曳生姿地往他们这边走来。几个其他组的刑警躲在一旁偷偷看她，就像那个什么贝鲁奇演的意大利电影一样。

"跑了？"展杰吓得结巴了起来，"怎么跑？"

一个小时后，展杰站在某景区外的长途客运站场院里，看着游人顶着漫天飞雪从大巴车蜂拥而下，终于知道李正天说的"跑了"是怎么回事了。他想当然认为山区交通闭塞，却忘记了这条旅游热线每天要运送几万人。他有些懊悔，想着如果凌晨一点得到这个消息的时候立刻向李正天报告，那时候就采取行动，会不会结果就不一样了。

"凶手一个人跑好说，不是还带着个奚莉莉吗？"展杰还不死心。

李正天阴沉着脸，嘴里冒着哈气："这就是我担心的地方，这十万大山，扔个人不是很简单的事情吗？"

"你是说……抛尸？"展杰有点磕巴。

"不抛尸来这干什么？"李正天指着远处一片白蒙蒙的低矮建筑问道，"那地方是什么单位？"

展杰看着手机地图回答："那是个物流基地，旁边还连着个报废车辆场。"

"靠！"李正天骂了一声，回头看到派出所所长正给林兮撑伞套近乎，于是大声问道："你们能调动多少人？"

"你要多少人？"所长不太配合地反问。

"最好多一些，我要撒网搜索。"李正天如实相告。

"那可没有。"所长立刻摇头，"要不我去申请找民兵配合？还是你们市局直接找他们快？"

"你们找民兵需要多长时间？"李正天问道。

"快的话大后天吧。"所长想让李正天知难而退。

"好，你这就去申请。"李正天点头道。

"什么！"所长愣住了，看了一眼林兮。

"需要吗？"林兮也问道。

李正天皱了下眉头。林兮也意识到自己失言，于是让所里申请，有麻烦给她打电话。所长知道林兮是市局的红人，只得应下来，又点头哈腰地说午饭已经安排好了，地方特色农家菜，一边吃一边聊。

"你现在就去申请民兵配合，能申请多少就申请多少，不用陪我们了。"李正天生硬地回绝了所长的邀请，然后转头对展杰继续说道，"走，去物流基地和报废场找这辆车。"

林兮走过来问道："你确定他把车扔这了？"

"不确定。"李正天一边说一边冲进风雪中。

林兮看着展杰："他这是怎么了？"

"没怎么啊，这不挺好的吗？"展杰也对林兮胳膊肘朝外拐的态度很不满，气鼓鼓地走了。

物流基地由成片的仓库和停车场连在一起，中间穿插着餐厅、旅馆、超市和洗头房，他们开车在里面转了半个小时，才勉强把主路转完。别说藏一辆车，这里就算藏一架飞机也不会有人发现。

临近中午，三人来到一家食堂。食堂对外营业，里面油烟弥漫，空气中飘荡着奇怪的味道，闹哄哄几乎坐满了人。李正天看了看林兮，林兮脸上果然露出为难的表情。

"我刚才好像看见一个麦当劳。"林兮说道。她有点生气,放着安排好的农家菜不吃,跑这吃食堂。而且这里都是什么味道,闻着就想吐。

"好,展杰,你陪林处去吃麦当劳,咱们四十分钟后集合。"说完李正天赌气似的一个人去排队打饭了。

半小时后,林兮和展杰开车回来,看到李正天站在食堂门口,旁边还站着两个中年人,三个人身上都挂满了雪片。林兮听李正天介绍完有些惭愧,原来李正天刚才通过一个桌吃饭的司机联系上了队长,又通过队长联系上了调度主任。现在队长和调度主任准备陪他去找基地安保经理。

安保经理得知他们是市局刑警队的,不敢怠慢,立刻发动基地保安去找。但是基地里至少有上万辆车,估计今天是查不完了。

李正天摇头:"不瞒你说,已经快48小时了,今天晚上必须找到车。我还有个问题,你们这里的车队流动性大不大?"

"不大。"安保经理果断回答,"我们这工资高,职工队伍稳定。当然正常辞职是有的,比如回老家结婚生活,或者自己买车开。"

"那你帮我统计一下近期车队人员进出的情况。"李正天说道。

"你怀疑……"安保经理脸色立刻变了。

"不是我怀疑,是他选了你们这个地方,肯定对这里很熟悉。"

10

林兮把李正天叫到走廊里,走廊的一侧是落地窗,外面狂风暴雪,似乎随时能砸破这道玻璃墙,把这里的一切卷上天空。

"对不起。"林兮忽然说道。

"怎么了?"

"我误会你了。"林兮说道,"我以为你看那个所长跟我拍马屁,不高兴了,所以不想和他吃饭。没想到你是为了办案。"

"我有什么不高兴的?"李正天讪笑着。

他看见林兮定定地看着自己,慢慢收回了笑容。

"一会儿让展杰送你回去吧,这大雪天的。"李正天看着窗外说道。

"我们回去,你呢?"林兮问道。

"我留下继续查。"

"你一人怎么查,这么大地方?"林兮和李正天并排站着,望着窗外。

"我已经有办法了。"李正天忽然一笑,还有点淘气。

林兮知道他肯定会卖关子,问也是白问,于是换了个问题:"那你住哪?"

"这里不是有旅店吗?"李正天淡然地回答道。

林兮盯着李正天很久,忽然说道:"那我也不回去了,咱们一起查。"

"那怎么行……"李正天有些惊讶。

"我是领导,我说了算!"林兮摆手打断了他的话,"就这么定了。"

她推开会议室的门,对展杰说道:"你去这里最好的宾馆开三间房,今晚咱们都在这住了。"

"林处,我知道有个温泉离这也不远。"展杰嬉皮笑脸地说道,"正好今儿还下雪,下雪和温泉最配了!"

"也行吧。"林兮虽然嘴上不买账,但脸上已经露出笑容,"正好我也几年没泡温泉了。"

三人正说话,安保经理拿着一摞文件进来,这是各车队统计出来的员工入职和离职记录。

"先看入职的吧,入职的少。"安保经理说道,"大年下的走的多。"

李正天在入职记录中看到了一个名字,他立刻激动地叫出好来。基地物业中心新招聘的五个保安,有一个是白蒙。这绝对不是巧合,李正天预感到真相大白的时候不远了。

"这个人住哪?"李正天问道。

"住保安宿舍。我这就带你去!"安保经理脸都吓白了。

二十分钟后,他们站在臭气熏天的宿舍里,白蒙的床铺已经空了。物业经理说白蒙昨天下午忽然辞职,连工资都没结就走了。

"车肯定就在这里,人也可能在这里。"李正天两眼放光。

"可是就算发动我们所有人去找,估计明天也找不完。"安保经理愁眉苦脸地说道。

"不用你们找。"李正天笑了,"但你要帮我做一件事。"

"什么。"

"把整个物流中心的路灯全部打开!调到最大亮度!"

飞碟形状的巨大探照灯把物流中心照得亮如白昼,雪片在灯光下上下翻滚如同沸腾一样。几十架无人机在距离地面十米的半空中排成一列飞行,丝毫不受风雪的影响。过路的司机都忍不住把头探出车窗看热闹。

大厅里,五个年轻人坐在操作箱面前,屏幕上是无人机发回的画面。技术科科长张大超迈着四方步在他们身后溜达。

"我跟你说,局里整这点新家当全给你用了。"张大超兴奋地说,"不过我还得谢谢你,这个无人机买的时候就有人不同意,说的还特难听,说我们这是搞面子工程,花拳绣腿。现在用上了吧,看他们还有什么好说的!"

李正天一边应付一边给婉柔发微信，他现在要亡羊补牢。婉柔很快给他回了微信，告诉他今天公司组织泡温泉，在昌平南口温泉，没法和他见面了。

李正天一听十分高兴，告诉她自己也在昌平办案，单位也给他们定了南口温泉酒店的房子，晚上办完案可以去找她。

婉柔看到李正天的信息，吓得差点把手机扔到温泉池里。她坐在一个露天的私汤温泉池里。这是个日式小院，假山和竹子围拢着温泉池，温泉从假山顶上冒出来，形成一道雾气缭绕的瀑布，倾泻进池子里。池子周围是鹅卵石的边沿，外面是十几公分厚的积雪。这时一个裹着浴巾的男人一路小跑过来，扒掉浴巾跳进一池春水中，蹭到她身边，这才看清她脸色难看。

"怎么了宝贝？"男人的手伸过来。

"别烦！"她一把打开手，过了片刻才说道，"他今晚也来。"

"谁？"男人抹了把脸，手又伸了过来。

这一次她没制止，冷冷地说道："还能有谁，他！"

这只手立刻离开了她的身体，接着传来男人颤抖的声音："这孙子不会发现什么了吧。"

"他发现个屁！"她转过头瞪着男人，"怎么办？我和他说公司年会，要是他过来见不到我同事我该怎么说？"

"我早就让你跟他摊牌，你非磨磨唧唧。"男人点上一支烟，"现在好了吧，弄得咱俩跟做贼的似的！"

"你就别埋怨我了！"她急道，"我该怎么跟他说？你赶紧想办法。"

"想什么办法？我觉得今晚就是个好机会，你就跟他摊牌！咱俩一起跟他摊牌。"男人说道，"他挣那么点钱，又没时间陪你，风险还那么高，说不定哪天就死了，凭什么和你这么好的女人在一起？哦，就凭他找人在监狱里照顾你哥？这不是敲诈吗？"

"我是自愿和他在一起的。"她拉下脸来，男人的话刺到了她的自尊心。

"是啊，但你现在不爱他了。不爱就不要在一起了。"男人说道，"你现在爱的人是我，你要和他说清楚啊。再说你俩还没结婚，这算不上背叛，我们是公平竞争的关系。就算结了婚又怎么样？不爱了也可以离婚啊。"

她审视着男人："以后你会不会不爱我了，就用这套说辞赶我走？"

"我怎么会不爱你呢？"男人搂住她，"我最爱你了。"

"那你说我怎么和他说？哎呀，他又来微信了！"

男人拿起手机，在她的尖叫声中扔进池子里，手机屏幕上跳出一条新信息：你爸找的柜子，老姜问天坛家具了，有，周末一起去看看吧。

"明天再联系，就说手机进水了。"男人笑着说。

"我的手机!"她急得拍打男人。

"你看这是什么?"男人变魔术一样从假山后面拿出一个白色的盒子,上面印着缺了一角的苹果。

"圣诞快乐,亲爱的!"男人第三次把手伸了过去。

李正天发了几条信息,却一直等不来婉柔的回信,心里总有点悬乎,于是又往回翻聊天记录,翻到那句"你爸找的柜子,老姜问天坛家具了,有,周末一起去看看吧"。

他想了想,又补充了一句:"其实那柜子我已经买下来了,想给你和你爸一个惊喜。你瞒着点你爸。"发完这句话,他的心才安定下来。他伸了个懒腰,做贼心虚地往四周看了看,展杰和张大超正头顶头抢一盆麻辣香锅吃,林兮站在窗前发呆。

"头!"有个小伙子忽然大叫一声,"找到了!"

众人凑过去一看,一辆白色面包车停在车辆报废场里一个小汽车停车场的角落里,车身上堆满了雪,庆幸的是车牌号还没有被雪盖住,正是他们要找的那辆车。

林兮颇有些激动,轻轻拍了下李正天的肩膀,连续说了几声辛苦了。李正天知道自己已经打动林兮了,虽然这不是他的目的,但还是挺高兴的。

十分钟后,停车场四周拉上了警戒线,技术科的警员撬开车锁,打开车门,驾驶座上放着一张纸,上面写着五个字:你们太慢了。

李正天感觉浑身一激灵,预感到大事不好。他还来不及细想,就听到展杰颤抖的声音。

"老李,你看这是什么。"

李正天来到后门,面包车的后两排座椅都拆掉了,从这往里看,正好能看到一个就像用粉笔画出来的人形图案。

李正天脑子嗡一下蒙掉了,因为他太熟悉这个粉末了,这就是包皮匠用的塑料原料干燥后的形态。为什么面包车里会有塑料原料,李正天脸色煞白,完全失去了往日的从容镇定。

张大超将这个消息报告给指挥中心,之后李正天的手机就一直在响,现在同时有四五个来电。林兮一直在旁边打电话,还时不时看他两眼。展杰和张大超一起搜查面包车,每从里面拿出一样东西,他的心就被重击一下。因为这些东西都是包皮匠曾经用过的。

他终于接通了梁安治的电话,梁安治只问他是不是包皮匠。他顿了顿,用艰涩的声音回答自己也不清楚这是怎么回事。两人陷入一段沉默,然后梁安治让他继续找受害者,案情回来再梳理。

此刻的李正天已经失去了思考能力,大脑里只有一个循环反复的声音:

难道抓错人了？

派出所会议室里灯火通明，李正天坐在角落里，看着姜力站在十三陵地区地图前面部署搜索行动。十分钟前姜力赶来接替了他的指挥权，这是一种信号。不过他并不难过，他现在要做的是集中精力思考，从无数种可能性里找到破案的方向。

最后姜力还是象征性地问他还有没有补充。他完全没听姜力说了什么，于是应付地点点头。他忽然想起婉柔，给她发了个微信，说自己今晚不过去了。

散会后姜力把他留下，给他点了支烟。

"遇到事不要慌，这不还没确定就是包皮匠吗！我觉得也有可能是模仿犯罪啊。"姜力先定了调子，"再说，就算包皮匠还有同伙，是那个漏网之鱼做了这起案子，也不能说我们之前抓的就不是包皮匠！对不对！"

李正天知道姜力心里也没底，他如果不是怀疑之前跳楼的不是包皮匠，就不会说这种话。这明显在给李正天递话统一口径：就算查出来这个是真包皮匠，之前那个也不是假的，绝不能翻了之前的案。他们都很清楚，一旦翻案，他们的职业生涯也就到此结束了。

李正天点了点头："你说他为什么要给我们留个字条，挑衅我们？可是包皮匠从来没干过这种事。"

"对啊！所以不一定是他嘛。"姜力狠狠抽了口烟，"我觉得这就是拿包皮匠借尸还魂呢！"

"那你怎么解释车里那些东西……"李正天沉吟道。

"既然是模仿，那肯定得以假乱真啊。"姜力说道，"我刚才一直在想，包皮匠那辆车后来放哪了，是不是放涉案停车场了？"

"对。"李正天点点头。

姜力立刻打电话给停车场管理科，让他们马上去找包皮匠那辆面包车。五分钟后对方着急忙慌地给他回电话，说那辆车的车玻璃都被砸了，里面的东西也都没有了。姜力人生当中第一次骂人这么高兴，他挂了电话，欣欣雀跃地告诉李正天，包皮匠的车被人砸了，砸车的人就是这次的凶手。

但李正天却心事重重的样子，他看着姜力，认真地说道："我在想林兮之前说的话，我抓的那个人有没有可能不是包皮匠？"

11

听到李正天说怀疑自己上次可能抓错人，姜力立刻就急了。这话可不是随便说的，郭博英处心积虑不就想证明李正天上次抓的人不是包皮匠吗？

他立刻拍着桌子喊道："为什么不是？这时候你可不能动摇啊！咱们是现场抓捕人赃俱获，虽然是死人吧，但证据链一点毛病都没有。"

"可是毕竟没找到犯罪现场。"李正天平静地反驳道。

"你自己说的，凶手都死了哪找犯罪现场去？"姜力叫起来，"你开会的时候不是说得挺溜的，什么古往今来、古今中外的！"

"那就不能排除……"

"不能排除什么！"姜力拍了下李正天的脑袋，"你给老子清醒点！这是给自己撤梯子的时候吗？你要是尿了就直说，明天让你去后勤报到！要是还能行就给我挺住了！论压力我的压力不比你大？你看我动摇了吗？"

这一顿吼叫让李正天安静下来，他意识到现在姜力要的是信心和立场，现在和他讨论案情可能性属于自讨没趣。他抹了抹脸，问姜力怎么安排的。姜力告诉他现阶段安排民兵和无人机去寻找奚莉莉，安排展杰去跟进白蒙这条线。

"让他自己去？"李正天睁大了眼睛。

"那还怎么着！"姜力嫌弃地说道，"你当我愿意？非常时期，能信任的又不拉垮的还就剩这小子了！"

"林兮呢？"

"你快别提她了。"姜力压低声音说道，"一晚上手机没挂过，和郭博英打小报告呢！"

果然是这样，李正天点点头，又让姜力给他讲了一遍部署。最后他指着山区问道："这个地方安排人了吗？"

"哪能那么快啊，一步一步来嘛。"姜力说道，"再说这大晚上的怎么找？"

李正天看着地图良久，他知道今晚注定没有结果了。那这漫漫长夜该怎么熬过去呢？这时身穿一身防化服的张大超走进来，他瘫在椅子上，摘掉头罩，一脸忧郁。

"说吧。"姜力扔过去一根烟。

张大超点上烟，望着天花板，许久才说道："我刚才差点就信了鬼神了。"

"什么意思？"姜力挑起眉毛，"就算他阴魂不散，人也早烧成灰了。他还能死而复生不成？"

"领导说得对。"张大超说道，"基本确认是模仿犯罪了。"

姜力的脸明显抽了一下，李正天又点了一支烟，房间里安静下来。

张大超很快抽完一支烟，紧接着又点了一支，像是在给自己鼓劲，然后缓缓说道："包皮匠在每个受害者脚踝上拴一根红绳，这个细节你们还有印象吗？"

"我去！"李正天缓缓说道，"那就没跑了。"

"等会儿，你们说什么红绳？"姜力问道。

"这个细节还是大超发现的。"李正天说道，"凶手在每个受害者脚踝上都拴了一根红绳。这个细节我们从来没向外透露，就连上交的案卷副本里都把相应描述涂黑了，只有封存的正本里有。所以不可能存在模仿犯罪。而且这个红绳很有讲究，它出自西南地区的一种民俗，大概叫什么地狱链，意思就是拖住死者，让他永堕地狱求出无期。"

"所以呢？"身为堂堂刑侦总队大队长，姜力却最怕听鬼故事。他下意识摸了摸胳膊，隔着厚厚的衣服，他都能感觉到上面起了一层鸡皮疙瘩。

"这个绳的编法非常复杂。"张大超接着说道，"相传只有误入阴间又还阳的人才会编。地狱里的恶鬼想逃出来就要替死鬼，它们见到活人来到地狱，就用阳间的荣华富贵诱惑他们学会编这种绳子，再返回阳间害人。每害死一个人，就在他的脚踝上绑一根红绳，这样受害者就会堕入地狱，换一个恶鬼重入轮回。它们永远保留着恶鬼的记忆，残忍嗜杀，最后只剩下受害者的脚踝，绑上红绳。他们把受害者的脚踝摆满了整个地穴，每到一年阴气最重的中元夜，那些红绳就会离开骸骨，飘到半空中……"

姜力听得正入神，忽然眼前飞来一条红绳，吓得他直接从椅子上蹦起来，原来是张大超扔过来的。

"你怎么一惊一乍的！"姜力拿起来一边看一边吼道，"这是车里发现的吗？"

张大超哈哈大笑，然后摇了摇头："不，这是上一具尸体脚踝上的。"

姜力吓得立刻把红绳又扔到桌上。

"这个是在车里发现的。"张大超又扔出另一条，"你看看有什么不一样。"

李正天拿起两条绳子仔细观察，一模一样。

"要么包皮匠没死，要么他还有同伙。总之就是那一卦的。"张大超说道，"但是我不明白他为什么要把红绳放在车里，没有绑在奚莉莉身上？"

李正天站起身踱步："以前的尸体上都有这个红绳，说明这是一个重要的仪式环节，凶手为什么没有完成这个仪式，这是个问题。"

"没错！这是第一个疑点。"张大超点头道。

"再说第二条，凶手为什么留下一张手写的字条？"

"因为没找着打印机？"姜力说道。

"错，你应该问凶手之前为什么不写这个字条。"张大超纠正道。

"没错!"李正天拍手道,"这起案子和之前的连环案有三个不同,一是留下了字条,二是没有暴尸,第三就是那个红绳。根据美国人研究的连环杀手的行为模式,连环杀手通常不会改变自己的行为模式。"

"为什么呢?"姜力问道。

"因为改变行为模式会留下更多线索,帮警察破案。"李正天回答道,"所以那些做事马虎大意的凶手很快就被抓了,能连续作案还不被抓的凶手一定行为缜密,而且极少做出改变。"

"这就是幸存者偏差。"张大超继续说道,"或者叫选择性进化。现在越来越多的凶手明白该如何阻止警方破案,因为没有人作案是为了让警察抓的,他们都希望自己逍遥法外。至少包皮匠是符合这个特征的,他把尸体放到公共场合是因为他反社会,但从来没有留下过线索。"

"那他这次为什么要留下字条?"姜力问道。

"要么这个人就不是包皮匠;要么就是包皮匠上次找了个替死鬼,觉得把咱们全要了,自信心爆棚,要和咱们打明牌。"李正天说道,"如果是第一种,说明包皮匠还有同伙,这也能解释为什么他和包皮匠的行为模式不同,因为他是个信仰型杀手。"

"什么型?"姜力问道。

"信仰型,以惩戒、审判世间罪恶为使命的杀手。因为他们认为自己才是正义的化身,所以一大特点就是喜欢向警方挑战。"李正天说道,"之前包皮匠的作案手法更像是隐匿型杀手,他享受随时可能被发现的刺激和逃脱追捕的快感。而这次这个明显是来下战书的。"

姜力想了想说道:"这是个好消息啊,如果这个人不是之前的包皮匠,至少不能证明我们之前抓错了人!"

"更重要的是!"李正天说道,"以前我们都以为包皮匠是随机选择目标,现在看并不是这么回事。他大费周章跟踪奚莉莉,破坏她的车绑走她,就说明他们认识,至少他认识奚莉莉。如果他杀人是为了惩罚和审判,那么一定是奚莉莉做了什么事情刺激到他了。"

姜力立刻反应过来:"你是说奚莉莉给女儿喂药,纵容张珂强奸那件事?"

李正天点点头:"我只能联想到这件事。奚莉莉的前夫白蒙,他有足够动机杀掉奚莉莉。但这里有个问题……"

"包皮匠死的时候白蒙还没有出狱。"张大超接话道。

"先不管那个。"姜力抓到了救命稻草,兴奋地几乎嚷嚷起来,"这姓白的不是刚在这儿当过保安吗?先把他拿下再说!明天必须拿下!"

"这么着急吗?"张大超问道。

"着急？"姜力一口气泄掉，瘫在椅子上，"刚才市局办公室的老马给我发信息，郭博英已经把包皮匠案的全部材料拿走了。"

陈燕妮揉着僵硬的脖子走出写字楼，从挎包里掏出防狼喷雾。自从上周末在停车场被一个男人尾随，她就从网上买了个防狼喷雾，每次独行都要拿上。她看过电视台采访过包皮匠的案子，专家说 FBI 研究的结果是城市化进程越高，像包皮匠这样的变态杀手也会越多，人民群众必须学会保护自己。

她要穿过这条小巷才能到停车场，这些天写字楼停车场改造停用，旁边商场的停车费要十块钱一小时，所以她只能把车停到这里。这里的治安水平虽然在新城区属于不错的，但一到晚上还是冷清得有些瘆人。就比如这条小巷，它连接着新城最繁华的两条街道，里面却阴森寂静。尤其巷子里唯一的路灯坏了，现在只能靠着两个巷口的灯光照明，中间有一大段漆黑的地带。

雪已经停了，地上积了一层盖过脚面的积雪，一片纯白的没人踩踏过的处女地。她正要往里走，忽然看到一个影子在小巷深处晃动了一下。于是她停下来等待，等对方出来她再进去，这是节目里警官教的办法，如果对方是坏人，那么在灯光充足的巷口也更安全。但她等了很久也不见有人出来，于是她怀疑自己刚才看花了。到底要不要进去，她犹豫起来。

但她五岁的女儿生病独自在家，一天没人照顾，女儿不会做饭，这一天就靠着她上班前煲的一锅汤。所以她要立刻回去给女儿做饭，一秒钟也不能耽误。一想到女儿，她义无反顾走进小巷。

前面好像又有人影晃动了一下，她心里一紧，冷汗就渗了出来，于是悄悄按下防狼喷雾罐子上的按钮，弹出一把锋利的刀。她想着防狼喷雾教学视频，如果有人扑上来，立刻朝他脸上喷喷雾，同时一边大喊一边踢他的裆部，闪开空当后立刻往前跑，无论对方抢走什么东西都不要回头。

如果对方从后面扑上来，就用喷雾瓶底的弹簧刀猛戳对方手臂，然后用力踩对方的脚，等对方手臂放松时，用肘打击对方肋骨，然后转身踢裆。没有一个男人是不怕被人踢裆的，这是她逃命的唯一方法。

她看到自己的影子融进黑暗，再往前走巷口外的路灯就照不进来了。这段黑路大概有五十米，不过五十米而已，当年上学时她还是短跑冠军呢。再说就算真有妖魔鬼怪，只要敢妨碍她回家给女儿做饭，她也要在他身上捅出几个窟窿。

想到这里，她迈步走入黑暗中。巷子里的雪很厚，踩上去会发出嘎吱嘎吱的声音。她一边走路一边数着踩雪的声音，忽然听到了两个重叠在一起的声音。她吓得立刻停下脚步，黑暗又恢复了寂静。她用手机向四周照去，那点微弱的光线立刻被黑暗吞噬了。

难道自己紧张听错了？还是自己踩出来两个脚印，雪很厚很松，这倒是有可能的。她继续往前迈了一步，这一次她全身的寒毛立起来了。不是因为她又听到了重叠音，而是这次没有声音。她踩进了别人的脚印里。

她用手机照下去，看到一溜脚印从黑暗中探出来，又钻进黑暗中。可是巷口没有脚印啊。她一阵毛骨悚然，用最后的理智深呼吸，抬起双手抱住后脑，双肘前突，弓身狂奔起来。

当她再次看到灯光的时候终于忍不住流下眼泪。她捂着脸冲进停车场，她发誓从今往后再也不贪小便宜了。看门大爷坐在岗亭里朝她点头示意，她的心情稍微好了点，向大爷挥了挥手走进停车场。

车就停在岗亭后面，她几步冲过去拉开车门。此时她惊魂未定，丝毫没发现自己的车有什么异样。直到她坐进车里，才发现这不是自己的车。可不是自己的车为什么一拉门就开呢？她还来不及细想，咔哒一声重叠音，四个车门都落下了锁，她看到后视镜里伸过来一双手。

12

陈燕妮大声嘶喊挣扎，拼命踢着挡风玻璃，车子不住摇晃，发出各种奇怪的声响。但看门大爷正戴着耳机听评书，没听到一点动静。如果大爷此时探头往停车场望去，正好能看到一双腿在乱蹬，就像一只蒸锅里的螃蟹。没过多久，这双腿慢慢停了下来。

车灯点亮，一个身影从后门下车，走到车头前面，看似在清理积雪，实则撕掉了一张车牌号。这个车牌号是陈燕妮的，所以她才会坐进车里。其实她的车就停在右边第二个车位里，两辆车之间只隔着一辆白色面包车。

李正天看着窗外，楼下一大片红蓝爆闪的警灯把夜空都映亮了。一辆警用涂装的白色越野车开道，后面跟着两辆黑色红旗轿车，缓缓驶入停车场。他认识这两辆车，一辆是梁安治的，一辆是郭博英的。

"刚得到消息，老梁已经把这个案子交给郭博英了。"张大超走到李正天身边，低声说道，"郭博英成立了两个专案组，一个查案，一个查你。姜力让你赶紧回家，有什么事他先顶着。明天开始配合他们调查。姜力说让你好好配合，尽量保住这次升职。嗯……还有一句话，老梁现在在气头上，别让他看见你。"

"我不走。"李正天摇了摇头，"我做错什么了？为什么不让我查了？我现在走就是做贼心虚，不是我的错也是我的错了。"

"你就别往枪口上撞了！"张大超打断他，"欲加之罪何患无辞，人家逮着这个机会要搞你，你还有脾气？再说了，包皮匠当着你的面跳楼了，那这回是谁？领导心里肯定也犯嘀咕，所以换一拨人查也是情理之中嘛。"

李正天沉默了，他明知道这是郭博英在针对他，却没办法反抗。因为人家每句话都说在理上，然后把你弄得没地方说理。

"姜力呢？"他问道。

"姜力正准备汇报呢，他今晚准备和郭博英死磕了。其实这案子责任最大的就是姜力，如果上面怪罪下来，第一个倒霉的是他。"张大超摇头叹气，"最奇葩的是昨天开会你们还为这个案子吵了半天，给领导加深印象，结果今天就出事了。我觉得就跟设计好了似的！"

"设计好的？"李正天看着张大超，面无表情地重复道。

展杰裹着军大衣，坐在便利店的高脚凳上，面前摆着一桶吃完的泡面、几个紫菜饭团和一堆饭团的塑料包装纸。他这个样子引来客人们异样的目光，他却毫不在意，拆开一个饭团一口塞进嘴里，两眼直勾勾地盯着对面那栋看起来像写字楼的商住公寓。

白静就住在这栋楼三层第四个窗户里，窗户上挂着少儿心理辅导的招牌，是景樱的办公室兼住所。刚才他围着这栋大厦上下绕了两圈，确定无论从外面还是从地下车库上来，都要到大堂中间的电梯厅坐电梯。而他所在的便利店，是监视电梯厅最好的位置。

他不认为坐在这里就能抓住白蒙，他只是在等下饵的机会。他相信白蒙一定会露面。如果像李正天推测的那样，白蒙参与了绑架，甚至亲手杀了奚莉莉，那么他就是白静在这个世界上唯一的亲人了，他一定会来接走白静的。

只要抓到白蒙一切谜团就全都解开了。但可笑的是，领导就在这个节骨眼换掉了最有可能抓到白蒙的李正天，换了一帮条文背得滚瓜烂熟却什么都干不了的草包来查案，还要对李正天进行内部调查。

展杰摇摇头，他忽然想回家睡觉了。反正明天李正天也要停职调查了，他肯定也得撤，何必还给那些专门来整他们的混蛋们做嫁衣呢。

就在这时，他看到一个可疑的身影溜进大堂。

展杰走进大堂的时候，一个二十岁左右、脸皱得通红的小保安立刻过来阻拦他。展杰掏出警官证，快步走到电梯门前，看到电梯停靠在三层。他回头看到这个小保安还跟在旁边，正不知所措地看着自己，像一条可怜的小黄狗。

展杰忽然想起一句话，得饶人处且饶人，不是饶了白蒙，而是饶了这个小保安。如果今晚平安无事，他也许就能在这里继续安安稳稳地工作十年二十年，娶妻生子，成为这个城市里的一个细胞。

而一旦今晚出了事，无论什么事，跟他有没有关系，他都会被开除，理由甚至可以是和公司犯冲。然后他所期盼的一切都会消失，他也许会灰头土脸回到老家，虽然三五年后他一样可能回到老家。但是这样一来，展杰就成了亲手扼杀他和这个城市因缘的凶手。

但他毕竟是警察，所以在电梯门关闭的一刹那，他掏出了手枪。

随着一阵轻微的响动，原本漆黑一片的走廊忽然亮起微弱的灯光，电梯门徐徐打开，电梯里却没有人。接着电梯门关上，走廊又重新归于黑暗。这时一道人影掠过黑暗，接着走廊深处传出一阵微弱的敲门声。

一扇门缓缓打开，里面透出微光。

"谁？"一个女声问道。

"您的外卖。"一个男人回答道。

"我们没点外卖。"

"对不起，我说错了，是快递。"男人压低了嗓子问道，"白静住这吗？"

"对。"

"这是她的快递。"男人的声音有点急促，把一个纸袋顺着门缝塞进去，转身走了。

门在男人身后关上，走廊里的灯被震亮。他穿着一件红色羽绒服，外面套着反光背心，戴着头盔。他走到电梯前犹豫了一下，转身走进楼梯间。在他关上防火门的一刹那，灯又熄灭了。

半分钟后，黑影中走出一个人影，他咳嗽了一声，走廊里的灯亮了起来，这个人正是展杰。展杰走到男人送快递的门外，敲了敲门。

门再次缓缓打开。

"谁？"还是那个女声。

"警察。"展杰把警官证塞了进去。

嫩绿色调的客厅里，展杰坐在墙边的懒人沙发上。对面的小女孩从他进来就盯着他看，但是眼神迷离涣散，他知道她就是白静。景樱给他端来了咖啡，然后坐在他对面的蒲团上，也直直地看着他。

"饿不饿？"她先开口。

"嗯？"展杰眉毛一挑。

"冰箱里还有饺子，我给你热点。"景樱又站起来，"一晚上就吃几个饭团怎么够。"

"你知道我吃饭团？"展杰看着她的背影问道。

"我在这里住两年了，每天晚上都去那家便利店买面包和牛奶。"景樱在厨房里说道，"忽然来了个穿军大衣的男人，还在店里坐了一整晚，谁看了都会好奇吧。"

"好奇？不应该是害怕吗？"展杰问道。

"为什么要害怕？"景樱手里拎着笊篱，靠在厨房门边，"有这样的警察保护我们，高兴还来不及呢。"

"那会儿你就知道我是警察了？"

景樱点点头。

"你怎么看出来的？"展杰好奇地问道。

"因为你们警察都带相。"

"好。"展杰站起来，走到景樱面前，"刚才那男的是谁？"

他居高临下看着她，她脸上的表情一览无余。

"他是快递……"景樱看到展杰撇了下嘴，又改口，"他是白静的爸爸。"

"他来做什么？"

"送快递。"

"我能看看吗？"

快递袋里有一张开户人是白静的两百万元银行存单；一张持有人同样是白静的房产证；还有一封写给白静的信。信的内容很简单，自己因为私欲和虚荣而锒铛入狱，没办法照顾白静，才让她受到这些磨难。他很懊悔，也很愧疚，他决定用生命补偿自己的罪过，希望白静忘记他，忘记过去，能好好活下去。

"他要怎么补偿？"展杰问道。

景樱摇了摇头。

"你怎么知道刚才那男人是白静的父亲？"展杰又问道，"你们之前见过面吗？"

"没有，但是通过电话。"景樱回答道，"所以我听出了他的声音。否则我怎么会收下他的东西。"

"他的电话号码是多少？"

"不知，他用网络电话给我打的。"景樱耸耸肩，"他应该不想让我们知道他太多事情。"

这时展杰手机响了一下，是张大超给他发来的信息：初步判定这封信和面包车里的字条是同一人的笔迹。

"他现在涉嫌绑架谋杀，如果他再联系你……"

"你能不当着孩子的面说吗？"景樱制止道。

展杰看向安坐在椅子上的白静，点了点头。两人来到另一间屋，展杰没

楚冬

有继续刚才的话题，而是问她白静恢复得怎么样了。景樱告诉他，白静现在首先要摆脱药物依赖，然后才能逐步进行心理治疗。

展杰把张珂改了白静出生日期的事情告诉景樱。当得知张珂可能会因此逃脱法律制裁，景樱气得浑身颤抖。

"如果能找到白静的出生证，就能证明有人篡改了她的生日。"展杰低声说道，"然后不仅张珂，还有改生日的孙子也能抓到。"

听到这句话，景樱的脸色忽然变得煞白。她告诉展杰，两个月前奚莉莉当着她的面和张珂打电话，张珂让她找出白静的出生证给他。两人还为了这件事在电话里吵了很久。因为景樱知道张珂不是白静的生父，听到他要白静的出生证，还很纳闷，所以对这件事有很深的印象。

"两个月前？"展杰把这个信息记录到本子上，让景樱继续回忆，比如张珂有没有提到为什么要拿白静的出生证，或者有没有提到什么人，什么地方。景樱想了好久，也没有再提供什么有用的信息。

"还有没有别的办法？"景樱的眼睛里噙着泪水，声音也哽咽了。

"还有……"展杰忽然收口，看着门口。

景樱回头，看到白静站在门口。景樱蹲下来，白静跑到景樱面前，抱住她，吊在她怀里，无声地蹭她的脸，像个三四岁的小孩。景樱把白静送进卧室，白静乖乖躺在床上。

景樱关门出来向展杰解释，人在痛苦的时候大脑会在记忆中搜索美好的事物来抑制痛苦，这是痛苦补偿。因为长期被强奸和药物伤害，白静的大脑只能在幼年的记忆中寻找痛苦补偿。久而久之，当她感觉环境不安全的时候，就会下意识使用幼年的行为模式增加安全感。当她认为自己爱的人遇到痛苦时，也会用这个方法安慰对方。

展杰的喉结颤抖了一下："如果不能证明白静是幼女，就只能让白静指证张珂强奸她，但她要说出很多细节，比如时间、地点、怎么……"

"你疯了！"景樱打断他的话。

"不是我疯了，是法律就是这么定的。"展杰赶紧解释，"这就是为什么很多强奸案的受害者都不愿意出庭作证的原因。"

景樱用力摆手："不！绝对不行！绝对不行！你这样会害死她的！"

"张珂也是这么想的。"展杰说道，"他已经算准了没有人愿意让白静出庭指证他，所以就没人会指证他。白静是幼女，这是他唯一的漏洞，现在漏洞补上了。而且我告诉你，张珂的律师要做无罪辩护。"

"什么！他还要做无罪辩护？你们就没有办法了吗？"

展杰摇摇头："唯一能证明白静出生日期的是白蒙和奚莉莉，现在奚莉莉还失踪了。如果能让白蒙作证，同时能找到其他证据，比如照片视频什么的，也许还能挽回局势。"

"你们把奚莉莉救回来……"

"她很可能已经死了。"展杰回答道，"我们不能把鸡蛋放在一个篮子里，所以我要找白蒙。如果他再联系你，你把这件事告诉他，我相信他会找我的。"

"你刚才说白蒙涉嫌绑架和杀人？"景樱小声问道。

"对，我可以告诉你，白蒙是绑架奚莉莉的嫌疑人。"展杰说道，"你听说过包皮匠吗？"

"包皮匠？"景樱的瞳孔慢慢绽放扩散，最终迸射出惊恐的神色，"你是说那个包皮匠？"

"对，就是那个包皮匠。"展杰看着景樱双手抱住自己蜷缩起来的样子，他要说出今晚最重要的一句话了。

"所以，希望你理解，我要留下保护你和白静。"

他一边说一边解开军大衣，露出了黑色的枪套背带。

13

会议室里烟雾缭绕，每时每刻都有超过2/3的人手里拿着烟，散落在会议桌上的烟灰缸都塞满了烟头。姜力做完汇报，感觉肾的位置空荡荡的，怎么提气都提不起来。他也顾不上梁安治青筋暴起的额头，一屁股瘫在转椅上，摸出最后一根烟点上。

"我补充两句。"张大超打破了令人窒息的寂静，"刚才展杰给我发来了被害人前夫白蒙的手写文字，通过和面包车里留下的字条对比，初步判定是相同笔迹。我们还在找车里的指纹，如果能找到会立刻比对。"

"对！"姜力立刻补充道，"我已经安排人去找这个前夫了。"

梁安治这才抬头："你是说，是被害人前夫绑架了被害人？"

"对！"姜力猛点头，"至少是参与了。"

"包皮匠是在被害人前夫服刑期间自杀的。这两个人不应该存在交集啊。"梁安治问道，"你们上次是不是抓错人了？"

姜力一晚上都在为这个问题做准备，该来的终于来了。他立刻坐直身体，声音洪亮地回答道："因为这次案件的细节和之前不一样，我们判断，这次有可能是模仿犯罪。"

"模仿犯罪？"梁安治看着姜力。

"对！模仿犯罪！"姜力大声说道，"举个例子，之前包皮匠每次作案后

焚冬

都会暴尸，可是这次连尸体都没找到，也许被害人根本没死。还有其他证据……"

"行了！我不管你怎么证明。"梁安治打断姜力的话，"当务之急是要找到那个前夫，你们打算怎么弄，大家都说说，集思广益！"

听到梁安治这么说，姜力悬在嗓子眼的心终于放下了。看来老梁也不想闹出办错案的丑闻，所以立刻给了他一个台阶下。他看到郭博英皱了下眉头，似乎对梁安治着急表态不太满意。

"领导，我有个想法。"姜力说道，"但是这个需要领导支持。"

"废话！我不支持你吗！"梁安治白了姜力一眼。

姜力憨笑一声，接着换上了一副严肃的表情说道："是这样。被害人有个女儿，十三四岁，据我们掌握的情况来看，一直受到继父，也就是张珂的性侵。"

会议室里立刻嗡的一声，众人交头接耳，梁安治和郭博英的脸色都变了。姜力知道梁安治有个宝贝闺女，最听不得这种事。于是他把张珂如何涉嫌改白静的生日以逃避法律制裁的事情说出来，气得梁安治拍了桌子。

"能不能查出来是谁干的！"梁安治喊道。

郭博英摇了摇头："我们已经在着手调查了，但从技术角度来讲，很难查出是谁操作的。除非先找到嫌疑人，再查他的历史操作，就一目了然了。但是咱们这么多人，排查嫌疑人也确实比较困难。"

"马上发文让各区自查，自查出来免除领导责任，让我查出来。从上到下全都抹下去！"梁安治拍着桌子，"这要是捅到社会上得是多大的丑闻！全国几千万公安干警们奋斗几十年，全让这个人给毁了！"

"我们立刻去查。"郭博英一边记录一边说道，"姜队长，你继续说吧。"

"我是这么想。前夫绑架前妻，很可能就是因为后爹强奸继女。如果他知道后爹改了孩子的生日可能逃脱法律制裁，而只有我们能帮他主持公道，前提是投案自首，把被害人，不管是活的还是死的都交出来，我们保证把他女儿的案子查清楚，我想他会同意的。"姜力说道。

郭博英立刻质疑："你是要和犯罪分子谈条件？"

"谈不谈条件，我们都要把她女儿的案子查清楚。"姜力反驳道，"如果能多一个成果，何乐而不为呢？"

"你说要跟他谈条件，怎么个谈法？你都能谈了，直接抓了不好吗？"梁安治十分疑惑。

"是这样，展杰去保护那个女孩，了解到他和女儿有过联系。如果我们确定要和他谈，可以通过这个渠道。"姜力说道。

十分钟前，展杰给他发来信息，他已经自作主张和白蒙谈判了。所以姜力现在必须力促这个方案，否则一旦出了纰漏，又是一口大黑锅。

"大家想想，这么做有没有问题？"梁安治看向郭博英。

"可是，如果犯罪分子受到刺激做出极端举动呢？"郭博英质疑道。

"就算我们不找他，他也可能随时做出极端举动。"姜力说道，"再说纸包不住火，他早晚知道张珂改了他女儿的生日，到时候我们更被动。"

郭博英想了想，点了点头，不再说话了。

"李正天呢？"梁安治忽然问道。

"他连着熬了几天，我先让他回去休息了。"姜力回答道，"毕竟往后这些日子都是大仗恶仗，得保存好实力。"

"不行！"郭博英这一次没有放过姜力，"李正天不能再参与调查了。至少等内部调查有了结果再说。"

"还调查什么？这是模仿犯罪，包皮匠已经死了，案子没毛病！"姜力据理力争道。

"一周之内，我会告诉你结果的。"郭博英冷冷地看着姜力，仿佛已经拆穿了他虚张声势的把戏。

李正天一路给婉柔打电话，都是提示用户已关机。他看着南口温泉的出口从身边划过，怅然若失地叹了口气，开车回家。姜力和展杰都没和他联系，这反而让他更加忐忑。他知道干躺在床上也睡不着觉，于是来到毛彤彤的酒吧。

毛彤彤没问他和婉柔有没有见面，而是给他拿了一瓶占边威士忌。她说卖酒的小伙子向她推销这个酒，说是欧美那些警察都喝这个，所以她特地买了一瓶给李正天喝，又学着人家刨了个冰球放在杯子里。

李正天一口干掉一杯，脑袋嗡的一声格式化了，什么痛苦都没了。好像占边威士忌给他讲了个特别好笑的笑话，他哈哈大笑起来，然后又喝了一杯。

"有什么好笑？"毛彤彤笑着说。

"我给你讲个笑话。"李正天终于止住笑，"从前有个地方来了个魔鬼，谁都拿它没办法，于是国王就说，谁杀了魔鬼谁就是英雄，还是没人敢去。后来终于有人把魔鬼杀了，这时候之前那些人都站出来了，说我们要抓活的，谁要你杀了它的，杀它还不简单，用得着你吗？你这算什么英雄？国王看大家都不满意，就说那这次就算了吧。你说这帮人是不是挺无赖的。"

"是无赖啊。"毛彤彤点头，"可这不好笑啊。"

"哈哈，我还没说完呢。"李正天拿起酒杯和毛彤彤碰了一下，两人干杯。

"你说。"

"后来，那个魔鬼又出现了。"李正天摆出一副吃惊的表情，"我去！快给朕再找个傻子来！"

"哈哈哈！"毛彤彤大笑了起来，笑了好久，摇了摇头，"一点都不好笑。"

李正天叹了口气说道："那个人是最大的傻子，他以为别人都是笨蛋，拿魔鬼没办法，其实别人都精得很，谁也不掺和这个破事。就他傻，逗英雄。到最后成了最大的笑话。"

"你说的是你自己的故事呗？"毛彤彤问道。

"嗯。"李正天点点头，"明天就要审我了。"

毛彤彤拿来装干果的小盘子，在中间放了个金橘，四周摆上开心果，再外面是一圈瓜子。

"这个橘子是英雄，这些开心果是坏人，瓜子是好人。你知道吗？所有电影都是这么演的，英雄身边全是坏人，他们想尽办法打击、污蔑、消耗英雄，就像你说的那个故事。但是英雄被坏人包围了，就以为全世界都在骂他，根本听不到外面的好人说大英雄，我们感谢你！我们爱你！"

李正天沉默了，他点了支烟，用力吸了一口，麻痹的舌头才有了点知觉。

"你是不是爱上我了？"毛彤彤眨了眨眼睛。

"嗯。"李正天端起酒杯，"咱们来世再做夫妻。"

李正天睡了一个踏实觉，他什么也没梦见，大脑一片放空，直到被电话铃声吵醒。

"亲爱的，我昨天手机掉温泉池里了，晾了一宿，刚开机。"婉柔说道。

"哦，你们完事了吗？"李正天坐起来，"好玩吗？"

"好玩，特别好玩。"婉柔笑着说，"不说了，我要和同事去吃早点了。你也早点起床吧。"

李正天挂断电话，打开窗户，看到阳光明媚的世界。这世界这么美好，何必总和自己过不去呢，该来的总会来，坦然面对吧。他给自己打气，枪林弹雨都冲过来了，岂能被眼前的蝇营狗苟绊住脚。

他洗了澡，刮了胡子，特意换了件新衬衫。他站在镜子面前，感觉自己立刻年轻了十岁。他忽然自省，如果以昨天晚上那副油腻中年的德行去见婉柔，恐怕又要招人讨厌了。

接着他想起婉柔的手机泡水了，他应该表示一下。于是他拿出手机，准备给婉柔发个大红包，看到婉柔在朋友圈里发了一张新照片：阳光明媚的高速公路。

他在下面留了言：漂亮，泡水之后拍照更清晰！然后他打开对话框，给婉柔转了五千块钱。婉柔收了红包，给他发了个爱心。他又刷了会儿朋友圈，看到姜力破天荒地发了张旭日东升，搭配着一句话：老骥伏枥，志在千里。然后其他组的组长也纷纷发图，搭配的也是这句话。

他也想凑个热闹，觉得刚才婉柔发的那张图就不错，于是往回找，但是发现婉柔又把那张图删掉了。他忽然想起昨晚婉柔说过这次年会没有通知总公司，可能是怕总公司同事看到了影响不好吧。他也没多想，更不知道那张照片之所以拍得很漂亮，是因为苹果的新款超广角摄像头。

14

郭博英专门在市局准备了一间会议室作为审查办公室，并且邀请了组长马东参加第一次会议。李正天和姜力坐在客座；马东坐在主座，郭博英和林兮坐在马东两侧，泾渭分明。

马东说了些冠冕堂皇的话，让李正天不要有压力，更不要有想法，这是很正常的内部审查，未来将会常态化云云。他这些话是说给姜力听的，警告他以后各方面都要规矩起来，否则这就是下场。

说完这些话马东就离开了，会议室里就剩下他们四个人。

郭博英并没有着急说话，他先是翻阅了一会儿文件，做足了样子，然后才慢慢抬起头，对李正天说道："手机交出来。"

"为什么！"姜力代表李正天抗议道，"只是调查一个案子，用得着收手机吗！"

"这是规定。"郭博英平静地说道，"为了避免串联串供。"

"你把话说清楚，谁串联串供！"姜力脸涨得通红。业务讨论他或许还能压郭博英一头，但是这种场合他完全就不是郭博英的对手。

"谁不交手机，谁就有可能串联串供。"郭博英看着李正天，脸上抑制不住露出得意的微笑。

李正天把手机扔到桌面上，拍了拍姜力的肩膀，反而安慰他："别着急，交就交呗，反正我这破手机也用好几年了。"

接着他转身看向郭博英："郭副局长，咱们抓紧开始吧。"

郭博英点了点头："这才是配合调查的态度，咱们现在开始。姜队长，你可以回去了。"

姜力起身正要离开，被李正天拽住。"你现在和搜查队联系，让他们今天就进山区找，沿着公路找。"

楚冬

"山区?"姜力愣住了,"为什么?"

李正天看了眼郭博英,对姜力说道:"你先去找,找着了我再告诉你为什么。"

"行了!我去安排了!"姜力迈着大步出去了。

房间里只剩下李正天、郭博英和林兮。

"为什么要去山里找?"郭博英表情严肃地问道。

李正天知道郭博英已经开始进攻了,以前他也怕领导板脸这一套。但后来他发现这也不过是纸老虎,利用人类从出生起就不断巩固的屈从意识进行恐吓。因为人是社会动物,会下意识地认为板着脸的人阶级比自己高,因此更容易顺从表情威严的人。于是才有了那句话:菩萨低眉不如金刚怒目。

自从发现了这个规律,他就开始有意识扳这个毛病。他不断告诫自己,都是两个肩膀顶一个脑袋,凭什么你摆着张臭脸我就要听你的?经过反复心理建设,他开始掌握一些不卑不亢的诀窍了。

他点了支烟,平静地说道:"我要是不告诉你,你是不是还得用中美合作所那套?"

他看到林兮愁云密布的脸上忽然透出一抹阳光,那一瞬间,他觉得林兮是一笑倾城。

郭博英依旧严肃,他扶了扶眼镜说道:"我不知道你为什么有这么强烈的对立情绪。我们是同事,是战友,我为什么要对你逼供呢?我只是单纯地想讨论一下业务。"

"讨论业务?那你把录音笔关了。"李正天耸了耸肩说道。

郭博英并没有关录音笔,他翻开厚厚的笔记本,每个领导都有一个这样神秘的本子,鬼知道他们在上面记什么。也许他们什么都不记,只是装模作样。李正天看郭博英的手势是在写今天的日期,12 月 20 日,一个平淡无奇的日子,但对他来说却不是。他终于被郭博英抓住了。

他曾经以为只要自己问心无愧,就永远不会被郭博英拿捏住。他太天真了。

他本该很痛苦,很紧张,可他没有,反而觉得很放松,以至于他怀疑自己是不是压力过大,脑子里那根弦崩了,变成疯子了。

"我想提醒你,我今天来是为了我从来没犯过的错误接受内部调查。一没证据,二没逻辑,凭着捕风捉影的猜测就能启动审查,连一句合情合理的解释你都拿不出来。"李正天笑着说出这番话,"就这样你还能安稳坐在那里,跟我聊战友、同事。你现在知道我为什么会有这么强烈的对立情绪了吗?"

郭博英并没有因为李正天的忤逆而生气,他平静地说道:"我理解,但是抵触情绪无助于调查。我要提醒你，审查是为了优化未来工作的程序，从本质来说是为了保护你们这些一线干警。"

接着他拍了拍手边的档案袋，说道："你都不知道你的案卷有多少漏洞，简直是千疮百孔。"

"是吗？那你说说看。"李正天轻描淡写地说道，这两句话已经把他的火勾起来了，他努力压抑着情绪，不想让郭博英看出来。

"第一个问题，你为什么独自和嫌疑人见面？没有别人和你一起去？"

"因为我要假扮成保安和他接头。"

"你成功了吗？"

"没有。"

"你有没有评估过假扮保安失败的概率有多高？"郭博英问道，"或者说你认为被对方认出来是偶然的还是必然的？"

李正天想了想回答道："应该是必然的。"

"既然如此，你为何还要独自去抓捕他？"郭博英问道。

这个切入点找得很好，除非极特殊的情况，否则任何抓捕任务都不允许单人行动，一方面是保障干警的安全，另一方面至少要保证双人互证，才能确保程序是正确的。看来郭博英是做过充分准备的，李正天想着。他看向林兮，林兮也正在看着自己，眼中似乎带着同情。

"因为我要确认他认不认识保安。"李正天回答道。

郭博英没想到李正天会这样回答，他愣了一下。

李正天不给他思考的时间，继续说道："如果他没识破我，就说明他不是包皮匠，那么我也不会暴露身份，我会把东西给他，让他去见包皮匠。这样我们就可以在后面跟踪。"

他一边说一边看向林兮，林兮眼睛亮了起来。

"如果他识破了我，就说明他是包皮匠。"李正天说道，"我评估过，这种情况下我有百分之百的把握不让他逃走。"

郭博英沉吟了几秒钟，然后说道："这些你没写在报告里。"

"厨子也不会把炒菜绝活写在菜谱上。"李正天平静地回答道，"当然，我没写是因为没有规定要写出行动思路。"

"所以你确定那个人就是包皮匠？"郭博英问道，"他有没有可能只是一直替包皮匠接头的送货员。"

李正天摇摇头："不可能。第一，原本只有一个保安知道他的身份，现在又多一个送货员，这是任何凶手都不能接受的风险。第二，送货员不会辨别保安的真假，因为他不是凶手，他没有这个警惕性。第三，就算送货员发现保安是假的也不会跑。因为他没有做贼心虚。只有包皮匠会有持枪拒捕的反应。"

"你认为他没有同伙？"

"我之前一直是这么判断的。"李正天说道，"但现在情况有了变化。"

郭博英看了眼林兮，林兮心领神会，拿出一份文件，隔着桌子递到李正天面前。她今天穿了一身套装，俯身的一刹那，雪白的胸口就像原子弹爆炸一样晃瞎了李正天的双眼。李正天立刻低下头，装作无事发生，两眼机械地在文件上扫视，根本不知道上面写的是什么。

"这个你有印象吧。"林兮说道，"这是保安的口供。"

"嗯。"李正天拼命收拢被炸得四分五裂的理智。

"你有没有发现什么问题？"林兮又问道。

"什么问题？"李正天心不在焉地反问道，他从未想象过林兮这么瘦居然还这么有料，真是便宜郭博英这混蛋了。

林兮丝毫没注意他在走神，拿起口供说道："保安说这个人之前一共找他拿了四次货，每次拿 30 千克，这次他只要了 5 千克。你知不知道他每制作一个人偶需要多少原料？需要 10 千克。既然如此，他这次为什么只买 5 千克？"

"因为……"李正天稍微恢复了理智，"可能他之前买的还有剩余，加上这回买的刚好够再做一个人偶。或者……"

说到这里，他停了下来，他明白林兮为什么要问这个问题了。因为凶手的行为习惯发生了变化。这只有两种可能，一是他再杀最后一个就收手了，但一个变态杀人狂主动收手几乎是不可能的；二是他想借着这个机会把保安约出来。

"他想杀掉保安？"李正天问道。

"如果他要杀掉保安，为什么要带一把发令枪？"林兮问道。

李正天听到脑子里炸了一个晴天霹雳，他看着林兮慢慢从地上拿起一个盒子，从里面掏出一把发令枪，放到李正天的面前。与此同时，李正天的手机响了起来。

电话铃声响起的时候，展杰和景樱都激灵了一下。来电号码是一长串无规则数字，这是个网络电话。景樱按下免提键，轻轻喂了一声。

"东西收到了。"展杰抢先说道。

对方沉默了很久才问道："这个男人是谁？"

"警察。"展杰回答道。

又是一阵长长的沉默，但对方没有挂断电话。

"你要干什么？"对方问道。

"我要和你聊聊，关于你女儿的案子。"展杰说道，"见面聊。"

"我和你没什么好聊的。"

"随便你，如果你不想看着张珂逍遥法外。下午两点，在哥伦比亚咖啡馆见面。"展杰说完之后挂断了电话，然后关闭了手机。

"他会来吗？"景樱问道。

"不知道。"展杰摇了摇头。

"你会抓他吗？"景樱看了一眼关着门的卧室，白静在里面睡觉。"当着他女儿的面。"

白静远比展杰想象的成熟，她知道所有事情，但她很安静，很有礼貌地对展杰微笑，给展杰端水，这个受尽磨难的小女孩能直觉地判断谁对她好，也很会讨好人。展杰认为自己是个没有感情的男人，所以他一直否认自己同情这个小女孩。

"不，我想我不会抓他。"展杰摇了摇头。

"为什么？"景樱问道，"你们不是说他是凶手吗？不是全网通缉他了吗？"

"我知道他不是包皮匠。"展杰又摇了摇头，"包皮匠之前作案的时候他还在蹲监狱，所以他不可能是包皮匠的同伙。但现在奚莉莉失踪，他嫌疑最大，几乎所有人都锁定他是凶手了，但我想了一夜，他应该不是凶手。"

"为什么？"景樱惊讶地问道。

15

当展杰告诉景樱白蒙不是凶手的时候，景樱漂亮的眼睛里释放出奇异的光芒，这光芒让展杰怦然心动。

"因为他比凶手高。"展杰说道，"昨天晚上我看到他的背影，他至少有一米九。而那辆面包车的驾驶座调得很紧，司机身高不超过一米七五。当然你可以说他坐在副驾驶上，但如果那样他还得有个司机同伙。可是谁愿意在这种情况下担上十年刑期给他当同伙呢？而且绑架奚莉莉不是难事，他根本用不着再找一个同伙。"

"也许他有朋友，或者家人什么的。"景樱顺着展杰的思路推演道。

"如果他有信得过的人，昨晚来找你的就不是他自己了。"展杰说道，"从法律层面看，白静是他唯一在世的亲人了。说到朋友，你觉得在监狱待了七年的人会有那种过命的朋友吗？"

景樱听了不住点头，然后问道："既然如此，你们为什么还要通缉他？"

　　　　　　　　　　　　　　　　　　　　　　　　　　　　焚冬

"因为我说话没人听啊。"展杰伸了个懒腰,"况且,就算他还没犯罪,估计马上也要犯罪了。"

"你这是什么意思?"

"半小时前,张珂被取保候审了。"展杰晃了下手机。

李正天看着发令枪,他甚至开始佩服林兮,居然从迷宫一般的物证仓库里翻出这个东西。他等着郭博英问出那个盘桓在他脑海中好久的问题:他在行动中为什么没有按照程序确认对方的武器。他永远也不会说出那两个字:害怕。

他用了七分钟讲述完整个过程:从如何部署,到包皮匠出现,两人对话,皮匠认出他,向他开枪,两人追逐枪战,包皮匠跳楼死亡。平时他说完这些只需要五分钟,今天他说得格外慢,他不想让郭博英看出他在慌张。

林兮像是在听一个英雄故事,她微张着嘴,直直注视着李正天,倒有点像毛彤彤第一次听他讲这个故事时的样子。只不过他没有和毛彤彤讲细节,那些都是机密。

每个刑警都是讲故事的好手,姜力就是靠这个娶上媳妇的。姜力把这个故事捋得毫无破绽,又仔细雕琢了李正天的演技,这才放心让他去外面汇报。要不是包皮匠死而复生,这绝对是个能流传许久的好故事。

果然,郭博英问道:"你没有注意到他用的是发令枪吗?"

"没有。"李正天摇头道,"我默认他的枪是真的,所以我的注意力都在如何寻找掩护和抓捕上面。"

"当时你也没有呼叫支援。"

"枪响了,他们肯定能听到。"李正天顿了顿又说道,"而且他们第一时间冲上来了,只不过我们跑得更快。等他们上来时,包皮匠已经跳下去了。"

"无人机呢?"郭博英问道,"你们为什么没用无人机拍摄下这个过程?"

那天他们带了三架无人机,两架守住逃路线,一架跟着李正天。行动前十分钟,李正天忽然发现了一条掩藏在乱草丛中的排污管道,管道有一人多高,里面竟然还有岔道,能直接通到一百米外的河滩。这时所有人员都已经撤出了,也不可能赶回来。

其实这并不算他们的失误,因为这个排污管道就是厂家故意掩藏起来的,厂里的人也没和他们说这条管道可以直通外面。

李正天有两个选择,要么继续让无人机盯着自己,这样做绝对符合程序,但是他和包皮匠见面后一旦出现意外,包皮匠就有可能跑掉;要么把无人机派去驻守河滩,这样包皮匠就算跑出去也丢不了。

他选择了第二个方案,给自己留下了一个永远说不清的黑匣子。如果他当时选择让无人机跟着自己，或者干脆重新评估风险放弃行动，无论包皮匠同样会跳楼身亡，还是躲过抓捕继续逍遥法外，至少他不会坐在这里。

面对现在的结果，没有人不委屈，除非他是傻子。李正天觉得自己不后悔当时的做法就已经挺爷们了，让他现在不窝火，那实在是强人所难。他等着郭博英说出那四个字：违反程序。

郭博英果然叹了口气，似乎在进行一个艰难的抉择。这种表演李正天看得多了，至少三个女人这样叹了口气，然后说你是个好人，但我们不合适。他甚至能感受到郭博英内心的窃喜，他计算着打郭博英一顿的最大代价是什么，如果打得够狠应该会被开除。这时他想起了婉柔，胸中的烈火降下去一半。

郭博英在本上做了记录，然后说道："这个点我们先放一放，继续往下说。"

"这个点还不够吗？"李正天直接问了出来。

郭博英愣了一下，很快明白了他的意思，但求速死。他正要说话，手机响了起来。他拿着手机去外面接电话，会议室里就剩下李正天和林兮。林兮冲李正天笑了，然后说她从来没听过这么精彩的故事。

李正天点点头，默默拿起一支烟放在嘴里。一个红脸，一个白脸，这是要拿自己当春节过吗？有这个必要吗？直接定性违反程序，一撸到底还不够吗？难道这还不能满足他们？

李正天忽然想起十年前自己玩的一个网络游戏，叫《魔兽世界》，里面有一对郎才女貌的英雄情侣，但他们的外号叫狗男女。想到这里他也笑了，原来精神胜利法真的能带来愉悦。

"你笑什么？"林兮双手支在桌面上，看着李正天问道。自从李正天开始讲故事，林兮就开始认真地看他。

"没事。"李正天摇了摇头，"这算审完了吗？"

"你是不是还有好多故事，特别精彩的那种。"林兮忽然问道。

"好多呢。我们刑警就靠这些故事娶媳妇呢。"话一出口，李正天立刻意识到自己失态了，林兮没有接话，只是点了点头，气氛变得有点古怪。

过了一会儿，李正天才补充道："我说的是姜力。"

"我知道。"林兮笑了，"你们姜队长的艳史谁不知道。"

就在这一瞬间，李正天产生了一种错觉，那就是自己信任这个女人，他几乎要问她郭博英到底要怎么处理自己。幸亏他及时想起她是郭博英的同伙，这才把到嘴边的话生生咽下去，然后换了一个问题："他去干吗了？"

林兮俏皮地耸耸肩，然后装作神秘地小声说道："我刚才看到他手机了，是老梁打给他的。今天下午是誓师大会，老梁找他估计就是这事。"

"誓师？誓什么师？"

"包皮匠的案子啊，不是移交到重指部了嘛。"林兮说道，"老梁也参加。"

李正天感觉心里一块肉被人挖走了，说不上什么滋味。

"对了，你觉得被害人的前夫就是包皮匠吗？"林兮又问道。

这就开始打探情报了，李正天心里不屑，但还是一五一十地说道："从目前收集的线索来看他的确有嫌疑。"

"你说说都有哪些线索。"林兮打开本，拿起笔，像个乖巧的小学生。

李正天叹了口气，缓缓说道："第一，他刑满释放后不远千里跑回来，却到一个远郊区的物流基地做了保安，而那辆面包车也停在物流基地，这绝不是巧合。第二，他在案发后忽然离开并隐匿行踪。第三，他给我们留下了字条，或者叫挑战书。第四，也是最重要的。"

"什么？"林兮抬起头望着李正天。

"他有作案动机。"

"可他为什么要模仿包皮匠呢？"林兮歪着头问道。

这就是传说中的歪头杀吗？李正天忽然觉得身上一阵悸动，于是忍不住把一个原本不想透露的秘密告诉了林兮。那就是偷卖给包皮匠原料的保安因盗窃罪判了半年，因为刑期短，在专门收监即将刑满罪犯的出监监狱服刑，和白蒙在同一间监舍。所以包皮匠的事情很可能是那个保安告诉他的。

"真的？你是怎么找到这个信息的？"林兮惊讶地问道。

李正天以为她在装，又觉得不像，应该是在真心实意地赞扬自己。于是他拿过林兮的本子，在上面画了张思维导图，一边画一边给她讲，白蒙蹲监狱不可能知道包皮匠的信息，肯定有个媒介进入监狱把消息告诉他。和包皮匠有关系又进监狱的人只有那个保安，所以他只要打个电话就清楚了。

"这就需要你们去查了。"李正天耸耸肩，"我已经把方法告诉你了，你们去他服刑的监狱，问那个保安有没有和他说过包皮匠的事，再调查他出狱前见过什么人，和谁联系过，很轻松能查出来。"

林兮听后不住点头，忽然合上本子，欢快地说道："走，去吃饭！"

"你不等郭局长？"李正天问道。

"领导在二楼吃，我们在一楼吃。走吧，带你尝尝市局的自助餐。"林兮笑着说。

李正天跟着林兮来到熙熙攘攘的食堂，发现自己吸引了很多人的目光。林兮像明星一样不断和人打招呼，这些人对她抱着两种截然不同的态度，要么就亲近到谄媚，要么就阴阳怪气。一个大姐见到她故意大声说："哟，这不是林处吗，您怎么不去二楼吃啊？"

林夕微笑着点点头，然后避开了。

他们找了个角落坐下，林夕若无其事地吃饭，李正天仍然感觉到四周不断飘来好奇的目光。这种窥视让李正天很不舒服，他觉得自己像笼子里的猩猩。

"尝尝这个。"林夕递给李正天一碗鸡蛋羹，"这是我们食堂的特色。"

"所有来这受审的基层民警都让人这么好奇吗？"李正天小声问道，"还是他们的日子实在太乏味了，来个外人就能新鲜半天？"

"不用理他们。"林夕说道，"别那么做贼心虚，没人知道你来受审。"

"那他们看我干吗？我又不是英模。"

"你先回答我的问题。"林夕忽然笑了，"你为什么让姜力去山区找奚莉莉的尸体？"

"郭博英让你问的？"

林夕没说话，把手机转到李正天面前，屏幕上是她和郭博英的聊天记录，郭博英告诉她自己下午要去开会，中午不用等他吃饭了，带李正天去吃午饭，下午她自己审，顺便问明白为什么让姜力去山区找奚莉莉。郭博英一共给她发了三个信息，她只是刚刚才回了个"嗯"。

果然关系不一般啊，李正天默默八卦起来，郭博英好像还没离婚呢，就这么明目张胆了，真是时代不同了。他又想起林夕上午给他递材料时不小心春光乍泄的画面，心里竟涌起一丝酸涩。

"他想知道为什么不自己问我？"李正天若无其事地问道。

"他知道你肯定不愿意告诉他。"

"所以就使美人计呗。"话一出口，李正天又意识到自己说错话了。一上午说错两次话，很容易让林夕误会自己是个轻浮的人。于是他立刻郑重道歉，好在林夕也没生气，还是笑呵呵的。

"我让姜力去山区找，因为平原地区没有。"李正天忽然笑了，"昨天夜里当地派出所已经发动所有村庄进行地毯式搜查了。"

"为什么？"林夕皱眉道，"我不记得有这样的安排。"

"是没有安排。"李正天说道，"是我和张大超故意在那个所长能听见的地方演了出戏，我说市局已经决定，谁能找到人直接升职一级。让他抓紧时间，不要被当地派出所抢了功。"

"然后那个所长就真去找了？"林夕问道。

"是啊。我听张大超说，他发动附近村子里的居民去找，整整找了一夜。把所有平原地区都翻遍了。"李正天笑着说。

"他为什么找平原地区？"

"因为我当时和张大超说奚莉莉肯定在平原。"李正天回答道。

"原来你俩设局耍人家。"林兮也笑了起来，"哎，真看不出来你俩长得都这么憨厚，居然也这么坏。"

李正天看着她笑得眯起眼睛，自己的心情也跟着好多了。

"谁叫他鬼迷心窍，你忘了他跪舔你的德行，整个一条癞皮狗。晃了一天什么事都不干，比泥鳅还滑。一听到立功升职立刻来了精神。但凡换个正常点的人也不会上这种当。"

"所以你当时生气了？"林兮问道。

"我生什么气？"李正天否认道，"我啥时候生气了。"

"你当时就是生气了。"林兮笑着白了李正天一眼。

"好了，我回答完你的问题了，该你了。"李正天小声说道，"他们为什么看我，现在还看呢。"

"因为……"林兮凑过来，小声说道，"因为我。"

"因为你？"

"对，在市局，除了郭博英，你是第一个和我一起吃饭的人。"林兮脸上的笑容慢慢消失了，取而代之的是淡淡的愁容。

16

张珂被民警从独立监舍带到移交区的一间会客室，他的律师坐在里面。民警把他带到后就出去了，这时对面的门打开了，郭博英走了进来。

"奚莉莉的前夫出来了，奚莉莉很可能是他绑架的。"郭博英盯着张珂，面无表情地说道，"接下来他很可能会对付你，你要注意自己的人身安全。"

张珂点头道："我已经请好保镖了。"

"虽然现在还没有媒体知道这件事，但你在取保候审期间不要离开本市，不要外出，更不要惹麻烦。"郭博英叮嘱道。

"放心吧。"张珂看着律师说道，"我们已经掌握足够证据了，如果他们要起诉我，输的一定是他们。而且我已经得到消息，负责这个案子的检察官也不想招惹是非。"

"不要太自信。"郭博英起身说道，"替我问年老好。"

"好啊。"张珂也站起来，微笑着说道，"我一定告诉年老，郭局长对我非常照顾，帮了我大忙，他会感谢你的。"

郭博英从包里拿出一部塑胶外皮的手机，看起来像对讲机。

"随身携带，保证我们随时能找到你。"郭博英说道。

"这就不用了吧，我有家有业的，还能跑了不成。"

"这是程序。"郭博英说道,"你不想因为这点事惹来大麻烦吧。"

张珂走到门口,忽然转过身说道:"对了郭局,我听说恒泰伟业正在收购天港集团,要以民营独角兽的身份进军东南亚和非洲,值得关注。"

张珂和恒泰伟业的老板是马球协会的球友,关系非常好,知道恒泰伟业的内部消息也不足为奇。况且他也是老板,就算知道内部消息,也不会去做老鼠仓这种不好看的事情。他把消息透露给郭博英,就当还他个人情。如果郭博英这周买进一百万,仅仅下周放出风声后的几个涨停板,就至少能赚四五十万。

郭博英知道天港集团正在谋求借壳出海,多家民营企业都在竞争,但鹿死谁手还未可知。所以他相信张珂告诉他的信息,如果拿出两千万来建仓,两个星期后就能再赚出两千万。如果再配上十倍杠杆就是两个亿,那么他就基本能获得财务自由了。但是从哪里弄来两千万呢。

郭博英过着远超一般公务员的生活,对外都说因为他妻子是年薪两百万的企业高管。实际上他们早就完成切割,过着人前夫妻的生活。郭博英的发迹很大程度靠着妻家的能量,后来原配因为他和林兮的事闹了很久,几次差点离婚。但是此时的情形又不同了,他的岳父退休没有了资源,妻子开始要仰仗他的地位和人脉了。

这时他们的婚姻已经成为精打细算的生意,妻子要靠他维持职场竞争力,他维持家庭和睦的假象才能堵住别人的嘴,避免绯闻影响仕途。对他来说,什么都比不上行使权力带来的快感,为了保住权力,他必须不断超车,踩着姜力甚至梁安治的脑袋往上爬。林兮也是牺牲品,他一直和林兮说自己在办离婚,把她拴在自己身边。在他眼里,林兮就是权力的延伸象征,是权力让他能够占有这个美丽的女人。

但他又是贪钱的人,准确地说是贪恋物欲。他的欲望很强烈,他能感受到奔驰车带来的满足感,而坐上同价位的普拉多却很不舒服。他喜欢红酒,现在已经喝到五千块钱一瓶的档次了。他喜欢豪宅,讨厌住在楼道印满小广告、只能露天停车的公房。

其他都好满足,唯独豪宅,动辄几千万,实在超出了他的能力范围。如果他开始收钱——虽然刚当上副职就开始收钱是公认最傻的行为,他就走上了一条饮鸩止渴的不归路。所以他极力克制欲望,同时思考着更保险的取财之道。

这次他终于等来了机会,他只需要凑出两千万的本金。他开始算账:名下的房子能抵押一千二百万;股票有二百万;和朋友合股开的公司大概能拿出二百万,还有四百万的缺口。

他不能和妻子说,虽然妻子拿出四百万不难。这不是钱的问题,而是把自己的把柄送给妻子。他唯一能信任的就是林兮了，他知道林兮刚卖掉家里的老房打算买新房，手上有四百万房款。

于是他给林兮打电话，接电话的却是李正天。李正天告诉他，重指部的人在审讯贩枪团伙的成员时一时大意让对方偷走了打火机挡风用的薄铁片。然后这家伙吞了铁片被送到医院，在医院里趁乱逃跑了。现在林兮正在收拾残局。

郭博英赶到医院的时候已经是半小时以后，林兮脸色通红兴奋不已。李正天坐在石台上抽烟，一副事不关己的样子。林兮一见郭博英立刻冲上来，告诉他李正天把犯人抓回来了。

郭博英一愣，问林兮人是怎么抓回来的。林兮便把原委讲了一遍。当时犯人刚做完胃镜，准备灌肠做手术，需要上几次厕所，于是把手铐摘下来，把他锁在病房里。病房在十九楼，跳窗肯定不可能，门口又有人把手，所以办案人员认为是绝对安全的。

十分钟后，两个办案人员进来查看，却发现窗户大开，人已经不见了。他们立刻封锁了整个楼，把病房搜了个底朝天也没找到人，只好报告给林兮。林兮和李正天一起去了医院，李正天不动声色看着这些人没头苍蝇一样乱撞，最后林兮准备放弃的时候，他说自己来试试。

他进了病房，拿起吊瓶杆捅开了天花板上一处隐蔽的风道检修口，检修口和天花板都刷着白色乳胶漆，不仔细看根本看不出来。然后他搬来椅子，顺着检修口爬进风道。过了一会儿楼板里传出响动，然后李正天铐着犯人跳下风道。

李正天找到犯人的藏匿之处就像他拿着杆子捅开检修口一样简单，可别人就是没有发现。不过郭博英丝毫没有替手下这些饭桶感到惭愧，他坦然向李正天表示感谢，然后把林兮叫走。

他让林兮把四百万借给他，两周之后还给她，不耽误她买房。林兮问他要这么多钱干什么，他一口咬定就是短期拆借给朋友。这是他第一次开口，她无法拒绝，于是答应明天把钱转给他。

"你是不是不打算离婚了？"林兮忽然问道。

"没有。"郭博英立刻否认，"我一直在运作。"

"没有别的意思。"林兮说道，"就是想告诉你，离不离是你自己的事，你不想离没人会逼你。我只是不想再每天应付你这些谎话了。你也不想应付我了吧。"

"怎么了你？"郭博英故意看向别处，小声说道，"又吃什么醋了？我借你的钱绝不是用在那个女人身上，你放心吧。"

"放心？我有什么不放心的？你按时还钱就行，我管你给谁用？"林兮冲着远处几个正在抽烟聊天的重指部的人扬了扬下巴，"倒是您，心真够大的。就这些人，我真不相信他们能破了这个案子。"

"那谁能？"郭博英看向独自抽烟的李正天，"他？"

"他能，但他会帮你吗？"林兮问道。

"想让他帮我还不简单。"郭博英微笑着说道，"你要是真看好他了，我就送你个大礼。"

五分钟后郭博英走了，林兮走到李正天面前，向他宣布了一个好消息：内审暂停。李正天自然觉得很奇怪，林兮告诉他因为现在破案任务紧张，所以她和郭博英要求暂停。

"包皮匠的案子可能会交给他们几个。"林兮看着远处那几个人说道。

"他们？"李正天皱起眉头，"你们也太儿戏了吧，这帮废物连个犯人都看不住，你让他们怎么抓包皮匠？"

"这是郭局定的。"林兮低下头，"我本来推荐你，但是他不同意。"

"你推荐我？"李正天有些吃惊，"我不是在受审吗？"

林兮沉吟了片刻说道："大家都不瞎，谁什么样一眼就能看出来。我和他提出先暂停内审，至少等我把这两个案子办完。我的想法是，既然我们还在一起查张珂强奸继女的案子，我们就还是搭档，我想私下请你帮我，可以吗？"

李正天看着林兮，不知道该说什么好了。过了好久，他才冒出一句话："他知道了不得跟你急？"

"那就不让他知道。"林兮说道。

李正天伸出大拇指，两人都笑了。

展杰领着景樱和白静走进哥伦比亚咖啡馆，服务生立刻热情地迎上来，把他们领到落地窗旁边的卡座。展杰给白静点了深海鳕鱼配意面，给景樱点了烤黑虎虾配奶油蘑菇汤，自己点了一份美式牛排配薯条，又点了无油烤鸡翅和沙拉。

"这的鳕鱼是真鳕鱼，不是那种对身体有害的油鱼。"展杰介绍道，"至少给咱们吃的是真的。"

景樱看了眼菜谱，这些食物加在一起至少五百块钱，于是拿过展杰的手机要给他转账，被展杰拦住。

"我在这吃饭本来就不要钱。"展杰说道，"你再给我钱就更不合适了。"

这时一个穿着背带裤白衬衫的大胖子走过来，给他们倒了咖啡，还给白静拿了一瓶苏打水。

"您是这的老板吗？"景樱问道，"他说他在这吃饭不要钱，是真的吗？"

　　　　　　　　　　　　　　　　　　　　　　　焚冬

"是啊。"老板一边倒咖啡一边对展杰说，"你最近忙啥呢，多久没来了。"

"吃饭没留神让人下毒了，医院躺了好几天。"展杰摇着头说道。

白静被旁边娱乐区的大白熊玩偶吸引，老板便带着她去套玩偶。展杰告诉景樱，这个老板曾经醉驾撞死了个年轻有为的大学教授。

那是个夏天的午夜，车祸发生在一座桥的下坡处。老板开着奔驰车时速超过了80公里，把一个深夜从实验室回家的大学教授撞出十几米，脑袋被桥边的石栏杆撞碎，各种碎片散落一地，场面惨不忍睹。

交警来了以后发现老板满嘴酒气神志模糊，测了酒精浓度高达400，而被撞的教授当场死亡，通常就以交通肇事结案。但是因为涉及人命，必须由刑警到场确认，于是当晚值班的展杰前往现场查勘。

展杰看到撞坏的车头，忽然觉得有些蹊跷，因为奔驰的立标还在，而且没有受到明显破坏。而在一般车祸中，因为车头撞击行人的大腿到腰部的高度，会把行人铲起来滚到发动机盖上，行人的身体肯定会和立标碰撞，而且经常会造成开膛破肚的二次伤害。

也就是说，车撞人的时候并没有把人铲起来，而是向前撞了出去。只有平头货车会出现这种把人撞飞的情况，小轿车几乎不会有。所以只有一种可能，行人被撞时身体是蹲着的，躯干与车头发生碰撞。他又在挡风玻璃上得到验证，挡风玻璃是从里面碎的，外面没有撞击的痕迹。

一个三十多岁的成年男性，为什么会在午夜时分，找了条对行人来说非常危险的桥面下坡，还蹲在了快车道。于是他要求法检中心过来收尸法检，按照命案处理，这一下就惊动了所有人。

在肇事司机已经认罪，现场没有明显证据和疑点的情况下，还要以刑事案件立案调查，在这个城市还从来没发生过。指挥中心主任黄翔远立刻打电话给姜力投诉，让他管好手下不要惹是生非。姜力也犹豫，于是找了李正天。李正天已经听展杰说过前因后果，认为他做得对，于是把这件事又顶了回去。

所有人都等着看刑侦总队丢人现眼，可是法检结果却验证了展杰的判断，教授生前被注入了大量麻醉剂，导致下半身麻痹瘫痪。后来他和李正天几乎没费什么力气就查到了死者的博士妻子是凶手，而原因是丈夫当初和她在一起是贪图她的学术成就和出国伴读的机会，现在过河拆桥另结新欢，于是才精心设计，伪造车祸谋杀了丈夫。

老板本来以为自己的人生已经完蛋了，没想到峰回路转，只被判处了一个终身禁驾。他非常感动，因为展杰并没有因为他是有钱人、开豪车、醉驾撞死了一个大学教授，就自然而然地认为他罪该万死，而是客观审视案件，在他自己都已经放弃希望的时候，还给了他一个清白。

"从那以后我就经常来吃饭，什么贵吃什么，吃得越贵他越高兴。"展杰笑着说，"他这个店有个后门，后门通着小巷，特别适合见点子。你知道点子是什么吗？就是线人，我们见完面，他就从后门走了，就像无间道里演的那样，我就是展SIR。"

"你别说，你把军大衣换成风衣，还真有点那个范儿。"景樱点头道，"对了你为什么每天裹这么一件军大衣？"

"你不觉得很帅吗？"

"不觉得啊。"

"好吧。"展杰说道，"因为这个军大衣是用特殊材料造的，虽然不能防弹，但是能防刀扎，我们叫防刺服。"

"为什么别人不穿？"景樱追问道。

"……"展杰一时无语，这时服务生端来食物，景樱起身笑着说："你别不承认了，你就是觉得军大衣没人穿，有个性。"

说完她一蹦一跳地叫白静回来吃饭，白静怀里紧紧抱着一只大白熊。

白静很喜欢吃鳕鱼，不一会儿就把一整份都吃完了。她安静地抱着大白熊，数着它鼻子上的毛毛。阳光洒进来，软化了展杰周围的一切。他觉得自己穿越到了另一个平行世界，正在和老婆女儿开心地度过周末。他知道眼前这一瞬间的美好都是虚幻的，甚至连这幸福感都是偷来的，但这就足够了，他端起杯和景樱碰了一下。

17

白静依偎在景樱怀里看着 iPad，展杰坐在她们对面，看着远处的路口，行人和汽车在红绿灯的指挥下玩着一二三木头人的游戏。他总喜欢漫无目的地看着街上的行人，看他们的穿衣打扮，看他们的相貌表情，看他们构成这个不完美但生生不息的世界，而自己是个逃逸的分子。

老板过来轻轻拍了下他的肩膀，意思是他等的人已经到后面小巷了。他刚站起来，白静立刻把目光从 iPad 移到他脸上。这个孩子真是什么都懂，但她什么都不说，也许她担心自己说错了一个字，再被送回那个可怕的地狱。展杰很想告诉她那些噩梦永远过去了，但他不敢打保票，因为他知道真实的世界有多么险恶。

他冲白静挤出一个笑容，然后跟着老板穿过厨房来到后门。后门是精钢打造的安全门，只能从里面打开，门中间有个圆形的金属把手，需要花一些力气才能转开门锁。前任金店老板就因为防备不足被贼搬空了店，血本无归。所以展杰让老板装了这个安全门，虽然咖啡店里也没什么好偷的。

老板转开门锁，拉开安全门，一股寒风夹杂着雪花涌进来。虽然大街上和风煦日，但小巷里却刮着大风，这是大都市特有的峡谷效应。展杰走进小巷，迎着飞沙一般的雪粒往前走，白蒙蒙的风中站着一个高大的男人。

相聚一臂距离，展杰停了下来。他面前的男人穿着黑色的长款羽绒服，帽子遮住了脸。他摘掉帽子，露出一张沧桑的脸，和比这张脸更悲凉的满头白发。

"你是白蒙？"展杰盯着他问道，他看起来比身份证上老了至少三十岁。

"谢谢你。"白蒙说道，"我看到静静了。"

不知道是不是风雪刮进他的嘴里，他的声音有些断续。

展杰掏出手铐，托在手心里，伸到白蒙面前。

"和我回去。"

"为什么？就因为我没有到属地派出所报到，偷偷跑回来？"白蒙的情绪立刻激动起来。

"你不知道为什么？"展杰反问道，两眼射出精光。

白蒙摇了摇头。

"不知道那你躲什么？"展杰追问道。

白蒙一时语塞，有些慌乱地动了动身体。

"你不知道也无所谓，先和我回去。"展杰一翻手，把手铐拎在手里，"事情问清楚就把你放了，走吧。"

白蒙往后退了一步，摇摇头："我不能和你回去。"

"为什么？"

"我知道你为什么要带我回去。"白蒙立刻说道，"你想把我扣住，给张珂那个王八蛋逃跑的时间。"

"张珂？他在看守所呢。"

"你不知道吗？他已经放出来了。"白蒙盯着展杰说道，"就在两个小时前。"

展杰愣住了，他万万没想到张珂能被取保候审。

"景医生说的都是真的？"白蒙颤抖着问道，"那个王八蛋居然把静静的生日改了？"

展杰点了点头，然后问道："你怎么知道？"

"什么我怎么知道，不是你让景医生给我打电话告诉我这件事的吗？"白蒙嘶吼道。

"不，我是问，你怎么知道张珂两个小时前被放出来了？"展杰问道。

"我……"白蒙脸上闪过一丝慌张，但他很快就镇定下来，"我今天上午一直在跟踪他的律师。"

"你有车吗？"展杰看似不经意间地问道，却是在打探白蒙的底细。

白蒙摇了摇头："打车。"

"你哪来的钱？"展杰追问道。

"合法途径。"白蒙警觉地回答。

展杰点了点头，然后说道："我有很多问题想问你，如果你配合调查，我以人格担保，一定全力以赴调查你女儿的案子。还有，一旦确定你是清白的，我会立刻释放你，绝对不存在替张珂打掩护。而且警察最讨厌强奸幼女的人，我们和你一样想要把他绳之以法。"

"可你们放了他，我怎么相信你？"白蒙喊了出来。

"那是因为他改了白静的生日，按照《中华人民共和国刑事诉讼法》第六十五条的规定，只能暂时让他取保候审。如果不纠正这个错误，就不能以强奸幼女罪审判他！"展杰的声音也大了起来。

"那还不是你们的人干的！别人能改她生日吗？"白蒙红着眼吼道。

"你不相信我。"展杰仰着下巴说道。

"不相信。"白蒙咬着牙说道，"我知道你引我出来，是来抓我的。"

"我为什么要抓你？为张珂打掩护？"展杰往前走了一步。

白蒙摇了摇头，往后退了一步，右边袖口伸出一截甩棍。

"新闻已经播了，奚莉莉被绑架了。"他说道，"你们怀疑是我干的。"

"我知道不是你。"展杰盯着白蒙说道，"但我还有很多问题要问你。"

白蒙又摇了摇头，往后退了一步，眼中露出惊恐的神色，像是在念咒语："我什么都不知道……我什么都不知道。"

"你不知道什么？"

白蒙忽然从魔怔中惊醒过来，这时甩棍已经完全露出来了。

"你要抓我吗？"他问道。

"你不要逼我。"展杰说道，"我答应过不会当着你女儿的面和你动手。而且你那根小棍对我来说也没什么用。"

"这是你要的东西。"白蒙把一个 U 盘放到台面上，"我只能告诉你，你们要找的人不是我。我回来后一直没见过奚莉莉，她被人抓走的那晚我在值班，你只要看录像就知道我是清白的了。"

展杰拿过 U 盘，然后说道："你不想和我回去，是因为你想对付张珂吧。"

白蒙一愣，不知道该说什么好。

"如果你还想光明正大见到你女儿，就不要乱来。"展杰说道，"我们会把他送进监狱的。"

"我能相信你吗?"白蒙戴上帽子,他又回到了阴影中。

展杰看着白蒙消失在风雪中,然后转过身,看到巷口外一片风和日丽。他放走了白蒙,因为他知道白蒙不是凶手。也许白蒙知道什么,但不重要。关键是他要想清楚自己到底漏了什么。

李正天从库房搬出四个纸箱,上面虽然落满了灰尘,但是可以看到笔迹规整地写着"包皮匠案卷01-04"。李正天拆开箱子,里面装满了档案袋,上面同样写得清清楚楚。他用了不到十分钟就把所有材料全部贴在墙上,可见这些材料已经印在他脑子里了。

林兮看着这些材料,也不由得点头。李正天几乎想到了所有的可能性,很多她没想到的方面李正天都想到了。这面墙就是一个身经百战的刑侦老手的思维导图,极具价值。

李正天忽然叹了口气,接着为了掩饰愧疚点了支烟。林兮静静地看着他,什么都不问他,她知道他自己会说的。果然李正天开口了,他的第一句话就让林兮吓了一跳。

"可能这个案子我办得确实有问题。"他看向林兮,挤出一个微笑,"还不把录音笔打开?"

林兮笑着摇了摇头,歪着头看他。

"那我可说了啊,说完我就不认账了。"李正天又说道。

林兮笑着点了点头。

"这是我们遇到的第一起真正意义上的连环杀人案。"李正天目光随着烟雾飘向虚无,"真正的变态连环杀手,以前我也只在电影和小说里见过。没人破过这种案子,我们都不知道该从什么地方入手,都是蒙的。那怎么办,只好把所有方向都当成主攻方向,然后就是碰运气,看哪条线能有收获。"

"所有方向?"林兮有些惊讶,"我记得这个案子是你一个人办的。"

"我和姜力。大家都知道这是个粪坑,谁愿意往里跳?就我和姜力跟傻子似的接了这个案子。错,就我是傻子。姜力是总队长,他必须得上。你知道吗?我们刑警有个避讳,如果你接了一个案子,又没破,它就会变成你的债,一直跟着你,消耗你。你去总队开会看到扫地的那个老头,满头白发、驼背,他其实才五十多岁。"

"就是因为身上背着没破的案子?"

"运河杀人案。"李正天说道,"那时候我刚上班,印象特深刻,眼看着他一天天就不行了。"

林兮咽了口唾沫："那你还算幸运，抓到了包皮匠。"

"还不知道是不是幸运呢。"李正天摇了摇头，"那时就我们两个人办案，根本忙不过来。第二天要向老梁汇报，头天夜里我们还一点头绪都没有。什么社会关系、作案动机，什么都没有。这时候我忽然想到这东西不是面粉，生产厂家不会太多，而且也不会有普通人买。只要查到有谁不该买他买了，或者哪个模特厂丢原料了，就能找着这个包皮匠。"

"我们都学习过。"林兮点头道。

"但是也有风险。如果包皮匠自己不去进货，找人替他进货呢？有没有可能抓错人，抓错人不要紧，打草惊蛇，再想抓包皮匠就费劲了。"李正天说道，"但当时没时间了，所以我们就上报了这个行动方案。我想等抓到人以后再问他的作案过程、现场、动机，没想到他跳楼死了。所以……其实这个案子还没破。"

说到这，李正天仿佛遁入了黑暗。他点上一支烟，缓慢地抽起来，看着站在墙边认真阅读档案的林兮。

"但是你现在已经找到最后一块拼图了。"林兮一边看一边问道。

李正天点点头："对，这次的凶手认识受害者，这不是随机选择被害人，是蓄谋犯罪。"

"所以呢？"林兮转过头看着他。

"你给我订张高铁票。"李正天说道，"我明天一早出发，去白蒙服刑的监狱看看。"

"好。"林兮看了看表，"下班吧。"

"下班？"李正天愣了一下，他从来没有在这个时间下班过。

"对啊，明天就要出差了，早点回去好好休息，或者约女朋友吃个饭。"林兮拿起包，"不是二十四小时泡在办公室里就能破案的，再说工作也不是生活的全部，明天见。"

李正天看着林兮离去的背影，忽然对自己产生了怀疑。也许林兮说得对，工作不是生活的全部。他为了工作牺牲了太多生活，也许正因如此，当有人批评他工作有错误时，他才会愤怒和委屈。的确是自己心态出了问题，其实他也承认包皮匠案看似铁证如山，实则缺失了很多内容。这一点郭博英说得没错。

不能因为自己付出了很多心血就不能接受别人的批评，他忽然有所感悟，那样永远也无法进步。想到生活，他想起了婉柔，他给婉柔发了个微信，问她有没有买到新手机，婉柔给他回了两个词：买了，正忙。

婉柔是做进出口贸易的，因为时差的关系，每到这个时间点就特别忙。他记得婉柔说过想吃火锅，于是开车到了婉柔工作的大厦停车场，在停车场里转悠了几圈，找到了婉柔的红色卡罗拉。他把车停到婉柔车的对面，不一会婉柔从电梯间走出来。

婉柔原地站住左右看了看，李正天知道婉柔从来不记车位号，正要按下喇叭提醒她，却见她朝着相反的方向走去，然后上了一辆黑色商务车。

李正天感觉头皮发麻，他打着火，开着车慢慢过去，从商务车面前驶过的一刹那，他看到了婉柔背对着他坐在一个男人的身上。她穿的那件红色羊绒衫是他和她一起去买的。

18

李正天看了一眼手套箱，那里放着一把手枪。他忽然狠狠踩下油门，飞快地逃离了停车场，他像魔怔了一样在路上开车乱转，不知道过了多久终于缓过神来，把车停下，在路边的便利店里买了一瓶白酒，喝了一大口。酒气把悲伤和愤怒激出来，感觉不再那么憋闷，开始感觉到疼了。能疼就好，他站在路边喝掉了半瓶白酒，胸中那团脏东西都纾解出来了。

他意识到自己的身体已经酒精中毒，如果不及时处理，今晚可能会冻死在这条冷清的街道。他用仅存的神志叫了辆车，来到毛彤彤的酒吧。酒吧还没开门，毛彤彤看他脸色煞白、两眼通红，猜到是和婉柔之间出事了，于是把他扶到隐藏在红砖墙后面的卡座。

酒保端来香肠和薯条，李正天狼吞虎咽地吃，吃着吃着忽然全吐了出来。他又喝了一些汤，又去吐了一次，折腾好久，身体终于摆脱了酒精的控制。他点了支烟，对着坐在对面的毛彤彤和酒保说了句黑色幽默的话："我没醉。"

他的确没醉，只是空腹摄入大量酒精引起的酒精中毒，神志还是清醒的。也许所有醉鬼都和他一样，都是身体中毒，但人没醉。但在外人看来，他们就是又讨厌又可怜的醉鬼。

"你为啥不上去抽那对狗男女？把自己糟蹋成这样！"毛彤彤吼道，"你怎么能就这么跑了呢！哪怕把他们堵车里，说清楚也好啊！你说你尿不尿！"

"哥是警察，不能知法犯法。"酒保在旁边劝道。

"警察怎么了！警察脑袋绿了就得忍啊！"毛彤彤拍案而起，"不行，我咽不下这口气，我找这个女人理论理论！"

"坐下吧。"李正天无力地摆了摆手，"我应该谢谢她。"

"谢谁？谢那个女人送你绿帽子，还是谢那个男的替你伺候媳妇？"毛彤彤瞪着眼问道。

"谢谢她现在就让我知道了，总比真结了婚再让我发现强吧。"李正天抽了口烟，"只能说我很失败，生活得一团糟，所以女朋友才会和人家跑了。我忽然想起那天她约我去咖啡厅，应该就是想和我说分手。可笑的是我竟然一点都没意识到，更没意识到自己对人家也不怎么好。天天忙工作，挣得还少，人还无聊没情趣，我要是女的我也不跟我搞对象。"

"你这是在反省吗？"毛彤彤瞪着李正天问道，"那照你的意思，武大郎看见西门庆和潘金莲搞破鞋也得反省一下，是不是自己的毛病？"

李正天忽然坐直了身体，眼睛里也有了神，他打了个长长的酒嗝，然后淡然地说道："我就算再怎么闹，我和她之间也完了。她离开了我的生活，但我的生活还要继续。所以我只能反省，这样我在下次搞对象的时候才能少犯错。否则下个对象还会离我而去。"

"哥这话深刻，我提一杯。"酒保端起酒杯。

毛彤彤白了他一眼，李正天端起酒杯和他碰了一下，然后喝了一口。

"今天这酒喝透了。"他有些满意地点点头。

"那这口气我也咽不下！"毛彤彤生气地说道，"这样就算了？太窝囊了！"

"那咋着？揍他们一顿？还是给他们一人一颗金瓜子？"李正天吃了块酸黄瓜，眼角的皱纹立刻堆起来，"我跟你们说，我看到她坐在那个男人腿上的时候我第一眼看的是手枪。你们知道那一秒钟我费了多大劲控制住自己的愤怒，开车走了吗？冲动真是魔鬼，我刚才有一大半是后怕，各种激情杀人案在我脑子里刷刷刷地过。如果我当时没忍住，我的人生就真毁了。"

"哥还能坐在这，咱就烧高香吧。我提一杯！"酒保再次举杯。

毛彤彤想了想也确实如此，她也有些后怕，于是这次举起酒杯："你跟后厨说去烤个肘子，他刚才都吐得差不多了。"

展杰坐在电脑前，屏幕上正在播放一段 13 年前的视频：在一间拉着暖黄色窗帘的卧室里，奚莉莉怀里抱着婴儿，身前放着一张出生证。摄像头仔细拍摄了出生证的各个部分，旁白是白蒙的讲解。白蒙唯一带进监狱的个人物品就是这个存着白静所有照片和视频的 U 盘，他积极改造，努力表现，就是为了每个月能有额外一个小时在电脑里看自己的女儿。

白蒙把 U 盘作为证明白静生日的证据交给展杰，但这个证据还不足以扳倒张珂的律师团，除非视频里的奚莉莉能够作证视频是真的。而且律师也会对视频里的白静进行质疑，毕竟婴儿和十几岁的少女外观相差太大，根本无从比较。尽管法官、检察官和律师都知道这个视频肯定是真的，但法律就是法律。

焚冬

"她出生的时候还没有电子存档，找到纸质存档几乎是不可能的。"展杰有些沮丧，"唯一的出生证还被张珂拿走了，所以这个视频变成了孤证。"

"入学记录呢？"景樱问道，"入学记录不能证明吗？"

展杰摇了摇头："她上小学的时候学校和户籍系统还没联网，入学记录是根据家长提供的户口本填写的。对方律师肯定会主张白蒙用假户口本给她办理入学记录。我知道听起来很扯淡，但他一定会这么说，而且会举证户籍系统的信息和入学记录不一样。这又回到老问题，如果不能证明张珂找人篡改了户籍信息，那么法院会采信户籍系统的信息。"

"那怎么办？每条路都堵死了？"

"对。"展杰无力地说道，"除非能找到篡改信息的人，他还愿意认罪，并指证是张珂指使自己干的，还要拿出张珂给他好处的证据，比如钱或者什么。这个证据链完整了，法院才能认可张珂为了逃避罪责行贿公职人员篡改户籍信息。否则他的律师一定跟打了鸡血一样把公诉人驳得体无完肤。"

"那就是没办法了？"

"我这不是想办法呢！"展杰伸了个懒腰。

景樱捂着鼻子嫌弃道："你怎么都馊了，快去洗个澡吧！"

"不洗。"展杰走到窗边坐下，"洗完还得穿馊衣服，更难受。"

景樱转了转眼珠："你去洗，我给你找身衣服。"

"不。我怕你偷我枪。"展杰认真地说道。

"哈哈哈！"景樱第一次笑得这么开心，"我偷你的枪干吗？"

她走到展杰身边，一手捏着鼻子，一手拽着他的耳朵把他拎起来。展杰嘴里喊着疼，但也没有动手，凭她拽到卫生间。

"你可以把你的宝贝手枪放在卫生间里，卫生间有锁，你可以锁上门。赶紧洗吧，你身上一股动物的味道。"

接着她又拿来一摞男士的干净衣服放在小凳子上。

"这都是我前男友的，都洗干净了，我估计你也不会嫌弃。"景樱说道。

"前男友的衣服还留着？"展杰在一旁叉着手说道。

"衣服没有错，为什么要扔？本来想过两天捐给救助站。"景樱说道，"就捐给你吧。好好洗吧，多洗两遍，别怕浪费洗发水。"

十分钟后，展杰焕然一新从卫生间出来。景樱看到他，漂亮的双眼忽然起了一层雾气。

"怎么了？睹物思人了？"展杰毒舌地问道。

"嗯。"景樱点点头，"其实我知道他还爱我。"

"但是呢？和谁跑了？"展杰又问道。

"那也是没办法。"景樱低下头。

"怎么没办法?"

"毕竟要死一个,否则狗熊会把我们两个全吃掉。"景樱抬起头说道。

"哈哈哈!"展杰拍手叫好,"我想起了一句话。"

"什么?"景樱笑着问道。

"科学研究表明,男人提起前女友,问的都是过得好不好啊。女人提起前男友,问的都是死没死啊。"

"对,女人比男人心狠多了。"景樱说道,"你想想,那些最心狠手辣的是不是都是女人,为了猜胎儿是男是女把孕妇剖腹的是苏妲己,把贵妃做成人彘的是吕皇后,还有这个奚莉莉,把自己女儿送给丈夫做玩物,还给她吃药。男人有没有这种狠角色?"

展杰想了想,然后摇了摇头,忽然问道:"以前你遇到过这样的孩子吗?被继父性侵的?"

"你知道就这一座城市里,至少有一千个女孩和她有同样的遭遇。"景樱小声说道,"只不过她们绝大多数没有机会求救,更没办法反抗。因为做这种事的继父往往是家中强势的一方。这些孩子从小寄人篱下,担心自己反抗后继父就不要她和她妈了,所以默默承受,甚至形成了变态的人生观。没有人帮助她们,我说句难听的话,白静在她们中已经算幸运的了。至少她有机会看到性侵她的魔鬼受到惩罚。"

展杰听完这些陷入了长时间的沉思,这个世界的确是不公平的,它就像一栋摩天大厦,每个人生活在不同的楼层中,也因此有了不同的命运和苦难。而每一层都有一间连接下层的漆黑房间,里面关着这一层的魔鬼,它们随时准备吃掉那些拼命往上攀爬的人。

过了很久,他忽然想到一个问题:"你之前和我领导说白静从十二岁就开始吃药,那个给奚莉莉开药的医生会不会知道她被性侵?"

"如果知道呢?"

展杰跳起来,兴奋地喊道:"如果她知道,那么就算按现在的生日算,张珂第一次性侵白静也是在十四岁以前。"

景樱漂亮的眼睛放出光来,她也跳起来,抓住展杰的手臂。

"你是医生,你应该知道怎么查到那个医生吧。"展杰挑了下眉毛,摩拳擦掌地问道。

19

方琳是个网络主播,她昨晚直播玩游戏玩了个通宵,早上九点才睡。今天又总有送快递的，每隔一两个小时就有人敲门把她吵醒，她就只好扯着嗓子喊一句让快递员把东西放门口，然后再睡过去。就这样一直到下午四点多，她虽然非常疲惫，却怎么也睡不着，于是只好起床，冲了澡化妆，趴在床上看电视剧，等着晚上九点开直播。

她精神萎靡，浑身酸软，于是订了一锅麻辣小龙虾。每次她体力透支，只要吃一锅小龙虾保准恢复元气。没过多久外卖送到了，她正看到兴头上，喊快递员把东西放门口。八点左右门外又响起了急促的敲门声，这时她才蹭到门口，打开门，却吓得尖叫了起来。

一个穿着睡衣的小女孩瘫在她家门口昏迷不醒，脸上红得发亮。快递员端着一大包食物站在门口，恶狠狠地盯着她。

"你孩子都不要了！"快递员骂道。

"这……"方琳愣了好久，忽然想到这个孩子是对面家的。

快递员帮着方琳把孩子抬进房间，孩子浑身滚烫，已经意识模糊，两只小手肿得发红，几根手指的指甲都裂开出血了。方琳这才明白原来白天敲了一天门的是这个孩子。可是她只在电梯里见过一次她和她妈妈，那天她们说了两句，孩子妈妈告诉她自己叫……

"好像叫陈燕妮？"方琳看着对面的警察说道。

医院走廊里人来人往，孩子在病房里打点滴，帮她把孩子送来的快递员已经走了，她不知道该怎么办，只好报警。

"我没见过她家里有其他人。"方琳愧疚地拧着手，"她今天应该是在我家门口敲一天门了，但我没注意。真是……"

"这事不赖你，再说你一个女孩独居，不随便开门也是合理的。"警察一边记笔记一边温和地说道，"你了解她们家的作息时间吗？"

"她妈妈平时六点多回来。有时候我开门拿外卖会看到她。孩子应该上幼儿园吧，说实话我和她们生物钟不太一样，所以也不知道更多了。"

"好，谢谢你报警。"警察拿出一张名片递给她，"如果你有什么想起来的随时和我们联系，她妈妈要是回来的话，麻烦你也和我们说一声。"

"好。"方琳赶紧起身，"那孩子就交给您了。"

她看了一眼病房里的孩子，眼泪掉了下来。刚刚诊断出来的时候，医生以为她是家属，告诉她孩子高烧时间过长，可能会导致大脑永久损伤。她看到公共信息屏里正在播放警方在十三陵进行夜间搜查的新闻，悬挂着探照灯的无人机在山间飞行搜索，就像科幻电影里的画面。

她忽然预感到，自己的邻居可能永远回不来了。

李正天好像做了一个梦，他梦到自己和婉柔结婚了，婚礼进行到一半的时候却发现新娘变成了林兮。林兮的傲人胸部在婚纱的托举下散发着迷人的光芒，他既莫名其妙又有些兴奋。但他更担心换了新娘被人看出来，看到大家都像没发现一样，他稍稍松了口气。

林兮一个劲在他耳边说少喝点，赶紧回家入洞房。可越是这样找他喝酒的人就越多，展杰过来敬酒，姜力也来敬酒，甚至连郭博英都来敬酒。最后他被展杰和姜力扶上婚车，然后林兮也钻进来，娇羞地扑进他怀里。

这时婚车司机转过头，他从没见过这个人，却觉得他无比面熟。他忽然想起来，这个人不就是真正的包皮匠吗？

他猛然惊醒，双腿一蹬，半月板踢到了一件硬物上，疼痛立刻让他恢复了神志，他睁开眼，看到自己坐在高铁车厢里，坐在旁边的林兮正冲他微笑。

"醒了？"林兮笑着问道，"刚才做什么美梦呢？"

一想到自己刚刚遭遇女友出轨就做出这种春梦，春梦对象竟然还是林兮，负罪感和羞辱感同时涌上心头，他挣扎着坐起来，不自然地看了眼林兮，问道："你怎么来了？"

"和你一起出差啊。"

"一起出差？"

"向你学习啊。"林兮笑得很微妙。

"你笑啥？"李正天往旁边一侧身，这才发现他们坐的是一等座，他立刻坐直了身体，向四周望去，整个车厢里都没几个人。"你怎么买了一等座！"

"人家给咱们免费升舱了。"林兮依旧在笑。

"你别老这么笑，我瘆得慌。"李正天有些手足无措，"我怎么上的车？"

林兮告诉他，是一男一女把他送过来的。本来车站不允许醉酒乘客进站，林兮只好打电话求助铁路分局的领导，借了个轮椅才把他送进来的。

"对不起。"李正天挪了挪身体，"我不应该喝那么多酒，耽误事了。"

"没事，你妹妹都和我说了。"林兮撩了下头发，"这种时候喝多点也是人之常情。"

"她和你说什么了？"李正天立刻紧张起来。

"你紧张什么？"林兮笑着说道，"你妹妹说你因为工作不顺心所以才喝这么多酒。你以为她会和我说什么？"

李正天惭愧地捂脸，这时才发现手上戴着手铐。

"哦。"林兮掏出钥匙把手铐摘掉，"他们怕你喝多了闹事，我就先给你铐上了，大家都放心。"

李正天鼓足勇气问道："我是不是德行散大了？"

林兮笑着摇摇头，说了句表现还不错，就继续看杂志了。这时汽笛响起，李正天抬头看了眼车窗外，下面是滚滚江水，他们已经跨过长江了。

　　他掏出手机，有几十条未读信息，都是毛彤彤给他发来的。一开始毛彤彤说看好林兮了，长得漂亮还温柔。她替他问了，林兮现在单身，等他们回来就帮他追。他吓得瞟了一眼林兮，然后继续往下听。毛彤彤又劝他不要伤心，说了好久，最后越说声音越小，终于没声了。

　　然后是展杰发来的信息，说今天要去找那个给白静开药的医生，如果那个医生可以作证两年前就给她服药，或者还知道其他内情，会对案件非常有利。展杰没告诉他自己和白蒙见面了，因为他看到邮件，重指部专案组已经把白蒙列为第一嫌疑人。

　　展杰知道肯定是这个结果，这帮人只会人云亦云，发现一个嫌疑人，就一窝蜂扑过去，不管抓错抓对，反正总在忙就对了。而且他们一窝蜂冲的时候是完全听不进相反意见的，恨不得每个提出异见的都是捣乱分子。等到撞了南墙，他们才装模作样总结一下，每个人都会吹牛自己早就发现不对了，然后相互吹捧，直到下一个嫌疑人出现，他们再一窝蜂冲出去。

　　昨天晚上，景樱带着展杰和白静来到精神康复中心。值班医生和护士都认识景樱和她的小病人，于是便放他们进去做治疗。这里的电脑能够不经授权直接连接精神疾病档案库，景樱找到白静的档案，最早的病例还是她建的。

　　展杰建议她换奚莉莉的名字，果然这次找到了。两年前，奚莉莉在一家私立医院接受精神疾病治疗，医生叫赵玫兰。景樱脸色一下就变了，因为赵玫兰正是她研究生导师。

　　"如果不是我推荐你，你怎么会接触到这个病人。"赵玫兰平静地说道。

　　她是个五十多岁的女性，整齐的花白短发，戴着金丝眼镜，谈吐优雅，一派学者风范。她习惯性地用手电照了照白静的瞳孔，然后欣慰地点了点头，让护士带着白静去隔壁的休息室。

　　"您从来没和我说过。"景樱情绪激动地说道。

　　赵玫兰告诉他们，两年前自己第一次接诊是奚莉莉来的，所以当时她以为奚莉莉就是患者。那些药也是给奚莉莉开的，她并不知道奚莉莉会把这些药给自己的女儿吃。直到一年多以后，有一天奚莉莉带着躁郁症发作的白静来找她，她才明白原来这些药都给孩子吃了。

　　赵玫兰知道，如果这件事传出去就是严重的医疗事故，甚至会毁掉她为之奋斗一生的荣誉和名望。所以她不能给白静建立档案，只能找一个在体制外又有很高水平的医生来给她治疗，于是就想到了景樱。因为景樱是个名不见经传的小医生，她建的病例不会有人关注。而赵玫兰建的病例，尤其是一个幼女患有重度躁郁症并长期服用大量精神类药物的特殊病例，很容易引起关注。

"那您知不知道白静一直被张珂性侵？"景樱颤抖着问道。

赵玫兰沉默了片刻，然后回答道："我能猜到她受到了严重的刺激，但你说的这个事情我不知道。"

"可是医生不是通常都会问发病诱因吗？"景樱又问道。

"是的，通常都会问。"赵玫兰淡然地回答道，"但也有些例外。比如患者需要保护隐私，或者患者家属要求保护隐私。"

"我们可能需要您出庭作证。"展杰在旁说道。

"没问题。"赵玫兰点头道，"但在法庭上，我能回答的也只有这么多。我想我帮不上什么忙。"

"赵老师，奚莉莉纵容张珂强奸她的女儿，并且替这个禽兽掩盖罪行，给孩子喂了两年药，她最后变成什么样子您亲眼所见。现在张珂为了脱罪竟然把白静的生日改了，他很可能会脱罪！"景樱情绪激动，胸口一起一伏。

"如果他脱罪，那一定是我们的法律有漏洞，或者执法人员有问题。"赵玫兰看向展杰，"我能做什么呢？我只是个医生。"

"当您第一眼看到白静的时候，您是否能判断她的症状正是由于服用您给奚莉莉开的那些药物导致的？"展杰迎着赵玫兰的目光问道。

"有可能，但也可能是其他原因导致这些症状。"赵玫兰谨慎地回答道。

展杰知道再问也问不出什么了，于是起身告辞。赵玫兰带着歉意的微笑，把他们送到门口。景樱情绪失落，白静像小狗一样在她身边蹭。

这叫什么来着，展杰想着，对，叫痛苦补偿。他看向赵玫兰，赵玫兰也看她俩亲昵的举动，眼中露出复杂的神色。他知道赵玫兰一定有难言之隐，作为一名副院长级别的知名专家医生，一个年过五十、有一定社会地位的女性，她肯定会有很多顾虑。也许正因为这点张珂才会选择她来治疗白静。

也许在她眼中，白静只是千万个可怜少女中的一个，而张珂则是能给她带来切实利益的社会资源。她可怜白静，但绝不会因小失大。人的良心在抉择面前露出了价码，谁都难逃此劫。所以西方有句谚语：愿我们远离试探。但试探就像幽灵，永远藏在我们的影子里。

"我们只有一个办法了。"景樱咬着牙说道。

20

当地公安局领导要请林兮和李正天吃饭，林兮知道李正天不喜欢这种交际，于是婉拒了领导的好意，请他直接派辆车送他们去位于郊区的监狱。一路上灰蒙蒙的荒野弥漫着呛人的烧秸秆的味道，李正天想起他第一次陪婉柔去监狱时走的路和眼前的很像。那时的他并没有期待什么，只当做一件好事，为将来需要老天眷顾的难关积点阴德。所以当一切结束了，他也不应该伤心。

狱政科科长是个谢顶的中年男人，身材矮小，常年的撇嘴表情让他的嘴角严重下垂。他戴着一副变色眼镜，每当他不想让人看出自己真实意图的时候，只需要稍微偏下头就能掩藏自己的眼神。

他见到林兮的时候努力想挤出笑脸，但嘴角却依然下垂，再搭配笑得下垂的眼角，看起来非常滑稽。

"我们来是为了调查包皮匠案的一些情况。"李正天开门见山，"要不要把驻狱检察官也叫来。"

"不用。"科长拘谨地笑了笑，"检察官开会去了。"

三人在会面室干坐了一会儿，狱警把犯人带进来，科长填写了几份表格，便和狱警一起出去了。犯人认得李正天，一时不知道该是悲还是喜。

"警官，我该说的都已经说过了。"犯人首先开口。

"我问你，包皮匠的事情，你有没有和这里的人讲过？"李正天问道。

"没有。我哪里敢！"犯人立刻否认道。

"不敢？"李正天凑过去瞪着他，"你想好了再说，你还有两个月就能出去了，老老实实和我说保你平安。要是敢隐瞒，可就不是再蹲半年这点时间了。你认识不认识白蒙？"

"认识，我们是一个互监组的。"

"你有没有和他说过包皮匠的案子？"

"警官，我真的没说……"

"啪！"李正天一拍桌子，吓得犯人一激灵。

"狱政科长就在外面，你想让他问你吗？"李正天问道。

犯人立刻瘫软了下去。

"说过。"犯人眼中闪过一丝恐惧。

"都说过什么？"李正天追问道。

"我知道的都说了。"犯人哭丧着脸说道，"他说他是个作家，想要写本包皮匠的小说，还说要给我一半出版的钱。"

"那你有没有告诉他包皮匠的车放在哪？"李正天问道，"我们带你去指认过这辆车。"

犯人点点头。

"也告诉他车牌号了？"

犯人又点点头。

李正天松了口气，回到自己的椅子上。

"如果有人问你我们问你什么了，你就回答我们又让你把和包皮匠交易的过程重新说了一遍，别的什么都没说。"李正天说道，"这是为你好，懂吗？"

犯人不住点头。

回程的高铁还有三个小时才发车，李正天和林兮坐在高铁站的咖啡厅里打发时间。林兮问他为什么不和狱政科长说他们来了解白蒙的情况，李正天回答因为监狱里不允许服刑人员相互交流案情，如果狱政科长一旦知道他们是来了解白蒙的情况，就会意识到他们之间交流案情了，为了保护自己的政绩，很可能会警告犯人什么也不许说。

接着他和林兮讲起十年前的马猴案，城北地区有个外号叫马猴的男人，专门用链球砸人后脑勺，砸倒之后就抢劫。很多受害者就被一下砸死了，活着的也都是重伤。马猴被抓后没过多久就枪毙了。没想到两年后又冒出个马猴，同样的作案手法。李正天跟着师父破案，自己假装残疾人夜里出门钓鱼，终于把这个人抓住，才弄清原委。

原来马猴在执行死刑前一直关在看守所（死刑犯不进监狱），和一个名叫老瘪的惯犯说了他的作案经过。后来这个老瘪和第二个凶手当闲聊说了，说者无心听者有意，这个人出来后就冒充马猴作案。

后来他们去看守所取证的时候，老瘪却死活不承认自己说过这些。还是梁安治发现了其中症结，亲自找到所长。所长这才松口让老瘪说出实情，而且他在说话的时候旁边始终站着一个管教。

李正天说这些往事的时候十分投入，林兮静静地看着他，眼中流露出敬佩的目光。李正天说完案情，两人又陷入了沉默。这时林兮手机响起，李正天看到上面显示郭博英来电。林兮冲他一笑，然后拿起手机走开了。

郭博英上来就问林兮什么时候能收到全款，语气竟然有些急切。林兮问他还有没有别的事，郭博英回答就这个事。林兮说现在就把剩下的钱给他转过去，然后挂断了电话。

她望着窗外阴霾的天空，内心涌起一股悲凉。她二十五岁开始和郭博英在一起，那时郭博英和第一任妻子离婚两年。两年后她问郭博英要不要娶她，郭博英送给她一颗两克拉的钻戒，然后娶了第二任妻子。第二任妻子把他从一个默默无闻的主任科员变成风头最盛的副局长，作为回报，他不能和妻子离婚，而且必须支持妻家的发展。

林兮知道郭博英已经多久没有和妻子在一张床上睡觉了。没有人甘当别人的第三者，但林兮却逃不出郭博英的手心，因为他最会拿捏别人的软肋。

这些年他们分分合合，在局里闹出好大动静，她最后的尊严都掉光了，成了别人眼中的破鞋。

自从郭博英当上了副局长，他似乎看到了更广阔的空间。他为了前途开始疏远她，比如带着妻子去出席各种社交活动，在无名指上戴上婚戒，再也没有回过他们两人租的公寓。当然，她也没有回去，他们一起养的花都死了。

这些她都可以容忍，但是这一次，郭博英居然利用了李正天。他以前从来不允许自己和另外的男人一起吃饭，要么就和他吃，他不在就自己吃。可能是一种受虐心理在作祟，她竟然也一直照做。可是昨天他竟然让她带着李正天吃饭，她明白他的用意，他在向所有人表明：看，这个女人和我没有关系了，她已经开始和别的男人一起吃饭了。

这就叫背叛吧，她把人生最美好的年华送给了他，现在他为了前途急不可耐地撇清和自己的关系，而且还用这种遮遮掩掩的手段。她不能抱怨，因为每一步都是她自己走过来的，只能说现在梦醒了。

她看着手机，屏幕上显示已经分批成功转款人民币共计400万。她忽然有种如释重负的感觉。

"你怎么了？"李正天问道，他看到林兮脸上笼罩着一股黑气。

"没怎么啊。"林兮挤出一个笑容，重新坐回到李正天对面。

"姜力刚给我打了电话，山区已经全搜遍了，没找到奚莉莉。"李正天顿了顿说道，"郭博英给你打电话也是说这个事？"

"没有，说经侦处的事。"林兮快速调整了下心情，然后身体前倾，摆出聆听的姿势，"你继续说。"

"你们重指部专案组认为现在白蒙的嫌疑最大，准备暂时不考虑连环杀人的可能性了，调低这个案件的等级，全力抓捕白蒙。"李正天说道。

"那你觉得呢？"

"我觉得？"李正天想了想说道，"我觉得现在就调低案件等级，有些为时过早。"

林兮笑了，然后缓缓说道："这一定是郭局长的意思。"

"为什么？这也算是成绩吗？"

林兮本来想说郭博英就是有本事把它弄成一件成绩，但话到嘴边又咽下去了。她毕竟还是郭博英最紧密的工作伙伴，不能因为感情问题影响到工作。于是她说道："调低案件等级是为了让大家松口气。而且这个案子已经在新闻上播出好几轮了，他应该也不想搞得人心惶惶。"

"这倒是。"李正天丝毫没注意林兮的情绪，依旧沉浸在思考中。

景樱把灯光调成暖黄色，白静安静地躺在四周包起的小床上，手边放着她最喜欢的布偶玩具，身上盖着珊瑚绒毯子。这个床名叫母体床，模仿婴儿在子宫里被紧紧包围的感觉，能给人带来最大程度的安全感。

景樱要训练白静自己说出事情的真相，如果实在没有办法，就只能让白静亲自上法庭陈述了。这是个艰巨的任务，她只能一步一步来，第一步是确保听到被张珂性侵的描述时，她不会产生激烈的情绪反应。

一番安抚后，她在白静耳边轻轻说道："张珂经常带你到酒店开房？"

白静点了点头。

景樱松了口气，看来这个孩子比她想象的要坚强。

"这件事妈妈知道？"她又问出第二个问题。

听到妈妈两个字，景樱身体抖了几下，眉毛纠结在一起。

"那个被永远挡在城堡门外的坏女人知道吗？"景樱改变了措辞。

白静的情绪稍微缓和了一点，她点点头。

景樱等了一会儿，终于问出第一个特指问句："什么时候？"

白静的情绪又激动起来，双手紧紧抓住布偶，表情变得痛苦。景樱并没有终止提问，因为白静早晚要走出这一步。白静的表情愈发痛苦，接着从痛苦慢慢变成诡异的微笑，身体逐渐拧紧，好像大脑已经无法控制身体，被恶灵附体一样。

"六……六年级……"她笑着说道，然后诡异地嘿嘿笑了两声。

即便是白天，展杰也感觉后背一阵发冷。景樱向展杰点了点头，展杰走到床边，轻轻问道："你告诉了爸爸？"

"没有。"她继续笑着说道，"爸爸知道。"

"你见过爸爸？"景樱轻抚着她的脸颊问道。

这个问题李正天曾经问过，她没有回答。这次换成了她最信任的景樱，终于回答了："爸爸回来就见面了。"

想到爸爸，她脸上的笑容逐渐褪去，痛苦的表情又回来了。在这世界上，除了景樱，能给她带来安全感的就只有爸爸了。景樱过去抚摸她的额头，在她耳边低声说话，她的情绪逐渐平静下来，两个鬓角早已被泪水打湿。

展杰看着这个可怜的小姑娘，她才十三岁，她的一生都要承受这种痛苦。景樱可以照顾她一时，但是谁能照顾她一世呢？爸爸吗？展杰想着她那句没头没尾的"爸爸知道"，爸爸为什么会知道？谁和他说的？是不是出狱前就知道了，所以出狱当天立刻跨越千里回来找女儿。

他想象着白蒙在火车上焦急痛苦的样子，是啊，如果换作是他，他也一样会无比煎熬。那么接下来，他回来后就立刻来见女儿，然后部署复仇计

焚冬

划，终于在 12 月 18 日那天绑架了奚莉莉？

不，绝不会！展杰终于找到了答案，奚莉莉被绑架的当天张珂还带着白静去开房。而凶手选择在这一天作案，正是为了揭露张珂性侵白静的罪行。这是一箭双雕的策略，但一个父亲绝不会不顾女儿被继父强奸而去向前妻报仇的！

如果是白蒙，他一定会先去救女儿。所以 12 月 18 日那天，就像他自己说的那样，他根本没有参与绑架奚莉莉，他也不知道张珂那天会带白静去开房。

展杰为自己的发现而颤抖，他走出房间给李正天打了个电话，告诉他白蒙在出狱前就知道白静被张珂强奸的事情，这绝对不可能是那个保安告诉他的。他把自己的判断告诉李正天，等他说完才发现对方早就挂断了电话。

21—1

楼梯传来咚咚的脚步声，她的心脏立刻跟着猛烈地跳动起来。又是新的一天了？她在黑暗中睁开眼睛，眼泪顺着眼角流下来。她恨自己懦弱，每天受尽折磨，却连死的勇气都没有。

房门打开，一束光线照进来，紧接着吸顶灯打开，房间一下亮了起来。她闭上眼睛，浑身颤抖起来，身体各处绑着的小铃铛发出叮叮当当的声音。

她被带到天台的玻璃房里，四周一览无余。不远处几个园丁正在修剪花坛，旁边两个物业工作人员在聊天。看起来很和善的一家五口人在销售顾问的带领下从她脚下走过，销售顾问一边走一边讲解这个别墅社区的优势，一家人听得津津有味。

"救救我！救救我！"

她冲到玻璃墙旁边，用力拍打玻璃，但楼下的人丝毫没注意到。男主人似乎听到什么，回过头朝玻璃房看过来，接着又看向身后，停顿了几秒后就去追家人了。他当然什么都看不到，因为这个玻璃房是单向玻璃的。

她蹲在地上号啕大哭，这时身后传来了兴奋的呼吸声。

高铁呼啸着驶出站台，天上流动着一眼望不到边的碎积云，阳光有时被它们挡住，忽明忽暗，一如李正天喜忧参半的心情。

白蒙身后真的藏着一只黑手，而且这个人已经露出马脚，这意味着案情有了重大突破。但是他们再回监狱调查一定会遇到防备甚至抵制。最简单的逻辑，一个常年被评定为改造良好的犯人在狱中和可能是连环杀手的人联络，至少说明改造不到位，监管不严格。改造和监管是监狱最基础的两个职能，出现这两个问题就相当于砸了监狱的饭碗。

李正天和林兮产生了分歧，李正天认为回去找监狱领导开门见山地说清楚，请他配合。林兮认为对方一定不会配合，除非由上级协调。

但公安和监狱分属两个不同的体系，按照以往经验，这种事要么就在基层协调好，一旦基层无法协调，很可能一路升级到公安部和司法部之间的公务程序。如果变成这种局面，来回没有一个月是无法走完审批流程的。

"没办法，只能这样了。"林兮摇了摇头，"我们最多在公安部走程序时多找找办公厅，尽可能减少走程序的时间。"

"会不会再死人？"李正天问道。

"什么？"

"那个和白蒙联系的人。"李正天又点了支烟，"如果他是包皮匠的同伙，未来这一个月他会不会继续作案？"

"你说的我都明白。"林兮挑了下眉毛，"你以为就你担心他还会作案？我们都无动于衷？可是程序就是程序，谁也绕不过去。"

"我没那个意思。"李正天苦笑了一下，默默向外走去。

"你去哪？"林兮追上来问道。

"我再回去试试。"李正天说道，"你先走吧。"

林兮一把拽住李正天的胳膊："你跟我耍什么脾气？"

"我没和你耍。"李正天平和地回答道，"我承认你分析得对，我也知道我再回去八成要和他们产生争执，我只是不想把你也牵连进来。如果我和他们撕破脸了，回头还要靠你修复和他们的关系呢。我知道今天很难有结果，但如果我什么都不做就撤退，我一定会很闹心。"

林兮沉默了半晌，终于说道："好吧，我们一起给郭局长打个电话。"

郭博英听完林兮的汇报，沉默了一会儿，说自己打个电话，让他们等十分钟。十分钟后，郭博英果然给林兮回了电话，林兮打开免提让李正天听。郭博英表示自己已经通过当地监狱管理局疏通了关系，对方同意让他们回去调查，但有个君子协定，那就是不得在报告中提到任何关于这次的调查。

林兮看向李正天，李正天对着手机说道："郭局长你放心，这个案子是你们重指部的，报告也是重指部来写。我就是来帮忙查案，其他一概不管。"

郭博英又短暂地停顿了一下，然后说道："好，你们去吧。林兮，再回去以后有什么困难立刻和我说，由我来协调，你们不要擅自决定。"

"好的，郭局。"林兮回答道。

郭博英好像轻笑了一下，然后挂断了电话。

"这回放心了吧。"林兮笑着说，"有麻烦找领导，总比自己鸡蛋碰石头强多了。"

等他们返回监狱的时候，监狱长亲自接待了他们，狱政科长在旁列席，脸色差得怕人。林兮先表明来意，她一番话如春风过境，氛围慢慢缓和下来。李正天把手机和笔本放在桌面上，又拍了拍身上，示意自己没带任何收录设备。

监狱长倒是很豪爽，一下派出十个实习狱警来帮忙检索资料。狱政科长抽空把李正天请到楼道里抽烟，李正天知道他有话要和自己说，于是跟着出来。

科长看着远处的群山，过了一会儿才说道："我在这里工作了三十年，所有监区和管理科室都干过一遍了。"

"那你挺厉害。"李正天点头道。

"还不是个小科长。"科长苦笑着吐了口烟圈。

李正天不知道他为什么要和自己说这些，于是默默抽烟，等着他继续说。

"我儿子今年考上清华了。"科长笑了起来，脸上露出骄傲的表情。

"你放心吧，今天的事我们不会写在报告里的。"李正天心领神会地说道，"我们只找线索，别的一概不会提。"

"怎么会呢？"科长喃喃道，"上法庭的时候，白蒙和包皮匠认识的过程一定要公开吧。"

"不会。"李正天看着科长，"你有什么顾虑？"

科长摇了摇头："监狱长和我关系很糟糕，他早就想把我弄下去了，这个机会多好。他一定和你们领导说好了，把责任推到我身上。"

"可这样对他有什么好处？"李正天问道。

科长平静地像在说别人的事："你们一走他就会针对我搞纠风检查，然后找出一堆毛病，先内部处理我。等案情公开，他和上级领导也有交代了。看，我已经处理过他了。但是既然事情闹这么大，那就一撸到底吧。"

李正天不知道该怎么接话，于是默默抽了口烟。

"如果你上午和我实话实说该多好。"科长叹了口气，"哪怕你刚才直接找我也好啊。至少我可以自己先把问题报上去，就算被批评处分，也好过监狱局领导发现问题然后一路处理下来。这是不一样的。"

"我……"李正天欲言又止，他本来就是这样想的，却拐到了另一条路上。他看着科长，就像看着二十年后的自己一样。也许他还比不上科长，培养不出这么优秀的孩子。他在科长云淡风轻的聊天中听出了乞求，属于中年男人的隐秘而卑微的乞求。他莫名想起师父，想起姜力，想起自己看到他们乞求别人时难以抑制的愤怒和耻辱。

因为乞求就是被用来拒绝的，人们只会顺从强者的旨意，谁会在乎弱者呢？

科长也想到了这个道理，苦笑着说："你认为和我说了实话，我就不会配合你了，对不对？这也正常。没事，我就是随便聊聊。"

"既然如此，那就说是你主动向我通报的吧。"李正天想了想说道，"我们中午离开后，你又检查了一遍白蒙的材料，发现了问题，把我们叫回来。"

科长看着李正天，过了一会儿才说道："可是这样说你们的功劳就没了。"

"我多吃一个馒头也胖不了，你少吃一顿饭就饿死了，于情于理也得紧着你来。"李正天说道。

"我欠你个人情。"科长感激地冲他点点头。

监狱对所有犯人会面都有视频记录，电话也有录音。他们很快就找到了白蒙和一个人的通话录音，这个人的声音经过了变声。

白蒙：喂，你是谁？

对方：你不用管我是谁，我给你寄的信收到了吗？

白蒙：收到了！张珂为什么要带静静去那种地方！

短暂沉默。

对方：我在信里已经说过，打电话时不要透露任何信息。如果你再这样说话我就立刻挂断电话。

白蒙：对不起，我……我……

对方：我会安排你回来救你的女儿，但你要听话，好吗？

白蒙：好。

对方：记住，第一点，你向监狱要求零点释放。

白蒙：什么？好，零点释放。

对方：你出来后往右转，会看到一辆黑色大众轿车。车没锁门，有足够的油和现金，你打开导航，就知道目的地在哪了。

白蒙：好，出门右转，黑色大众轿车，没锁车门，跟着导航走。

对方：非常好。等你到了目的地，我会再和你联络。

这个电话是白蒙释放前一天下午，白蒙主动往外打的，号码是个虚拟的网络电话号码。记录显示，白蒙中午收到了一封信。由于每个犯人的来信都要经过狱警审查并复印留档，所以他们找到了这封信的影印件：一张张珂搂着白静从酒店大门走出来的照片，照片背后有一句话：亲爱的，想你，给我回电。

这张照片足以让白蒙立刻给寄信人回电话，而经过查实，寄信人是个以出卖身份证信息为生的老太太。李正天知道这种人的营生，他们把自己的身份证交给骗子去骗贷、注册皮包公司，收费标准一次五十到五百不等。等银行和法院找上门来的时候，发现他们住在小破平房里，要钱没有，要命一条。

在征信还不普及的年代，这种人比比皆是。现在他们的生意主要集中在邮寄诈骗快递，一旦对方签收就会被索要高额收费，比如一个保温杯被包装成外星陨石制作的长寿杯，售价从一百涨到一千。

等他们查清白蒙所有的记录，已经是晚上七点了。李正天画出了白蒙出狱后行动的草图，他有惊人的记忆力，清楚记得白蒙使用的所有交通工具。

"他11号出狱，12号回来见了女儿，然后去物流基地做了五天保安，直到案发后失踪。"林兮看着草图说道，"很清晰，但你想表达什么？"

"如果这张图是白蒙自己做的是一回事。"李正天说道，"但如果是照别人想法做的就是另一回事了。"

"怎么另一回事？"林兮看着他。

"这个人为什么要让白蒙去十三陵的物流基地当保安？"李正天反问道。

"他早就想好要用白蒙打掩护了。"

"不仅如此，他还引我们过去，我们所有行动都在他的计划里。"李正天用笔敲着桌面，"这个人绝对不是包皮匠。或者说，这个人才是真正的包皮匠。"

21-2

展杰独自坐在黑暗里，十分钟前重指部的人打电话过来，要他把白静带到专案组问话。他想也没想就拒绝了这帮人的要求。抓捕和审讯是他们的工作，但正义不是。

他知道李正天自顾不暇，于是直接给姜力打电话，说了白静现在的精神状态没法接受问话，又重述了一遍白蒙不是包皮匠的逻辑。姜力为难地表示这件案子已经交给重指部了，郭博英绝对不会听他的话。

"矛盾还是在白蒙身上，如果他能投案自首，他女儿就不用受罪了。"姜力说道，"白蒙不是和那个心理医生联系过吗？你让医生转告白蒙。他要是个男人就出来承担责任，别让女儿替他挡伤害。"

展杰无法反驳姜力的话，这些中年人，只要他们想做一件事，总会找到合适的说辞，比如他们明明就是要把白静抓回去逼白蒙现身，却说成请到警局问话配合调查，让你在字面上找不到他们的漏洞。而你一旦反抗他们，他们就可以拿出祖传的手段来对付你。

"姜队，你也信这鬼话吗？"展杰喊了起来，"他们有本事去抓白蒙，拿一个有严重精神疾病的孩子做人质算什么本事？"

姜力停顿了一会儿，语重心长地说道："这不是本事，这是工作。你不知道这两天有多少人在野地里翻垃圾，一冻就是一天。他们就活该吗？这么多人放在奚莉莉的案子上，其他的案子怎么办？其他案子的受害人就不是受害人了？"

又是这一套，展杰烦躁起来，这些事情之间有什么关系？不抓白静当人质，那些警察就永远在野地里待着，其他案子就不破了吗？但他没法和姜力分辩，他知道在胡搅蛮缠的领域里自己远不是姜力的对手。

"当然。"姜力又说道，"除非权威医院能出具白静的健康状态不适合接受问话的书面证明。本着人道主义精神，我们应该在她……"

展杰脑子里忽然"叮"了一声，他立刻挂断电话，冲出房间让景樱、白静跟他离开这里。这时窗外亮起了蓝色的警灯，他走到窗边，看到楼下广场上停着一辆警车，两个大腹便便的男人正往这栋楼走过来，其中一个掏出手机。

很快展杰的手机响了起来，他没有接电话，带着景樱和白静从楼梯间跑到地下停车场，这时那辆警车也拐了下来。他们东躲西藏终于上了车，展杰和景樱都紧张得有些气喘吁吁，但白静特别兴奋。

"他们要抓白静？"景樱惊魂未定。

"他们要带白静回去问话。"展杰说道，"除非你能找到医院，还得是权威医院，能证明白静现在不适合接受问话。要不然再去找你们那赵老师，她这次总得帮忙了吧。"

"对！"景樱点点头，"她是权威医院的教授专家。"

景樱给赵玫兰打电话求助，赵玫兰听到这个消息也十分气愤，同意帮白静出具证明，但要等到明天早上。

"今晚怎么办？"挂掉电话，景樱开始犯愁。

"去咖啡馆吧。"展杰系上安全带，"那地方绝对安全。"

李正天和林兮从监狱出来已经快八点了，狱政科长亲自开车把他们送到高铁站。李正天告诉林兮自己下午和科长达成的协议。林兮听了有些火大，她认为科长在装可怜，而李正天就这么将来之不易的成果拱手相让，实在是"大方"得过分了。

"我觉得他没说瞎话。"李正天说道，"再说我们本来也没打算找他们的麻烦，反正也要把这件事圆过去，这么解释挺好的。"

"可这是展杰调查的成果，你怎么能说送人就送人了？"林兮质问道，

"你和谁商量了？"

"对，我没资格送出他的成果，以后我会补偿他的。"李正天顿了顿说道，"我也会补偿你们。"

"这不是补偿的问题……"正说着林兮的手机响了起来。

紧接着李正天的手机也响了起来，他们各自接电话，同时得到了消息，因为重指部的人要带白静回来问话，展杰带着白静失踪了。

"别急，咱们先吃口饭。"李正天安慰道，"有展杰看着那个女孩，不会出乱子的。"

听他这么一说，林兮才发现自己已经饥肠辘辘了，她向候车大厅四边的店面望去，很快被麻辣烫的香味吸引。

李正天点了两大盆麻辣烫，两人狼吞虎咽地吃起来。林兮忽然抬头看了一眼李正天，他满脸油光、嘴里塞满了食物，像一只愤怒的河马。她忍不住笑了起来，李正天也笑了。

终于两人都笑够了，又恢复了沉默。过了一会儿林兮首先开口："我也觉得他们带白静回去问话不好，但展杰也不能带她失踪啊。你给他打个电话吧。"

李正天摇了摇头，从盆里挑出一个丸子塞到嘴里，胡乱嚼了两口就吞下肚子。

"张珂强奸继女案是展杰负责的。"李正天擦了擦嘴，"案子的受害人就是这个女孩。如果因为破包皮匠的案子耽误了破强奸案，谁能负这个责任？所以我觉得他这次做得没错。而且你们重指部那些人真是太简单粗暴了。"

林兮刷着手机，她看到郭博英妻子发的一条朋友圈，炫耀她在三亚投资了一座七星山墅酒店，感谢帮她运作资金的朋友们，郭博英在下面点了赞。林兮的眼睛立刻黯淡下来，她理所当然地认为郭博英拿她的钱给他老婆投资了。

她抬起头看着李正天，他还在拼命往嘴里塞食物，于是轻声说道："我理解你，是郭局长让我问的。"

"他为什么总让你问？他不会自己问吗？"李正天一边埋头大吃一边囫囵着说道。

车站响起检票进站的广播，林兮起身朝检票口走去，她不想让李正天看到自己软弱的一面。

咖啡馆楼上是家拳馆，房东是咖啡馆老板，由展杰的朋友肖亮经营。肖亮拿过全国散打业余组亚军，是个一说话就挠头的内向人。当初他还有些名气，本来可以在影视圈发展一下。但他人太老实，被几个骗子制片人忽悠几年，资源都忽悠光了也没拍出一个作品。最后还是靠展杰牵线租了这个地方教拳。

咖啡馆老板说他就算再能打也不会红，因为他太实在了，太实在的人不适合混娱乐圈，永远都会被别人当成垫脚石。所以开个拳馆，过简单轻松、小富即安的生活，对他来说其实是最好的选择。

展杰憋了一肚子火，提出和肖亮打一场。两人换上比赛装备，就开始拳拳到肉地打起来。景樱看得心惊肉跳，老板端了杯红茶坐到她身边，告诉她这两个人打拳是常事，而且势均力敌，势均力敌的比赛最好看。

两人打了三个回合，展杰最终被一拳KO，躺在地上不动了。肖亮帮他取下拳套和护具，还从冰箱里拿出一袋冰拍在他脸上。展杰捂着脸下来，他一身结实的肌肉让景樱看得脸红。

"疼不疼？"景樱皱着鼻子问道。

"不疼，可爽了。"展杰笑着吐出牙套，上面还挂着鲜血。

这时肖亮已经换好衣服走过来，递给展杰一瓶水，然后默默坐在一旁。这时白静忽然走到肖亮面前，扭捏地问他自己能不能去打那个沙袋。肖亮带着白静去打沙袋，展杰、景樱和老板坐下聊天。

没过一会儿，那边传来了白静的喊叫，她一边喊叫一边在肖亮的指导下打击沙袋，发出啪啪的声音。肖亮大声鼓励她，她就叫得更大声，挥拳也更用力。

"我知道张珂，他以前啥也不是，就国企里面一个小员工。"老板看着白静叹了口气，"后来不知道怎么发了，都说他爸是个厉害人物。"

"能有多厉害？不就有俩臭钱吗？"展杰不屑道。

"嗨，厉不厉害的就看你吃不吃这套。"老板说道，"你要是见钱眼开，给钱什么都卖，那他可不就厉害嘛。你要是跟亮子似的，不贪钱不拜金，那他就连个屁都不算，因为他没有能拿住你的地方。"

景樱看着肖亮，感叹道："现在能有多少像他这样的人？就算有，也不敢说自己是，怕被别人当成傻子。"

"姑娘这话说得对。"老板点头道，"你是律师还是医生？"

"医生。"景樱笑道，"您还挺会看人。"

"我看人错不了。你和肖亮就是一种人。对了，你结婚了吗？"老板笑呵呵地问道，"要不我一会儿给你们介绍介绍？就算发展不成男女朋友，至少能成为好朋友。"

"嘿！什么叫他俩是一种人，我不是吗？"展杰反驳道。

老板哈哈笑了起来："你看，这就有人反对了。"

老板站起身，带着景樱和展杰来到三层，这层只有楼下的一半大，被隔成了一套三室一厅的住宅，装修得简约又温馨。外面是个天台。他们来到天台，上面堆满了积雪。

"晚上肖亮去我家凑合一宿，你们就住这。"老板说道。

景樱抬头看了看，这栋楼只有三层，四周都是三十层的大楼。

"我还以为这楼很高呢。"她惊叹道，"原来只有三层。"

"你在底下看以为也是那种高楼，这就叫视觉欺骗。"老板点上一支烟，慢悠悠地说道，"这是这几栋大厦的物业用房，我租了三十年。"

"为什么？"景樱问道。

"因为我以前就在那栋楼里。"老板望着对面那栋灯火通明的大楼，"后来被人打败了，被赶出来了。但我不能走，我要在这里看着。"

"那你每天得多糟心，还得给他们送咖啡。"展杰在一旁说道。

"是啊，我就是得提醒自己，就算不能东山再起了，至少还要保留这颗奋斗的心。如果连梦想都没了……"

"那做人和咸鱼有什么分别。"展杰接口道。

"年轻人，努力，奋斗，fighting！"老板扬了扬手，然后裹紧羽绒服，小心翼翼地走回去了。

展杰和景樱伏在天台边缘，看着五光十色的都市夜景。行人和汽车就像玩具城堡里的小人一样，身上映着霓虹灯的颜色，看起来是那么的温馨欢愉。

过了良久，景樱终于开口："你们不是纪律部队吗？你这样总不接领导电话是不是会有麻烦？"

"接了才会有麻烦。"

"为什么？"景樱盯着展杰的侧颜，他的脸也被晕染上了好看的暖黄色。

展杰叹了口气："你不懂，那些糟老头子都坏得很。"

22

毛彤彤接到一个电话，就急匆匆地关上店门，带着酒保去了夜色酒吧。夜色是著名的夜店，人气爆棚，时至深夜依然有很多客人光顾。毛彤彤其中一个姐们的老公在这里认识了个女人，搞了半年婚外恋，然后和她离了婚。姐们心有不甘，于是也成为这家酒吧的常客。

她今天喝多了，几个男人都想把她捡走。酒吧二老板和她认识，于是用她的手机给通讯录里的人挨个打电话，一直打到毛彤彤这里，终于找到了一个愿意救她的人。

"你不知道，就昨天。"二老板吸了一口雪茄，指着外面说道，"你刚才来的那个路口，有个女的喝多了不省人事，在小胡同的黑酒吧里让人……也不知道那女的后来怎么着了，估计肯定得离了。所以女人千万别一人出来喝酒。"

"哥你真敞亮。"酒保说道，"我提一杯。"

"妹妹你也是开酒吧的?"二老板看着毛彤彤说道。

"是啊，哥好眼力。"毛彤彤抿了口酒。

"干咱们这行的，我一眼就能看出来，"二老板问道，"那你怎么不让她去你的酒吧喝啊!"

毛彤彤凑过去，小声说道："她在你这喝才能喝出感觉，她老公就是在这被人撬走的。"

"造孽啊。"二老板一拍大腿，"今晚她的单免了，以后能不能别来了。"

"别啊。"毛彤彤摸了把姐们的脸蛋，她已经迷糊得无力反抗，"她现在可是个小富婆呢。你不知道她逮老公的时候可牛了，打官司也狠着呢，直接让她老公净身出户了。"

这时进来一个女人，毛彤彤能感觉到一大半男人的目光都被吸引了过去。她回头一看，这个女人不是和李正天一起出差的那个女警察吗? 她怎么一个人来这种地方了?

林兮旁若无人地走到吧台，坐在高脚凳上，向酒保要了一杯威士忌，然后一饮而尽，打了个手势要添酒。就这样她一口气喝了五杯，酒保都不敢再给她添酒了，向二老板投来求助的目光。

二老板来到吧台，刚要开口说话，迎上林兮冰锋一般的目光，立刻让酒保给拿点花生干果，然后亲自给她倒了酒，就灰溜溜地回来了。

林兮一口干掉这杯酒，又朝酒保打手势，酒保只好再给她倒酒。她就这么喝了十几杯酒，神志开始迷糊，朝酒保比了个夹烟的手势。酒保给她拿了一盒摩尔女士烟，她拆开后拿出一根叼在嘴里，这时一个打火机送到她嘴边。

她抬头一看，一个油头粉面的男人正一脸媚笑地看着她。她把烟拿下来，然后吹灭了打火机，拿起旁边的蜡烛点上烟。远处传来一阵哄笑声，几个男人一边拍桌子一边起哄，搭讪男人悻悻离去。

"我看这姐们有点悬了。"二老板低声说道，"她要是喝多了，在我们酒吧睡过去了倒是她福大命大，至少保证明天早上起来还是她。可她要是半醉半醒从这个门走出去了，那就，唉……"

林兮放缓了喝酒的速度，感受着酒精鞭笞她那肮脏而愚蠢的灵魂。回程的高铁上，她忽然看清了这些年的自己，一个卑微的、恬不知耻的小三，尽管她和郭博英在一起的时候，郭博英已经离婚了；尽管她和郭博英在一起的时候，郭博英和第二任妻子结婚，但她依然是那个"小三"。

因为她没有离开郭博英。她很奇怪自己为什么没有离开，当了这么多年的小三。是别人家的老公更有魅力，还是心底的倔强让她死死咬住这块臭肉，哪怕她心知肚明这是个渣男。她钻进了牛角尖，我哪里都比那个女人好，我凭什么要让给她？

她忽然意识到失去理智是多么可怕，她用几乎全部的青春打了一场绝无可能胜利的战役，最终沦为郭博英眼中召之即来的玩偶，那个女人眼中自轻自贱的可怜女人，同事口中要多脏有多脏的无耻女人。她决定要和郭博英摊牌，她只有一个要求，从此一刀两断不再纠缠。

她又喝下一杯酒，整个身体都像被针扎了一样。她要回去了，睡个好觉，不能让这个王八蛋知道她为他喝醉了，他不配。她摇摇晃晃往外走，角落里几个男人相互使了眼色跟着走了出去。毛彤彤要照顾醉酒的闺蜜，于是让酒保跟着出去看看。

酒保跑出来，发现街上空无一人，不仅见不到林兮，连那几个男人都不见了踪影。他又跑到两边的胡同口看了看，里面黑漆漆的看不见人。他赶紧回到酒吧告诉毛彤彤跟丢了，也许那几个男人直接把她拽上车拉走了。毛彤彤急忙打电话给李正天，李正天却不接电话。

林兮在便利店里买了一瓶水，然后摇摇晃晃出来，完全没发现身后跟着三个目露凶光的色狼。她一头扎进胡同里，胡同的尽头停着她的车。这时三个男人跟了上来，一个快步超过她往前走，在前面拦截，两个一左一右靠近她，忽然同时扑过来，一个攥住她的双臂，另一个捂住她的嘴，把她拖进墙角。

林兮被反剪着双臂，嘴里塞上了布条，她连反抗的意识都没有，乖乖地靠在男人身上，胸口起起伏伏。她面前的男人眼中喷出火来，一把撕开她的衬衣，露出白嫩的胸口和粉色的文胸。他急匆匆脱掉裤子，一手掰开林兮的腿，撕开她的裤子，露出雪白的小腹和黑色的蕾丝。

黑暗中忽然飞过来一个物件，砸到男人头上，把他砸了个跟头。

另外两人立刻把他扶起来，他脸上已经血流如注，旁边一地碎玻璃碴。这时一个高大的身影从黑暗中走出来，手里拎着一根木棍。看到就这一个人，另外两人起了狠心，从腰里摸出弹簧刀，同时扑上去。男人不往后躲，反而往前冲，拼着胳膊被划了一刀，棍头戳在一人的喉咙上，棍尾打在另一人的小腹，两人同时倒在地上。

小腹挨打的那人挣扎着起身，被他一记横扫砸到脸颊上，随着咔嚓一声，棍子折成两半，那人栽倒在地，抽搐了两下不动了。被戳中喉咙的那个还在地上翻滚挣扎，男人走过去一脚踢到他头部，把他踢晕过去。

先前被瓶子砸得满脸是血的那个想跑，脚下一滑摔倒在地。等他转过身，看到的却是一个迎面飞来的灭火器。

男人喘了几口气，把躺在墙角的林兮扶起来，遮住她的身体，把她抱起来走出胡同，看到了那辆红色的奔驰 C63。他掏出车钥匙，这还是林兮第一天让他开车时给他的，打开车门，正要把林兮放进去，林兮忽然搂住他，狠狠吻上去。

景樱从来没想过拳击可以让白静恢复平静，打了半小时沙袋，她的眼神竟然比任何时候都稳定。她问白静喜不喜欢打拳，白静笑着点点头。这是她第一次发自内心的笑，在此之前她所有的笑容都是讨好型的。

景樱忽然想到，如果让她在这里待上一段时间，是不是就能鼓起勇气揭露张珂的罪行。更重要的是，也许她就此能鼓起面对人生的勇气。景樱关上白静房间的灯，来到客厅，展杰蜷缩在沙发里，研究着包皮匠案受害者的资料。她给展杰倒了一杯牛奶，然后坐在他身边，随便拿起一张受害者的照片。

"别看。"展杰一边在本子上写写画画一边说道，"晚上该睡不着了。"

"我是医生，见过比这更瘆人的。"景樱毫不在意，又拿起另一张照片看了一会儿，然后说道，"你平时都把这些东西随身带着吗？"

"当然不是。"展杰回答道，"是我从家里拿来的。"

"我没看你出去啊。"景樱有些惊讶。

"那是因为……"展杰认真翻看着卷宗，忽然兴奋地喊道，"YES！我终于找到她们的共同点了！"

"什么共同点？"景樱凑过去问道。

"她们都有个十几岁的女儿。"展杰激动地说道，"都是再婚！她们都和奚莉莉一样！我终于找到包皮匠的杀人动机了！"

展杰兴奋地抓住景樱的胳膊，大喊道："根本不是随机作案，每一个目标都是特定的。就像奚莉莉一样，那些女人肯定也做了什么事刺激到了包皮匠。"

他意识到自己忘形了，于是红着脸松开景樱，站起来踱着步说道："假设那些女儿也受到了继父的性侵，但母亲却视而不见，甚至助纣为虐。所以包皮匠会杀那些母亲，他是在为那些女孩主持正义？那么问题来了，他怎么会知道张珂性侵了白静呢？"

"也许……他是酒店员工？"景樱猜测道。

"对！"展杰点了点头，"酒店员工可能会注意到一对父女入住酒店，走的时候却留下了避孕套或其他什么东西。还有吗?"

"嗯……医生。"景樱说道,"如果她看过妇科的话。"

"妇科医生,或者护士。"展杰转头看着景樱,"妇科诊室里都有什么人?"

"医生、护士、做 B 超的技师。就这些。"景樱耸耸肩。

"明天你帮我查一下白静有没有妇科病历,或者奚莉莉有没有。"

"好。"景樱点点头,然后打了个哈欠。

"你去睡吧。"展杰指了指另外一间房,"你睡那间,我睡这。"

"那多不好意思。"景樱说道,"要不我和静静一起睡吧。"

"没事。"展杰笑着说,"这可比我家舒服多了。"

景樱起身往卧室走,走到一半转身说道:"还有人也许知道。"

"什么人?"

"一个群里的。"

"一个群?"展杰两眼冒出光来,"你是说干这种事的还有群?"

"当然,群是他们最主要的社交方式。"景樱说道,"变态心理学里有一个基础理论,人类越是做变态的事情,就越有和人分享的欲望。"

23

李正天拖着软绵绵的林兮回到了她的家,半小时前那突如其来的激吻让他到现在还心跳加速。林兮家很干净,也很简单,完全不像他想象中的奢华精致。他把她拖进卧室,放到床上,然后才感觉自己已经累脱了。他在床前站了一会儿,俯身把林兮的黑色长靴脱下来,又把她扶起来,把羽绒服脱下来。

他碰到了她的脸,她的脸湿漉漉的,她在哭什么?他给她盖上毯子,然后关上门回到客厅,倒在沙发上。现在是两点半,他打了个哈欠,一股困意来袭,他忽然意识到自己已经不再年轻了。他调了个半小时的闹钟,打算休息一下就走。他不想林兮醒来后看到他,那样他们都会很尴尬。

他闭上眼睛,脑中却循环着林兮扑上来吻他的画面,四周都是她的味道。接着他又看到了婉柔的红毛衣。他看着自己拿出手枪,走过去拉开车门,正要扣动扳机,却看到了一具裸体的塑料模特。

他吓得猛然睁眼,这时阳光已经透进来,他暗叫不好,本来想躺个半小时就走,没想到一下睡到天亮。他刚要坐起来,却看到林兮站在自己面前。她穿着一件粉色的长款浴袍,光着双脚,头上包着毛巾。

"对不起。"李正天撑着酸痛的后背起来，"你昨晚喝多了，我把你送回来的。"

林兮点点头，没说话。

"当时我就想走。"李正天抹了把脸，"但是一路把你扛回来有点累，我就想在沙发上躺会再走。结果一下睡过了。我这就走。"

说完他站了起来，正要往外走，被林兮拦住去路。

"我啥也没干，除了给你脱了鞋。"李正天竖起手指，"我要碰你一下我是孙子，我……"

他话没说完，看到林兮流下了眼泪，于是收住了话。

林兮抹了抹脸，抓起李正天的左臂，把袖子撸上去，露出一道瘀青。

"这是怎么回事?"林兮问道。

"有几个流氓想侮辱你。"李正天埋怨道，"你也是，不会喝就别喝，就算想喝也别一个人去那种地方啊，多危险。我要晚到十秒，你就让人给……"

林兮忽然一把抱住他，在他怀里放声大哭起来。

过了良久，李正天感觉林兮的情绪缓和了一点，于是拍了拍她的后背说道："行了，你家有吃的吗，我给你做点饭去。"

他只找到了半包挂面和两个鸡蛋，于是做了一锅炝锅鸡蛋汤面，和林兮一起吃了。林兮从衣柜里取出一个衣袋，里面是一件和李正天同款的空军夹克。她让李正天试了试这件夹克，竟然非常合适。

李正天看着皮毛的质地和做工，就知道这是个高档货，还是全新的。于是他随口问道："郭局长穿这个是不是大了?"

林兮正在给他掸后背，手忽然停了下来。李正天意识到自己又胡说了，于是赶紧转身道歉。林兮把拉链拉上，手放在他的胸口上感受了一下。

"这是给赵阳买的。"林兮眼睛红了。

赵阳就是林兮的前男友，曾经战胜李正天拿到搏击冠军，后来在一次抓捕行动中牺牲的那个刑警。李正天听到这个名字，脑袋嗡了一下，鼻子也有点酸。

"对不起。"他急忙道歉。

林兮依旧摸着夹克，似乎沉浸在回忆里："我拿到第一个月工资的时候，就想给他买这件夹克，但钱不够。等钱攒够了，他出事了。"

李正天抽了自己一耳光："对不起，我嘴没把门的。"

"不怨你，所有人都说我是郭博英的小三。"林兮淡淡地笑了笑，"人家说得也没错。你的衣服被划了个口子，这件算我赔给你的。"

"这怎么行?"

"没事，你穿着也很合适。"林兮剪掉标签，"你去楼下等我，我换身衣服就下来。对了，刚才专案组给我打电话，白蒙已经被抓了。"

"什么！白蒙被抓了！你开什么玩笑！"展杰冲着电话吼了起来，"他根本就不是包皮匠，抓个屁啊抓！他怎么交代的？"

"我也不清楚，重指部那帮人看得很死。"姜力小声说道，"我就想告诉你，不要让这件事影响你办案。"

"我给你发的你看没看啊？老大！"展杰揉了揉黑眼圈，"我一宿没睡给你整理出来的资料，您抽空看一眼呗！"

"我不用看了，你直接说结论吧。"姜力说道。

"结论就是白蒙根本不是包皮匠，包皮匠另有其人。包皮匠案的所有受害者，除了两个无法确认身份的，其他人都和奚莉莉一样是已婚女性，而且都是再婚，都带着未成年的女儿。我怀疑她们就是因为纵容丈夫性侵女儿才被包皮匠杀了的！"

姜力停顿了一会儿，然后问道："那包皮匠是怎么知道她们的再婚丈夫性侵她们的女儿呢？"

"这我还没想到。"展杰回答道。

"我去！"姜力叫了起来，"那你说啥呢？那我还说包皮匠就喜欢对四十多岁的女人下手，这些女人大多都有个十几岁的孩子。可能是凑巧了，这些被害人都是女儿。你能反驳我吗？"

"给我两天时间，我一定能证明！但他一定不是白蒙。"展杰喊道。

"他是不是白蒙，现在和咱们一毛钱关系都没有了。"姜力说道，"你告诉白蒙闺女，要相信法律相信政府。如果她爸爸真像你说的是无辜的，就一定能安然无恙地放出来。"

展杰还想争辩，忽然转了下眼睛，于是说道："你是想看重指部那帮人出洋相？"

"他们不出洋相天理不容。"姜力愤愤地说道，"你们都破不了的案子，这帮白痴能破，那才是见了鬼了。"

展杰挂断电话，景樱正紧张地望着他。

"没事，人民警察不会为了破案随便抓个人进去顶缸的。"展杰笑着安慰景樱，"就算他认罪，只要证据链不完整也不能随意给他定罪。走吧，咱们再去拜访赵教授。"

李正天跟在林兮后面走进报告厅，里面已经坐满了人。一排摄像机对准了主席台就座的郭博英和专案组的两个中年男人，这两个人还换上了新制服，一副神气活现的样子。十几个记者坐在台下，基本都是李正天的熟面孔。

郭博英见到林兮，指了指身边的位置。林兮走过去，坐在他旁边小声说了几句话，他的脸色立刻变得难看，接连摇了几下头，然后和林兮说了几句话，表情坚定而严厉。

林兮起身回到台下，站到李正天身边。

"他不听我的。"林兮低声说道，"他要宣布已经破案了。"

"我猜到了。"李正天十分淡定。

"可白蒙不是凶手。"林兮着急地说道。

"重要吗？"李正天不屑地哼了一下，"他只需要一个露脸的机会。"

这时新闻发布会正式开始，办公室阚主任主持会议，但很快就被郭博英接管了。他向媒体宣布"12·18案"取得了重大进展，犯罪嫌疑人已经被警方控制。话音刚落，便有记者提出传闻这个案件是包皮匠所为，请郭博英确认这个消息。郭博英回答没有证据表明包皮匠还活着，这是完全不同的两个案件。

接着他又说道："包皮匠案之前是由刑侦总队侦办的，从刑总提交的案卷来看包皮匠已经死于之前的抓捕行动中。我们还没有证据推翻这个结论，在此基础上我们得出了本案和包皮匠案无关的结论。当然我们也不会就此盖棺论定，有任何新的证据我们都会跟进。"

"靠。"李正天小声咒骂道，"他知道这个案子肯定会有反复，现在就开始给我们挖坑了。"

林兮也摇了摇头，她显然也不认可郭博英这种做法。

"假设包皮匠再次作案，你会感到意外吗？"记者问道。

郭博英正气凛然地说道："那也要看是不是模仿犯罪。退一万步说，即便真是包皮匠，我们也会把他绳之以法。当然了，如果涉及我们之前的工作，我们也不会捂盖子，出了问题一定会调查到底。"

"看到了吗？"李正天小声说道，"他比谁都迫不及待。"

"可是白蒙不是凶手，他要怎么收场？"林兮问道。

"你觉得会有媒体真的跟踪报道吗？大家看个热闹而已。"李正天说道，"过个十天半月，人们把这个事忘了，到时候再悄悄把人放了，谁会在意？"

林兮不可置信地看着李正天，李正天冷笑着说："怎么，你跟他这么久，这都看不出来？"

"我从来没往这方面想过。"

"所以他喜欢你。"李正天转身出了报告厅，林兮跟着他出来。

"你去哪？不是去审白蒙吗？"林兮问道。

"你觉得郭局长会让我接触白蒙吗？"李正天拿出手机晃了晃，"再说展杰又给我安排了个活。"

"他还能给你安排活了?"林兮似笑非笑地调侃道,"你终于看邮件了?"

"展杰发现包皮匠案所有被害人都有个十几岁的女儿,他怀疑这些女孩也像白静一样被继父强奸,所以包皮匠杀了她们妈妈。虽然我也搞不清包皮匠为什么要杀母亲而不杀继父,但是他找到的这个方向确实是我以前没想到的,值得去查一下。他已经把这些孩子的信息收集全了,我和他一人一半。"

"我和你去。"林兮说道。

"可是郭局一会儿还要找你。"

"你总拿他挤对我有意思吗?"林兮瞪着李正天。

"我什么时候……"

"那就走。"说罢林兮转身往外走去。

白静一回到咖啡厅就立刻跑到二楼拳馆,肖亮正拖着墩布擦木地板。白静怯生生地问他自己还能不能打拳,肖亮让她先围着拳馆跑二十圈,然后才能打。白静立刻去跑步了。肖亮见到景樱立刻上来打招呼,问她想不想一起打拳。

景樱刚要答应,展杰忽然说她不是已经答应陪自己去调查受害者的女儿吗?说完这话他立刻后悔了,还有点尴尬。景樱也有点尴尬,但还是顺着他的话和肖亮告别,感谢他照顾白静。

两人回到车上,景樱点出展杰刚才没说过让自己陪他一起去。展杰摆出一副严肃的表情,说自己刚想起来,如果他一个人去调查这些小女孩,恐怕会很困难,有个心理学的女医生帮忙就好多了。景樱开玩笑地说她这是要按小时收费的,展杰立刻表态只要能破案,给咨询费没问题。

两人开车前往第一个受害者的女儿所在的中学,这个女孩十四岁,已经上初二了。他们在传达室等了一会儿,看到一个染着栗色头发的矮个女孩走了过来。

展杰和景樱都是眼毒的人,立刻发现这个女孩非常早熟,脱掉这身校服说二十岁也有人信。景樱给她买了杯奶茶,她立刻熟络起来,带着两人来到学校后面的小胡同,拿出烟轻车熟路地点上。

"你是警察?"她瞟了一眼展杰,"还挺酷。"

展杰拿出警官证,打开,伸到她面前。

"哟我去,还刑警。"女孩吐了口烟圈,转头问景樱,"你是他女朋友?"

"我是心理医生,还不是他女朋友,"景樱眨眨眼回答道。

"噗!"女孩笑着摇了摇头,"还挺酷。说吧,想问我什么?是不是那条母狗的事。"

"你说的母狗，是不是就是你妈妈？"展杰问道。

"对，你可以这么叫，但我只叫她母狗。"

"为什么呢？"景樱问道。

"因为她就是啊。你见过母狗吗？跟所有的公狗相好。就你刚才买奶茶那个小卖部的老板，也是其中的一个。"她平静地说道。

展杰点点头，然后说道："我能问你个问题吗？"

"问吧。"女孩又抽了口烟。

"你的继父……"展杰看了眼景樱，想让她接过话去。

"你想问他有没有强奸过我？"女孩平静地说道，"有啊，从我十二岁就开始了。"

展杰感觉耳边炸了一个惊雷，虽然他心里早就这么怀疑，但真的听她说出来的时候，还是无比震撼。就像他可以想象魔鬼长什么样子，但是当魔鬼真的站在面前，他依然会战栗。

他咽了口唾沫问道："你继父有没有被抓起来？"

"抓？你搞笑吧。"女孩瞪大了眼睛，"为什么要抓他？就因为他强奸我？"

"你不知道他这样犯法吗？"景樱问道。

"犯什么法？他花钱把那条母狗和我买了，养我们，不就是为了那事？"

"以前有警察问过你吗？"展杰问道。

"没有，你是第一个。"

"如果能把你的继父送进监狱，你愿不愿意出庭作证？"展杰问道，"他强奸你属于强奸幼女，应该判处十年以上徒刑。"

女孩摇了摇头。

"为什么？"景樱问道。

"判了他谁养我？"女孩说道，"我每个月陪他睡四次，他一次给我五百块钱。他要进去了谁给我钱？"

"现在还睡？"展杰瞪大了眼睛。

"要不呢？你给我零花钱？"

展杰看着女孩，要不是他知道她只有十四岁，他都不敢相信眼前这一切。

"判刑是刑事判决，还有民事赔偿。"展杰说道，"如果你跟他打官司，可以判他倾家荡产，他有多少钱都得赔给你，然后再关监狱。"

"真的！"女孩的眼睛亮了起来。

"你介意从头说吗？"展杰说道，"或者我们找个地方坐下来聊。"

24

三年前，十一岁的孙美宸和妈妈在老家县城守着两间门脸房生活，一间租给五金店，一间她妈妈自己开了个小卖部。忽然有一天，打扮得花枝招展的二姨来找她妈妈，两人谈了很久，妈妈终于跟她一起走了。

孙美宸的爸爸在南方打工时死了，工厂赔了六十万，孙美宸的奶奶要走了四十万给她叔叔买房结婚，剩下二十万买了这两间门脸。之后奶奶一家人就再也没出现过，她听大人说奶奶怀疑她不是她爸爸的孩子，当然这些话也是她后来才慢慢懂的。

所以她妈妈才会义无反顾地离开这里，把她和两间门脸房托付给了自己的弟弟。半年后她回来了，把孙美宸也带走了。孙美宸只记得坐了好久的汽车，又坐了好久的火车，终于来到一个又吵又闹、全是高楼大厦的地方。

妈妈把她带到一个家，家里有个男人，比她印象中的爸爸要老。他头顶没有头发，戴着厚厚的眼镜，脑门特别亮，就像寺庙里的老寿星。妈妈让她叫这个男人爸爸，她叫了，因为她非常饿，而桌上摆着丰盛的食物。

在舅舅家住的那半年，她只能在刷碗前的那点时间吃剩饭，中午在学校更是没钱买饭吃，舅妈的说法是女孩吃多了以后不好找婆家。有个坏男孩跟她说，摸她屁股一次给她二十块钱。她答应了，然后感觉一只冰凉的小老鼠顺着裤子伸进去，很快又缩了出来。男孩眼睛闪过一丝惊慌，拔腿跑了，但是她拿到了二十块钱。

以后每天她都有二十块钱买面条和牛肉汤，她只要二十块钱，所以每天只让这一个男孩摸屁股。就这样过了半年，她离开了家乡，也学会了这种最古老的生存法则。当继父把手伸进她裤子的时候，她并没有躲，然后她得到了一部苹果手机，还有休学一周的奖励。

她不恨舅舅，不恨那个坏男孩，甚至不恨继父，唯独恨自己的妈妈。她为什么把自己生下来却不管，连母狗都会保护自己的崽，何况是人？所以她连母狗都不如。但她又流着她的血，这让她十分痛苦，因为她最终可能也会变成这样的人。

直到她妈妈被害，她也没有一点悲伤，只想着这件事赶紧过去，那些围着公安局吵闹要赔偿的亲戚赶紧滚回老家，她就能继续着每月两千块零花钱的快活日子了。她甚至变成全班最有钱的学生，她可以给喜欢的男生买可乐，买漫画，请他吃东西。她开始抽烟喝酒，因为这两样宝物可以缓解她内心的恐惧，对未来的恐惧。

十四岁的她已经打了两次胎，医生说她这辈子都没法生孩子了。她第一反应是等她二十多岁的某一天，当她遇到真正爱她的男人，她就会被扯掉这身画皮，露出早已腐臭的自己。

"他第一次睡我之后，把那玩意弄到我身上，特别恶心。我就去洗澡，可无论怎么洗，那玩意的味道就洗不掉，然后我就知道我脏了。"孙美宸无奈地耸了耸肩，然后吃了一口意面。

在景樱的强烈要求下，她终于不再说那个字眼了。

"你刚才说你打了两次胎。"景樱问道，"你还记得在哪儿打的吗？"

孙美宸想了想说道："一个小诊所，就在平西府那边。"

平西府是全市著名的城中村，规模巨大，全是当地村民的自建房，至少有二十万人在里面生活，龙蛇混杂，治安之乱难以想象。继父带一个十二岁的孩子去那种地方打胎，真是丧尽天良。

想到这里，展杰问道："如果我带你去平西府，你能找到那个诊所吗？"

"我记得诊所旁边就是洗脚店。"孙美宸淡定地回答道。

"赶紧吃！吃完就出发！"展杰夹了一块鸡翅放到景樱的盘子里。景樱见他头上青筋暴露，知道他正在压抑着满腔怒火。

出门的时候，孙美宸又停下来，迟疑地问道："你刚才说的算数吗？他要赔给我很多钱？"

"算数。但你也要好好想想，多找到些他强奸你的证据。"

"证据？"孙美宸笑了，"证据太多了，他自己还拍视频呢，还发到群里。"

"群里？"展杰眼睛亮了起来。

李正天和林兮赶到齐轩东单位的时候，看门大爷死活不让他们进，还扬言齐主任是随便什么人都能见的吗？然后安保处长赶了过来，李正天把他拽到没人的地方，给他看了证件。齐主任虽然是单位领导，但安保处更不敢得罪警察。而且人家既然敢找上门来，就说明齐主任出事了，以后能不能当领导都不好说了。

这些念头在安保处长脑子里只是一闪而过，立刻毕恭毕敬地把他们带到齐轩东的办公室。齐轩东正在玩手机，李正天快步走过去，一边亮出警官证，一边让他放下手机，双手举过头顶到一旁站好。林兮冲上去拿出一个充电宝式的装置，把手机插到上面，手机屏幕出现了数据导出的界面。

李正天让齐轩东靠墙站好，认真搜身，确定他身上没有其他东西，然后让他坐在沙发上，把摄像头摆好，自己坐在他对面。林兮坐在齐轩东的办公桌前，拿出另一个装置插到电脑的 USB 口上，电脑屏幕上也出现了数据导出的界面。接着她戴上手套，开始翻阅他的办公桌。

齐轩东不明所以，吓得满头大汗。李正天使了个眼色，安保处长识趣得退了出去。

李正天问了第一个问题："孙美宸和你什么关系？"

"那……"齐轩东眼中闪过一丝绝望。

李正天在很多东窗事发的人眼中都看到过这种绝望，他知道自己来对了，不等齐轩东反应，又问出第二个问题："她现在和谁生活在一起？"

"和……和我。"齐轩东回答道。

"你们家除了你俩，还有谁？"

"没……自从她妈……"

"把你家钥匙交出来。"李正天伸出手。他听展杰说齐轩东每次都用专门的摄像机录像，现在摄像机就应该在家。

齐轩东交出钥匙，这时林兮已经拷贝完电脑的数据。

"走吧，去你家。"李正天说道。

"好。"齐轩东擦了擦额头上的汗水，"我想上个厕所。"

李正天点了点头，齐轩东去了办公室的独立卫生间。齐轩东锁好门，从马桶后面取出一部老式手机，发了一条短信：保险到期，续交金额6809.18。很快他收到了一条短信：立刻续费。他删除短信，拔掉SIM卡，扔进马桶放水冲掉，然后把手机重新藏好。

接着他从镜柜里拿出一瓶升压药，吃了一大把。他有严重的高血压，吃完这个药很快起了反应，他一头栽到地上。

李正天见他许久没出来，于是到卫生间门口敲门，还是没有动静。接着他从书柜里拿出一个奖杯，敲碎卫生间玻璃，打开门，看到昏迷不醒的齐轩东。

接下来就是紧张而漫长的急救程序，等齐轩东脱离危险，已经过去整整两个小时了。这时展杰给他打来电话，他把齐轩东的家彻底翻了一遍，没有发现任何与拍摄视频有关的东西。

李正天望着夕阳西下，又是一天过去了。他捏着齐轩东的病历，上面写得清清楚楚，齐轩东患有严重的高血压，镜柜里的药是升压药，这个看似胆小懦弱的微末小吏竟然耍了他。但现在再说什么也晚了，他总不能以齐轩东故意服用引发高血压的药物将他逮捕。他从来没有如此强烈的挫败感，唯一让他欣慰的是，这个王八蛋暴露了自己还有同伴。

郭博英严厉地训斥了林兮，在没有得到授权的时候就擅自行动，将一个单位主要领导逼得住院，险些危及生命，造成了严重的后果。林兮看着郭博英身后那些专案组的人正在窃笑，气得眼泪在眼眶里打转。郭博英说完这番话，没有给林兮解释的机会，拂袖而去。

郭博英也有他生气的道理，因为这件事一旦处理不好，很容易演变成部门和部门、系统与系统之间的纠纷，这是他们的大忌。他现在必须去安抚这家单位的上级主管领导，听他声色俱厉的言辞下隐藏着什么条件和要求。但不管他要什么，现在的形势下他必须忍耐，除非他们能在下一次市长办公会之前证明这个混蛋真的犯了罪。

张大超找来了技术员打开齐轩东家的保险柜，里面空空如也。孙美宸告诉展杰，齐轩东每次拍完视频都会把摄像机和存储卡放到保险柜里。她惊慌失措地望着展杰，问他还能不能把齐轩东抓起来，她还能不能得到赔偿了。这时物业经理送来了监控视频，一个身材矮胖、戴棒球帽、墨镜和口罩的男人在齐轩东发病后出入他家的楼层，走时拎着一个黑色布口袋。

幸运的是小区监控拍到了这个人，他开着一辆奔驰 E300 轿车，车主名叫彭祖杰，是一家私营企业的老板，但不是这个小区的业主。展杰报告姜力马上全城通缉这个彭祖杰。

"他要是早半小时通知我，我就能堵着这孙子。"展杰指着视频右上角的时间抱怨道，"真是岁数大了脑子不好使了！"

"长江后浪推前浪，你比他好使是应该的。"张大超一边布置检测精液痕迹的暗房一边说道，"你赶紧滚吧，这交给我了。"

展杰转过头看着孙美宸："你之前说你妈是跟着你姨来这里的，你姨呢？"

"我姨……"孙美宸犹豫了一下说道，"她不一定见你。"

"为什么？"

"因为她跟了个社会人。"

25

展杰眼前这个中年男人身材消瘦，光头，穿着半黑不灰的 T 恤衫，脖子上挂着一条小拇指粗的金链子，胳膊上不是纹身就是烟疤，瞪着一双下三白的死鱼眼看着展杰。

这是一家网吧的隔断，没有窗户，屋子里摆着三台电脑，每台电脑上都登录着很多聊天工具招揽嫖客，自动回复信息。三个男人围坐在桌旁炸金花，桌上散落着一些零钱。他们看起来凶神恶煞，在展杰面前却很怂。

"我不知道她在哪。"光头男人说道。

展杰一脚端翻了桌子，三个人同时往后缩了回去。

"老六，你有啥你就说吧！别因为你家那点破事连累我们哥俩！"一个男人叫道，眼睛还盯着地上的五十块钱。

"是啊！警官，这事跟我俩没关系，要不我俩先出去。"另一个也说道。

展杰摆了摆手，两人捡起地上的钱，如蒙大赦一般跑了出去。门在他们身后重重关上，然后传来了一连串惨叫。

"我们俩一年前就不在一块了。"光头男人虚弱地回答道。

展杰没心情听他说自己那点糟烂事，于是打断了他的话："她妹妹和齐轩东是怎么认识的？"

光头男人肿胀的眼中闪过一丝慌张，立刻说道："我都没见过她妹妹……"

展杰把手铐拍在桌上："以前没人找到你，不代表这事就滑过去了。这次你别想着侥幸，老老实实说，不然我有的是办法弄你。"

光头男人偷瞄着展杰："她犯了啥事了？"

展杰站起身，看到墙角戳着一根棒球棍，于是把棍子拎起来。

"好好好！我说我说！她妹妹是在网上认识那个男人的。"

"网？什么网？"

"就是一个同城交友的网站。"光头男人说道，"我还问过她，能不能在那个网站上打打广告，让她多拉点客人。她说那个网只给带女儿的离异女人介绍对象。我估计就是那个事呗。"

"什么事？"

"还能有什么事，买大送小，大小通吃呗。"光头男人回答道。

"不是她姐姐介绍的？"

"不是！"光头男人立刻摇头，"那个网站还是她告诉她姐的。我听她们说过一嘴，她说那个网上的男人都挺有实力的，但是她姐没女儿参加不了。而且人家说必须带十二岁以下的女孩。"

"你见过齐轩东吗？"

"我没见过，她姐见过。"光头男人脸上闪过一丝淫笑，"她们一起玩过。"

"她姐呢？"

"我俩早就分手了，谁知道她又傍谁去了。"光头摇头道，"上次说跟个老板出去玩，玩了一礼拜，一分钱也没给我，还跟我甩脸子。我俩吵了一架，她就收拾东西走了。她这么硬气，可能是那个老板要包她吧。"

审讯室里放着一把躺椅，齐轩东躺在躺椅上，闭着眼睛，脸色煞白，一副快要死了的样子。李正天和林兮就坐在他对面，也不打扰他休息。直到李正天的手机响了两下，他拿起手机看了看，叫醒了齐轩东。

"你倒挺仔细。"李正天说道，"家里一点精斑都找不到，怎么做到的？"

齐轩东冷哼了一声，没有说话。

"还是不打算说吗？齐主任。"李正天说道，"你以为你找人把录像拿走了我们就拿你没办法了？你也太自信了。"

"哼哼。"齐轩东终于开口了："你有证据就告我，我什么都不会说。更不会接受你们这种肮脏的指控，你们这是迫害！"

"我们同事在你家找到很多一次性塑料布，干什么用的？"李正天丝毫没有受到干扰，依旧认真地问道。

齐轩东又沉默了。

李正天点点头："看来你是不打算坦白了，是吧。"

"我有什么好坦白的？承认你们的诬蔑吗？"

"好，你对着它说一遍，把话说全了。"李正天指着摄像机说道。

"我齐轩东，从来没有干过这种伤天害理的事！我绝不会承认你们的诬告，污蔑，侮辱！我要和你们抗争到底！"齐轩东喊道。

"好。"李正天拍了拍手，"有这话就好，我还就怕你一进来就坦白，想混个认罪态度良好。你就死硬到底吧。"

"哼，咱们不知道是谁死硬到底。"齐轩东冷笑道，"明天我还要向市领导汇报工作，好啊，你们千万别放我出去，我就待在这里，看你们怎么收场！"

"你是不是以为每次用塑料布兜着我们就找不到证据？"李正天说道，"你洗澡也用塑料布吗？"

齐轩东愣住了。

林兮拿起一张照片说道："你家所有浴巾都有你和孙美宸的生物残留。西平府的医生也证实了你带着她去打了两次胎，你这个人渣，你完蛋了！"

"而且你还不知道现在科技已经发达到能够从孙美宸身体里检测到你的DNA吧。"李正天拿起一份报告，"精液通常能在人体里存在两天，而你恰巧昨天又一次强奸了她，亲自送上了你犯罪的铁证。这就叫自作孽不可活，老天爷都要收你。"

齐轩东的脸色立刻变得灰白，像死人一样。

"你不用解释了，这个案子可以零口供破案。不管孙美宸是被你强迫的，还是所谓自愿的，反正她没到十四岁，你犯的就是强奸幼女罪。你现在还想继续跟我们抗拒吗？如果不想，你就坐直了好好回答我的问题。如果你能给我们提供我们不知道的情况，或许对你的量刑还有点帮助。"李正天一口气说道。

齐轩东默默坐直了身体。

"第一个问题，你和孙美宸的妈妈陈彩云是怎么认识的？"

"快乐同城网。"对方虚弱地说道。

"继续说。"李正天点了支烟，"我告诉你一个原则，从现在开始，所有我问的问题都不算你坦白。只有我没问的问题，你主动说出来才算坦白。开始吧。"

"我叫齐轩东，我是大概一年半前认识的陈彩云。是通过彭祖杰介绍的快乐同城网认识的。那时我刚离婚，老婆孩子都去了国外。是彭祖杰介绍我上那个网站的，说他们都在玩。他们专门找带着小女儿生活的女人，娶她们回家，其实是为了她们的女儿，他们管这个叫养金鱼。我经济条件不错，又处于精神空虚的阶段，一时立场不坚定就犯下了错误。"

"那天我见了三个女人，是网站组织的，每人见面费是一千块钱。当时我就看好了陈彩云，她长得很漂亮，身家也比较清白，最主要的是她女儿孙美宸长得很好看。我以前从来没有恋童癖，第一次彭祖杰把我和另一个老板叫到他家，让他养的一对双胞胎陪我们，都是十二三岁的小女孩。不知道怎么回事，我当时就产生了淫欲。我们在他家待了三天，从此我就在这方面沉沦了。"

"彭祖杰告诉我，不用和陈彩云真结婚，只要给她们母女准备一套房子，供给她们生活费就可以了。房子容易解决，钱嘛也足够她们开销。就这样，她们搬到了我的房子里。说实话一开始我心里还是抗拒的，但是陈彩云很主动，把她女儿推到我床上，还说她女儿是黄花大闺女。我在这方面有缺憾，觉得人生没有遇到过一个处女还是遗憾，所以就犯下了错误。"

"彭祖杰把我带到他们的圈子，比如聚会，交换，还有分享视频。这个圈子大概十几个人，我们彼此都不知道对方的真实身份。应该只有彭祖杰和两三个组织者知道所有人的身份。这个东西很让人上瘾，那一年我们几乎每周都要搞一次聚会，但是我从来没带孙美宸去过。因为她还小，其他人不敢。"

"半年前陈彩云被包皮匠杀害了，那段时间她经常往外跑，可能也是外面有男人吧。这个我倒不在意，毕竟她对我也没什么吸引力。她死了之后我问孙美宸还要不要和我一起生活，她说愿意，于是我们就继续生活在一起。这一点你们可以问孙美宸，我绝对没有强迫她。"

"后来我们听说那个网站也出事了嘛，群里的人都很害怕，线下的活动就都停掉了。但是我们会拍一些视频在群里分享。我们之间只有这个群聊，没有别的联系方式。今天下午你们抓我的时候，我给彭祖杰发了消息，他去我家取走了视频，也把我踢出了那个群。我和他联系的手机放在办公室卫生间的马桶后面，手机卡冲走了。"

"这个人我知道，他是一个企业家吧，叫什么我不知道，看着面熟。他不是我们这个群的，如果是我肯定认识。这个女人我也不认识，至少没有参加过我们的聚会，聚会里的每一个女人我都有印象。这种聚会实在是太毁人了，我感觉我的身体已经被魔鬼控制了，什么思想都没有了，完全是一头发情的种猪。看到一个女人就上去，完事就躺在什么地方睡觉，醒来继续。哎呀，现在想想，那都不是我了，我怎么能干出那种毫无人性的事情。"

"我没听说他们的老婆也被包皮匠杀了，倒是有的人后来就不玩了，我们也不知道他们的女人怎么样了。我们聚会就是聚会，不打听彼此的情况。但是有人会主动说，有几个玩得野的经常换人，他们都亲自去挑女人，谈好条件直接把人接回来。我不敢，一是毕竟孩子还在上学，不能随便就抛弃了。二是我也知道这种事违法，犯一次错还情有可原，再犯错就不能原谅了。"

"对，您说得对，一次也不能原谅，是我口误了。但我一开始确实是因为可怜她们母女才收留她们的。是我法律意识淡薄，以为你情我愿就没多大事。我现在已经深刻认识到自己犯下的罪行，我老实交代真心悔罪，恳求政府能宽大处理，给我重新做人的机会。我愿意戴罪立功，指认这些人渣。"

李正天站在门口抽烟，林兮走了出来。两人默默站了一会儿，林兮的手机响了起来，是郭博英打来的。出乎李正天意料的是，林兮当着他的面接通了电话并打开了免提。

"他真的招了？"郭博英一上来就喜出望外地喊道。

"招了。"林兮一边说一边看了眼李正天。

"亲爱的你真棒……"

"郭局，李正天在我边上。"

"哦，好，那我不多说了，你们忙了一天了，早点下班吧。"郭博英的语气立刻恢复了平静，"这个案子你办得非常好，回头给你记功，我先和梁局长汇报一下这个好消息。"

"郭局再见。"林兮挂断了电话。

两人又沉默了一会儿，林兮开口："我听说你和他有过节，是吗？"

李正天点点头，掐灭了烟头。

"怎么回事？"

"我师父叫金盏，你听说过这个人吗？"

"谁没听过。"林兮看了眼李正天，把后半句臭名昭著咽了回去。

金盏是李正天的师父，前刑侦总队著名刑警，破获无数大案，受到过无数嘉奖。但是因为给犯罪分子充当保护伞，收受贿赂被内部调查。案发后他为了逃避追捕还残忍杀害了一名巡警，最后引爆仓库自杀。

"他不是你认为的那种人，他是被人栽赃的。"李正天说道，"如果一个警察为了破案连家都不要了，你觉得他会为了五十万出卖自己吗？"

"可是证据确凿……"

"证据确凿更说明这是个局，如果他想搞鬼，能让你们……能让郭博英抓到把柄？"李正天用少有的强硬口气说道，"就是郭博英这种人，为了捞功绩，人家挖个坑他就往里跳。是啊，抓个黑警多牛啊，还是刑侦系统这么有名的老警察。"

"那你找到反驳的证据了吗？"林兮问道。

李正天立刻惭愧地转过头："没有，我无能。"

"别人呢？姜力呢？老梁呢？你师父也是老梁的徒弟吧，真是你说的那样，哪怕有一点存疑，老梁也会保他吧，为什么老梁也没说话？"林兮问道。

"只能说他们玩得太好了……"

"谁！"林兮打断了李正天的话，"你说，是谁？"

李正天深吸了几口气，然后说道："不知道。你说得对，没有证据证明他是被栽赃的，他就是收了人家五十万，然后自杀了。"

林兮眼睛忽然亮了，那是眼泪在眼眶里流动的波光。

"你怎么了？"李正天问道。

"你知道吗？赵阳就是抓他的时候被他开枪打死了。"林兮回答道。

"死的那个人是？不可能啊！死的是个巡警！"

"赵阳因为审讯时打了人，被下放到派出所。"林兮低下头说道，"那是他在派出所的最后一个星期。"

毛彤彤的酒吧一如既往的冷清，李正天和林兮坐在火炉旁，面前各自摆着一杯没有酒精的苹果啤酒。林兮望着火炉里跳动的火苗，她的脸被映成了温暖的淡黄色。

"我毕业后分到了办公室，给梁局当助理。"林兮说道，"赵阳出事后我才调到了经侦处。是我主动去的，因为当时我也怀疑金盏是被人陷害的。如果金盏是被人陷害的，那赵阳就不是他杀的，我就得找到真凶。但我查了很久什么都没发现。你知道经侦处的权限有多大，哪怕有一点线索我都能破案。"

李正天点了点头，经过这几天的接触，他了解林兮是个锲而不舍的人。

"不光我在查，郭博英也在查。"林兮看着李正天，"他说你揍了他一拳，他要证明你这一拳揍错了。你真的打过他？"

李正天又点点头："没想到他当副局长了。"

"后悔了？"

"嗯。"李正天说道,"早知道多揍两拳,现在没机会了。"

林兮笑了。

李正天认真地说道:"我是刑警,我知道证据是可以捏造的,否则《刑法》里也不会有伪证罪这一条了。不管别人怎么看,我就认为他是无辜的。还有,如果赵阳是那个巡警,这个疑点就更大了。"

"什么疑点?"林兮的瞳孔猛地收缩了一下。

"报告上说巡警是被金盏制服后以行刑式枪杀的,对不对?"

"对。"

"但是金盏根本打不过赵阳。"

"什么!"

"早在一年前,金盏出车祸右臂废了。"李正天咽了口唾沫,望着林兮眼中跳动的火焰,"他连姜力都打不过,怎么能打过赵阳?"

26

市局档案楼五层孤零零地亮着一盏灯。展杰踩在梯子上,从最上排的档案架上取下一个纸盒子,上面印着"快乐同城网介绍妇女卖淫案卷宗"几个字。他打开盒子,里面躺着一个很薄的档案袋。

果然,档案袋里只有五页纸,前两页是侦查卷,第一页是简单到有些语焉不详的案件描述,只写了这家网站以交友为名介绍妇女卖淫,经群众举报,被警方查获。第二页是涉案人员名单,包括网站管理人员和十几个女人的信息。他大概浏览了一下,就找到了陈彩云和另外两个包皮匠案的受害者。

展杰精神为之一振,第三页是证据卷,只有一份网站首页的打印图,连供词都没有;第四页和第五页是法院判决书的副本,网站永久关闭,法人判处三年缓刑四年。

案件描述和判决书里都没有提及强奸幼女,倒是报案人一栏里张恨水三个字引起了展杰的注意,这一定是个假名。

他把情况汇报给姜力,接着又问起了白蒙的情况,姜力告诉他专案组的人看得很死,一点风声都透不出来。但是这也说明他们一点进展都没有,否则按这帮人的德性早就开始吹牛了。

专案组的三个中年男人又委屈又丧气地坐在会议室的三个角落里,郭博英面色阴郁地坐在中央。

"老大,哥几个从早上到现在可都是一口饭没吃,一口水没喝,老张低血糖都犯了。"一个方脸胖子愁眉苦脸地说道,"您就是打着灯笼找,也找不着比我们更卖命的了。"

"是啊。"老张接口道，"老刘孩子今天高三家长会他都没去，全跟这滚刀肉耗上了。"

"嗨，毕竟你嫂子还有时间。倒是郑哥，嘿，这一天全靠他在这盯着。"老刘抑扬顿挫地说道，"一遍一遍的问啊，讲政策啊，这才是劳苦功高。我跟老张我们哥俩心里都不落忍。多大岁数了还这么玩命。郭局，这我得把话说头里，案子破了我和老张怎么表彰先放一边，郑哥必须得给个二等功，太不容易了。"

郭博英听得差点把肺都气炸了，这帮饭桶审了一天什么都没审出来，现在诉苦邀功倒是轻车熟路，真是一点脸都不要了。但凡换李正天去审也不至于难看成这样。可是又有什么办法呢，这几位虽然草包，但也是自己人。他拼命压抑着内心的怒火，不咸不淡地说了句："现在网上有句话挺好，我觉得咱们共勉。"

"什么话？"三人异口同声。

"不走心的努力，都是在糊弄自己。"

三人立刻低下头，摆出一副无能为力的样子。

"你们接下来打算怎么做？"郭博英问道。

"听领导安排。"老刘一副理所当然的语气。

郭博英知道和这帮草包生气也没用，这些人都是他亲自选的，而且正是看重了他们的无能，因为他很清楚，他们可以没效率，但必须稳定。

这就是他不能挑选李正天或者展杰的原因，他们太不稳定了，他们习惯于质疑权力、挑战权威。他们是猴群里的叛逆。

让李正天和展杰介入是最简单可行的办法，但他不能这么做。他必须证明自己的体系里没有李正天和展杰也能照常运转，那些潜伏着的叛逆们才会知道谁才是真正的老大，才会明白态度决定一切的道理。这才是一个管理者的使命，而不是像姜力那种蠢货，被这帮叛逆牵着鼻子走。

"我们调查了白蒙在案发当天的行踪，他晚上八点开始上班，之前一直都在宿舍里待着，确实是有不在场证明。"老张说道。

"你怎么验证的？"郭博英看着他问道。

老张立刻挺直腰板，他打开笔记本，还装模作样蘸了下唾沫，翻到中间，用手掌按平，然后念道："保安宿舍门口有监控，我们查看了录像，他是晚上七点五十才从里面走出来，然后就骑着电动车去接班了。就这十分钟，他绝不可能到市区绑架奚莉莉再回来。"

郭博英看着他自以为是的样子，气得乐了出来，老张以为他赞同自己的观点，神气活现地撇了撇嘴，摆出一副行家里手的样子。

"还有别的吗？"郭博英问道。

"还有就是……"老张又看了看笔记本，"保安岗亭里也有监控……"

"啪！"郭博英一拍桌子，吓得老张立刻住口。

"你们俩说，他错在哪了！"郭博英对另外两人吼道。

"没错啊，这不说得挺清楚的？"

"是啊，两边录像全看了，没毛病。"

郭博英再也压不住火，咆哮道："那我问你们，谁说他七点四十从里面出来就证明他之前没出去过？他如果翻窗户呢！如果他搞了一套快递的衣服，假扮快递员进进出出呢！"

会议室里一片死寂，过了一会儿，老张才低声说道："是七点五十。"

"这还有什么关系！"郭博英又拍了下桌子。

老郑立刻举手说道："领导，是我们之前考虑不全面。我们在工作中遇到了很多困难，虽然也迎难而上，积极攻关，但还是出现了疏忽，我向您检讨，我立刻整改！"

"说说，怎么整改？"郭博英问道。

"我们连夜去审白蒙，打持久战，打消耗战，一定撬开他的嘴。"

"还有呢？"郭博英揉着太阳穴问道。

"我再去一趟十三陵。"老张说道，"把整天的视频录像都调出来，看看他之前有没有出去。"

"你之前没看过整天的？"郭博英目光如电。

"之前任务比较繁重。"老张垂着眼皮讪笑道，"我是先看了进出记录，然后对照记录看的视频。"

"好。"郭博英点点头，耐着性子说道，"一定把视频全看一遍，如果在那边看不完，就拷一份回来看，这个工作很关键，要做好。"

"郭局放心，我今天熬夜也看完。我这三天睡了六个小时。"老张说道，"上火都出痔疮了。"

老刘和老郑哈哈大笑，郭博英温勉了他两句，离开了会议室。三人安静了一会儿，老刘说道："老几位，咱们也甭跟这干耗着了。我刚才听郭局的意思就认定这小子是凶手了，那咱们今天都早点开路，明天就接着招呼呗。"

"我觉得那小子不招，是咱们没捏疼他。"老张瞪着眼说道，"如果能把他闺女弄来，我就不信他不招。"

"诶，老张这话对。"老郑指点江山道，"我今天早上就提这事了，可是您猜怎么着？孩子让展杰那小兔崽子给拐跑了。你说他们刑总的多坏！明着干不过咱们就脚底下使绊子。我跟你们说，这事我跟他们完不了。"

"没错！今天忙了一天倒把这茬儿给忘了。"老刘一拍大腿，"这么着，我待会儿还有个局，咱们今天先到这。明天一早咱们就跟郭局把这个事摆出来，让他直接给姜力下命令，乖乖把人给咱们送过来。"

李正天和林兮各怀心事，坐在椅子上沉思。这时林兮的手机响起，是郭博英打来的。林兮接通电话，然后按下免提键。郭博英气急败坏地让林兮明天开始主持调查白蒙，直言那三个蠢货实在是太蠢了。林兮看了一眼李正天，问郭博英内部审查怎么办。

郭博英不知道她还和李正天在一起，说审查已经没有意义了，这明摆是重大错案，包皮匠还逍遥法外，之前死的那个人不知道是什么身份。林兮提醒他白蒙和包皮匠不可能认识，包皮匠作案时他还在服刑。郭博英少有地犀利反驳她：既然白蒙和包皮匠没关系，为什么面包车会停在他工作的地方，为什么车上会有他写的字条，为什么被绑架的是他的前妻。

林兮没法回答这个问题，她知道只要自己一开口，他们就会吵起来，最后闹得不欢而散。他们之前经常因为这种事吵架，也不知道什么时候开始，他们忽然都懒得吵了。也许他们都意识到了他们的关系处于一种微妙而脆弱的平衡中，担心任何外力都会打破他们的关系。

林兮看着李正天，对着手机问道："那我要不要带上他？"

郭博英停顿了两秒钟，李正天和林兮都屏住了呼吸，似乎在等待一个重要的宣判。

"可以带啊。"郭博英轻松地说道，"你要能让他帮咱们干活不是更好吗？而且我发现那小子有点喜欢你，你可以利用这一点。"

李正天和林兮的眼神同时凌乱了，林兮慌张地说道："你说什么呢！"

她想关掉免提，却被李正天一把攥住手腕。

"你别装不知道了。"郭博英笑起来，"第一天开会他就被你勾住魂了。我虽然和他接触不多，但他心里怎么想的我一看就透。你这次就当成是个锻炼，驱使别人工作才是领导能力。你也应该锻炼锻炼了，不要总想着自己干活，要善于发现别人的需求和欲望，引导他们为你工作。"

林兮看着李正天，继续对着手机说道："你的意思是我这次要利用他对我的好感，驱使他为我工作呗？"

"你稍微给他个好脸，他就屁颠屁颠来了。这你不会吗？"

"好吧，我考虑一下。"林兮挂断了电话，然后看了一眼还在李正天手里攥着的另一只手。

李正天好像惊醒了一样，立刻松开了林兮的手，掏出一支烟叼在嘴上，点了半天火没点着。

"一派胡言！"他敲着桌子，气急败坏地嚷嚷道。

"你要不要供我驱使?"林兮忽然问道。

"瞧你这话说的。"李正天认真地反驳道,"我是那种因为个人恩怨就耽误正事的人吗?"

"可是,姜力应该不会想让你帮我们。"林兮说道,"这个案子现在成了重指部和刑总中间的炸弹,总会炸死一边的。"

李正天沉默了。

"如果你帮我,最后查出来你们之前办的案子有问题,姜力就完蛋了。"林兮淡淡地说道,"如果你不帮我,我们可能就永远破不了案。领导也许就会否定设置重指部的尝试,把办案权重新还给刑总。我觉得这对你来说是个再容易不过的选择题。"

李正天闷了很久,才缓缓说道:"之前我们办的没问题,我亲眼看着他死的。"

"那这次是谁?"林夕反问道。

"不知道,很可能是包皮匠的同伙。"

"你不是说他没有同伙吗?"林兮追问道。

"我……"

林兮站起来,拿好衣服,温柔地说道:"我不会勉强你,更不会利用你。也许郭博英这次会输吧,他应该输一次了。"

说罢转身离开。

"等等。"李正天叫住林兮。

林兮转过身看着李正天。

"如果……"李正天想了想说道,"他也许会杀更多的人。"

"嗯。"林兮点了点头。

"再加上郭博英为了自己的政绩,找一个白蒙出来当替死鬼,干扰了所有人的思路。"李正天说道,"这就更危险了。"

"嗯……"林兮想了想,"对。"

"我真的不想管。"李正天说道。

听到这句话,林兮忽然低下了头。

直到他们再次回到关押白蒙的市局看守所,林兮在大门外叫住李正天,告诉他,刚才他说的那句"我真的不想管"以前赵阳也经常说。李正天愣住了,看着林兮裹紧大衣,迎着夜风走向大门。

27

白蒙脸上有些瘀青,据说这是抓捕过程中造成的。他的脸色像水泥一样灰，说明他的身体状况很差。他对林兮和李正天充满了敌意，双手紧紧攥着椅子扶手。

李正天只用一句话就消除了他的敌意："我知道你不是凶手。"

白蒙的眼睛里冒出光，但持续了不到三秒钟又黯淡了下去。

因为李正天又说了一句话："但不代表你是无辜的。"

李正天从兜里掏出一张叠起来的纸，铺平了放在白蒙面前，上面印着张珂带着白静从酒店走出来的照片。白蒙知道这个人已经查过自己了。

"你女儿和我的手下在一起。"李正天说道。

"我知道。"白蒙惨然一笑，"那个穿军大衣的小伙子。"

"你见过他？"李正天立刻警觉起来，"他没有抓你？"

"对！他说他相信我是无辜的，没有抓我。"白蒙立刻喊道。

李正天此刻特想朝白蒙脸上来一拳，他看了一眼林兮，她表情如常，所以他无法判断她打算怎么处理这件事，是告发展杰，彻底断送他的前途，还是……他的大脑卡了一下，然后才想到只有这一个选项。

果然林兮开始主导审讯："你为什么和他见面？"

"把证明白静生日的证据交给他，他说他会帮助白静。"白蒙回答道。

"所以你刚刚出卖了他，算是对他的报答吗？"林兮笑了下，"现在唯一愿意帮你女儿伸张正义的警察马上就要因为你的供词被开除了。"

白蒙意识到自己犯了错误，开始惊慌躁动。

"然后你的女儿会被专案组叫来问话，问所有她不想说的东西，她会被那些人逼疯，就是今天审问你的那几个人。本来那个小伙子为了保护你女儿专门申请了医学鉴定。但是他被开除就没人会保护你女儿了。"

"我……"白蒙彻底慌了，"求求你们，不要说这件事。我……我从来没见过那个警察。"

"你没见过，怎么知道他穿军大衣？"林兮问道。

"他是你的手下，你帮帮他！"白蒙朝李正天央求道。

"能帮他的只有你。"林兮敲着桌子喊道，"只有证明你不是凶手，他放你走才有解释的余地。"

"可是……可是……"

"可是什么？"

"可是我不能说！"白蒙喊着，然后哭嚎了起来，"你们为什么都要逼我！我做了什么坏事，你们都要逼我！我说了我不是凶手！那天晚上我一直在那个岗亭里上班，哪也没去！我没有见过奚莉莉，更没有杀她！"

说完他大哭了起来，等他哭完了，林兮问道："你说什么不能说？"

"我不能说。"白蒙嘶哑着说道。

李正天知道白蒙被那个神秘的人拿捏着软肋，所以才不敢说。但那个软肋到底是什么呢？或许他被挟持成为共犯？还是别的什么事情？不过他看起来就快崩溃了，李正天看了眼林兮，他想知道这个女人到底有没有本事一锤定音。

　　"想想你的女儿。"果然如李正天所料，林兮打起了感情牌，"你是她唯一能依靠的人了。过去这些年，因为你的缺失，让她遭受了那么多苦难。你还想在未来若干年里，她再次因为你的缺失遭受苦难吗？继续被比你年纪还大的各种男人带进酒店，蹂躏她的肉体，撕碎她的心灵？"

　　"住口！"白蒙触电一般挣扎着，额头爆满了青筋。

　　"你冲我叫也没有用。"林兮坚定地望着他，"如果你不配合我们，重回监狱将是你必然的下场。即便你什么事情都没参与，也犯了包庇罪。因为这个案件的性质极其恶劣，你又是累犯，判你十年也有可能。所以你想想，我刚刚说的有问题吗？你再想想，十年以后你出狱，还能见到你女儿吗？就算见到，你敢想象她在这个世界里孤苦伶仃生存十年，会变成什么样子吗？"

　　干得漂亮，李正天心中赞许，他脑海中都浮现出白静悲惨人生的画面了，白蒙的感受肯定更强烈。

　　"我……"白蒙泪如泉涌，绝望地看着林兮。

　　"只有我们能帮你。"林兮说道，"你的未来会变成什么样子，全在你此时此刻的一念之间。你爱你的女儿吗？"

　　白蒙点点头。

　　"你愿意为了她做任何事，对吧。"

　　白蒙又点点头。

　　林兮打开文件夹，拿出一张纸，上面写着：你们太慢了。

　　"这是你写的。"林兮把纸放在桌子上。

　　白蒙的泪眼中露出惊讶的目光，然后惶恐地点了点头。他这个反应告诉两人之前重指部的草包们根本没拿这个证据审问他，这帮废物根本就没看过证据，估计连卷宗都没认真看。林兮压抑着怒火，问白蒙这张纸条是写给谁的。

　　"这是……"白蒙终于崩溃了。

　　李正天看了眼他身后的电子钟，21：28，他原以为这个男人能撑到整点。他拿出笔记本和笔，摆好姿势，等着这个藏了一肚子话的男人向他们袒露心声。

　　二十年前，白蒙大学毕业后考入某家大型企业，成为一名财务。之后的几年他很顺利，工作越做越熟练，也和前台秘书奚莉莉谈起了恋爱。他对奚莉莉是一见倾心，虽然也听说过一些关于她的风言风语，但并不在意。他们结婚了，并有了女儿白静，事情到这里还算个平凡但美好的小故事。

经济压力日渐增加，即便当上主管的白蒙也感到捉襟见肘。尤其是同期入职的张珂已经下海经商，混得风生水起，他就更加相形见绌了。这时有个很熟的供应商找到他，表示愿意给他三十万元好处费，让他帮忙围标。这个合同很小，小到只需要他同意就可以了。即便如此他还是纠结了几天，最终还是答应了。

一切出乎意料的顺利，公司没有蒙受损失，自己也得到了好处，他觉得自己做得没错，他甚至认为成人世界的规则就是这样的。之后两年里，他小心翼翼地敛财，从未敢跨越红线半步，他认为只要不动别人的蛋糕自己就绝对安全。

直到他进了监狱都没想明白自己怎么会忽然被人举报了，后来一个狱友老大哥告诉他，人家早就盯上他的位子了，然后才有后面那些事情。供应商找他围标根本就是个局，花点小钱把他弄下来，换上自己人，随便一个合同就能把之前花的钱捞回来。

老大哥还告诉他，像他这种没有门路背景的人坐上这么敏感的岗位，本来就是不正常的。也许那些人让他坐这个岗位之前就已经想好了怎么牺牲他。他忽然想起自己升职后公司立刻招进来一个新人让他带。等他出事后这个新人立刻接替了他的职务。他望着铁窗，原来这才是成人世界的规则。

七年后，当满头灰白头发的白蒙转到出监监狱时，已经变成一具没有生气的行尸走肉。他甚至害怕出狱，因为他发现自己是个连死都不敢的懦夫，他没有勇气面对铁门外的世界和自己的残生。

出狱的前一天，他接到了那个神秘人的信件。他知道奚莉莉带着白静嫁给了张珂，但是没想到张珂竟然对他女儿下手。他愤怒至极，又无能为力，他唯一能做的就是按照神秘人的指示做，似乎他做的越多越快越好，就越有可能报仇。

他回来后立刻去了白静的学校。他躲在远处的胡同里，看着自己的女儿神情恍惚地往学校里挪动，学生们三五成群却没人理她，她低着头独自往前走。或许是父女间的心灵感应，她忽然停下脚步，回过头朝着远处张望。

他那时还不敢和女儿相认，急忙缩回头去。女儿站在原地四处张望，直到上课铃响起，才怅然若失地走进学校大门。他看到被摧残得没有人样的女儿，愤怒的火焰几乎把他最后的理智烧成灰烬。

他在冷风中站了半天，直到那个神秘人给他发来指令，他可以在女儿中午放学时和她见面，但不能超过五分钟，因为精神医生要来接她去做精神康复，不能让医生见到他。女儿走出学校的时候，他从胡同里闪出来。他想叫女儿的名字喉咙却堵住了，他想跑过去身体却麻痹了。他像个木头人待在原地，眼睁睁看着女儿往前走。

女儿走到了路口，正转弯时下意识地再次回头，看到人群中凝视着自己的那双眼睛。她虽然很久没见过爸爸，但那一刻她认出了他。她睁大了眼睛朝着他跑过来，一把冲进他的怀里。那一刻，他的灵魂也被撞回到自己的身体里，他觉得自己又复活了。

他用三分钟的时间把想了一上午的话全都说了出来，他问她相不相信那个精神科医生，她点点头。他让她把张珂对她做的事情告诉医生，她又点点头。他最后叮嘱她，无论谁问她都不要说出见过爸爸。等爸爸办完事就来接她回去。

他看着年轻的女医生拉着女儿的手离开，他的心里忽然安定了下来。他坐地铁来到了物流基地，神秘人已经帮他申请了工作，他只需要面试就行了。因为年底十分缺人，加上他隐瞒了服刑经历，所以顺利通过了面试。他原本担心背景调查会暴露他的身份，但神秘人告诉他调查在正式入职后进行，他不会待到那个时候。

尽管宿舍的味道比监舍还难闻，岗亭四处漏风，把他手脚冻得皲裂，但他却毫不在意。他低调得像空气一样，等待着神秘人的指令。几天后，神秘人履行了自己的承诺，把奚莉莉的电话号码告诉了他。他打给奚莉莉，他恨得说不出话，那一刻他的确想杀了这个女人。

那天晚上他在岗亭里值班，第二天下班后收到了一条指令，让他到停车场找到那辆面包车。座位上有一支笔和一张纸，神秘人给他的最后一个任务就是让他写了那句话：你们太慢了。

然后他在电视上看到了奚莉莉被绑架的消息，他想起神秘人的承诺，于是辞职，东躲西藏，但不得不和展杰见了一面。展杰对他的态度让他放松了警惕，最终在出租房里被抓。

"他警告我什么都不能和你们说，你们没证据，迟早会放了我。他还说你们永远抓不到他，所以就只能找替死鬼。一旦我说了实话，你们就会把我当成他的同伙定罪，就像你们之前杀了另一个人，做他的替死鬼一样。"白蒙崩溃地说道，"那张纸是我写的，但我不知道那句话是什么意思。我没干违法的事情，也从来没见过那个人，我真的是无辜的！"

林兮看了一眼李正天，他的脸色非常可怕。

"你还有什么要补充的？"林兮问道。

李正天摇了摇头，指着白蒙说道："你选择把事实告诉我们是你人生最明智的决定。否则，你真的要被判十年。"

林兮从李正天的脸上读出了事情的严重性，于是让管教进来把白蒙带了出去。

"怎么了？"林兮问道。

"有个王八蛋在挑战我们。"李正天严肃地说道，"你告诉郭博英，从现在开始停止他那套纸牌屋的游戏，有正事要做了。"

"如果真像你说的那么严重，我倒建议先不告诉他。"林兮看着李正天的眼睛说道，"你说说看，什么把你吓成这样。"

李正天压低了声音说道："如果白蒙说的是真的，就说明凶手早就计划好用他来打掩护分散我们的注意力。只杀一个奚莉莉用不着这么麻烦，他肯定还有别的目标。"

"谁?"林兮下意识地问道。

"包皮匠生前没来得及杀的人。"李正天说道，"展杰去查了快乐同城网介绍卖淫案的卷宗，至少有三个受害者都是涉案人员。"

"可奚莉莉不是，她和张珂早就认识。"林兮说道。

"对，这是我们可能唯一能抓到的漏洞。但我们要先做另外一件事。"李正天走到门口，打开门说道，"去找快乐同城网所有涉案人员，还活着的那些。"

28

李正天和林兮从看守所出来的时候，林兮忽然脸垮了下来，一直到她家楼下脸色都十分难看。林兮让李正天把车开走，明天直接去刑侦总队集合。李正天叫住林兮，问她怎么了。林兮想了想，绕到李正天这一侧。

"我忽然想起一件事。"林兮说道。

"嗯?"

"姜力提交你晋升报告的会我也参加了。"

"嗯。"

"他在会上和老梁明说了你马上要结婚，缺婚房，所以这事不能再拖了。"

"他还挺仗义。"李正天苦笑着点点头，多亏这两天工作忙，让他忽略了被劈腿的伤痛。

"所以郭博英也知道你要结婚。"

"嗯?"李正天脑筋没转过来。

"他既然知道你是要结婚的人了，还让我诱惑你。"林兮看着李正天，"所以在他心中我就是那种人，对吧。"

"他就……"李正天本能地想解释，转念一想替郭博英解释什么，于是立刻改口道："只能说明他没有底线。"

"我刚才生气这件事。"林兮坦然地说道，"和你没关系。"

展杰连夜回到刑侦总队，把名单里的人挨个输入居民信息系统，结果令他汗毛倒立、头皮发麻。这里面有十三人家属报案失踪，五人死于包皮匠案。最令他震惊的是，最近的失踪竟然发生在昨天，失踪者名叫陈燕妮，是快乐同城网线下运营主管，相亲活动的实际负责人。

他查阅了陈燕妮的立案报告，得知她和女儿一起生活，她失踪前还和女儿打电话说很快就回家，而她的女儿正在生病，所以排除了突然外出的可能性。她名下登记了一辆私家车，停车场联网系统显示这辆车停在一座停车场里已经临时停放超过 85 个小时。

一个小时后，三辆警车封锁了停车场。警察很快找到了陈燕妮的车，车身因为积雪融化而污浊不堪。技术员直接在车外支起暗房，然后进去提取指纹。展杰在岗亭里查看当天的视频记录，幸运的是那天的视频还在。如果他们再晚来五分钟，这些视频就会被覆盖。

他从 18：00 往后查看，因为报告上写着她和女儿打电话大约是在18：30。他很快就找到了陈燕妮穿过监控摄像头的画面，三分钟后，一辆和陈燕妮同款的汽车从停车场驶出来。车辆进入画面的一刹那打开了远光灯，强光干扰了画面，看不清司机的脸。

他又往回倒，找到了这辆车进入停车场的时间，在十五分钟以前。在这里停车的大都是附近写字楼的职员，就算是来办事的，也很少停十五分钟就离开。展杰认为这辆车有巨大嫌疑，于是让指挥中心搜索这辆车的车牌。十秒钟后指挥中心回复，这辆车属于一家租车公司。

展杰请求指挥中心立刻查找这辆车，他正说着话，那辆性感的红色 C63 停到路边，李正天和林兮下车走了过来。展杰得意洋洋，却见李正天冲他板着脸。他以为李正天怪他多管闲事，于是闪到一边去了。

过了一会儿，林兮到停车场外面打电话，李正天把展杰叫过来，劈头盖脸质问他为什么私自和白蒙见面，见了面为什么不抓他。展杰一愣，心里默骂了白蒙几百遍，然后才回答他认为白蒙不是包皮匠。

"是不是包皮匠是你说了算吗！"李正天低声吼道，"就算他不是，你也得先把人抓回来，证实了不是再放。你知不知道这件事足够把你开除的！"

"明知道不是还把人抓回来，我们和重指部那帮草包还有什么分别？"展杰不服气地反问道，"你臭着个脸就因为这个？"

"如果你因为这事被开除了，没人能救你。"李正天说道。

"要不是我发现白蒙不是包皮匠，及时调整了方向，你现在能这么从容地和我吹牛吗？"展杰瞪着李正天，"咋着？你还想在这给我一拳？"

这时林兮走过来，展杰大声"切"了一下离开。林兮见他们脸色都不好，于是问李正天怎么回事。李正天叹了口气，说展杰知道了自己要被开除，心情很郁闷。

"开除？"林兮愣了一下，"为什么要开除？"

李正天又叹了口气："因为他之前没有抓白蒙。"

"就因为……"林兮明眸一转，笑着说道，"你是不是跟我演呢？怕我把这事告诉郭博英，拿话堵我的嘴。"

"不用你告诉他，我明天早上就写报告。"李正天看着远处说道，"这年头谁能保得了谁啊，自己还整不明白呢。"

"行，那你去写。"林兮笑着说。

说完林兮走到了展杰身边，和他说了两句话。然后两个人都笑了，林兮还拍了拍展杰的肩膀。展杰回头看了眼李正天，眼神充满了骄傲和挑衅。李正天忽然想起当年姜力也这样帮过自己，他以为自己永远学不会这种心机，没想到到了岁数却自然而然使了出来。

接着他又想起刚刚林兮说的，姜力为了保他上副队在会上贴脸了，但从没和自己提起过。他看向挺着大肚子摆拍指挥的姜力，心里涌起一股温暖。

12月24日，距离奚莉莉遭绑架已经六天，在十三陵脚下拉网搜索也已经过去了四天，依然活不见人死不见尸。昨天夜里一家自媒体拍到了警方在停车场取证的视频，发布了包皮匠疑似重生的文章，一夜间在网络上引起轩然大波。

梁安治亲自主持工作会，马东再次参加，郭博英汇报了案情进展。虽然这些进展都是李正天和展杰查出来的，但郭博英依然面不改色地把所有成绩都归到专案组。梁安治和马东都非常认可，让专案组继续调查。

接着郭博英话锋一转，提出专案组工作量巨大，希望从刑侦总队借调一些警力。没等梁安治说话，姜力立刻表态把四组调过来支援专案组。四组在队里的实力相对弱一些，组长薛杨刚提上来没多久。郭博英没想到姜力会来这手，于是不说话了。

"这个案子不是李正天在跟吗？为什么不让他来？"梁安治问道。

梁安治当然清楚这里面所有的情况，专案组一事无成，全靠李正天和展杰撑着，郭博英却把功劳都抢过去；姜力不服气又不敢翻脸，于是就溜肩膀撤梯子。这件事郭博英做得确实过分，但姜力却犯了忌讳。因为梁安治是一把手，出了任何问题他都要负最大的责任，所以他现在要的是赶紧破案，至于功劳归谁都不重要。郭博英和他站在了一个立场上，虽然借机牟取私利，但他还是要支持郭博英。

梁安治定了调子，姜力也就不能再说什么了。其实他也知道派薛杨过去是不可能的，但他还是要这么说，因为他也要在梁安治面前表态。

"领导说得对，让谁去我都没意见。"姜力说道，"我主要顾虑的是，李正天和展杰之前就帮着重指部破案，结果什么成绩都没干出来。我寻思是不是他们能力不行，所以才想着换换手气。"

梁安治看着郭博英，等着他接话。

郭博英冲林兮说道："你在一线主持工作，和领导汇报一下具体情况。"

"领导，李正天和展杰表现很好，也确实取得了很多成果。我提交报告的时候也都写清楚了。"林兮看着郭博英，然后尴尬而不失礼貌地一笑，"我也不知道郭局手上的报告让谁改了。"

林兮没有背锅，场面一时尴尬起来。就在这时专案组的老郑忽然站起来承认是他改了报告，倒不是为了把功劳都算在自己身上，而是因为那时候还没有明确李正天和展杰的办案权，担心不符合程序规范。

"误会，都是误会。"老郑笑嘻嘻地说道，"早知道咱们内部开会用，我就不改了。"

会议室的气氛又放松了下来。

梁安治冲着角落里的李正天问道："你刚才怎么不说话?"

"谁干的不一样。"李正天满不在乎地说道，"再说案子还没破呢。"

梁安治双臂支在桌面上，挺直了腰身，所有人立刻精神起来。他们都知道这是局长要做重要指示了。

"虽然今天是个小范围的会，但我还是要重申，这种情况要坚决杜绝!谁干的就是谁干的，今天有成绩了你们给改成自己了。明天要是出纰漏了，你们也改吗?"梁安治严肃地说道，"林兮，主要责任在你，你是一线负责人，以后把好关。"

"是。"林兮回答道。

散会后，李正天和展杰前往租车公司调查那辆和陈燕妮同款的神秘车。姜力专门等着李正天，把一张天坛家具的贵宾卡塞给他。

"你说你多大谱? 我帮你办事我还得上赶着。"姜力说道，"我姐夫的卡，要是有人问你，你就说是你姨父吧。"

"这便宜都占。"李正天摇摇头，他想了想，那句"不用了"还是没说出来。

姜力往回走，李正天叫住了他。

"我去郭博英那边办案，你有想法吧。"李正天看着姜力。

"我有什么想法? 我求之不得。让领导亲眼看看你的本事，比我在会上

楚冬

说一百遍都强。"姜力说道,"别的都是扯淡,抓好这个机会,先把副队长上了,房子分了,这是实在的。"

李正天点点头,又说道:"可是这个案子明明应该咱们办。"

"嗨,没那么多讲理的事。"姜力摆摆手,"我明白你的意思。但是,就算再破一百个这样的案子我也还是个队长。"

两人隔着四五米的距离站着,默默抽了一支烟,李正天忽然问道:"如果我之前真的错了呢?如果那个人不是包皮匠。"

"不可能。他就是包皮匠。"姜力拍了拍李正天的肩膀,"也许这孙子还有别的同伙,他模仿包皮匠作案就是想让我们怀疑自己。咱能上当吗?去他的。咱们刑警是最不信邪的,对吧。"

李正天默默点了点头,他知道姜力不想讨论这个问题,在姜力的词典里没有错案这个词。他忽然怀疑自己是不是太执拗了,太不懂事了,太招人讨厌了,姜力在拼命维护什么?不就是维护他们吗?可他却像个五岁的孩子,拼了命也要喊出皇帝没有穿新衣。孩子的爸爸看不到吗?他当然能看到,只不过他为了给孩子挣面包才说皇帝的新装真漂亮。

"别有压力,干就完了。"姜力钻进车里,把头探出来,"你这两天抽空去看看家具,现在店庆折扣大。过了年又得贵好几千。"

29

李正天和展杰来到租车公司,经理调出租车合同,租车人竟然是奚莉莉。下单时间是 12 月 18 日 22 点,被绑架之后。

经理向两人解释这是网上下单,只需要在线进行面部识别,认证身份后在网上缴费就可以提车了。车钥匙一般放在取车地点的自助钥匙柜里,扫二维码就能取走,全程零接触。

李正天不得不承认这个家伙很聪明,他利用互联网时代最便捷的线上交易掩护了自己。如果放在以前,他绝不可能拿着奚莉莉的身份证去租车。而现在他只要逼着奚莉莉对摄像头刷个脸就可以了。

现在两条线索对上了,之前包皮匠案中的受害者已知有三人是快乐同城网介绍卖淫案里的女人,因为有的受害者没有辨别出身份,所以人数可能还会增加。这次凶手又绑架了陈燕妮,很可能也是报复行动中的一部分。

因为前后作案动机的一致性,包皮匠很可能有同伙,这个人也许就是其中一个受害女孩的亲生父亲,最坏的可能是一个由受害女孩父亲组成的复仇者联盟。他们现在还搞不清楚奚莉莉和这个案件的关系,虽然她和那些女人做了同样的事。

李正天向林兮报告了这件事，要求对张珂进行传讯。林兮同意申请传讯，然后给他们传来一份名单，上面是所有登记在本市生活的受害女孩的父亲，一共七个人。

李正天和展杰来到了第一个男人登记的住址，开门的是一个老太太。老太太对他们充满敌意，李正天只好叫来了当地派出所民警，她才略有缓和。李正天问她和毛磊是什么关系，老太太说她是毛磊的妈妈，然后告诉李正天，毛磊两年前去澳大利亚赌博，之后就再也没回来。

民警纠正了是澳门不是澳大利亚，接着介绍说毛磊是当地有名的无业游民，十几岁就在街上浪荡，四十多了还没有正业，经常到派出所报到，前几年老婆和他离了婚，带着孩子离开了。李正天问起毛磊的老婆孩子现在在什么地方，老太太也是一无所知。

李正天环顾这个简陋的房间，阳台上堆满了瓶瓶罐罐，空气中弥漫着糖分变质的烂苹果味，看起来老太太生活得非常拮据。李正天排除了毛磊的嫌疑，以凶手表现出的能力来看，他绝不会让自己的母亲活得这么不堪。果然林兮在后台查出毛磊有一个出境未归的记录，与老太太的表述吻合。

第二个男人眼神涣散，面黄肌瘦，牙齿残缺不全，一张嘴就散发出腐臭的味道，他说话颠三倒四，双手习惯性地在皮肤上挠着，一看就是个老毒虫。他根本不知道前妻已经死了，也从来没有见过女儿，他甚至忘了自己还有个女儿，李正天和他说了两遍，他才想起来自己还有个女儿。

他没说几句话就哈欠连天，李正天试探他，要把他送到戒毒所，他立刻高兴地跪下磕头。李正天确定这是个真毒虫，并且不可能是那个思维缜密的凶手。展杰不解，毒虫听说去戒毒所不应该害怕吗？他为什么这么高兴。

李正天告诉他真正的老毒虫尤其是经济条件差的毒虫最喜欢去戒毒所。因为人在吸毒后会产生抗药性，要想达到一开始的状态就必须使用更多毒品，于是就会出现吸毒过量死亡的情况。就算控制好用量，对于老毒虫来说也是一个巨大的经济压力。

这时他们就会去强制戒毒，戒断生理上的毒瘾，使身体重新恢复对毒品的低耐受度。等他们出来后，只需要吸入少量毒品就能获得想要的效果，然后再重复这个循环。尽管生理戒毒的过程十分痛苦，但比起巨大的经济压力甚至吸毒过量死亡来说还是好多了。这些老毒虫管这个过程叫作"转生"和"渡劫"。

所以李正天一看他的反应就知道这是个至少十年的老毒虫。吸毒吸到妻离子散家破人亡，女儿被别的男人糟践，他却毫不在意，满脑子只想着一件事，那就是怎么解决下一次。

　　　　　　　　　　　　　　　　　　　　　　　焚冬

第三个男人是一家仓库的叉车工，他身材胖大，留着络腮胡子，衣着干净整洁，是他们见到唯一正常的男人。有趣的是，对方越是看起来正常，两人反而越紧张。

男人给他们买了咖啡，三人坐在食堂的角落里谈话。男人外表魁梧，但说话的语气低沉平和，很有素质。李正天问起他的老婆和女儿，男人回答自从离婚后就再也没见过面了，但他每个月都会支付赡养费，还把赡养费的转账信息拿给他们看。

"你知不知道她死了？"李正天问道。

男人点点头，然后平静地说道："这个账户是她母亲的，现在孩子和姥姥一起生活。"

"你为什么不把孩子接回来？"展杰问道。

男人想了想，没有回答这个问题。

"你有女朋友了？"李正天问道。

"没有。"男人摇了摇头，"不是这方面原因。"

"那是什么？"李正天继续问道。

"因为。"男人停顿了良久，终于鼓起勇气说道："因为她不是我的孩子。"

然后就换成了李正天和展杰尴尬无言。

好在男人并不见怪，他继续说道："我确实恨她，但不恨孩子。我也没有报复她的想法，我觉得为了这样一个女人耽误了我十年的青春本来就是特别糟糕的事情了，我不想在我以后的人生里再和她产生一点关系。她就是一只蟑螂，我不想看到她，恶心。"

"那你还给她赡养费？"展杰又问道。

"毕竟孩子是无辜的，就当做点好事吧。"男人摊开手说道，"不管她未来怎么样，至少到十八岁以前有饭吃有书念。"

两人从仓库出来的时候，又是夜幕降临了。

"你为什么不告诉他孩子被继父性侵过？"展杰问道。

"何必呢？"李正天叹了口气，"他知道了又不能改变什么，难道拿着刀去杀了继父？"

"我忽然想到一个问题，那些女孩子现在都怎样了？"展杰问道，"如果她们没有独立生活的能力，不照样还要和继父生活在一起，继续被性侵？"

"我也在想这个问题。"李正天看着夕阳的余晖，"我们找到了三个人，他们都没有和女儿在一起生活。这样，咱们明天兵分两路，你去找到这些女孩，还有她们的继父，把这些人渣抓回来。我继续调查她们的生父，看看哪个方向能发现新线索。"

"好。"展杰给李正天拉开车门，"走吧。"

李正天在车上睡着了，展杰把车开到婉柔公司楼下，叫醒了李正天："今天平安夜，赶紧约会去吧。"

李正天应付着点点头，下了车，看着展杰开车离开。他在路边坐了一会儿，看着男男女女成双成对，每个人脸上都挂着幸福的笑容。他忽然想起来自己还没有和婉柔正式谈一次，还有必要谈吗？他想着，要不就这么算了吧，两个人，至少有一个人还是体面的。

他无处可去，想来想去，只有一个地方能收容他，毛彤彤的酒吧。但今天去不能空手去，他想着，一头闯进路边的礼品店。

老板娘看到一个大汉进来，差点把日式的风铃和门帘刮掉，然后像狗熊一样四处张望，她就知道又能赚一笔钱了。她笑眯眯地过来，问他要买些什么。

"我也不知道。"李正天挠了挠头，老老实实说道，"送给一个女的，她是开酒吧的，最好能当个装饰品。"

"您看这个怎么样？"老板娘亲自爬上梯子，从置物柜里取出一个巨大的水晶球，水晶球里面是个小院子，院子里面有个小房子，旁边还有一个小雪人。

老板娘插上电源，水晶球开始旋转，接着神奇的一幕出现了，雪花从水晶穹顶缓缓飘落。李正天凑过去发现四周有无数的小灯，中间是能够将灯光折射成雪花模样的透明填充物，灯光从上泻下，就下起了漫天大雪。

"看这个。"老板娘按下一个隐蔽的按钮，房子和院子变得色彩斑斓，雪花开始向上飘，画面立刻变得魔幻起来。

"这个好。"李正天看傻了。

"还有更好的呢。"老板娘把水晶球翻过来，"来搭把手。"

两人扶住了倒立的水晶球，老板娘再次按下按钮，原本倒立的房子忽然掉下来，吓了李正天一跳。接着房子悬浮在半空中，变成了一条帆船，原本透明的填充物变成了波光粼粼的海浪，再往上看，底座变成了星空。

"怎么样？"老板娘看着目瞪口呆的李正天问道。

"多少钱？"

"嗯……"老板娘想了想说道，"这个平时都卖两千多，打折还1988，看你这么喜欢，今天又是过节，1688，不还价。"

毛彤彤双手环抱在胸前，看着李正天把水晶球挂在天花板上，接通电源，灯光洒下来，地面上都映出了波光。

"真漂亮！"酒保鼓掌道。

"多少钱？"毛彤彤问道。

焚冬

"三百。"李正天回答道。

毛彤彤不信任地看着李正天："三百？我给你三千，你再给我买十个回来。"

"哎呀！"李正天点上烟，"什么钱不钱的，好看不就得了。"

"我跟你说。"毛彤彤冷冷地说道，"今晚上我男朋友过来。"

"你男朋友？"李正天惊喜地说道，"好啊，他什么时候过来？等他过来了你叫我，我跟他喝两杯。"

"你为什么要和他喝两杯？"毛彤彤问道。

"他不是你男朋友吗？"

"那跟你有什么关系？"

"没关系啊，认识一下啊。"李正天还看着水晶球。

"行了，你去最里面坐吧，别在外面影响我生意。"毛彤彤推着李正天来到最里面的窗边卡座，点上火炉。

"我们这有圣诞大餐你吃不吃？"毛彤彤问道。

"我一人吃不了。"李正天说道。

"没事，星熊陪着你吃。"毛彤彤说道，星熊就是那个酒保。

"行，给你开开张。套餐里都有啥啊？啤酒畅饮不？"

"畅饮。"毛彤彤麻利地点燃蜡烛，倒上水，然后打开悬挂的电视。

"想看什么自己调。"她扔下遥控器就走了。

李正天窝在柔软又温暖的沙发里，面前摆着美酒、美食，还有无聊的电视节目，又能挨过一个夜晚了。他吃了块酸黄瓜，又喝了口黑啤酒庆祝了一下。他听一个哲学教授说过，人到了一定年龄，人生最大的快乐就是在等死的漫长岁月中获得短暂的宁静，凡是能达到自我麻痹的方法，无论对人体有多大伤害，都成了最好的享受。李正天觉得他这句话说得挺好。尤其是当他觉得现实的压力越来越大，越来越无所适从的时候，能够短暂地逃避这一切是多么幸福。

他控制着喝酒、吃菜和转换频道的节奏，他计算着自己喝醉的进度，既不能太快也不能太慢。醉得越快醒来后的痛苦就越大，但是醉得太慢也不行，很容易到最后神志还清醒，但身体不行了。这比不喝酒还煎熬。很多酒鬼就是因为没控制好节奏，只好拼着不要身体了也要把自己灌醉，结果东倒西歪丑态百出。

于是他想起了姜力，姜力就是这样的人，这家伙酒后闹的笑话足够德云社用两年了。想到这他忍不住笑了起来，每当他独饮的时候都会想起姜力，姜力下酒的作用甚至要大过酸黄瓜。

"圣诞快乐！"李正天举起酒杯，自言自语道，然后干了一大口。

他同时感觉到痛快与窒息，舒爽和刺痛，它们交织在一起，切割着盘踞在大脑中的理智和记忆。他要忘掉那些讨厌的事情，这样才能保证自己能够安睡。就算不能安睡，哪怕做噩梦，也比睁着眼从黑夜看到天明要好得多。

又过了一个小时，心情和身体都控制得非常好。李正天端起酒杯，看着窗户上自己的影子，应该看不出来这是个刚被女朋友劈腿抛弃的落魄男人吧。他忽然鼻子一酸，赶紧把目光收回来，盯着电视里的手机广告。

这时毛彤彤走过来了，她脸上似笑非笑，确切地说是幸灾乐祸的微笑。然后她身后出现了另一个人，一个漂亮的女人。

他面前的女人是林兮。

30

李正天以为林兮肯定和郭博英一起，林兮以为李正天肯定陪着未婚妻，没想到他们在一家小酒吧相遇了。两人对视了几秒钟，李正天才惊醒过来，猛地站起身拿着外衣就要往外走，被林兮拦了下来。

"别紧张，我也是来喝酒的。"林兮小声说道。

李正天长出了一口气，轰然倒在沙发上，心有余悸地点了支烟："你吓死我了！我还以为又出什么新情况了。你怎么来这了？"

林兮脱掉外衣，在李正天对面坐下，解下丝巾，红色的丝绸衬衫映着雪白的锁骨，一股若有若无的香气弥散开来。

"我想喝酒，又怕再遇到流氓，所以就来这了。"林兮看着菜单说道，"你怎么不去陪女朋友？"

李正天躺在沙发上，看着屋顶的黑色排风管道，没有说话。

"分手了？"林兮问道。

"嗯。"李正天依旧躺着。

林兮转了转眼睛，然后说道："咱俩出差那天你喝得跟死狗一样，是不是那天分手了？"

"说话注意点！谁跟死狗一样？你不要乌鸦笑猪黑。"李正天忽然想到了什么，坐起来说道，"倒是你，你怎么也一个人过平安夜？我记得咱俩出差回来那天晚上你也喝多了，咋地了，借酒消愁啊？"

"对，借酒消愁。"林兮大方点了点头，"要不我能一个人出来喝酒吗？"

"你俩也分手了？"李正天试探地问道。

"我不知道他怎么想。"林兮看着窗外，"反正我是决定了。"

"诶！"李正天来了精神，借着酒劲说道，"这就对了！你这么好的一个女人，找什么样的找不着？为什么给那种人当小……对不起，我重说，为什么和那种已婚男人产生纠葛？他哪点配得上你？你怎么想的？"

"你想知道？"

"肯定保密。"

林兮拿过李正天的酒，一口干掉，然后说道："他和我在一起的时候我们都是单身，他不是因为我和第一任老婆离婚的。我们在一起以后很久，他才认识了第二任老婆，然后他们结了婚。所以我不是小三，他老婆才是。"

"不管谁是小三。"李正天开了一瓶啤酒给林兮满上，"既然他俩已经结婚了你退出不就完了，多正常的事。"

"可是我特别生气，你凭什么抢了我的东西还让我滚。你是小三，你凭什么来我们单位撒泼闹事？你听说过小三到单位闹事的吗？太欺负人了吧！所以我就不滚，我耗也要耗死你。"说到这里她耸了耸肩，"结果就耗到现在。"

"现在想明白了？"李正天拿着酒瓶和她碰杯，然后喝掉瓶里剩下的酒。

"嗯。"她也喝了一大口酒，"我忽然想明白了，不是她抢了我的东西，而是郭博英选择了她，我这是自己和自己较劲。很简单的道理，可是人一旦钻了牛角尖就什么都想不明白了。"

"可惜，为了这么个渣男耽误了前半辈子。"李正天摇头道，"挺好，亡羊补牢为时未晚。"

"你可真会安慰人。"林兮翻了个白眼。

"喝酒。"李正天把酒杯推到林兮面前，"我不会安慰人，它会。"

林兮喝了好多酒，她很会喝酒，酒让她焕发了夺目的光芒，最后她整个人都散发着酒气的芬芳，哪怕已经喝得酩酊大醉。李正天把她扶进家门的时候，心中忽然莫名怅然，因为他马上就要离开这醉人的芬芳了。

他想起两天前的夜里，他也是这样把林兮送回来的。可是今晚又不一样，他们一起喝了很多酒，说了很多话。他甚至恍惚了，有那么几个瞬间，他都不确定自己是不是喜欢上了这个女人。当然他立刻就否认了这种可能性，他怎么可能喜欢她，只不过被她的外表迷惑了。

他把林兮放到床上，帮她脱掉了靴子，一双粉嫩的玉足在月光下散发着诱人的光芒。他可以轻松举起这双脚，这个美丽的女人就近在咫尺。他能听到她的呼吸，闻到她的味道，看到她起伏的身体。她的身体丰满健美，就像一颗熟透的桃子。他在地上坐了一会儿，慢慢站起来走到床边，抓起被子盖住她的腿，然后转身离开。他逃出来，回到霓虹闪烁的街道上，终于慢慢冷静下来。

他靠在路灯底下抽了根烟，身上还残留着林兮的气味。他一边想入非非，一边又训斥自己下流，不知不觉又走到了毛彤彤的酒吧门口。

毛彤彤正在打扫卫生，看到他立刻哈哈大笑起来。

"这么快就完事了？"她笑道。

他愣了一下才明白她的意思。

"你男朋友呢？他不是说要过来吗？"李正天四下张望。

毛彤彤立刻拉下脸来："不来了。"

"为什么？"李正天问道。

"哪那么多为什么，起来。"毛彤彤把拖把往李正天脚底拖，"我得赶紧回家了，明天再说吧。"

李正天打包了一提啤酒和一盒小吃回家。他洗漱完毕，调好明早的闹钟，然后倒进沙发里。他感受着身体失重的那个瞬间，这是他记忆的最后标尺。等他明早一觉醒来，就会想起自己是在沙发上醉倒的，没有惹任何麻烦。

展杰拎着一个鼓鼓囊囊的塑料袋回到家，一间半地下室的出租房。墙面残破斑驳，天花板垂下来一根电线，上面拧着一个黄色的灯泡。房间里只有一张单人床，单人床上放着一个睡袋。地上放着一个敞开的行李箱，床边的地桌上放着一台笔记本电脑，这就是他全部的家当。

他脱掉所有的衣服，肌肉紧绷的身体冒着白气，他进卫生间洗了个澡，换上塑料袋里的干净衣服，然后把换下的衣服塞进塑料袋里。这些衣服都是景樱帮他洗好的，交给他的时候他颇为感动。

他躺到床上，关上灯，天花板亮起了投影。展杰用平板电脑投影了那些受害女孩的资料，这些资料都是他在人口管理系统里一个一个找出来的。他把女孩的资料拖进地图软件里，天花板上投射出电子地图，七个红色坐标点散落在各个区域。

展杰打开 AI 数据分析软件，比对这七个女孩不同时期的居住地、学校、就诊医院等位置数据，这些红色坐标点开始跳动，然后出现了三个坐标重合。展杰点开坐标，原来其中三个女孩小学毕业体检都是在同一家医院做的。

他灵机一动，如果医生在体检时发现了几个孩子都被性侵过，只需稍加询问就能挖到真相。于是他打开灯给景樱打电话，景樱立刻就接通了。重指部的那几个人不再找白静的麻烦，景樱已经带着白静回到自己的住所。

"我是刑侦总队的展杰，打扰你了。"展杰听手机里很安静，"方便吗？"

"方便，你说。"景樱平静地说道。

"你有渠道查到医院医生的信息吗？还有体检信息？"

"你要干什么？"景樱问道。

展杰把自己调查的情况和景樱说了，景樱沉吟了一会儿，说过来找他。

"我去找你吧。"展杰起身说道，"正好把那些衣服还给你。"

"嗯……"景樱顿了顿说道，"我这里不方便。"

半小时后，景樱跟着展杰走进半地下出租屋的时候惊呆了。

"你就住这里？"景樱捂着鼻子问道。

"嗯。"

"你一个月挣多少钱？连个房子都租不起？"景樱问道。

"我……"

"那你住父母家也行啊。"景樱皱眉道，"你这样身体会出问题的。"

"不好意思。"展杰尴尬地笑了。

"哦，对不起。"景樱立刻反应过来，"对不起，我不该这么说……要不你带上东西去我那里吧。"

"你不是不方便吗？"展杰迟疑道，他不想再给景樱制造麻烦了。

"还好。"景樱看着展杰说道，"主要你这里太不方便了。"

展杰发现景樱脸上比平时明亮了许多，五官也更清晰漂亮了。他忽然意识到她化妆了，他从来没有关注过女人化不化妆，也从来没有欣赏过她们的美，她们的面孔在他眼里不过是辨别身份的符号。但现在他看出景樱化妆了，他感受到了赏心悦目的美。

景樱发现展杰看着自己的脸发愣，脸上一红，拿起塑料袋往外走去。展杰内心产生了奇怪的矛盾，他又想跟着景樱出去，又想逃跑。他甚至有点后悔给景樱打了电话，他觉得自己正走过一个路口，一旦迈过去就永远退不回来了。

景樱在全市医疗信息系统中找到七个女孩子的体检报告和诊疗记录，那三个在同一家医院体检的女孩，体检报告里果然有对生理特征的明确描述，虽然没写明原因，但所有人都知道是怎么回事；而另外四个分别在其他医院检查的女孩都显示正常。

接着景樱发现了一个更不寻常的细节，有人曾经浏览并打印过这三个女孩的体检报告。展杰看了眼浏览报告的日期，竟然是在包皮匠跳楼自杀以后。他感觉脑袋里忽然塞进来一大团麻线，于是问道："能查出是谁在浏览吗？"

"查不到。"景樱盯着显示器说道，"但是你看。"

她选择了按照浏览量排列，其他所有人的报告都是两个浏览量，只有这三个女孩是五个浏览量。

"果然有人关注她们。"展杰皱眉道，"你能查到体检的医生吗？"

景樱点击报告详情，找到体检医生的名字，叫王雪。

"名字像个女人。"展杰说道。

景樱打开挂号软件，选择那家妇幼保健医院的儿童保健科门诊，找到了王雪的名字，显示明天有号。展杰长出了口气，忙了这么久终于有眉目了。

他起身告辞，景樱把他送到楼下。

"白静这两天恢复得非常好，我想她可以出庭作证。"景樱看着展杰，"她比我想象的坚强。"

"争取不用她上庭。"展杰叹了口气，"让她上庭是我们的耻辱。"

景樱走到展杰面前，忽然轻轻拥抱了一下他。

"你比那个警察好。"她说道。

"谁？"

"那个男的，你领导。"

"为什么？"

景樱歪着头想了想，然后说道："你真诚。"

"你是说我傻？"

"不。"景樱笑了，"是真诚。真诚的人聪明，耍滑头的人才是傻瓜。"

"他和你耍滑头了？"

"他为了审问白静在我面前演了一出苦肉计。"景樱笑着说，"和一个心理医生演苦肉计，装深沉，还装得特别浮夸。"

展杰想象着李正天装深沉的样子，忍不住也笑了起来。

"是挺傻的。"展杰叹了口气，"以后我也会变成那样。"

"不会。"景樱认真地看着他，"真诚是唯一一个不会被外界改变的品质，如果你是真诚的人，就永远都是。"

"谢谢。"展杰挥了挥手，准备离开。

"明天我和你一起去吧。"景樱叫住他，"我也是医生，如果那个人骗你，我能看得出来。"

展杰立刻摇头拒绝："如果那个人就是凶手，我还得照顾你。"

景樱无奈笑了一下，转身回去了。展杰在大堂外面站了良久，思考自己最后说的话是不是有些冲了。怎么就不会好好说话呢？他有些懊恼，其实他在陌生人面前是个很会说话的人，但是在熟人面前却经常说些很难听的话。

接着他又想到了另一个问题，他周围能称得上熟人的人只有李正天、姜力这么几个人，什么时候景樱也成熟人了？他回头看了看空旷的大堂，然后裹紧大衣一头扎进漆黑冰冷的平安夜。

31

李正天觉得醉酒和溺水很相似，都是喝下大量液体，喝到非常难受，接着忽然失去了意识。如果他醒来了，又是痛苦的一天；如果没醒来，也许倒是天底下最大的幸运。

他动了动眼皮，叹了口气，又是痛苦的一天。不知从什么时候开始，他也养成了醒来后第一时间看手机的习惯。他眯着眼睛把焦点对在屏幕上，又是无数条消息。他并不着急，因为没有未接来电。没有未接来电就说明没有急事，他挣扎着从柔软的沙发上坐起来，后腰一阵酸痛。

酒瓶呢？他一愣，昨晚明明喝了一提啤酒。小吃的盒子也不见了，他四周看了看，什么都没有，难道他梦游把垃圾倒了？

这时厨房传来了响动，他站起身，拖着绵软的双腿走到门口，看到了一个男人在厨房里忙碌着。男人转过头冲他一笑，这个人有点面熟，但是想不起来在哪里见过了。他冲男人微笑了一下，竟然完全没有去想这个陌生的男人怎么会出现在自己的家里。

男人端着蒸锅来到客厅，放到餐桌上，继续冲他笑。男人的牙很白，白得瘆人。他闻到了一股肉香，忍不住咽了口口水。男人看到他的样子，于是掀开锅盖招呼他过去。他觉得男人很奇怪，但却想不出哪里奇怪。客厅里很亮，晃得他心烦意乱。

他往前走了几步，男人的笑容越来越诡异。他忽然想起来了，这个男人是包皮匠。他头皮一阵发麻，继续往前走，眼睛盯着热气腾腾的蒸锅。然后他看到了蒸锅里摆着一颗头颅。

林兮的头颅。

巨大的刺耳的噪音从四面八方冲过来，他睁大了眼睛，被噪音和强烈的白光淹没了。

李正天猛然睁开眼睛，太阳已经升得老高，手机在拼命响着。

人们行色匆匆地穿过城市广场，涌进四周的写字楼里。广场中间摆着一棵巨大的圣诞树，上面用中文和英文写着"新年快乐"。圣诞树前面的长椅上坐着一个女人，她穿着厚重的羽绒服，低头看着手机，手里还托着一杯星巴克咖啡。

没人注意到她，因为她和所有在周边上班的职业女性没什么两样，加拿大鹅长款羽绒服、UGG 雪地靴、LV 手提包和苹果手机，这是她们标签化的特征。也许她是来某个大公司开会的，既不敢迟到，又不想太早上去让人觉得她很闲，于是就在广场上坐着。

所以直到早高峰结束都没有人注意到她，更没有人知道她什么时候来的，在这里坐了多久。哪怕她在这里坐一天，人们也只认为她只在这里坐了5分钟。

一个乞丐从她身边经过，朝她伸出了乞讨的小盆，颠了颠里面的零钱。但她不为所动，继续看手机。乞丐等了几秒钟，低声咒骂了两句走开了。他背着鼓鼓囊囊的蛇皮袋，里面是今天一早上的战果，饮料瓶、报纸和传单、快递盒，还有几盒别人吃剩的早餐。

他现在要前往最后一个采集点，十米之外树下的垃圾桶。每天九点半都有一群男人在这里吞云吐雾，然后各自回到楼里。如果天气足够冷或者足够热，或者今天有什么特别的话题，这些人留下的烟头就足够他一天的尼古丁摄入量了。

今天收成很不错，他从白砂里捡出烟头，小心翼翼地放在塑料盒里，挑出一根最长的，点上，用力抽了两口。然后坐在垃圾桶旁边，拿出快餐盒，一边晒太阳一边享受今天的早餐。

这时一条流浪小花狗出现在他面前，看着他手里的食物。以前乞丐和流浪狗是天敌，但现在食物充足了，情况也发生了变化。就像很多人会把剩余的食物包起来摆到垃圾桶旁边等着乞丐来捡，生存环境越宽松，人性就越会多释放善良的一面。

他看着小花狗可怜的眼神，虽然明知道它是装出来的，但还是拿出一个温热的肉包子扔过去。就在这时一个黑影冲出来叼走了包子，是一条黑狗。于是两条狗开始追逐，黑狗眼看就被咬到，猛地蹿上长椅，一脚踢翻了女人手里的咖啡杯，接着从她身上跳过去。

乞丐吓得站起来，却发现那个女人没有任何反应。小黄狗压低了身体，在她面前狂吠不止。乞丐走到女人面前，叫了她两声，没有回应。他伸出手轻轻碰了一下她的手，发现手指竟然是塑料的。

乞丐吓了一跳，看了看四周，然后扒拉开女人头上的羽绒服帽子，这才看清原来这是个塑料模特。他长出了一口气，又是那些吃饱的闲人搞出的把戏。他刚转身要离开，忽然闻到一股淡淡的气味。

他立刻头皮发麻，后脊发冷。像他这样游荡在人间与地狱边缘的人经常闻到这种气味，所以尽管这股气味似有若无，但他立刻就分辨出来，这是尸臭。

半小时后三辆警车护送着一辆指挥车开进广场，周边已经被民警拉上了警戒线，但四周高楼大厦的窗边早已挤满了人拍摄直播。一个被制成塑料模特的女人横死在 CBD 中心区的广场上，这个新闻瞬间传遍了网络。人们联想到之前传闻的包皮匠死而复生再度作案，两个消息完全契合，一时间谣言满城。市府立刻派出分管副市长来市局听取报告。姜力也被召前往市局，临走前他叮嘱张大超，无论有什么发现第一时间告诉自己，绝不能向其他任何人泄露。

张大超从指挥车下来，他第一次受到万众瞩目，这让他十分焦虑。但他还必须在这里待上至少一个小时，完成所有搜证工作才能离开。他简单地检查了一下尸体，心凉了一半。接着他蹲下，脱掉死者的靴子，又脱掉袜子，右脚脚踝拴着一根红绳。

他感觉身体失去平衡，一屁股坐在地上。助手送来死者的手机，手机早已冻得关机了，助手充了电才重启，但是需要开机密码。通常开机密码都是机主的生日或者偏好数字，但这个女人还没确认身份，这些情况都无从了解。

张大超观察手机，老款的 iPhone7plus 手机，手机壳已经很旧了，但屏幕膜还很新，说明机主还不打算换掉它。他偶然翻转了一下，阳光一晃，他忽然发现了这个手机的秘密。

刚刚的一晃显出了屏幕中心位置的指纹，奇怪的是，整个屏幕上只有这一枚指纹。他立刻回到指挥车里用勘察灯检查，这不是一枚指纹，而是同一个位置上的一组指纹。而且整个手机被擦拭得非常干净，只有这里有指纹。他点亮屏幕，这枚指纹正好在密码按键"5"的位置上。

他点击了六下"5"，手机果然解锁，界面中间只有一个视频播放器，好像专门在这里等他。他把手机放到摄像头下面，打开播放器，里面是一段视频。

黑暗中忽然出现了点点闪光，光线越来越亮，原来是一池透明液体搅起的粼粼波光。一双手把白色粉末倒进池子，液体很快变成了乳白色，接着升起蒸汽。

接着便是一段可怕的仪式，吊在铁索下的女人浸入滚烫的原液池，反复升降折磨，直到她变成一具崭新的人体模特，再吊进烤箱里烘烤。

视频的最后写了一句话：你们会看着她们一个个回到地狱。

张大超关闭视频，就像吃了人肉一样恶心。他知道这个女人是谁，就是那个在停车场失踪的单身妈妈。他默默点了支烟，他已经很久没抽烟了。这时车门被拽开，一脸胡茬的李正天钻进来，像一头愤怒的公牛，把自己扔到座椅上。

"怎么了？"两人异口同声道，然后又陷入了一阵沉默。

"之前所有证据都指向包皮匠是独自作案的。"张大超像做错了事一样说道，"这是我亲自主持检验的，绝对不会错。"

李正天点点头。

"为什么又出来一个包皮匠？"张大超压低嗓音，"我想不明白。难道他真有一个从未露面的同伙，但每次都是他独自作案？我现在只能这么解释。"

"你确定这个也是包皮匠？"李正天问道。

"当然。要么就是之前那个不是！"张大超拿起一个塑料袋重重拍在李正天面前，塑料袋里装着从尸体脚踝取下来的红绳。

李正天拿起来看了看，忽然问道："你说这个会不会是从淘宝上买的？"

"朋友，我现在没心情开玩笑！"张大超拍着桌子抱怨道，"老梁让我给他回信息，让我明确告诉他这是不是模仿作案。我怎么和他说？"

"你就说……"李正天顿了顿说道，"不知道。"

张大超翻了个白眼，"然后呢？"

"你让他来问我。"李正天坚定地看着张大超。

"别废话了！"张大超烦躁地摆了摆手，然后严肃地说道，"兄弟，我今年四十了，我还住在老丈人家里，你知道那种滋味吗？我不想因为这个案子耽误我评级分房。如果这次赶不上，那我这辈子都没机会住自己的房子了。"

"我知道。"李正天点点头，"所以我说你让他来问我。"

"问你？你要扛啊？"张大超翻了个白眼，"那你副队长还评不评了？当不当副队长是小事，房子要是没了你拿什么结婚？"

李正天喉咙动了动，笑着说："不结了。"

听到李正天这么说，张大超立刻急了，嚷嚷道："你挤对谁呢！有事说事别贴脸行不行！"

"行啦大哥，还没到山穷水尽呢，咱就先别自己吓唬自己玩了。"李正天来的路上听林兮说了郭博英准备甩锅的事，原本还要打算和张大超商量一下，但看他现在的状态，还是不和他说为好。

想到这，李正天用轻松的语气劝张大超："老梁也好，郭博英也好，谁也不懂你那摊活儿，你把你那报告给他们看，他们啥也看不懂，怎么说你错？他们最多从我这边找茬。所以你把心放肚子里，先顾眼前。来，你说说这到底是不是模仿犯罪。"

张大超深呼吸了几口气，强拧着把思路拉回到桌面上的红绳，然后说道："你要说是模仿犯罪，这玩意我解释不了。但你要说不是，之前的证据全都指向包皮匠是独自作案。"

"嗯。"李正天点点头，"有没有可能包皮匠有一个同伙，但是每次抛尸都是包皮匠自己去，所以你没有发现这个人存在。"

张大超摇了摇头，反问道："他也没上过那台面包车？"

“对啊，所以没有他的指纹。”

“你这不是林兮的思路吗？”张大超皱着眉头，想了好久才说道，“你要非这么解释也不能说错，但我还是那句话，他能抹去所有痕迹吗？他就一次没上过那台车？也从来没参与过抛尸？”

“抛尸倒也用不了两个人。”李正天说道。

“抛尸的确用不着两个人，既然用不着为什么还要再找个同伙？不仅没用，反而会增加败露的风险，我实在想不通他为什么会找个从不伸手的同伙。”

现有证据把模仿作案和同伙作案的可能性都否定了，凶手只给李正天和张大超留了一条路：你们之前抓错人了。两人陷入了沉默。这时车门拉开，技术员把头伸进来喊道：“头儿，有新发现。”

32

CBD 布满了监控摄像头，所以警方很快就找到了凶手抛尸的监控画面。早上 7：15，凶手开着一辆面包车来到广场，把车停到路边，从车里推出轮椅，尸体就坐在轮椅上。他大摇大摆推着轮椅来到清静的广场，把尸体放在长椅上，摆好造型，然后驾车扬长而去。

凶手戴着墨镜和口罩，看不清相貌，身高大约 175 公分，穿着黑色短款羽绒服，戴着手套。车牌是假的，牌号的主人竟然是张珂。

通过监控录像追踪，凶手开车上了主路，一直往城外开。车子最后经过的摄像头是在五环外的一处十字路口，北侧 700 米是地铁站。半小时后民警在路边找到了这辆车，车里还有凶手抛尸时穿的羽绒服、手套和帽子。

民警检查了地铁站里的监控录像，找到了几个外形疑似的乘客。专案组那些人立刻兵分各路去追踪。李正天在旁冷眼旁观，他对结果并不看好。以凶手出色的反侦查能力，他绝对不会冒险在这个地铁站乘车的。最安全的做法是在站外打辆黑车或三轮车，前往附近某个小区后乘坐公交离开。

李正天欲言又止，一方面这些人根本不会听他说话，他就算说出来也只是自取其辱。另一方面，姜力刚刚给他发了微信，让他和展杰立刻撤出包皮匠案。

半小时前郭博英向副市长汇报时把所有责任都推给了刑侦总队，因为刑总之前办案出现严重错误导致后续办案时出现误判，进而陷入被动局面，完全不提重指部在没有取得白蒙的供词和落实关键证据之前就急不可耐地宣布真凶落网才是现在被舆论质疑的主要原因。

姜力恼羞成怒，当场就要和郭博英争辩，被梁安治几声咳嗽震了回去。副市长自然也知道案子没破之前问责都是毫无意义的，但舆论要有交代，上级也要有交代，当务之急是找一个挡箭牌，现在他已经完成了任务，于是也不计较姜力举止失格，说了两句鼓舞士气的场面话就宣布散会了。

姜力追着梁安治来到办公室投诉，梁安治清楚姜力的想法，但这时候必须要有人出来承担责任，所以他先是强硬地要求姜力服从决定。

姜力想起自己和李正天闲聊时提到过梁安治高升的可能性。难道他真的要升迁了，于是他诈了梁安治一把，说自己听到传闻领导要高升到部里，自己不想在郭博英手底下受气，希望领导带走自己。

梁安治先是下意识皱了下眉，然后严肃辟谣，表示上级对自己根本没有调动的安排，让他不要波动，更不要以讹传讹。这下姜力就更确认他要高升了。因为如果这是假的，以梁安治的性格肯定会哈哈大笑，绝不会如此谨慎地回答问题。

而梁安治透露出来的另一个信息就是不会带自己走。他虽然鞍前马后跟着梁安治十几年，最终还是被甩下车了。

姜力打定主意，借着情绪向梁安治提出第一个条件：这次背黑锅也就背了，但不能影响任何人的前途。梁安治想了想，然后同意了。

接着姜力提出第二个条件，刑侦总队从现在开始绝不再碰这个案子了，包括从刑总借人办这个案子也不行。梁安治有些为难，他知道郭博英手下那些人根本破不了案子，但是郭博英这次把刑总卖得太狠了，就算姜力配合办案，估计下面人也不会尽心，没准再闹点是非出来。再说郭博英把事情搞成这样，于情于理也得让他自己收拾烂摊子，想到这里，他也答应了姜力。

姜力从梁安治办公室出来后立刻让行政科通知所有人回队部开会，又单独给李正天和展杰发了微信，然后来到重指部办公室，看到那几个草包热火朝天讨论案情，李正天独自坐在角落里。林兮见他进来，笑呵呵地上前打招呼，被他冷着脸躲开了，他朝李正天招了下手，然后用公事公办的口吻对林兮说，如果要调查包皮匠案，来刑总队部找他。

姜力带着李正天来到自己办公室，行政科已经给他们打好了盒饭。两人坐在沙发上默默地吃饭，谁也不说话。一会儿工夫展杰也回来了，姜力指了指留给他的盒饭，继续闷头吃。展杰看了一眼李正天，于是乖乖坐在地上吃了起来。展杰虽然混不吝但不是没脑子，他看出姜力今天是动了真怒，这时候可不能招他。

刑警吃饭都很快，不到十分钟三人都吃完了。展杰收拾好饭盒，准备借机溜出去，却被姜力吼了回来。姜力的脸涨得通红，额头青筋暴起，给他们扔了两根烟，自己也点上，又喝了口浓茶，这才开口说话。

他告诉李正天，郭博英已经向市领导汇报了，把所有的黑锅都甩到了他们身上，现在木已成舟，为了大局只能就这样了。这个案子是李正天办的，因此他们要有一个心理准备。但是他也和梁局达成一致，从现在开始这个案子他们绝不再碰一个手指头。

"性侵案呢?"展杰问道，"这个案子也交出去吗?"

姜力叹了口气，缓缓说道："我是真不想把这个案子交给那帮废物。"

"可是这两个案子关联非常密切，不沟通是不可能的。"李正天说道，"而且我们查到，现在有些女孩还在被继父性侵。"

"我去!"姜力立刻瞪圆了眼睛，"多长时间能把他们全抓了?"

"我们一共找到七个女孩，派七组人出去，今天就能搞定。"李正天说道。

姜力的眼睛也亮了，他一拍大腿，说道："好，我就给你七组人，今天就把这个案子结了!"

"可是，如果还有别的女孩没找到怎么办?"展杰问道。

"这种事永远也完不了，咱们先把眼前的办好了，剩下的就交给重指部那帮老爷们吧。"姜力站起身，"走，先去开会。今天人齐，开完会你亲自挑人，下班之前把那帮狗杂碎全给我抓回来!"

"我还有个发现。"展杰说道，"昨天晚上我查到包皮匠杀的女人中，有三个人的女儿都是在一家医院做的体检，同一个医生，医生发现了她们被性侵。我本来想今天上午去医院，结果出了新案子，没来得及过去。"

"你怀疑这个医生知道什么?"姜力转了转眼珠，然后说道，"那咱们再最后努力一把，碰上了就算咱们捞着了，碰不上咱们也对得起良心。这样，你俩现在就去医院，抓杂碎的事我来指挥。"

"不是说开会吗?"李正天问道。

"会议精神就是谁也不许再碰包皮匠案。"姜力看着李正天说道，"尤其你跟了这案子这么久，责任心又强，千万不要有人给两句好听的就找不着北了，给根杆儿你就往上爬。我知道破案比天大，道理是这个道理，但是今天上午是刑侦总队有史以来最耻辱的时刻。人要脸树要皮，不是我不想破案抓贼，是他郭博英太欺负人，我身为刑总队长，得保护我手下的好警察。"

"瞧你这话说的。"李正天说道，"我是那种给两句好话就找不着北的人吗?"

"那也得分谁给。"姜力顿了顿说道，"我一老爷们本来不应该嚼舌根子，但是咱们这么多年了，有些话该说还得说。你眼瞅就是要结婚的人了，可千万别整出什么生活作风上的动静。尤其有些女人，沾不得。"

听到这里，展杰捂住了脸，悄悄躲到两人身后。

"你说谁呢?"李正天表情不自在地问道。

姜力拍了拍李正天的肩膀说道:"你什么人我清楚。就你这样的傻货最危险了,最后怎么死的你都不知道。你看你还不服气,你知道现在机关都怎么传你俩的事了吗?"

"怎么传?"

"怎么传?"姜力白了李正天一眼,"你又知道我说的是谁啦?"

李正天和展杰站在医院走廊里等王雪医生,李正天一直在出神,忽然问展杰机关里是怎么传他和林兮的。

展杰吓了一跳,结结巴巴组织了半天语言,终于说出一句话:"说你是给郭博英断后的。"

"啥意思?"李正天瞪大了眼睛。

"就是……他要撤,林兮紧追不放,这时候你出来替他断后。"展杰忍不住笑了,"说的还怪形象的。"

"这帮人嘴怎么这么欠!"李正天气得直咬牙。

这时远处走来一个女医生,三十岁左右,素面朝天,看来很乖巧。她走到两人面前,双手插着兜,上下打量了一下他们,然后才说道:"我是王雪,你们找我干什么?"

完全无害的小女人,李正天立刻做出了判断。他掏出警官证,打开后递到王雪手中,然后温和地说道:"我们有点情况想找你了解一下。"

王雪毕业后就分到区妇幼医院做医生,主要负责片区内小学的体检。这个工作说繁琐也繁琐,说简单也简单,她干了几年后老主任退休,她便接管了体检科的工作,可以说这些年来,这个辖区所有的孩子都在她手里过了一遍。

按照规范,小升初的女孩只是大概检查一下身体的发育情况,并不涉及生殖系统的检查。所以她也一直没有做过这方面的检查,甚至连想都没想过。直到有一天,一个小女孩死活也不肯脱衣服,让她产生了好奇。这个年龄的女孩子虽然有些已经开始启蒙,但很少有面对同性害羞到这种程度的。最后她提出来找一间没人的房间给女孩做检查,女孩终于同意了。

令她震惊的是,女孩身上竟然有多处瘀伤。她再认真检查,发现女孩已经不是处女。她简单询问了一下女孩,但是女孩什么都不说。她回去想了很久,决定第二天报警,没想到一上班警察自己找来了。

33

找上门来的警察对王雪进行询问,做了详细的笔录,并叮嘱她不要对任何人说，否则打草惊蛇会影响警方破案。警察还给她留下了手机号，让她密切关注其他女孩，如果有这种情况就立刻通知他。

于是王雪临时增加了一项妇科检查，不久又查出两个女孩也遭到过性侵。她把这些情况都报告给了那个警察。直到现在她还保持着这项额外检查，但是没有再遇到过类似情况。

王雪当着两人的面给手机联系人里的"高警官"打电话，立刻传出"您拨打的号码已关机"。

李正天有些控制不住嗓子的肌肉，声音沙哑地问道："他长什么样？是哪个单位的？"

王雪一问三不知，最终从嘴里蹦出几个字："中等个头，看着挺年轻。他……他就说自己是专门管这种案子的。"

"你有没有复印他的警官证？"

王雪摇摇头。

"既然你没有报警，也没有和任何人提起过这件事，那他是怎么知道的？"李正天又问道，"他对此是怎么解释的？"

"他说是家长报的警。"王雪说道，"他一上来就说了女孩的名字、学校这些基本情况，都对得上，所以我就没多问。有什么问题吗？"

"最后一个问题，你打印那三个女孩的体检报告，是给那个高警官看的吗？"展杰问道。

"打印？"王雪愣了一下，然后说道，"我没有打印过啊！那个高警官收走了我手上的正本说要当证据用，还告诉我不能给任何人看这个报告。"

李正天和展杰四目相对，他们同时想到了那个潜伏在警队的内鬼，那个给白静改生日的人。这个姓高的警官至少有三处疑点，首先是独自出警，这绝对是违禁的，尤其首次出警必须两人同行。第二是指挥中心没有收到任何报告，三个未成年女孩被性侵，无论在任何时候都足以引起关注。第三是他收走了医院的报告正本，这是在完善证据阶段才会做的事。

"我想起来了！"王雪眼睛一亮，"他好像说自己是什么刑侦总部的？你们有这个部门吗？"

"要不要把那个医生带过来，把咱们的人挨个认一遍？"姜力一边抽烟一边说道。

"你觉得真要是咱们的人，他会那么傻和医生实话实说吗？"李正天顿了顿说道，"如果你要是为了程序闭环，我觉得也可以。"

"关键是我还真不能对某些人百分百放心。"姜力叹了口气，"电话号码查了吗？谁的？"

"死人号。"展杰回答道。

姜力点点头："行,这事我回头找老梁私下说吧。"

这时七组行动队陆续回来了,把七个女孩和她们的继父全部带回来了,其中五个女孩至今还和继父一起生活。

展杰揪出了田媛的继父,田媛就是王雪发现的第一个被性侵的女生。展杰把他带到审讯室,这个尖嘴猴腮的矮个男人,直到现在眼睛里还闪烁着狡诈的目光。他没有固定职业,衣着也比较寒酸,和另外几个大腹便便的男人相差甚远。

"你和田媛是什么关系?"展杰问道。

"她是我闺女。"男人卑微地回答道,吐了下舌头。

展杰后背不知怎的冒起一层白毛汗,这个男人让他感觉恶心。

"亲闺女?"展杰点上一根烟,缓解情绪。

"不是!不是!"男人口齿不清地喊道,"不是亲闺女。"

"你有没有性侵过她?"

男人稍微迟疑了一下,展杰又朝他走过来。男人立刻猛点头:"有!有!"

展杰站住,盯着男人的脸,那讨厌的狡诈目光终于消失了。

"田媛体检的事情你告诉谁了?"展杰问道。

"体检?"男人想了想,终于恍然大悟,"您是说她学校组织体检,医生发现她不是处女那事?"

"对。"

"我告诉高警官了。"男人说道,"就是她妈被杀之后,来我家做走访的那个警官。"

"走访?"展杰瞥了一眼墙角的摄像头,"你为什么要告诉他?怎么说的?"

"因为……"男人磨蹭了很久,终于说道,"因为我知道这是犯罪,我怕你们抓我,就和田媛说好了她的膜是自己弄破的。后来我还是怕这事不保险,就打电话给高警官,把她们母女之前的事都告诉他了。"

"你是说,你妈妈带着你跟过两个男人。"刑侦总队的警花武洋问道。

"对。"田媛点点头,悲伤却平静地说道,"妈妈为了给脑瘫的弟弟治病,只得带着我过寄人篱下的生活。虽然很不知羞耻,但我们确实没有别的办法。"

"你妈妈跟第一个男人的时候,你几岁?"武洋继续问道。

"十一岁。"田媛回答道,"但是没过多久他就不要我们了。他把我们赶了出来,也没有给我们说好会给的钱。我妈妈只好再去找那家网站,通过那家网站找到了这个男人。"

"他答应给你们多少钱？"李正天问道。

"三万。"

李正天攥了一下拳头，竟然连这钱都赖，可想而知这个男人多么混蛋。

"你还记得那个男人住哪儿吗？"

田媛摇了摇头："我只记得他住在别墅里，屋顶有个玻璃房。他喜欢带我去玻璃房，可奇怪的是无论我怎么叫外面的人也看不到我。"

"单向玻璃。"李正天喃喃道。

"什么？"武洋问道。

"没什么。"李正天看着田媛说道，"他家还有什么特点？"

田媛又摇了摇头。

"如果再让你见到这个男人，你能认出他来吗？"李正天问道。

这一次田媛点了点头："他白白抢走了我的身体，还差点害死我弟弟，我一辈子都忘不了他！"

"所以你和那个高警官说了她们母女在前一个男人那里的遭遇，就是想说田媛的处女膜破损是那个男人干的？"展杰问道。

"没错。"男人低声说道，"本来也是他干的！"

"那个高警官怎么说？"

"他说他会调查。"

"他没问你们之间是怎么回事？"展杰挑了下眉毛问道。

"没有。"男人立刻摇头，"高警官第一次来，就是田媛妈妈被害以后来走访，我就和他说过我和她妈妈是两口子，孩子是我们一起抚养的。"

"你倒真会说话。"展杰冷笑道。

"警官，我真是看她们可怜才收留她们的。"男人苦着脸说道，"一上来就管我要三万，说三天内钱不到位儿子就保不住了，而且闺女还是二手的了。我知道我这么做犯法，但要没我给她三万块钱，她儿子早就死了。后来为了给她儿子治病，我前前后后花了三十多万。而且……"

"而且什么？"展杰问道。

"而且……"男人瞄了展杰一眼，"田媛也是同意了的。"

"噢……"展杰点点头，"这么说我冤枉你了？"

"也不能说冤枉，但我们的情况和其他人……"

展杰按下桌上的按钮，很快进来两个魁梧的男人。

"两位老哥，他觉着自己冤枉。"展杰一边说一边走了出去。

队部很久没有这么热闹了，上次还是专项行动的时候。姜力不知是因为高兴还是郁闷，拍出一千块钱请大家喝下午茶庆功。大家热闹了一阵，李正天独自走到窗边透气。这些天一直在忙，忙是他逃避现实生活的借口。现在忽然不忙了，他心里产生了巨大的落差。

他回想着刚才问田媛的最后一个问题，想没想过要报警。她平静地摇了摇头，她始终这么平静，完全不像一个十几岁的小女孩。她说为了给弟弟治病，再苦也愿意。

现在她弟弟的救命钱马上就要断了，虽然附带民事诉讼可以让她得到赔偿，但拿到判决至少半年后了，前提是那个男人的账户还有足够多的钱。

一想到这个女孩用如此之大的牺牲换来的生命通道即将关闭，李正天就感觉嘴里发苦。他不愿意想象她得知真相后的反应，但过往类似的一幕幕开始在脑海中闪现。

他点了支烟，掏出手机。

两个小时前林兮给他发了一条信息，只有五个字：我该怎么办。

当时他正和王雪医生谈话没看到微信。等他回到队部看到信息，还没来得及想清楚怎么回信或者回不回，就被武洋拽过去找田媛问话了。

他想象着林兮孤立无助的样子，心里很不是滋味。他犹豫了很久，终于掏出手机，写了又删，删了又写，磨蹭了五分钟，给林兮回了一句话：女孩的生父或有嫌疑。他发完之后立刻删除了和林兮的对话框，然后心虚地左顾右盼一番，看到大家还在兴高采烈地吹牛聊天，暗自松了口气。

林兮站在大礼堂的主席台上，指挥办公室的年轻人布置会场：悬挂横幅，调试音响和数字背板，摆放桌签、会议材料和饮水。这些工作她干了十年，轻车熟路。郭博英站在台下看着她忙碌，她这个时候是最有魅力的。

林兮放在桌面上的手机响了一下，郭博英随手拿起来打开。他知道林兮手机的密码，他认为这是一种主权的象征。然后他看到了李正天给她的回复。他暗自点点头，难怪他们昨天就去调查女孩的生父，这些人确实是最有动机的。他又往上翻了翻，全都是普通的对话，除了那句"我该怎么办"。

他心里忽然酸了一下，尽管他对林兮早已没有肉体的欲望了，但是当另一个男人闯入自己的领地，他还是会本能的紧张。尤其是属于他的女人向这个男人发出了危险的信号。于是他删除了最后一句话，又把手机放回到原处。

34

从下午到晚上，李正天总是一副心不在焉的样子。他不想承认自己在等林兮的回复信息，但是林兮一直没给他回信息，他的心情就越来越酸涩。下班之前姜力通知他放一周长假，又叮嘱他趁着元旦之前赶紧把家具买了。

李正天无处可去，又去了毛彤彤的酒吧。他窝在沙发里，看着窗户里那个颓废而苍老的中年人，发现原来自己是个可怜的孤魂野鬼。毛彤彤穿了一身巴伐利亚风格的厨娘装，短裙搭配着黑丝袜，一步三摇地端着餐盘送来酒菜。李正天被黑丝袜短暂地吸引了一下，接着换上批判的表情说道："就你这样能不招事吗？"

"我开酒吧我不穿成这样，哪来的客人？"毛彤彤翻了个白眼。

"你穿了也没客人啊。"李正天指了指四周，"你生意不好跟你穿什么一点关系都没有，再说你也不缺那俩钱，别招不来生意再招来麻烦。"

毛彤彤坐在他对面，给自己倒了杯酒，然后问道："你说我生意不好，你怎么每天跟上班似的一场不落啊？"

"我这不是没地方去吗？"李正天叹了口气。

"情绪不高啊。你那同事呢？大美女？"毛彤彤戏谑道。

李正天白了她一眼，没说话。

"噢！我说你怎么一副死狗样，原来是癞蛤蟆想吃天鹅肉想出心病来了。"毛彤彤笑着说道，"我劝你趁早死了这份心。你跟她在一起比跟婉柔更惨。"

李正天本来想嗤之以鼻，但还是好奇地抬起眼皮问道："为什么？"

"你知道人家一个包就顶你仨月工资么？"毛彤彤说道，"你那同事可真是个小富婆。"

"这方面你倒是有经验。"李正天坐直了身体，"那你说说，她身上还有什么值钱的东西？"

"别瞎打听了，跟你说了你也不懂。"毛彤彤说道，"你就记住了，那不是你能高攀的女人！"

"谁说我要高攀她。"李正天否认道，"我们……她……我们就是短暂的同事关系，到今天结束了。"

"噢，所以你跟这惆怅呗。"毛彤彤点了点头。

"一点关系都没有好吗？"李正天辩解道，"单位给我放了个长假，让我抓紧买家具筹备婚事。我还筹备个屁啊！"

毛彤彤见李正天提起了烦心事，也不再接话，默默给他和自己倒了酒，然后自顾自喝起来。

李正天窝在沙发里刷手机。林兮发了朋友圈，重指部召开动员誓师大会。照片里她安坐在郭博英左侧，右侧是专案组组长，说明她的地位比组长要高，仍然是郭博英最亲密的伙伴。

原来人家好着呢。李正天在心里笑话自己自作多情，重指部手握全市资源，能有什么难处？开个会都是大礼堂挂横幅，相比之下姜力搞的动员会简直寒酸到了地下。不过这样也好，至少他能放心了。可是人家用得着他放心吗？他立刻又否定了自己，端起酒杯一饮而尽。

"我是不是该培养个爱好什么的。"李正天打了个酒嗝，"要不这后半辈子实在是太煎熬了。"

"你是说你特别缺乏生活情趣是吗？"毛彤彤说道，"你终于发现了。"

"怎么改？"

"你已经开始改了啊。"毛彤彤指了指门口天花板悬挂的水晶球，"这就已经比很多直男强了。"

"一千七呢。"李正天喃喃道。

"多少钱！"毛彤彤瞪大了眼睛，"你疯了一千七买它！"

"我花一千七不是为了买它，是因为你。"李正天赶紧解释道，"就算这一千七买了根火柴，刺啦一下，给你点根烟，也值了。情义无价！"

毛彤彤看了李正天半天，忽然说道："你跟你女朋友这么聊天吗？"

"不啊。"

"你什么时候跟女朋友这么说话你就有情趣了。"毛彤彤想了想说道，"不过你既然想找点事干，我倒是有个主意。"

"啥？"李正天一遍遍刷着没有更新的朋友圈，心不在焉地问道。

"我有辆网约车，这两天司机回家了，要不你开几天。"毛彤彤说道，"我跟你说，开网约车打发时间可快了，车门一开一关，一天过去了。"

李正天好像想起了什么，从兜里掏出一把车钥匙。

"我去！你买奔驰了？"毛彤彤睁大眼睛问道。

李正天想着应该尽快把车钥匙还给林兮，可是她也一直没问自己要。他忍不住想这是为什么？是她单纯忙忘了还是有别的原因。他想起高铁上她对自己无来由的笑，想起那天夜里她醉酒吻了自己，心里又搅动起来。

毛彤彤看着李正天一脸花痴的样子，好奇地问道："想啥呢？"

李正天被一语惊醒，他抹了抹嘴角，然后把车钥匙塞回兜里。

"那我用给你交份子钱吗？"他问道。

"废话，当然得交！"毛彤彤白了他一眼，又笑着说，"不过你要是留下来做老板，咱们就是一家子了……"

"打住！"李正天急忙摆手，"不当老板也就交个份子钱，我自己还能剩点。当了老板就啥也剩不下了。"

果然如毛彤彤说的那样，开网约车真是太打发时间了。网约车平台的软件做得跟游戏似的，每天完成各种任务，180 元奖金保底，完成越多奖金就越多。最关键的是这个过程中他可以什么都不想，跟着导航走就可以了。

焚冬

第一天李正天开了十四个小时，下车的时候腰都直不起来了，但是冲到了当日积分榜的前十位。他发现再这么拼命，挣的钱都不够看腰椎间盘突出的，于是决定第二天要劳逸结合。

　　第二天他冲进了前五，下车的时候腿是麻的。一天吃了两顿煎饼，感觉食管在开裂。他冲进便利店，拿起一瓶可乐灌下去，打了几个嗝，满嘴都是酸臭的味道。

　　第三天他的排名小幅下跌，因为昨天限行的几个狠人又回来了。于是他又加了两个小时的班，最终排到了第四名。夜里十二点从车上下来的时候，他闻到自己身上一股馊臭味。

　　很好，他想着，他已经快把一切都忘了。

　　桥洞里已经停了一排车，几个人坐在馄饨摊周围，锅里蒸腾着热气，在昏黄的灯光里袅袅升起。案板上摆了两排大海碗，碗里放着虾米、紫菜和调料。李正天刷了十块钱，一碗馄饨和一个肉馅烧饼，老板拿了七个馄饨放到锅里，快熟的时候先舀一大勺汤倒进碗里，等紫菜和虾米都泡开了，馄饨也出锅了，用漏勺捞出来倒进碗里，再从锅沿上夹个烧饼放在小碟里，端到李正天面前。

　　"夜班啊兄弟。"

　　"不是，干了一天了。"李正天把烧饼叼在嘴里，端起碗找了个挨着炉子的位置坐下来。

　　"玩什么命？"老板摇摇头，"这都几点了？"

　　李正天一笑，埋头吃了起来。

　　"唉，都不容易。"老板一边照顾锅一边感叹，"这要不是学校天天跟催债似的，孙子大半夜出来干这个。"

　　"学校还乱收费？"李正天抬起头问道。

　　老板点了根烟，慢悠悠地说道："他们倒是不敢明着收，但是别的费用你拦不住啊，光校服就左一套右一套的。也不强制你买，但是老师有招，做操的时候穿新校服的正常排队，穿旧校服的站队尾。你说多孙子。"

　　"对了兄弟，我看你这几天跑得够猛的，你是专职开网约车吗？要不要搭班的？"

　　"我……"李正天愣了一下，忽然想起自己好像不停不休跑了好久了。

　　他就像从一场迷梦中醒来，梦境里一望无际的深灰色的钢铁丛林，黑白交替、兜兜转转，闪动着雪花一般的噪点和黑白灰相间的条纹，他在一条兜兜转转却永远也看不到头的公路上。他不顾一切地奔跑，想要逃离思考的魔爪，他甚至迷失了自己，忘了自己是谁。

　　他忽然醒了，周围的一切逐渐变得真实起来。过去的回忆是如此遥远，就像上辈子的事一样。他看着陌生的桥洞，周围默默吃饭刷抖音的司机，挺着大肚子的中年老板，和自己这双布满血口和龟裂的脏手。

"今天几号了？"他忽然问了个莫名其妙的问题。

"1号啊，兄弟你真行。"老板乐了，"我活这么大，头一次遇到新年第一天就问日子的。"

"已经2号了。"李正天看了看手机，已经0：30了。

"对，2号了。这一天天过得真快啊。"老板打了个哈欠，"一点还有一拨司机，伺候完我就收摊了。"

李正天来到酒吧的时候，毛彤彤正在扫地。她扔下笤帚，冲过来在李正天脸上抽了一记响亮的耳光，然后用力捶打他的胸口和脸。

"这么多天你不露面，手机不开！我以为你死了呢！"她一边厮打一边喊，"你死就死，还把我车偷跑了！你知道我摇个号多不容易吗？"

酒保跑出来把她拽开，李正天才走进来。他看着吧台后面镜子里的自己，鸡窝一般的头发，胡茬丛生，眼眶凹陷，白眼珠已经红得快和瞳孔一个颜色了。他冲着镜子一笑，然后倒在最近的沙发上。

"开车不能喝酒，我来干吗？"李正天长出了口气。

"那你也不能关手机啊！一关这么多天！"毛彤彤又要动手，忽然捂住鼻子叫道，"你身上什么味？你住厕所里了？"

"开车也不能打电话。"李正天解开夹克，从夹克内兜里掏出一个信封扔到桌面上。

毛彤彤拿起信封，里面是厚厚一沓钱。

"这些天的收入，都给你了。"李正天用手臂枕着脑袋，"来瓶啤酒。"

"你这是……"毛彤彤粗略点了点，"你疯了吗？你这些天没睡觉吗？"

"每天都睡得很好。"李正天看着天花板说道，"我终于知道如果有一天我干不下去警察，我该怎么活了。"

"你没病吧！"毛彤彤踹了他鞋底一脚。

"去那边沙发底下摸。"李正天指着隔壁的沙发，"靠窗的皮垫下面。"

毛彤彤从皮垫下面摸出李正天的手机，气得砸到李正天脸上。

李正天起身启动手机，里面只有寥寥几条信息，大都是婉柔发来的。她先是试探地问他有没有联系家具城，发现他失联后语气变得焦急，接着发怒，然后又是哀求，再然后又是试探，只不过这次是试探他是不是发现了什么。最终她坦承自己已经有了别人，单方面宣布分手。

这样挺好。

姜力和展杰都知道李正天休假又失联的毛病，这些天都没联系他。只有姜力今天下午发来一条信息，让他明天下午两点去市局谈话。没有任何解释说明，这就是最明确的信号。他心里"咯噔"一下，该来的终于来了。姜力终于没能扛住。他没给姜力回信，他知道姜力也说不了什么，无非平添烦扰而已。

依旧没有林兮的回信。

35

李正天特意穿了一件花格衬衫，搭配鸡心领羊绒背心，还翻出许久没穿过的羊毛西装裤和皮鞋。他一定要让对方看到他精神抖擞，稳如磐石。这是他的师父金盏教他的。金盏在接受内部调查之前就叫他陪自己去洗澡，理发净面，换上干净笔挺的衣服，然后去见调查组。

他觉得金盏特别有派。

金盏告诉他，男人有多大的胸怀和胆魄就是看他落难的时候能守住多少尊严。他想起"我自横刀向天笑，去留肝胆两昆仑"这两句诗，他早就忘记了这首诗是谁写的，在他的记忆中，这两句诗似乎和大刀王五关联在一起。而金盏在他心中就是另一个大刀王五。

他站在空旷安静的走廊里，忽然有些害怕。他并不害怕谈话，说起业务，那些调查员做他徒弟都不够格，他害怕的是自己会影响别人。他看到姜力在权力的夹缝中忍辱负重，就为了给远在英国留学的女儿留下一个说得出口的老爹的名头；他看到张大超兢兢业业出现在所有案发现场，就为了分到一套房，摘掉"倒插门"的标签。他们都没错，唯一有错的是他自己。

也许他真的不应该僭越规则，逞英雄好汉。如果当时发现排污管道的风险就果断取消行动，或者继续让无人机跟着自己拍摄，就不会造成现在这种有理也说不清的被动局面，而且沦为郭博英出风头的替罪羊。

"所以你现在还认为，当时的情况下把无人机派去监控排污管道是一个正确的决策。"调查组组长傅强问道。

傅强是市局犯罪研究中心副主任，这个研究中心是郭博英成立的，是刑侦口的业务指导单位。郭博英组织了几次培训，但效果甚微。一线干警认为讲师就会纸上谈兵，完全是闭门造车；讲师认为一线干警技能过时还自以为是，双方对立情绪严重。

第一次培训的时候，傅强杀一儆百，就拿李正天开刀，把他叫起来回答一个考验洞察力的问题：午夜纽约黑人区发生杀人案，警察发现四个嫌疑人，分别是凶悍的黑人小伙子，一脸茫然的白人妇女，穿着雨衣、表情惊慌的小女孩和沉着的黑手党神父。

这是一道专门为了打压回答者而设计的陷阱题，无论李正天选择什么，都会有一个反驳理由等着他。然后傅强就会用早已训练了无数次的幽默话术带动其他人一起嘲笑他。在群体活动中找到一个傻瓜并嘲笑他，这是让所有人放松心情并归顺权威的最好武器。

李正天识破了陷阱，他指出每个嫌疑人不可能是凶手的理由，而这些都是傅强的台词。傅强有些恼羞成怒，于是问他到底选择谁。李正天回答如果非要选择的话就选那个警察，因为这个警察竟然要证明无辜市民是凶手，而不是去寻找真凶，不是蠢就是坏，或者又蠢又坏。

他这番话影射了傅强不好好研究本职工作，却热衷于这些无聊的伎俩，赢得了满堂喝彩。傅强在一班干警面前丢了面子，从此对李正天十分记恨，时常刁难他，最后考核只给了他一个及格分。

这次郭博英安排他们冤家聚首，李正天知道这家伙不会轻易放过自己。所以他不打算再委曲求全，反正也没用。他也不管傅强的问话里有没有陷阱，强硬地回答道："我不知道。因为对我来说这是唯一的选择。"

"你可以选择取消行动。"傅强立刻反驳。

"取消？这是抓住包皮匠唯一的机会。我不想让包皮匠跑掉，哪怕只有1%的可能。"李正天继续不卑不亢地回答。

"所以换来的结果就是我们永远也不会知道当时发生了什么。"傅强盯着李正天好久，终于缓慢地说道，"也不知道跳楼的那个人到底是谁。"

"他是包皮匠！"李正天的声音大了起来。

"你怎么证明？"

"什么叫我怎么证明？是证据证明他是包皮匠。"李正天反问道，"那你告诉我，就算当时无人机跟着我把全过程都拍下来了，就能证明什么了？"

"至少能证明你的描述都是真实的，他开枪拒捕，跑到楼顶，然后自己跳了下去。"傅强把重音放在了"自己"上。

"噢。"李正天恍然大悟，反问道："你在暗示是我把他推下去的？"

"我们不能排除任何可能性。"傅强靠在椅背上说道，"除非有有力的证据能把这个可能性排除掉。"

"我为什么要这么干？抓活的不好吗？"李正天盯着傅强的颧骨，他在想从哪个角度揍上去不会弄破拳头。

"抓活的当然好。"傅强也毫不示弱地盯着李正天，"除非那个人根本不是包皮匠。"

李正天愣住了，他完全没想到傅强竟然会用这么大的恶意揣测他，他下意识地问道："我为什么要这么干？"

"因为能结案，能交差。因为你根本就找不到凶手，但是又不想承认自

焚冬

己的无能。所以你找了个替死鬼。合情合理。否则我无法理解你为什么要在行动前调走无人机，制造出你和死者独处将近十分钟的真空时间。"傅强一边说一边甩出一个档案袋，"这是你上次指挥的抓捕枪贩子的行动，还有印象吧。这次的环境远比抓捕包皮匠那次复杂，可是你对现场布控做得非常好，堪称教科书级别的指挥。所以我知道你不是不会，既然不是不会，就只能是不想。"

李正天当然不能告诉他，原本张大超准备了六架无人机，但是临出发前才发现其中三架没充上电。

"就算出现了真空时间，你也不能说他不是包皮匠。"李正天忍着怒气说道，"所有证据都证明他是包皮匠。你也不能因为他又出现一个同伙就否认他是凶手！"

"当然不会，除非证据冲突！"傅强用力拍了下桌子，用高八度的声音斥责道，"你到现在还想抵赖吗？你以为我们没掌握真凭实据会和你说这些吗？"

"好啊，那你说说，你们掌握了什么真凭实据！"李正天用同等音量回击。

傅强从文件夹里拿出一个小塑料袋，里面是红绳。李正天忽然明白了，这是张大超给他们的。也许张大超告诉他们，他无法解释之前的包皮匠和现在这个凶手之间的关系，但从技术层面排除了"A-模仿作案"和"B-包皮匠有同伙"这两种可能。也就是说现在剩下的唯一选项就是"C-包皮匠没有死，他继续在作案"。

所有人都知道那句话，当你排除掉所有选项时，最后一个选项就是真相，哪怕它看起来多么不真实。李正天终于体会到引火上身的感觉，那种被火焰包围的痛苦竟然如坠冰窟一般寒冷，他感受到了恐惧。但他并不怪张大超，他知道这个疲惫的中年人要面对多大压力，况且他说的每句话都是真实的。

傅强看李正天不出声了，于是露出胜利的微笑，继续说道："你以为当时结案了你就高枕无忧了？做梦！我告诉你，这个案子我们进行了充分的研究，简直漏洞百出。因为你们做贼心虚，在第一时间就通报了媒体，考虑社会影响，我们才没有立刻揭穿你们，而是继续调查取证。没想到老天对你的报应来得更快，包皮匠又出来作案了，这下打脸了吧。我们就看着你怎么收场，没想到你竟然这么恬不知耻，还装得跟没事人一样，直到现在还企图蒙混过关，真是不可救药！你记住，你不是第一个这么干的人，可能也不是最后一个。但我告诉你，所有这么干的人都不会有好下场。"

李正天想到了他们会拿程序错误做文章，但是万万没想到他们竟然给自己扣上冤杀好人、栽赃顶罪的黑锅。他感觉气血在胸腔炸裂，这十几年坚持的、守护的东西在这一瞬间分崩离析。

但他的情绪很快又恢复了平静，因为他知道愤怒不能解决任何问题，只会带来更多的麻烦。师父金盏曾告诫过他，没有人不能用理智控制情绪，真正控制不住情绪的人是精神病患者。只是每个人恢复理智的时间不一样，智者可以很快恢复，而蠢材通常在犯下错误后才恢复。

人在通往成功的路上能真正掌控的东西极少，控制情绪是其中之一，而且是难度最低的一个。相反，要让一个人犯错误，扰乱他的情绪是最有效的方法。现在傅强就在等他犯错误，然后跳进陷阱里，所以他绝不能上当。

"傅主任。"

"嗯？"

"你们要对我采取什么措施吗？"李正天语气平缓地问道。

傅强对他的反应倒是很吃惊，看他刚才的样子，好像已经生气到随时会动手揍他的程度了。

"或者你们要等抓到包皮匠再对我采取措施？"李正天继续说道，"因为你现在说的也不过是猜测罢了。你只能利用我不能自证清白对我进行质疑，但是你也无法举证来证实你的质疑。"

傅强现在倒是对李正天的淡定有些刮目相看了，他的反应的确很快，而且一下扼住了问题的关键。

"当然，我们会抓到包皮匠。"傅强说道，"但那时候就不是内部调查了。哼！你很清楚这两者的区别。"

"需要我帮你们抓包皮匠吗？"李正天一边说一边站起身，伸手把面前的小桌子提起来往前挪了三十公分，给自己留出出去的空当。他早就看出傅强故意在他面前摆这个小桌子就是为了让他觉得自己是个犯人。

李正天走到傅强面前，傅强下意识往后一躲。

"对不起，我忘了，你们应该已经申请中止我的执法权了。"李正天翻开桌上的文件夹，找到《上缴警械记录单》，填上自己的姓名，把证件、手铐和配枪放在桌面上，然后拍了拍衣服，示意身上没东西了。

"别拖得太久。"李正天说道，"他会继续杀人的。"

说完这句话，李正天转身走出会议室。

李正天来到重指部办公室外面，里面人声喧嚣，和楼下安静的机关氛围截然不同。他推开门，看到几个男人正围成一圈抽烟喝茶，聊得正热火朝天。他们见到李正天，一个个拉下脸来，问他找谁。

李正天特别想问他们，案子破没破你们就在这里闲扯淡？但他忍住了，问林兮在不在。一个男人不耐烦地说了声不在，然后他们继续聊天，只不过声音压低了，还时不时看一眼李正天。

李正天把车钥匙放到林兮的办公桌上，然后退出了办公室。他必须立刻离开市局，找个姜力不知道的地方躲一下午。姜力一定会找他，他不想再和姜力吵一架。他一边猛走一边关掉手机，他甚至想好了如果警队真把他开除了，他就去开网约车，赚的钱比当警察还多。

去他的吧，他一想到傅强那副嘴脸，就觉得一切都无所谓了。他只想尽快逃离这里。

就在这时，他迎面遇到了林兮。

36—1

林兮抱着文件夹，面色憔悴、神情忧郁，完全没有了之前元气满满的精神状态。她看到李正天先是愣了一下，接着微微眯起美丽的眼睛，抑制涌上心头的委屈和难过。

看到她这个样子，李正天心里揪了一下。他慢慢停下脚步，侧身指着身后说道："我来给你送车钥匙。"

林兮抿着嘴，用力点了点头。

"我看你们的简报了，做得不错。"李正天没话找话道。

他终究还是放心不下，早上特意看了专案组的进度简报，看到了郭博英在动员会上要求专案组从受害女孩的生父切入调查，专案组于是全面执行了这个指示。虽然这些天还没有取得实质性的进展，但他觉得这个方向是对的。

他以为林兮把自己给她的方法告诉了郭博英，再由郭博英在大会上宣布。他想问林兮为什么不给他回个信息，哪怕回一句"好的"也好啊。他不知道林兮根本没有看到信息，而且一直等他的回信。他更没想到郭博英截获了信息，还在他们之间造成了既无法说破又无缘澄清的误会。

而林兮迟迟等不来回信以为他生气了，当然，谁让人这么摆了一道都会生气。尤其他全身心地帮了她那么多。她后悔给他发了那条信息，就算他相信她是无辜的，也一定气愤她怎么还有脸去向他求救。

她被拖进包皮匠案的泥潭。那些奸懒馋猾的草包没一点用，反而越帮越忙，她甚至怀疑他们为了逃避责任故意搞砸。她只能亲力亲为，这时候她才发现他之前的举重若轻是多么不容易。

她想起他们别别扭扭的第一天，他作为市局拉力赛冠军竟然说自己不会开奔驰车。于是她给他来了个下马威，结果他真㞞了。他看起来有点傻乎乎的，但有时候却很精明。要不是他去调查张珂的行踪，她怎么也想不到张珂竟然强奸自己的继女。

他在破案的时候有如神助，总是能找对方向。如果他留下来，也许新包皮匠已经抓住了。她一直坚持称呼这个凶手为新包皮匠，她坚信他抓的那个也是包皮匠。

也许郭博英能获得更大的事业上的成功，但作为男人，他已经彻底败给了寡言少语的李正天。她是个实用主义者，本应该为了破案放下身段继续向李正天求助，哪怕死缠烂打。但她现在却无法鼓起勇气，甚至连找他解释的勇气都没有，她不想让他更看不起自己。

穿过云隙的阳光把林兮拉回现实。她看着李正天疏离的脸，想对他说的所有话都咽了回去。她礼貌地点了点头，望向他身后，这是要离开的肢体语言。

"再见。"李正天低头说道，然后从林兮身边走过。

两人擦肩而过的一刹那，林兮闭上眼睛，委屈的眼泪顺着脸颊流了下来。

"对了。"李正天的声音忽然响起。

林兮浑身抖了一下，她不敢转身，转身会被李正天看到自己的眼泪。

李正天看着林兮的背影，无声地叹了口气，然后说道："我怕以后没机会再和你说了，你是个非常好的警察，加油。"

林兮不敢说话，眼泪已经淹没了她的鼻腔，只要一出声，李正天就能听出她在哽咽。她伸手比了个 OK 的手势，然后快步逃开了。

展杰连续七天住在队部的备勤休息室里，每天一睁眼就去审问那些强奸犯。好在这些人一点骨气都没有，为了立功什么都肯说，拔出萝卜带出泥，所以每天都有新抓进来的强奸犯。要不是姜力三令五申保密，恐怕早就上热搜了。

男人们在围城里争先恐后地相互揭发检举，围城外的女人们也不闲着。姜力每天都要接到数个拐弯抹角打探案情的电话，更有几个悍妇公然围堵队部要求放人。在她们眼中，自己的男人只是犯了一个全天下男人都会犯的错误，没什么大不了的。甚至有个女人认为自己老公能强奸幼女说明他是成功人士，而规劝她的刑警们则是没本事的孬种，吃不到葡萄说葡萄酸。

展杰不断刷新着见识，他想不明白一个成年人为什么会有这种荒诞的想法，况且她们中的大多数穿着打扮还都很体面，开的车至少也都是几十万的高档车，难道她们就是用这种价值观参与社会分工并获取丰厚报酬的？有她们做参照，那些低声下气恳求和解赔偿的女人们竟然显得可怜起来了。

梵冬

展杰问清了每个案件里的每个细节，比《辞海》还厚的案卷足以把这些渣滓们送进监狱。他已经了解了这团罪恶中每一根渗着黏液的触角，但他感觉在这些罪恶的下面还藏着更深的罪恶。

那个叫齐轩东的家伙，他是张珂之后第二个抓获的强奸犯。那天有个叫彭祖杰的人从他家拿走了视频录像，然后这个彭祖杰就消失了。按说网络通缉了这么长时间早该有线索了，但这家伙始终没有冒泡。

齐轩东把所有事情都推到彭祖杰身上，是彭祖杰把他拉下水，介绍他通过快乐同城网和孙美宸的妈妈陈彩云同居，进而强奸孙美宸。这个情节乍一看似乎没问题，是典型的乙方对甲方负责人的性贿赂。

疑点在于齐轩东为何会在办公室卫生间里藏着升压药。展杰向齐轩东的单位求证过，目前并没有风声对他进行调查，他也没有被人举报过经济犯罪，那他这套应对突击搜查的预案是给什么情况预备的，谁教给他的。

展杰唯一能确定的是这套预案不是给他们准备的，如果齐轩东预感到自己会出事，他就会提前处理那些视频。展杰向姜力提出这个想法，姜力同意再次审问齐轩东。

此时齐轩东已经移交到看守所，几天不见，他驼背弓腰，脸色铁灰，看起来就像个将死之人。

展杰问他为何藏匿升压药，他本能地蜷缩了下身体，眼中流露出迟疑。他这个微小的表情立刻被展杰和姜力捕捉到了。作为一个老刑警，姜力对这种人非常有办法，他示意展杰先别说话，然后掏出一支烟扔给齐轩东。

"你知道你在监狱里会遇到什么吗？"姜力问道，"上一个犯了和你一样罪的犯人，服刑后不久就磕掉了所有脚指甲和手指甲，然后又不小心磕掉了所有牙齿。你看过《肖申克的救赎》吧，那可不是凭空虚构的。"

齐轩东颤抖了起来，他当然知道，也正是因为每时每刻都在想着未来十几年的悲惨生涯，才会把自己折磨成这样。

"唉！如果他现在还活着的话，我觉得他应该老后悔了。"姜力说道，"就是因为他之前死硬到底，拒不悔罪，最后才变成这样。如果你配合我们，就说明你已经彻底悔罪了，我可以保证同样的事情不会发生在你身上。"

"我悔罪。"齐轩东立刻说道，"我悔罪！"

"那你把这件事说清楚。"

"我说！"齐轩东结结巴巴地说道，"是那个警察！"

"哪个警察？"展杰敲着桌子，"从头说。"

"很久以前那个警察找到我，说我随时可能暴露。然后他教给我这个装病的办法，还说如果有警察找上门来就装病拖延时间，然后立刻通知他。"

"通知他干什么？"

"去我家清理现场。"

展杰看着口供说道："可你上次说的是找彭祖杰去你家。"

"我上次没说实话。我的确找的那个警察，但我不敢说。因为你们在我家什么都没找到，我才猜是彭祖杰去的。彭祖杰知道那些东西在哪，也知道保险柜密码。"齐轩东顿了顿说道，"肯定是他找彭祖杰去我家的。他们认识，我听彭祖杰说过，那个警察先找到的他，然后通过他找到的我。"

"找到？"姜力发现这个用词很奇怪，于是问道，"找到是什么意思？"

"我们不认识他，是他主动找到我们的。"齐轩东回答道，"他说我们的事情很可能要暴露了，如果不想出事就听他的。我不知道他怎么知道我们的。"

"他凭什么帮你掩护？"展杰问道，"我看不出来你哪点值得一个警察甘愿犯法来帮你。"

"因为……"齐轩东惶恐地说道，"因为他让我们每人每年给他一百万，如果不给的话他就举报我们。"

"一百万？"展杰开始主持审讯，"现金？"

"是的。"

"你见过他？"

"没有。"

"那你怎么给他钱？"

"他让我们把钱放到指定地点，然后他去收。"

"你一共给过他多少钱？"

"就给过一百万，今年的他还没找我们要。"

"据你所知，有多少人给他钱？"

"彭祖杰说过，我们这个群里的人都给他钱了。"齐轩东说道，"他说这些钱就是买个平安，有他罩着我们就安全了。"

"你们一共多少人？"

"十来个人吧。"

"砰！"姜力拍案而起。

"我不相信你连他的面都没见过就乖乖给他一百万。"姜力走到齐轩东面前，泰山压顶一样俯视着他，"你这个骗子，你之前就骗我们，现在还骗我们。"

"真的！警官！我真的没见过他啊！"齐轩东哭了出来。

"你们这么多人，一个人都没见过他吗？我不信！"姜力抓起他的衣领，"你要是再不说实话我就去问别人了。肯定有愿意说的！"

"真的！我发誓！"齐轩东脸扭到一边，哭着说道，"我哪敢骗您啊！"

焚冬

"那你们是怎么联系的!"姜力继续逼问道。

"手机……"

"手机号!"姜力在他耳边吼道,"你刚才说了你是给他发的信息!你一定记得他的手机号!"

36-2

李正天回到父母的家,他已经很久没回来了。房间依旧昏暗逼仄,那些由他父亲亲手打造的木家具散发着淡淡的霉味,和他父亲一样有些老态龙钟了。他看到母亲走路有点一瘸一拐,一问才知道上周去菜市场的时候崴了脚。

母亲没有问他为什么工作日的下午跑回家来,她高兴地去厨房炸酱,他最喜欢吃炸酱面。父亲板着脸坐在椅子上刷核桃,他从不坐沙发,他说沙发太软坐着难受。李正天看父亲刷了会儿核桃,然后躺在沙发上,一阵倦意袭来,就昏天黑地地睡了过去。

等他再醒来的时候天已经黑了,父亲还在刷核桃,桌上摆了几碟凉菜,看样子都是刚买来的,还有刚切的黄瓜丝和萝卜丝。母亲端上来手擀面,一家人默默吃饭。

快吃完饭的时候,母亲小声问了句婉柔还好吧。李正天点了点头,嗯了一下算是回答,然后往嘴里拨了一大口面条,又塞了两片肘子,堵住尴尬和委屈。

"你进步的事怎么样了?"父亲问道,紧跟着又找补道,"能不能升那是单位领导的事,你可不能去争去抢,把自己该做的都做到位了,其他的事不是你该琢磨的。"

"差不多了。"李正天回答道,他并没有瞎说,确实差不多没戏了。不仅升职没戏了,他的工作能不能保住都不一定了。

"我就说孩子没问题。"母亲松了口气,"你就是老疑神疑鬼。孩子这么多奖状、奖杯,那都是白得的? 早就该进步了!"

"行了行了。"父亲起身走到柜子旁边,慢慢蹲下,打开柜门,从里面掏出两瓶拴好的茅台酒,然后手拄着膝盖站起来,把酒拿到饭桌前。

"这事,你们姜队长肯定没少给你帮忙。把这个给人送过去。"

"不用。您这是贿赂领导。"李正天半开玩笑地拒绝道。

"别废话!"父亲不耐烦地说道,"送到了以后拍张照片给我发过来。你俩还有酒的照片。"

"不是，您这送礼还拍照的，谁还敢收？"

"那你让他给我打个电话，谢谢我！"

李正天还要说什么，手机响了起来，是展杰打来的。他走到阳台接起电话，展杰说他和姜力在一起，有重大发现。

十分钟后，展杰开车来到李正天父母家楼下。李正天拎着装着茅台酒的袋子上了车，让展杰去毛彤彤的酒吧。一路上三人各自想着心事，谁也没说话。

直到桌上摆满了无酒精的苹果啤酒和平安夜没卖完的圣诞大餐，姜力才端起酒杯问道："今天谈话什么情况？"

李正天把谈话内容简要复述了一遍，姜力和展杰听完脸都变色了。

"你当时为什么不抽他！"姜力浑身颤抖着说道，"敢当着我的面这么说话，我绝对大嘴巴抽他！"

"我觉得他说的也有道理。"李正天说道。

"你疯了！他有个屁的道理！"姜力一拍桌子，远处的酒保把脑袋探出吧台直往这边看。

"你小点声，人家还做生意呢。"李正天低声说道，"我觉得他说的至少两点是对的。"

"什么？"两人异口同声道。

"有内鬼。"

"我正要和你说这事！"姜力急不可耐地说道，"我们……算了，你先把话说完！"

"傅强问我为什么没有无人机跟拍我。我忽然想起张大超说过，他头天晚上明明充了六台无人机的电，第二天只有三台充上了电。而且六台都在地上摆着，不可能只充一半。"李正天看着两人，放低了声音说道，"所以我觉得，有人把另外三台的线给拔了。"

此话一出，姜力和展杰不约而同倒吸了口气。

"这样倒简单了。"展杰缓缓说道，"这个人既知道第二天的行动计划，又能自由进出队部，那这个范围就不大了。可他为什么要这么做呢？"

"我想了一下午都没想明白。"李正天说道，"冲着我来？你们觉得我得罪过什么人了吗？"

"姚璐！"展杰拍了下桌子，他紧跟着意识到自己失态，立刻压低了嗓子说道，"他是郭博英安插在咱们警队里的卧底！我也是才知道这个事！"

"你怎么知道的？"李正天问道。

"两个月前，他偷偷找过我，问我愿不愿意去重指部，他还说郭大局长很看好我，想要大力培养我。他还说，刑总……"展杰看了眼两人，停住了话头。

"刑总怎么了?"姜力斜眼瞟着展杰问道。

"说刑总没前途,说队长是草包,等老梁调走后,没人罩着就完蛋了。"展杰看了眼李正天,"还说你当年揍过郭博英,跟着你就是死路一条。"

"那你没答应他吗?"姜力问道。

"虽然他说的挺有道理……"

"啪!"李正天扇了展杰后脑勺一下。

"聊正事!"李正天思忖了片刻说道,"姚璐虽然是个活泥鳅,但他真有这么大胆子吗?"

"他没这么大胆子,郭博英有啊!"展杰继续说道,"我说郭博英怎么一直抓着无人机的事不撒手呢,原来这就是他挖的坑!我记得行动方案上定的是四台使用、两台备用,这个方案报到局里郭博英肯定能看到。所以他让姚璐拨了三台。他知道以你的性格,就算少一台,你肯定也不会放弃任务,而且你肯定让这一台盯着别的地方,把你自己空出来。"

李正天感觉自己身上冒出冷汗,身体抑制不住颤抖了起来。他的性格和思维方式竟然被人掌握得如此精准,他忽然觉得非常恐惧,因为如果对方要置他于死地也绝对是易如反掌。就像除掉他的师父金盏一样。

"我……"李正天罕见地打了个磕巴,看着一言不发的姜力说道,"我记得路上咱们还讨论,最后决定你去堵小路。这样就能省下一台无人机。没想到到了现场又发现那个排污管,最后还是少了一台。"

"我记得。"姜力终于开口了。

"郭博英真的这么了解我吗?他那时候就想整我了?"李正天不可置信地问道。

"要整也是整我!"姜力表情阴沉地说道,"这件事先放一边,如果真是姚璐干的,想查清楚那也是分分钟的事。你刚才说有两点,第一点是内鬼,第二点是什么?"

"第二点,凶手这次为什么一枚指纹都没留下?"李正天问道。

这个问题在空气中发酵了一会儿,展杰尝试着回答道:"因为他在挑战我们?"

"不对。"李正天摇了摇头。

"因为他有案底,怕我们查到他?"姜力问道。

"你说对了一半。"李正天看了看两人,然后说道,"还有一半原因,是他想让我们以为他就是包皮匠,而且他知道包皮匠已经死了。"

"啥意思?"姜力和展杰面面相觑。

李正天清了清嗓子说道:"就像老姜一开始说的,这家伙两次留下红绳就是想假装包皮匠玩借尸还魂，干扰我们的判断。"

"我说得对吧！"姜力说道。

"对。"李正天点头道，"但是他知道包皮匠死了，而且我们有包皮匠的指纹。所以他以一个凶手的身份去思考，会想当然地认为不能留下指纹，否则会被我们识破。"

姜力和展杰依然没听明白。

"这就叫做贼心虚。"李正天说道，"相反，如果他大大方方留下指纹，没准还真有人会相信之前死的不是包皮匠，他才是。就比如傅强那个傻子，觉得我杀了个什么人冒充包皮匠。"

"所以傅强质问你的时候你就想到了。"展杰恍然大悟。

李正天点点头。

"那你为什么不和他掰？"姜力瞪眼问道。

"何必跟傻子一般计较。"李正天说道，"抓到人，一切都会水落石出，我自然也沉冤昭雪。抓不到人，黑锅永远背在我身上，我掰出大天也没用。所以现在最重要的是破案。"

姜力和展杰都点了点头，两人各自又点了一支烟。

"你这边的事说完了吧，那说说我们这边的进展。"姜力说道，"今天过来找你，就是因为我们发现了强奸继女案很有问题。你之前说出现了一个莫名其妙的警察，我们也发现了。"

姜力接着又把他们审问齐轩东的经过和李正天复述了一遍，这起扑朔迷离的多头案终于显出了轮廓。

37

两年前，只身走出高铁站的陈彩云望着这座陌生的城市一筹莫展，她身上仅有的那点钱甚至连像样点的旅馆都住不起。所以她只能投靠姐姐，尽管她知道姐姐是操持皮肉生意的。但是在活下去和脸面之间陈彩云只能选择前者。

几乎同时，一个名叫快乐同城网的交友网站开始了介绍女性卖淫的线下活动。命运的齿轮开始转动，半年后，陈彩云和其他女人一起参加了快乐同城网组织的线下活动，认识了齐轩东，然后带着女儿孙美宸住进了齐轩东家里。

在陈彩云的协助下，不到十三岁的孙美宸沦为齐轩东的泄欲工具。他们以为这只是天知地知的家务事，没想到包皮匠出现了。他也许是某个女孩的生父，因为他最有可能了解内情，也是最具备作案动机的。此处产生了第一个疑点，那就是包皮匠只有二十七岁，未婚，且与已知的受害女孩均没有任何关系。李正天由此推断包皮匠很可能有同伙。

包皮匠杀了包括陈彩云在内的至少九个女人，抓捕过程中，刑侦总队里的内鬼浮出水面。他故意拔掉了无人机充电器，扰乱抓捕行动。但他应该与包皮匠没关系，只是单纯地陷害李正天和姜力。

包皮匠拒捕自杀后的调查中产生了第二个疑点，那就是没有发现任何关于他有同伙的迹象，这也是刑侦总队之前认定包皮匠独自作案并宣布结案的依据。

包皮匠疯狂作案的同一时期，"热心群众"举报了快乐同城网。案件迅速告破，但有个黑警通过案件资料找到了那些强奸幼女的男人，然后开始勒索他们。

尽管陈彩云死了，但孙美宸继续活在齐轩东的魔爪中。绝大多数女孩都和她有着相同遭遇，因为她们还没成年，无法独立生活，只能忍受着继父无休无止的折磨。

直到另外三个和孙美宸有着同样遭遇的女孩在体检时，被医生王雪发现了问题。但是本该立刻真相大白的性侵案却被那个黑警拦截下来。虽然现在还没有证据证实拦截案件和勒索继父的是同一个人，但李正天和姜力都认为这肯定是同一个人。

黑警虽然自称是刑侦总队的刑警，但实际应该是接触过快乐同城网案件的某人。他为了长期勒索性侵继女的继父们，于是决定假冒刑警接触王雪医生，拿走全部文件并封了她的口。

之后一切都归于平静，直到第二个凶手以包皮匠的方式继续作案：他绑架了奚莉莉，用她的身份证租了车，又绑架并杀害了快乐同城网的员工陈燕妮。与此同时他利用奚莉莉的前夫白蒙做障眼法，说明他了解奚莉莉的情况。

奚莉莉虽然纵容张珂性侵她的女儿，但和快乐同城网没有关系。也就是说第二个凶手的目标已经不限于快乐同城网涉及女性的范围。他可能把所有纵容甚至协助丈夫强奸女儿的女人都纳入到猎杀名单里。

三人推演完案情，桌面上四个烟缸里已经塞满了烟头，空气中聚拢着浓厚的烟雾。

"问题是咱们上哪儿找这个黑警?"展杰问道。

姜力也是眉头紧锁，双手紧紧环抱在胸前，似乎想从肥胖的身体里挤出一个好主意。

"还是从有可能接触到网络卖淫案的人找起吧。"李正天问道。"你和老梁说过这件事了？"

姜力摇了摇头，苦恼地点了一支烟。

"我给他打了两个电话，都转到秘书那了。"姜力说道，"现在这个局面，估计他没看清楚形势前是不会接我电话了。他已经答应我不管这次闹多大动静都不会动你。不过……"

姜力低下头，李正天猜出他没有说的那半句话，不过这次升职没戏了。李正天对此并不意外，毕竟他确实违反程序，对失去升职资格无话可说。

"你最近先好好休息，调整一下心态。"姜力继续说道，"这些事情你都不用管了，天塌下来我顶着。保持手机开机，如果调查组再找你问话你就过去，把你们谈话内容都录下来。回头一块找他们算账。"

李正天点了点头，他刚才燃尽了精力，现在就像一摊死灰。

"既然知道家里有贼，你们也小心点。"李正天说道。

李正天送姜力和展杰出来，把装酒的袋子放到车上。姜力打开袋子，一看是两瓶陈年茅台。李正天说这是他父亲逼着他给姜力送的，他没法和老头说实话，就只能硬着头皮拿出来，现在也拿不回去了，索性姜力拿回家喝了。

姜力明白李正天父亲的意思，他更觉得愧对李正天了。现在他收也不是，不收也不是，最后咬咬牙收下了。

"如果这次咱们能过关，我豁出去这张脸也把副队长给你争回来。"姜力表情决然地说道，"到时候去我家把这两瓶酒喝了！"

说完这句话，姜力一踩油门走了。

"你怕吗？"展杰忽然问道。

"什么？"李正天看向展杰，展杰也看着他，但眼神有些游离。

"怕吗？"展杰裹了裹军大衣，"我有点怕。"

"怕什么？"李正天问道。

"那个成语怎么说来着，'众口铄金，积毁销骨'。"展杰叹了口气说道，"我终于体会到了。"

"你听说什么了？"李正天问道。

"听说你破不了案，于是找了个替死鬼。"展杰忽然笑了，"让我诧异的是大家竟然都信，大家都愿意信，都觉得你如果这么干了，好像是件特有意思的八卦新闻。模范警察一夜之间变成制造冤假错案的黑警，很精彩的故事。"

李正天也笑了："不是他们愿意相信，而是他们都盼望这是真的。他们想看到好人变成坏蛋，这样他们就可以继续心安理得地蝇营狗苟，同时还能满足他们的偷窥欲和占领道德高地的优越感。"

楚冬

"你怎么忽然会用这么高级的词了？"展杰笑问道。

"这些不是我说的，是我师父金盏说的。"李正天看到展杰表情一愣，继续说道，"我是不是没和你说过我师父的事。"

"没有。"展杰摇摇头。

"有机会再说吧。"李正天拍了拍展杰的肩膀，"我就想告诉你，学会独立思考是一件很难的事，但更难的是坚持独立思考，不被别人影响。因为赞同别人不需要负责任，坚持己见才需要负责任。"

展杰沉默了一会儿，又问道："你怕吗？如果因为这个事丢了饭碗。"

"不怕。"李正天轻松地说道，"因为我不后悔。那天出发之前张大超问我要不要中止行动，如果中止，责任由他来扛。是我决定继续行动的，而且我觉得我做了一个特别牛的决定。"

展杰认真地点了点头，然后转身离开。

李正天站在街边，看着车来车往。他在犹豫是转身回到酒吧里喝个酩酊大醉，还是拿走毛彤彤的车钥匙继续跑网约车，要么就是今晚先喝个酩酊大醉，明天再跑车。今天受了那么多气，喝点酒放松一下，就当是对自己的补偿吧，他说服了自己，转身往酒吧走去。

这时他的手机响了起来，是张大超打来的。他犹豫了一下，然后按下了拒接键。他知道张大超是来给他道歉的，他不用道歉，这不是气话，他真的不认为张大超对不起他。他能预见接通电话后会有多尴尬，他不想让这个电话打扰了这个酩酊大醉的夜晚。

他往前走了三步，下一步就是青石板台阶了。台阶旁边摆着一个花里胡哨的 LED 板，上面写着：今日全场 88 折，这个牌子从他第一次来就戳在这里，到现在也没换过，可见毛彤彤对生意多么不上心。

手机又响了起来，还是张大超。李正天站在门口发了会儿呆，然后按下了关机键。

实验室里，张大超无奈地放下手机，离开操作台，走到办公桌前，打开电脑里的实验日志软件，屏幕上弹出录影画面。他对着屏幕中的自己说道："我刚刚对死者陈燕妮身上发现的红绳进行了成分化验，发现它的颜色是用一种植物染料做的。我对比了一些样本，找到了这种植物染料的出处。这种染料产自韩国，价格比较昂贵，可以直接用在人体上，通常用于染发和纹身。然后我又找到了之前红绳的化验结果，就是普通的工业染料，我认为这对于证明……证明这次的凶手不是之前的包皮匠，是非常重要的证据。"

他保存了实验日志，继续给李正天打电话，然后听到了关机提示音。他把笔记本、iPad 和文件一股脑塞到书包里，然后快步冲出实验室。

张大超心情激动，因为他找到了能帮助李正天洗刷冤屈的证据。他一直觉得自己出卖了李正天，虽然他对傅强并没有说一句假话；另一个让他愧疚的原因是所有麻烦都起源于他的无人机出了问题。他要去拜访这种染料的中国总代理，尽管这不是他的工作内容。

张大超开车来到韩国城，韩国城位于市区东北部，一片巨大的扇形区域，三星、现代和 LG 的总部大厦就在这个区域的中心位置。韩国人喜欢群居，因此在这些总部周围形成了一座规模宏大的韩国社区。街上随处可见韩文霓虹灯，韩国料理店和韩国商店，好像来到了首尔。

张大超绕了很多路，终于找到了导航语音提示要右转的路口。他原以为这是一座花坛，绕到第三次才发现这是地下车库的入口。他抬头望去，这栋写字楼里的灯基本都关了。

代理商公司就在这栋大厦里，是一对韩国姐妹经营的。她们听说警方找她们询问事情，立刻回到公司等候。她们沏好了茶，恭敬地迎接张大超，反而把张大超搞得有些不好意思。

张大超拿出一段红绳标本，姐姐把它放到紫光灯下，红绳立刻变成紫色，两人一边看一边用韩语交流，最后一致点头。姐姐把标本递给张大超，用不标准的汉语告诉他这个染料应该是她们的产品，但她们不明白为什么要用如此名贵的染料编手绳。

妹妹拿出一本手写的账本在茶几上摊开，找到了购买这种染料的客户。其中一个纹身店引起了张大超的注意，店主名叫苏哲，是个四十多岁的中年男人，符合凶手画像。

就在陈燕妮被确认是快乐同城网员工后，李正天认为这些案件很可能是某个受害女孩生父的报复行动，于是对凶手进行了画像：四十到五十岁之间、时间支配自由、游离于社会边缘的独居男性。

姐姐有些害羞地告诉张大超，苏哲是非常著名的纹身师，相貌堂堂，为人和蔼谦逊，是位非常绅士的先生。她一边说，妹妹在旁边不住点头附和。张大超顺利拿到了苏哲的联系地址，然后告辞。

他给李正天打电话，但李正天手机还是关机状态。于是他决定自己去找这个和蔼谦逊的纹身师聊聊。

38

李正天睁开眼睛，阳光已经照进天窗，玻璃上挂着一层霜。他整个后背都失去了知觉，连翻身都翻不动，只好用还有一丝知觉的手指按下座椅记忆键。椅背慢慢抬起，他也跟着直起身子。

他从车里爬出来，猫着腰，后背像是被一双铁手反复撕扯。几个晨练的老大爷停下动作，默默看着他。他看了看自己身上撕扯得破破烂烂的空军夹克，尴尬地笑了笑，一瘸一拐走到车尾，打开后备箱，里面蜷缩着一个男人。

昨天晚上，李正天前脚刚要迈进酒吧，忽然听到身后传来一声巨响。他回头看到了一起车祸，一辆宝马X5调头时撞了一辆出租车。宝马车主和出租车司机下车查看车损。这明显是宝马车的责任，但出租车司机却有些心虚。

李正天多看了一眼出租车，发现车牌的颜色不对。他立刻想到这辆出租车应该是套牌车，所以出租车司机才不那么理直气壮。

就在这时，出租车司机委屈地喊道："就说我这出租车不入您的眼，您也不能真看不见啊！"

听到这句话，李正天忽然像被电击了一下，一个困扰他许久的谜团在这一刻终于解开了。

他立刻赶回队部，用五台显示器同时回放包皮匠案发现场周边的监控录像，这些录像他曾看过几遍，然后就交给警校的孩子们进行人工排查，最终发现所有案件中同时出现在现场的那辆面包车。而面包车里只有包皮匠一个人的指纹，这是他们认定包皮匠单人作案的关键证据。

他到现在还记得自己下的指令：排查可疑车辆。可疑车辆的定义包括可疑的行驶速度、可疑的停车、可疑的车型（太过豪华或老旧）和车况（破烂）和可疑的驾驶人，通常紧急车辆、市政车辆、公交车和出租车不在此列。

这时一辆出租车从画面中穿过，李正天按下暂停键，这个车牌号已经连续出现在三个案发现场周边了，这绝不是巧合。他背后激起一层冷汗，意识到自己犯了个大错。

包皮匠隐身的同伙终于现身了。原来这个人一直在作案现场，但他开的是出租车，所以才逃过了警方的筛查，成为他们视而不见的隐形人。

"我去！"李正天懊丧地拍打桌面，把屏幕震得左右乱晃。

这些日子憋在心里的恶气也随着一声咆哮宣泄出来，李正天在椅子上躺了很久，终于起身把车牌号输入出租车查询系统里。系统显示这是一辆报废车的车牌，还没重新投入使用。

李正天知道一个人以前就是干套牌车的，涂装、改车架号、套牌、套手续一条龙服务。后来女儿要结婚了，他就金盆洗手了，但是修理厂还开着，赚几个小钱花花，更多的是打发时间。

李正天来到修理厂的时候，办公室的灯还亮着。他推开栅栏门，狼狗开始冲他嚎叫。办公室里钻出来一个光头胖子，生硬地问他是谁，大晚上找谁。他没有说话，径直走到胖子面前，借着灯光认出他是厂里的技工。他的左手小指少了一截，因为手脚不干净被人切下来的。

零下七八度的夜里，他只穿了一件 T 恤，胸前画了个骷髅的图案，两条臂膀上文着纹身，脖子上挂着一块银晃晃的狗牌。

李正天没有理他，推门进了办公室。热乎乎的酒肉香气扑面而来，办公室里支着火锅，一圈人围在一起，有男有女，中间坐着一个六十岁上下的男人。男人见到李正天先是愣了一下，但李正天的刑警气质非常明显，他很快就想起来，跟着脸色就变了。他先瞟了眼身旁的年轻女人，紧接着又瞟了眼女人旁边的年轻男人。

李正天跟着他的眼神看向那对年轻男女，女的应该是他的女儿，男的就是他的女婿。他害怕在女婿面前被揭穿老底，所以才惶恐地瞟了他一眼。

真是老了啊，李正天心里感叹，一上来就露出软肋。他知道自己赢定了，于是从餐柜上拿了碗筷，径直坐到光头的位子上，这个位置正好对着男人。光头跟着他进来，看他如此不逊就要动手，被男人用眼神制止。

一桌子人都愣愣地看着李正天，不知道他什么来路，怎么一句话不说就坐上桌。看样子像是来捣乱的，但老板却似乎很忌惮他。

李正天装模作样地举起筷子，又放下来，然后隔着热气腾腾的火锅向对面问道："你姓什么来着？"

"姓赵。"男人立刻说道，他虽然极力保持着淡定和威严，但游离的眼神已经把他出卖了。

这就是作恶的惩罚。李正天想起金盏和他说过的，作恶最大的惩罚不是蹲监狱的那些年，而是从监狱出来后，脊梁永远被耻辱柱压得无法伸直。

"噢。老赵。"李正天说道，"吃完了吗？"

桌上的菜还都没怎么动，老赵面前的二锅头也还有大半瓶。李正天这么问显然是在挑衅，立刻招来了所有人愠怒的目光。

女婿先忍不住了，他刚开口质问李正天，就被老赵打断了。

"没事，不着急。您有事咱们去那屋聊。"老赵客客气气地说道。

"不在这聊？"李正天反问道，但目光一直在女婿脸上打转。

"这是我女婿。"老赵急忙介绍道，"英国留学回来的，海归博士，是外资银行的高管，我闺女也是那个银行的。"

他表面是炫耀女婿和女儿，实际上是告诉李正天他女儿能去外资银行工作非常不容易，找到这样的女婿更不容易，哀求李正天不要在女婿、女儿面前揭他的老底，毁了他的生活。

"姑爷来了怎么在厂子里吃饭？"李正天接话道。

"今天我爸退休，和大家吃顿散伙饭。"女儿忽然说话了，她冷脸看着自己面前的碗，语气生硬地说道，"叔叔来得真巧，赶明天来就见不着人了。"

她一句"叔叔"把李正天划到了父亲老熟人的圈子里，让她丈夫认为李正天是找她父亲聊私事的；后半句看似说李正天来得巧，其实是点醒父亲，这个时候警察来可不是好兆头，该配合就配合，千万别说漏了，否则自己的婚姻和后半辈子就都毁了。

她这番良苦用心老赵自然心领神会，于是起身朝里屋一伸手，说道："咱们里屋聊吧，厂子盘出去之前本该和您言语一声。但是您手机号我弄丢了，这事全怨我，没说的，我向您赔罪。"

他说完一阵爽朗大笑，很地道的江湖作风。李正天知道他已经认怂了，也知道他不会再耍什么花样了，于是也笑呵呵地站起身说道："行，咱们先聊，出来再和这位小兄弟喝一杯。"

半小时后，里屋已经烟雾缭绕，老赵的手机终于响了起来，一个破锣嗓子的男人给他连续发了几条语音。

"我们早都不干了。"

"你说的这车应该是左恩弄的。"

"左恩你知道吗？六指儿的小弟。"

"那年替……替谁来着，反正一富二代，醉酒把人给撞死了。丫替人蹲了五年大牢，去年刚放出来。"

"他现在弄这事呢，全世界就丫干得劲。"

"现在谁还克隆出租啊，开网约车啊，合法运营，也不用担惊受怕。"

"行了，不和你聊了，我这又来单子了，有空厂里找你去。"

李正天和老赵盯着桌面上的手机，直到手机屏幕黑了。

"左恩是谁？"李正天问道。

"一个混混儿。"老赵回答道，"跟着六指儿能有什么好人。"

"你知道他在哪？"李正天盯着老赵问道。

"知道！我带您去！"老赵立刻说道。

李正天点了点头，他想起第一次跟着金盏抓老赵的时候，也问过另一个人的案情，结果老赵死活不张嘴，一直扛到在看守所里看到了对方。十年过去了，为了女儿他愿意尽一个良好市民的义务，主动帮警方找一个他自己也不熟的人。

光头在前面开车，李正天和老赵坐在后排。老赵不停地打电话，用尽手段打听左恩的位置。他们绕着城市的外围跑了一大圈，终于打听到左恩正带着小弟在顺义的排档街喝酒，此时已经将近午夜。

排档街有几十家大排档，没有固定建筑，都是简陋的窝棚。窝棚用钢筋搭起架子，四周裹上蛇皮袋，一刮风就呼呼作响。有的顶上扣着彩钢板，有的干脆也是蛇皮袋。因为前厅和后厨都在这逼仄的空间里，炉子里永远腾着火，食客们倒也不觉得冷。

很多排档已经准备打烊了，但仍有不少窝棚里还坐着要酒喝的客人。排档老板最害怕这些酒虫，他们喝多了就会找麻烦，耍混蛋不结账都是小事，有时候一句话说不好就借酒闹事掀桌子砸摊。因为这些排档都是无照经营，老板们不到万不得已也不愿意惊动派出所，所以大多数时候都选择忍气吞声。

老板娘一脸倦容坐在菜架前，时不时瞟一眼最后一桌客人，心中涌起不祥的预感。这几个三十多岁男人的衣着打扮、谈吐举止都很像"社会人"，他们点了一大桌子菜和至少五箱啤酒。后来他们已经不和老板打招呼，自己动手去冰箱拿啤酒了。所以老板娘也数不清楚他们到底喝了多少。

他们说话声很大，比如最近去哪要账砍翻多少人，去哪赌博输了多少万。老板娘听得心惊肉跳，心里纠结要不收他们一个成本费就算了，赶紧把这些凶神恶煞送走。但她又害怕这些人看他们好欺负，第二天还来吃白食，那就请神容易送神难了。

这时那桌客人叫结账，老板娘过去，心里一颤，便报出了成本费。这时为首的那个人皱了下眉，脸耷拉下来。他身边的小弟一把抄过单子，嘴里骂骂咧咧说她算花账，让她一样一样算出来，多一分钱今天就拆她的灶。

老板赶紧跑过来，说女人心眼小不懂事，难得有缘遇到各位朋友，今天这顿算他们请了。小弟的脸上这才露出笑容。旁边又有一个人说家里还有好几个兄弟没吃饭呢，让老板炒一本打包。炒一本的意思就是把所有菜各炒一份，老板吓得脸立刻白了，推脱食材都卖得差不多了。这些人立刻又要掀桌子，老板赶紧赔礼道歉，穿上围裙就要去炒。

这时一个身材高大、穿着空军夹克的男人从外面走进来，打量了一圈，走到为首那人的面前。

"谁是左恩？"他问道。

"你是谁啊你！"刚才让老板炒一本的人站起来，伸手推他。

他闪电般出手，一个反关节擒拿将对方摔倒在地，对方抱着脱臼的胳膊满地打滚，发出杀猪一般的惨叫。

他坐在那人空出来的椅子上，对着为首的男人说道："你是左恩？"

男人点了点头："你是谁？"

他拿出一张纸条放在左恩面前："这个牌子是你做的吗？"

左恩看了看纸条，又看了看他，默默点了支烟。

"是。"

烟圈还没吐出来，拳头已经砸到下巴上，左恩只觉得眼前一黑，直挺挺地栽倒在地不省人事。周围人还没来得及反应，他抄起左恩的凳子，砸向自己身边的人。这一下直接拍到对方脑袋上，板凳被砸断，被砸的人倒在地上连惨叫都没来得及发出。

其他人见状愣了两秒钟，忽然同时像非洲羚羊一样逃跑了。

他拿起左恩的手包，里面有两沓百元大钞。他把钱放到柜上，然后扒下左恩的腰带把他捆上，又搜出他的车钥匙，按了一下，路边停着的老款奥迪A6亮起了双闪。他把左恩拽起来，拖到车旁边，塞进后备箱，然后又回到大排档。

"您……"老板早已吓得魂飞魄散。

"他们一会儿还得回来，你们赶紧收拾收拾回家，这礼拜别出摊了。"他淡定地点了根烟，"给我拿瓶北冰洋。"

果然，一会儿工夫远处冲过来一辆面包车，车里下来七八个男人，手里拎着钢管、扳手，还有明晃晃的砍刀，气势汹汹地朝这边走来。他喝完北冰洋，抄起凳子迎了过去。他绷紧袖子，用手臂抵挡刀刃，顶着其他人的攻击，专门打领头那个人。领头的人扛不住逃跑，他在后面追，其他人在后面追他们。

他一脚勾翻了领头的人，上去一板凳把他打晕，然后回头，其他人见状吓得四散奔逃。他追上跑得最慢的，一脚把他勾倒，然后一腿把他踢晕。

剩下的人跑回面包车，很快又从车里下来。车钥匙在领头的兜里放着，他们想跑都跑不了，只好硬着头皮迎战。

他扔掉凳子，瞪着通红的双眼向那闪着白光的刀刃走去。他体内封印已久的那头野兽终于醒过来了，他好像又回到了擂台上，承受着暴风骤雨的攻击，挥出疾风闪电的拳头，将这些人挨个放倒。

他感觉自己要累得虚脱了，感慨现在的体力真的不行了。要在十年前，打这几个人都不带喘的。他让老板娘打电话报警，然后开着A6离开了。他把车开到一片空地上，这时困意袭来，他躺在车里睡着了。

39

"找我做套牌车的是个中年男人，看着斯斯文文的。"左恩尽量睁开红肿的眼睛看向屏幕，"不是他，我没见过他。"

"他用什么支付？支付宝还是微信？"李正天问道。

"现金。"左恩立刻说道,"这些年大家都用手机支付了,很难再碰上这种拿现金结账的,所以我印象还挺深的。"

"你给他做假的营运证要用到照片,你有没有存底?"李正天又问道。

"他没做营运证。"左恩立刻摇头道,"我还纳闷呢,他胆子怎么这么大,敢不做营运证就上路。而且他做了全套,都说好营运证不要他钱了。"

"他还有什么特征?"

"没什么特征了,反正就是不像开黑出租的。"左恩想了想说道,"对了,我记得他抽烟斗,那烟的味道特香。"

李正天从审讯室出来,迎面遇到了林兮。林兮看他身上的夹克破破烂烂的,眼睛都发直了。

"对不起,这么好的衣服。"李正天看了看夹克,"我回头……"

他抬起头,看到林兮的眼睛通红。

"你不要命了!"林兮瞪着他说道,"你怎么不跑!"

李正天不能告诉她自己当时本来可以走,是他自己想留下来的。他内心深处盼望着打一场酣畅淋漓的架,把积郁在胸口的委屈和愤懑都发泄出来。

"再来这么多都不够打的。"李正天不屑地笑了,动了下后背,一股剧烈的疼痛又冲到头顶,疼得他倒吸了口冷气。

林兮气笑了,狠狠翻了个白眼。

李正天淡淡一笑,然后问道:"你喜欢吃溜肉段?"

林兮愣了一下,然后迟疑地点点头。

"走,带你吃真正正宗的溜肉段。"李正天挪动着僵直的身体缓慢往前走。

李正天带着林兮来到队部旁边胡同里的小饭馆,老板是个红光满面的东北胖老头,一看他们进来立刻迎了上来。

"听说你小子昨晚上一个干了七个?"老板把他们领到座位上。

"九个。"李正天装作淡然地回答道。

"能耐了你还!"老板打了一壶小烧和两盘凉菜放在桌上,冲后厨喊道:"切盘肘花!"

"喝点小烧,舒筋活血。"老板看着林兮说道,"姑娘,别看咱们店小,但是保证干净,放心吃。"

他一边说一边系上围裙:"大爷亲自给你做溜肉段去,等着啊!"

老板打开电视,就转到后厨炒菜去了。

李正天给林兮倒了一盅酒,自己也倒了一盅。

"敬大英雄。"林兮一口干了酒,被酒气顶得皱起眉头。

"慢点喝!"李正天赶紧阻拦,"下一壶就收钱了。"

楚冬

"我请客。"林兮又干了一杯，然后挑了根豆腐丝放进嘴里。

"好。"

李正天拿起酒壶，对着嘴一口气灌下去，他觉得食管到胃里一阵冰冷，过了一会儿才发现那是滚烫。他能感觉到酒气逼着寒气往外跑，后背开始发烫，然后又麻又痒。他长出了一口气，倒在椅子上，脸上绽放出松弛的微笑。

"你喝吧，喝多了我送你回去。"林兮说道，"对了，你手机呢，怎么一直不开机？"

李正天从兜里摸出屏幕裂开的手机扔到桌上。林兮拿起来看了看，然后走了出去。过一会儿她拎着个苹果手机的盒子回来，在李正天面前拆开。

"干啥！"李正天被一整壶小烧暂时麻痹了身体，瘫在椅子上问道。

林兮拿出一个浅紫色的苹果手机，在李正天面前晃了晃，然后把李正天的手机卡拔出来，插到苹果手机里。

"昨天刚买的，你用吧。"林兮说道。

"这太娘了吧。"李正天皱眉道，"我一大男人。"

"真正的男人不会在乎这些细节。"林兮一边说一边拿出钢化膜，认真地贴在屏幕上，又给手机套了个透明硅胶壳。

李正天小心翼翼地接过手机，就像接过一个婴儿。他左看右看，又小心翼翼地放到桌上，然后皱着眉说道："不要！姜力得拿这个笑话我一辈子。"

正说着苹果手机发出悦耳的声响，屏幕上显示着姜力的电话号码，李正天顿了一下才反应过来这是打给自己的。

他按下免提，姜力兴奋地告诉他，那辆套牌出租车已经找到了。

李正天长出了口气，感觉眼睛有些发胀。他是个刚强的人，但是越刚强的人就越受不了冤枉。展杰问他怕不怕的时候，他说不怕。其实他怎么能不怕，他最怕永远背负这白之冤。如果他真的不怕就不会搬出金盏那番大道理。他是在说给自己听，他要提住这口气。人在世间，头上是天堂，脚下是地狱，一口气提住，才能缓慢地往天堂的方向游去；这口气泄了，就会立刻跌入万劫不复。

虽然杀人结案的冤屈洗清了，但是违反程序的性质没有改变，所以李正天还是不能复职。不过他现在已经不在乎了，他甚至想如果现在提出辞职，也许是他人生中最好的选择。

"一会儿我去现场，你去不去？"林兮问李正天。

李正天摇了摇头："我现在戴罪之身。"

"你想不想去？"林兮看着李正天说道，"如果你想去，我们就一起去。"

"不，我不想去。"李正天摇了摇头。

毛彤彤第一次被人从梦中叫醒去开酒吧的门，心情自然不会太好。但是当她看着李正天拿着一个淡紫色的苹果手机，又忍不住哈哈笑了起来。她把昨天没卖完的食物重新放到烤箱里加热，然后推着一辆小餐车过来，车上放着一桶德国进口的扎啤。

　　"你确定白天就开始喝酒？"毛彤彤嫌弃地问道，"硬汉和酒蒙子之间可就差了这一步。"

　　"我想去开网约车。"李正天拿起一根薯条塞进嘴里，"我不想干警察了。"

　　"为什么？"毛彤彤来了精神，坐到他对面，给自己也倒了一杯酒。

　　"因为我不想和他们纠缠了。"李正天说道，"当然，主要原因也是我搞不过他们，太难了。"

　　"照你的意思，你去哪都面临这个问题。"

　　"所以我去开网约车，网约车没这个问题，我每天做任务就行了。"李正天喝了一口啤酒。

　　毛彤彤摇了摇头。

　　"怎么了？"

　　"你现在是站在城里往城外看，觉得城外的人自由、简单，你不知道城外的人多辛苦。当你没有了这身警服，没有手枪，没有权力，别人就会欺负你。那滋味远比你在里面待着难受。"

　　李正天从没想过毛彤彤会说出如此深刻的话，他定定地看着毛彤彤，回味着她的话。

　　"老生常谈，不过都是实话。"毛彤彤耸了耸肩，从盘子里挑出一个洋葱圈塞进嘴里，然后囫囵不清地说道，"我怎么让人欺负的，你是亲眼所见吧。"

　　"可是我看你挺高兴的啊。"李正天说道。

　　"人就是这样，高兴也是一天，难过也是一天，你每天往前走，走着走着就走到头了。这时候你回首人生，发现你这一辈子每天都唉声叹气，就算你攒下来金山银山管什么用？相反，你就算啥也没有，但是这辈子乐呵呵过来了，我觉得它算是了不起的福分了。"

　　"既然人生苦短，我为啥不干点我喜欢干的事呢？"李正天问道。

　　"你喜欢开网约车？"

　　"嗯。"李正天点头道，"我开了三天，就跑进全市四强了。"

　　这是李正天清醒时说的最后一句话，然后他就进入到美妙的醉酒状态。他发现白天喝醉的感觉竟然如此美好，他眼前的一切都披上了洁白的光晕，仿佛置身天国。果然，硬汉和酒蒙子之间就差这一步之遥，硬汉永远体会不到酒蒙子的快乐，就只能永远当个辛苦的硬汉。

除了快乐他还有什么呢，他好像已经什么都没有了，他甚至不敢和父母坦白自己的困境，为什么还要委屈自己去当那个硬汉。就因为他肩上扛着别人的希望？可是他的希望又在哪呢？他无法再思考下去了，太阳沉下了地平线，他也跟着闭上了眼睛。

林兮站在一尘不染的房间里，技术员在各个角落搜查取证。她在包皮匠案的照片里见过一模一样的房间，这意味着他们可能在这里也一无所获。楼下停着那辆套牌出租车，想找到它并不难，难的是下一步，该去哪里找到它的主人。

所有人都忙得热火朝天，只有林兮知道，破案进度又停下来了。专案组那几个咋咋呼呼的大仙——林兮私下这样称呼他们，他们问遍了整栋楼的居民、居委会大妈和周边商贩，累得满头大汗，却一无所获。

林兮问他们有没有拿到监控录像，他们显然没一个人想到这个问题，所以相视一愣，然后开始汇报各自的工作。他们要向林兮证明自己一直在忙，没有去找监控录像并不是自己的错。

林兮很想让他们赶紧滚蛋，不要耽误她去找监控。但她也不敢和这些老油条翻脸，因为他们别的本事没有，坏事和造谣的能力都是一流的。得罪他们，第二天整个市局都会传出她的闲话。

所幸这时候郭博英来了，大仙们立刻围住郭博英。林兮终于松了口气，走到楼下呼吸新鲜空气。她看到了警戒线外面的一群记者，这是郭博英找来的，他最喜欢在记者面前出风头，展示自己忠诚、专业的形象。现在根本不是向媒体公布消息的时候，但那些大仙们看出郭博英热衷在媒体面前亮相，于是纷纷表示现在正是向媒体宣布进展的好时机。

林兮担心郭博英向媒体披露案件的细节信息会引起凶手的警觉。如果他意识到危险，从此销声匿迹，再想抓他就难了。没想到郭博英直接宣布他们找到了凶手使用的套牌出租车，案件有了关键性突破，抓住凶手指日可待，当然也把李正天找到套牌车改成了专案组的功劳。

林兮站在郭博英身后，她急得脸都白了，再回头看向专案组那些人，他们个个都像有功之臣一样面带微笑、神气活现。他们心思根本不在破案上，全在怎么讨好郭博英上。只要郭博英高兴他们就有好日子。哪怕他们看着郭博英往火坑里跳也会拍手叫好，反正烧死了这个领导还会来下一个。

送走记者后，郭博英把林兮叫到一边，让她明天晚上和自己一起去参加优秀企业家年会的晚宴。参加企业家年会是郭博英主管经侦处的一项传统，因为他未来要抓捕的犯人大多都会出现在这个场合。

当然他在年会上结识了更多的朋友，这些朋友帮助他架起了一个庞大的人脉资源网。只要他运作得当，再有那么一点运气，这个网络将会把他送进更高的社会圈层。所以他绝不会丢掉这个网络，不仅不会丢掉，他还要紧紧把握住。而林兮就是未来一段时间替他经营这个网络的心腹之人。这也算是他送给林兮的一份新年大礼，一份追随他多年的回馈，甚至是一份重要的承诺。

他以为林兮会感激涕零，没想到她根本没在想这个问题，反而质疑他刚才向媒体说了太多的细节，会对破案造成不利影响。他有些惊讶，更多的是不满，因为林兮搞错了重点，包皮匠案只是个再普通不过的刑事案件，而企业家年会才是他们攀登人生高峰的核心源动力。

他想或许这段日子有些疏远她了，所以她的思维和自己接不上了。他提醒自己要宽容，要有耐心。他和她说了自己叫来记者不是为了出风头，而是为了稳住局面。现在网上对这个案子各种传闻不断，如果再没有进展领导就会不满意。他站在摄像机前就是为了向领导展示他有信心控制局势，破案指日可待。

林兮也觉得自己有些冲动，她知道郭博英带她去企业家年会是把她当作最亲近的人，甚至是"命运共同体"。若在半年前，她一定激动得热泪盈眶，也许还会忍不住当众给他个拥抱。但现在她却一点也高兴不起来，她忽然觉得这些不仅不重要，反而还有些可笑。

郭博英正准备走，林兮在后面叫住了他。

"那个张珂是不是也要出席这个年会？"她问道。

郭博英回过头，答非所问地说道："他也是企业家。"

40

李正天被一杯冷水兜头浇下，从沙发上蹦起来。他看到展杰、姜力和毛彤彤站在自己面前，姜力和展杰的脸色好像世界末日一样。

"怎么了？"李正天已经忘记上次见到姜力这个样子是什么时候了，但他知道肯定出了大事。

姜力先是点了点头，然后费劲地说道："张大超，死了。"

"什么！"李正天吼了出来，还没消化下去的黑啤顺着胸腔喷涌而出。

张大超坐在车里，低着头，脸上的鲜血已经凝固，警灯映在血块上，反射出诡谲的蓝色光晕。身穿白色防化服的技术员拿着单反相机对他一通拍照，然后小心翼翼地打开车门，把他抬下车，放到担架上。

焚冬

技术员蹲在地上，头转向别处。另一个人上来轻轻拍了拍他的肩膀，接过他手中的相机，他转身走进停车场旁边的树林。

"近距离后脑中弹，轿厢里到处是火药残渣。"接替的技术员对姜力说道，"我们马上带回去做尸检。您还有什么要嘱咐的？"

姜力面如铁灰，摆了摆手，两名技术员抬着张大超上了救护车。

李正天愣愣地看着张大超的车，忽然用力扇了自己一个耳光。接着他又开始扇第二下，第三下，扇到第四下的时候展杰反应过来按住他的胳膊，姜力按住另一只胳膊。他的脸肿得发亮，就像十月份的苹果。

"别丢人现眼！"姜力低声吼道，"还指着你破案给他报仇呢！"

"我……"李正天咬着颤抖的嘴唇，脑海中循环播放着昨晚拒接张大超电话时的画面。

足足过了两分钟，李正天终于回过神来。他甩开姜力和展杰往外走去，一边走一边喊道："马上调出来车子的移动轨迹、通话记录和消费记录，还有法检结果。老姜，你回队部坐镇，一有消息就通知我们。展杰，去开车！"

"你们去哪？"姜力追着问道，"你们可别乱来！我找特警队！"

"对！你通知特警队待命！"李正天忽然停下，掐住姜力的胳膊，小声说道，"从现在开始，除了我们三个人，谁也不要相信。"

姜力点了点头。

李正天和展杰来到韩国姐妹的公司时已经是晚上九点。两姐妹一脸惊慌，她们生意做得好好的，忽然间招来这么多警察，自然心中不安。但姐姐还是见过世面的人，情绪还算稳定。她看李正天和展杰不停吃芥末豆子，知道他们饿坏了，于是让妹妹做了两碗韩式炸酱面招待他们。

两人一边吃，姐姐一把昨晚的经过讲给他们听。李正天听说张大超在默默为他洗脱冤屈，但是张大超人生最后时刻打给他的电话他却没接，连一句和解的话都没说，让张大超在遗憾中长眠。一想到这里他的眼睛就红了，只好瞪着眼睛大口大口往嘴里塞面条。

姐妹把前因后果说了半个小时。两人吃饱，事情也问得差不多了，于是他们拿着纹身师苏哲的地址告辞。

前往苏哲住址的途中，姜力通知他们已经找到了苏哲的信息，身份证和手机号都没错，还发来了苏哲的身份证照片。李正天把照片发给韩国姐妹，对方确认这个人就是她们的客户。

李正天的心终于放下了一些，他打开紫色的苹果手机，却发现联系人里只有林兮一个人。展杰一边开车一边瞟着他的新手机，嘴角微微上翘。

李正天看到他的表情，于是骂道："你笑个屁！"

展杰终于笑了出来，伸出大拇指，说道："嫂子这招真高！"

"真高？"李正天不明所以。

"给你弄一紫色iPhone，这不就是跟在你脸上写名花有主一样吗？哪个姑娘看你使一这玩意不知道你被标记了。谁还招你？"展杰想了想又说道，"你是不是犯错误了，嫂子对你不放心，所以让你拿这么一个？"

"滚！"李正天的嘴角终于往上翘了一点，这是张大超遇害后，他第一次放松自己的神经。

"老李。"展杰看李正天放松了，于是缓缓说道，"不是我这人冷血无情。但老话说文武之道一张一弛，你别绷得太紧了，虽然我不想说，但实际上大家都指望你呢。你要是真嘎蹦脆了，谁给你收拾这烂摊子。所以刚才看你那样，我还真有点害怕。"

"你还能害怕？"李正天尝试着放松。

"我怎么就不能害怕。什么都不怕的那是傻子！"展杰说道，"关键得学会转移注意力。我可没瞎说啊，这都是景大夫跟我说的。景大夫还记得吧，那个照顾白静的精神病医生。"

"和医生待了几天，你也学会心理调节了。"

"她跟我说这招特别好使。你看赵本山演那个小品，寻找下一话题，论母猪的产后护理。其实就是通过别的话题转移注意力，这都是科学！"

"我还以为是忽悠呢。"

"真忽悠能上央视春晚啊。"展杰摇了摇头，"咱们寻找下一话题。"

"行，下一话题。"李正天躺在座椅里，看着车窗外的向后掠去的路灯。

"那你起一个啊。"展杰说道。

"你起。"

"我起？"展杰看了一眼苹果手机，"你俩啥时候结婚啊？是不是已经悄悄领证了？这是结婚礼物吧？"

"哈哈！"李正天笑了起来。

"你看！说中了吧！"展杰笑着说道。

李正天笑了一会儿，终于说道："不结了。分手了。"

"我去！"展杰睁大眼睛，"为啥啊！"

李正天伸出食指和中指，然后后慢慢分开。

"劈……劈腿啦？她劈腿还是你劈腿啊？"

"你说话过点脑子。"李正天气得头疼，"我劈腿？我跟谁劈腿？谁跟我劈腿？"

"噢……"展杰盯着前方，过了一会儿才说道，"那这手机是谁……我去！不会是林兮送你的吧！"

"你怎么会猜她？"李正天有些惊讶。

焚 冬

"这还用猜啊，你一共认识几个女的！"展杰摇了摇头说道，"还一个酒吧老板娘，但她比一般爷们都爷们，她自己都不会用这个色的手机。"

"你要是破案能有这脑子，你能让我少操多少心！"李正天摇头道。

看到李正天没否认，展杰立刻兴奋地叫了起来："真的啊！真是林兮送你的？我去！老李你是真刚啊！虎口拔牙啊！不是，你这是直接抢母老虎啊！果然厉害！佩服！郭博英还不知道吧。"

"你怎么那么八卦！这是她给自己买的，看我手机坏了临时借我用用。"李正天解释道，"我昨晚不是把手机打坏了吗。"

"大哥，我一年坏仨手机了，怎么没人送我啊！"展杰叫道，"行了，我知道你脸皮薄，不说了！最后两个字，祝福！再两个字，支持！"

"跟你说不明白。"李正天打了个哈欠，刚才连续几个小时精神高度紧张消耗了太多能量，他忽然感觉身体像是被灌了铅一样沉重，然后昏昏睡去。

万国公寓孤零零地矗立在高铁轨道的高架桥旁边，四周一片漆黑，只有它亮着灯光，宛如一座孤独的海上灯塔。呼啸而过的高铁搅起一阵猛烈的声浪，很快又归于平静。

李正天忽然产生了一个悲观的想法：即便如此凶猛的钢铁巨兽，即便它来时排山倒海，去时也悄无声息，无法多停驻哪怕一秒的声势。何况凡人，谁又能真正在这大千世界中留下什么呢？也许人的一生真如昙花一现，只是不自知、不自觉罢了。

他叹了口气，切断了这缕遐思。这时对面驶来一辆黑色轿车，对着他们的车闪了两下远光，拐进了街边的阴影中。过了一会儿从阴影中走出三个男人，一个穿着警服，一个穿着协警制服，还有一个男人手里拎着工具箱。

李正天和展杰下车迎了上去，跟着当地派出所民警和开锁匠一起走进万国公寓的大堂，物业经理和保安早已等在这里。物业经理一脸愁容，本来这地方的房租就便宜，如果再传出去住着一个变态杀人犯，他们就更没生意了。

物业经理敲了几次门，无人应答。开锁匠打开门锁，李正天拉开门，手伸进去按下电灯开关，灯没有亮。他向展杰使了个眼色，展杰打开电表柜看到这户电表已经亮起灯，屏幕上闪烁着"000"。

"你闻到什么味道了？"李正天问道。

"什么味道？"展杰嗅了嗅，"咖啡？"

"烟草香。"李正天打开手电，第一个走进房间。

所有家具都盖上了白单子，看起来是个空置的房间。李正天蹲下来用勘查手电照射地板，地面却非常干净，像是打扫过不久。墙上挂着巨大的窗帘，可这并不是窗户的位置。李正天走过去一把掀开窗帘。墙上挂着一幅巨大的东瀛画风的《地狱变》。

李正天借着手电的灯光仔细看这幅画，从右往左，先是极乐净土，人们自在其中无上欢喜。接着犯罪的人被打落人间，承受喜怒哀乐生老病死。一个人死后恋恋不舍地看着自己的尸体和家人，而其他亡灵已经默默往忘川河畔走。

亡灵一路来到忘川河畔，或号啕大哭、或仰天长笑，最后一次宣泄着作为人的感情，然后变成亡魂，来到十万阎罗殿。判官怒目圆睁，阎王闭目养神，鬼王夜叉张牙舞爪，亡魂在孽镜台上瑟瑟发抖如待宰羔羊，然后被投入各层地狱。

抱火柱、卧火床、寒冰烈火、脓血粪泥，一路到最下层的阿鼻地狱。这里烈火喷涌，岩浆横流，恶鬼们承受着一瞬万次死生的痛苦，周而复始永无止境。恶鬼组成人梯，双手托举向天祈祷，半空中有一团祥云，云上都是阳间之人。他们无不胆战心惊，掩面避开，却有一个人把头探了下来。

李正天头皮发麻，心脏跳到嗓子眼。他屏住呼吸，将手电的光亮对准恶鬼的双手，看到了一记猩红的红斑。它微微向外凸起，仿佛一只邪恶的鬼眼在召唤他来到地狱。

房间里一下亮了起来，李正天从魔怔的状态中惊醒。他和展杰对房间进行了彻底的搜查，但没有任何收获。

物业经理调出了昨天一天的监控录像，没有看到苏哲进出。他们看到了张大超独自进来，五分钟后又独自离去的画面。

李正天反复看了几遍录像，然后给姜力打电话，让他确认现场有没有找到张大超的双肩背包。很快姜力给他回电，现场没有找到他的书包。

"他的背包里有一个便携式 WiFi，他一直用这个移动办公。你现在就联系电信公司，让他们定位这个 WiFi。这是用大超身份证办的，肯定能查到。"李正天快速说道。

"还有什么事！"听筒里传来噼里啪啦的打字声，这是姜力的办公习惯，他会把所有事情都记录下来。

"通知他家里了吗?"李正天问道。

听筒里一阵静默，然后传来姜力疲惫的声音："他老婆已经通知了，父母和孩子还不知道。"

两人同时沉默了，在对方的沉默中寻求慰藉。过了一会儿姜力缓缓说道："干活吧。他下一阶段的行动路线已经发到你手机里了，你继续追踪。"

李正天挂断电话，正准备往外走，目光又被那幅画吸引了。他走过去，触摸那个代表着贪婪和罪恶的红斑，然后把它抠了下来，露出恶鬼深灰色的爪子。

41

李正天和展杰跟着导航来到三里屯步行街，李正天想起来，包皮匠第一次抛尸就是正对着工体北门的长椅。于是他坐在长椅上，看着工体北门，然后从 iPad 里翻出当时拍摄的照片，一模一样的角度。

他忽然在照片上发现了一个被忽略的细节：抛尸当天，马路对面公交车站的广告牌上投放的是快乐同城网的广告。

展杰跑过来告诉他："张大超在附近接了个电话，通话时间十分钟。呼叫方是网络电话。"

张大超是在和苏哲打电话吗？为什么要在这里打，他们说了什么？苏哲为什么要把他引到这里来？这些问题在李正天的脑袋里跳来跳去，他却一个也抓不住。

这时手机又响了，是姜力打来的。

"他离开这里后去了北小街的过街天桥。"姜力在电话里说道。

"过街天桥？"李正天说道，"那不就是第二具尸体抛尸的地方？"

"你也看出来了。"姜力顿了顿说道，"我已经安排人查了，有消息通知你。"

"你没觉得这不同寻常吗？大超不是第一天当警察，他为什么会被这个苏哲带着到处跑？再说抓人也不是他的责任，他完全可以打电话……"说到这里李正天顿住了，张大超的确给他打过电话，但他拒接了。

他清了清嗓子继续说道："他既然没打电话求援，就说明他当时觉得自己并不危险，而且苏哲和他谈的事情一定非常重要。"

说到这里，李正天忽然灵光一闪，快步朝着车子走去。

"我去包皮匠自杀的地方看看。如果苏哲是他的同伙，这个地方对他有特殊的意义！"李正天边走边说，"还有，枪杀在车里发生的，你调监控的时候注意看看车里有没有别人。"

"好！注意安全。"姜力说完挂断了电话。

李正天和展杰赶到工厂区的时候，车里的电子钟显示刚过了 12 点。这里一片漆黑，寂静无人。好在今晚有一轮超级圆月，不至于伸手不见五指。展杰把车熄火，两人在黑暗中坐了一会儿。

"带枪了吗？"李正天问道。

"手扣里。"

"一会儿我在前面走，你拿枪在后面跟着。"李正天一边说一边推门下车。

他在路边捡了根树杈，拿在手里比划两下，感觉还挺趁手，于是一手拎着树杈一手拿着手电走进敞开的铁栅栏。展杰猫着腰跟在他十步以外，这个距离既不容易被发现，又在他的有效射程里。

因为展杰要边隐蔽边前进，所以李正天走得也很慢。他们一前一后穿过黑洞洞的厂房，风一吹，荒草沙沙响，大树的枯枝随风摇摆，在墙上和地上投射出张牙舞爪的影子。

李正天走进厂房，他向四周望去，清冷的月光透过空洞的窗户照进来，染白了墙壁和地面。他好像穿越到了一万年以后，不再有人类的世界。那才是世界本来的样子，没有繁华，就没有荒芜；没有高贵，就没有低贱；没有时间，就没有死亡；只有宁静的永恒的月光，洒在这个没有名字的地方。

李正天顺着铁架楼梯爬到二层，这是他和包皮匠交易的地方，他用来挡子弹的钢架还在。他在月光里看到了两双脚印，其中一双是张大超的。张大超一年四季都穿着绝缘靴，绝缘靴的鞋底形状独特，他一眼就能认出来。另一双是昂贵的意大利手工皮鞋，这种皮鞋的鞋跟同样十分独特。

李正天似乎看到他们两个人并排站在月光里，一动不动，站了好久，以至于一天后还留下清晰的脚印。然后两组脚印并排往楼上走，脚印开始模糊起来，但能辨别出他们是往天台走的。

李正天跟着脚印来到天台，眼前变得明亮了些。月光铺在天台上，映在厚厚的积雪上，两人的脚印朝着天台边缘走去，然后又从右侧转了回来。李正天吸了口冷气，上一次他来这里还是炎炎夏日，转眼已是数九寒冬。

他来不及感叹时光流逝，跟着脚印往前走，走到了包皮匠跳楼的地方，看到了一个临时搭起来的祭台。祭台上摆放着烟酒果品，还有一个 U 盘，上面拴着一根红绳。李正天拿起 U 盘，冰得扎手，应该是在这里等他们好久了。

展杰跟着过来，看李正天要把 U 盘装到胸兜里，立刻叫住他，从兜里掏出一个小袋子，把 U 盘塞到袋子里，然后把袋子交给李正天。

"这是干燥袋。"展杰小声说道，"你直接放身上，升温太快会结露，有可能损坏电路板。"

李正天点点头，两人继续在祭台旁边搜查，没找到别的有价值的东西。两人顺着脚印继续往前走，绕了天台半圈，然后又回到楼梯口。

展杰忽然一把拽住他，低声叫了句："有人！"

李正天顺着展杰的目光望去，他们进来的方向仿佛亮起黄色的光亮，很快就消失了。虽然只有一瞬间，但李正天确定那就是汽车的远光灯。开车的人应该是看到了他们的车，所以立刻关掉了车灯。李正天和展杰对视一眼，几乎同时跳下楼梯。

两人刚冲出厂房，就看到了一个人影朝他们走来。展杰一句"警察别动"还没喊出口，对方忽然抬起手来，划出一道银光。李正天意识到不好，立刻把展杰拽回来，就在这时火光一闪，枪响了。

"真枪!"李正天低声说道，两人躲在门里，看到被月光照亮的墙面上映出一个高大的黑影。影子缓缓走过，在门口停了下来。

他慢慢转过身，门口出现了一道细长的影子。一道白光先照了进来，接着出现一双稳如磐石的双手，握着一把手枪，慢慢伸进门里。接着伸进一只脚，然后快速向墙边靠拢。

就在这一瞬间，李正天冲了上去。又一声枪响。

李正天拼命钳住对方的双手，火药炸了一脸，熏得他窒息。他把对方扑倒在门外，狠命砸着对方的手，终于把手枪砸脱落。他掏出手铐正要给对方上铐，忽然愣住了。

月光之下，他竟然看到了包皮匠的脸。

李正天看到包皮匠的脸愣住了，这张脸化成灰他都认识，他亲眼看着他从二十米的天台上跳下去。他怎么可能死而复生？难道他真是从地狱里跑回来的？

就在这一刹那，对方挣脱了他的束缚，一拳打在他脸上，把他掀翻在地，从兜里掏出另一把手枪。手枪闪烁着金色的光芒，是一把工艺品级的雷明顿长管左轮手枪，枪口被火药熏黑了。

包皮匠正要扣下扳机，展杰从门里冲出来，枪口刚对准他，也愣住了。包皮匠趁着展杰愣住的瞬间开了一枪。展杰中枪跌倒。李正天捡起包皮匠之前掉下的手枪，包皮匠此时枪口也对准了李正天，两人同时开枪，同时向后倒去。

李正天被一股巨大的力道掀进地沟里，滚到一米多深的沟底，几秒后才恢复意识。他先摸到夹克肩膀划开了一个大口子，传来隐隐的灼烧感；他又在胸前摸了一把，没摸到大片血迹，这才松了口气。

但是刚才掉下来的时候手枪不知道掉到哪里了，李正天抬起头，看到包皮匠晃晃悠悠站在地沟边上，正往下看。包皮匠很快就看到了李正天，他抬起手，枪口哆哆嗦嗦地对准李正天的躯干，金色的枪口往下滴着鲜血。

就在这时，一阵强光亮起，晃得包皮匠睁不开眼。接着一辆车左摇右摆地冲进大门，直奔包皮匠而来。包皮匠双手攥紧手枪朝着汽车走去，相距五米的时候开始开枪，连开四枪，将挡风玻璃打得粉碎，然后一个侧滚躲过了车头。

汽车前轮扎进地沟，底盘卡在地上停了下来，车头冒起热气。包皮匠走到车窗旁边，扣动扳机，但手枪已经没子弹了。他把手枪砸到车身上，然后摇摇晃晃地出了大门，开上车逃走了。

李正天从地沟里爬出来，先去看展杰。展杰躺在地上昏迷不醒，军大衣胸前炸开了棉花。李正天吓得立刻撕开他的衣服，看到里面穿着一件防弹背心，子弹嵌在上面。

李正天解开防弹衣的锁扣，然后瘫坐在展杰身边。展杰悠悠醒来，转头看到了李正天。

"那是包皮匠吗？"展杰虚弱地问道。

展杰虽然没见过包皮匠，但看过李正天给他画的素描。包皮匠从将近三十米的高空摔下来后脑袋着地，就像个拍烂的西红柿。所以李正天事后画的这张素描是他唯一的人物像。

"嗯。"李正天点点头。

"不用管我，我歇会儿就好。"展杰深呼吸了一口气，"还好，肋骨没断。"

"你什么时候穿的防弹衣？"李正天问道。

"一直穿啊。"展杰虚弱地笑了一下。

"你大爷。我出去看看。"李正天艰难地爬了起来。

李默晃晃悠悠走到汽车旁边，看到了胸前一片血红的姜力，正低着头大口大口地喘气。他立刻冲过去打开车门，正要把姜力抬出来，却被姜力制止了。

"展杰呢？"姜力问道。

"展杰没事！"李正天流出眼泪，哆哆嗦嗦地掏出手机，沾满鲜血的双手却怎么也打不开屏幕。

姜力伸出手，把李正天的手机拿走，轻轻放到一边，然后虚弱地说道："不用打电话了，你们没事就好。"

"给我！"李正天颤抖着喊道，"让我打电话！"

"来不及了。"姜力笑着说，"现在你听我说……"

"什么来不及！让我打电话！"李正天吼道。

"听我说！"姜力用了点力气，立刻疼得一阵咳嗽，他缓了缓说道，"不要告诉莎莎，就说我……我去支边了。"

莎莎是姜力的女儿，李正天听到他这么说，情绪立刻崩溃了，扑通一下跪倒在地。

"能瞒多久瞒多久。"姜力说道，"点点头。"

李正天跪在地上，一边哭一边点头。

"跟我老婆说，让她再婚。"姜力说着哽咽了起来，"我对不起她，你能帮衬……就帮衬帮衬。"

"你别说了!"李正天按着姜力不住冒血的胸口。

"我妈……"姜力终于哭了出来,"就……就我……这么一个……"

他越喘越快,胸口的鲜血越冒越多。他眼神复杂地看着李正天,忽然用尽力气说道:"生日……"

"什么?"

"生……"姜力忽然攥紧李正天的手,接连吐了几口鲜血,然后眼神开始慢慢发直,身体下坠了一些,再也不动了。

42

半小时后,大批警车冲进了工厂区。郭博英和林兮首先赶到现场,很快梁安治也来了。梁安治看了一眼坐在石墩上的李正天,然后快步走进厂区。林兮走到李正天面前,蹲下来看着他。

"给我一辆车。"李正天埋着头说道。

"你在里面找到了什么?"林兮问道。

李正天本来想说,但是忽然感觉不对劲,就在这一念之间,他选择了摇头。

"姜力死之前和你说了什么?"

"牺牲!是牺牲!"李正天神经质地吼道。

林兮改口问道:"他牺牲前和你说什么了?"

"让我……"李正天嘴唇颤抖起来,"照顾后事。"

林兮忽然握住李正天的双手,盯着他的眼睛说道:"你不会骗我,对吧。"

李正天点了点头。

林兮松开手,李正天手心里多了一把车钥匙。

展杰被医护人员抬出来时,头上缠了绷带,脖子上戴了脊柱护套。虽然他穿了防弹衣,也很幸运没有肋骨骨折,但是不能排除子弹的冲击力伤到脊柱。而且他倒地时后脑着地,至少是轻微脑震荡。

李正天站在远处朝他轻轻摇了摇头,示意他什么都不要说。他向李正天眨了眨眼,表示明白他的意思,然后就被医护人员抬上救护车了。

李正天避开人群,找到林兮的红色奔驰 C63。他坐进车里,周遭忽然安静下来,巨大的悲伤涌上心头。现在还不是难过的时候,他咬了咬牙,掏出沾满姜力鲜血的手机给队部拨了回去。

值班组长薛杨把张大超便携式 WiFi 路由器的定位给他发了过来，他懊恼地拍了下脑袋，早该想到这个地方了。

李正天开车冲上高速公路。他掏出 U 盘，插进中控台的 USB 接口，显示屏立刻显示了 U 盘里的内容，并识别出一串音频文件。李正天点击播放，一个男人的声音从柏林之声音响中飘出来。

"我已经和那个警察联系了，他同意见我。"

"我会把所有证据拿给他看，告诉他我们这么做的目的。"

"我们二十分钟后见面，我知道现在和你说太晚了。但是没办法，我已经暴露了，早晚会被他们抓到。我不想连累你们，你们也不要管我，否则我的牺牲就没有意义了。"

"就算他抓了我，我也会向全世界揭露那些魔鬼的罪行。我必须这么做，我们只有真正揭开这些罪恶，才能避免更多人受害。我们不是单纯的复仇，单纯的复仇永远没有尽头。"

"对不起，我又急躁了。但我想清楚了。他好像过来了，保重。"

李正天把车停到电科大厦门口，这里曾经是快乐同城网的总部。快乐同城网案发后，这里一直处于封禁状态。值班保安看到一辆奔驰冲到门口，眼看要撞到玻璃门，吓了一跳，急忙跑出来制止李正天，被他一身血迹吓住了。李正天朝他喊了一声警察办案就推门进去，跳过闸机往里闯，值班经理也跑出来，请他出示工作证。李正天摸了一下才意识到警官证已经上交了，他愣了一下，值班经理立刻往前走了两步，表情也跟着警觉而严厉了起来。

就在这时，七八辆警车冲到大厦门口，十几个身穿制服和防化服的警察蜂拥而入，在李正天面前排好队。值班经理没见过这样的阵势，被吓坏了。李正天走过去拍了拍他的肩膀，低声安抚他不要紧张。

李正天安排警员封锁现场、调取监控、采集证据。幸运的是，今晚值班的都是刑侦总队的精锐，他们已经听说姜力牺牲的消息，眼中燃烧着怒火。

李正天看了看手机，然后说道："我们只有几个小时，天亮后重指部的人就会赶过来，在那之前我们必须找到更多的证据。行动！"

李正天带着鉴定 A 组来到快乐同城网公司门外，门口的封条已经被扯坏了。

值班经理开地锁的时候发现地锁并没有锁，这并不出乎李正天的意料，众人走进办公室。房间里一片狼藉，但是从积尘程度判断应该早就是这样了。

开放式工位上有的还贴着名牌，有的名牌已经撤掉了。李正天走到管理层办公区，这是一排隔断办公室，最边上的办公室名牌上写着"陈燕妮-线下活动主管"。他轻轻转了下门把手，门应声打开。

他又挨个开其他办公室的门，都没有打开。他回到陈燕妮的办公室门口，蹲下看着锁眼，发现门锁已经被粗暴地破坏了。

陈燕妮的办公室里陈设简单，一套宜家的办公桌椅，一组黑色皮革沙发和一具玻璃茶几，还有一座铁皮柜。桌上什么都没有，铁皮柜里也空空如也。

这时一名警员手里举着手机兴奋地冲进来，他们已经找到了楼道里的监控视频，视频显示张大超独自来到这里，打开封条和地锁进入办公室，半小时后一个男人跟着进来。又过了五分钟，张大超和男人一前一后走出办公室，男人的右手一直端在腰间，手缩在袖口里。不出意外的话，他应该拿着手枪。

男人戴着口罩、变色眼镜和棒球帽，但他穿的咖色冲锋衣，李正天一眼就认出来是包皮匠。张大超是被包皮匠劫持走的，他走时背着书包，可是却把便携式 WiFi 路由器留在了这里。他为什么要这么做，难道他已经预感到自己凶多吉少，在给李正天留下最后的线索？

李正天在房间里转了一圈，又趴在地上找，依旧没有发现。就在他准备起身的时候，忽然看到沙发上有一块颜色好像略深一点，凑近一看原来这个地方被人坐过了。于是他也坐到这个位置上，立刻觉得后腰有个东西在顶他。他把手伸进缝隙里摸索，摸出了那个鹅卵石大小的便携式 WiFi 路由器。

李正天想象着当时的情景，张大超坐在沙发上，包皮匠冲进来。张大超趁他不注意把路由器塞到沙发缝里。或者张大超先发现包皮匠进了公司，因为从百叶窗的缝隙里可以看到门口。他意识到无处可逃，所以趁着包皮匠没进来之前把这玩意塞到沙发缝里，然后坐在上面。

无论哪种情况，张大超手上一定拿着它。可是他曾经不止一次和李正天说过这东西在他包里就是个压舱石，除非没电，否则半年也不会拿出来一次。李正天把玩着路由器，找到一个滑盖。他打开滑盖，里面有个 USB 接口，还有一个袖珍显示屏，下面印着一行小字：256GB。

原来这不仅是个路由器，还是个移动硬盘。张大超最后的动作一定是在往里存储什么资料，而这个资料也正是包皮匠想要的。李正天按下菜单键，显示屏亮起淡蓝色的光芒，闪烁着黑色中文字符：导入完成。

李正天激动得从沙发上蹦起来，就在这时技术员又冲了进来。他们已经找到了停车场的监控录像，包皮匠上了张大超的车，只不过他坐在了后排。之后就不难推测了，包皮匠挟持张大超到一个偏僻的停车场，然后射杀了张大超。

很显然他没有得到自己想要的东西，否则刚才不会去工厂区。包皮匠要找什么？难道他也在找天台上的 U 盘？U 盘里有什么值得他如此冒险？甚至连杀两个警察？

李正天心里有太多疑惑，当然最大的疑惑就是包皮匠为何死而复生。这等于直接宣判李正天死刑了。他明白迟到的真相没有任何意义，他必须赶在郭博英对他动手之前找到真相。否则他不仅没机会给姜力和张大超报仇雪恨，他自己也会蒙上不白之冤，而且永世不得翻身。

但他还是太乐观了，警员进来报告，郭博英和重指部的人已经在楼下了。

景樱抱着一束鲜花冲进病房，看到头上缠满纱布的展杰，眼睛立刻闪起了泪花。

"别哭别哭，我好着呢。"展杰招手道，"实在不好意思麻烦你，但我不想让别人知道我一个朋友都没有。"

景樱听他说话底气十足，才松了口气，她看了一圈病房，宽敞干净，装修得很高级，还有书桌座椅和陪护人员睡的床。

她把花插到花瓶里，走到展杰面前，看着他裹满纱布的脑袋。

"倒地的时候后脑勺磕了块石子，皮外伤。"展杰笑着说。

"那为什么绑这么多？"景樱问道。

"他们说弄惨点回头评功的时候好评，你帮我摘了吧，我也热。"展杰眨着眼睛说道。

景樱动了动纱布，果然很松，她向上一提，就像提个头盔一样提起来。她扶起展杰的脑袋仔细看了看，额头缠了一圈纱布，后面鼓出来一块，应该就是伤口。

"没什么事。"景樱的语气轻快起来，"刚才我听医生说你中弹了，吓得我以为你受了多大伤呢。怎么样，跟我说说挨枪子是个什么感觉。"

"嗯……"展杰认真地想了想，然后说道，"没什么感觉。我本来以为自己会很害怕，但是当我真的看到他枪口对准我的时候，心里反而没什么感觉，就是那种，噢，他要朝我开枪了。还有就是有点后悔，因为我本来有机会先开枪的。"

"然后呢？"

"然后就像被一头鲸鱼撞上，往后飞了出去。"

"鲸鱼？"

"对，我也不知道为什么会想到鲸鱼。"

"然后呢？"

"然后我就像一台电视被人关掉了开关，一下全黑了，然后就什么都不知道了。没有痛苦，没有思考，什么都没有。"展杰慢慢说道，"很安静。如

焚冬

果那就是死亡的感觉，我倒觉得这个世界还挺仁慈的。"

两人沉默了一会儿，让这番话在房间里发酵。然后景樱看着他说道："然后呢?"

"然后又有一只手打开了开关，我一下子就醒了。接着我就意识到自己中弹了，应该是打在防弹衣上。我立刻恢复了理智，做了个深呼吸，看看肋骨和内脏有没有受伤，万幸没受伤。"

"有没有劫后重生的喜悦?"景樱笑着问道。

"有。"展杰看向天花板，"但很快就没了。"

43

病房里的气氛立刻压抑下来，景樱看着展杰陷入思考。

"想什么呢?"展杰问道。

"我在想你要不要进行心理干预。"景樱回答道。

"贵么?"

景樱笑了，然后说道："第一次见你的时候，我还以为你不会开玩笑。"

"工作的时候我的确比较严肃。"

"可以给你打折，但你得回答我一个问题。"景樱说道，"我一直很好奇。"

"好啊，你先给我剥根香蕉。"

景樱给展杰剥了根香蕉，然后问道："你为什么要住在地下室?"

"便宜。"

"为什么不回家住?"

"没家。"展杰说着咬下来一大口香蕉，在嘴里嚼了起来。

景樱看着他把香蕉咽下去，才问道："你怎么会没家?"

"我爸，嗯……"展杰想了想说道，"脑梗偏瘫了，住养老院。每个月要花很多钱。"

景樱点了点头，然后说道："那你也可以住在家里。"

"我还有个哥哥。"展杰笑了，"他结婚了，住在那个房子里。"

"没见你们联系过。"

"我们很少联系。"展杰说道。

"你也没有朋友?"

"有两个。"展杰说道，"肖亮是一个。我那个领导和咖啡厅老板勉强算一个。"

"怎么你能把日子过得这么惨?"景樱不可置信地看着展杰。

"你上学的时候是不是经常被人欺负?"展杰忽然问道。

"你怎么知道?"景樱挑了挑眉毛。

"我第一次看你的眼睛就知道了。"展杰温柔地看着景樱,"以前我上学的时候有一个女同学,和你有一样的眼睛。"

"后来呢?"

"大家都知道她母亲是个妓女,所以她经常被人欺负,尤其那些痞子。我也经常被人欺负,但我那时候已经学会打架了。我看不了有人被欺负,更看不了那些看热闹的人污蔑一个少女。于是我就保护她,跟那些人干架,经常一打三一打五。"展杰停顿了一下说道,"后来有一天朋友叫我打球,我没送她回家。结果那天她被那些痞子轮奸了。我当时根本不知道,只知道她一直不来上学,一个月后才知道她自杀了。"

景樱吸了口冷气。

"那几个朋友不过是班里比较聊得来的同学,那天比赛缺人,我实在抹不开面子才答应和他们一起打比赛。没想到就因为这个可笑的面子,我失去了真正的朋友。从此以后我就很少和别人交往了,而且绝不再因为这些无谓的交往耽搁正事。"展杰说道。

"你也不能怪自己,你保护不了她一辈子。"景樱说道。

"但我至少能保护她到有能力保护自己。"展杰认真地回答道。

"后来呢?"

"什么后来?"

"那些轮奸她的人,你没有报复他们?"

展杰摇了摇头,说道:"他们都判刑了,还没放出来。"他顿了顿继续说道,"不过很难说,他们出来后我能不能忍住不去报复他们。一提到这帮畜生,我心里就会升起一团火,虽然已经过了这么多年。"

"你确实应该心理干预了。"景樱拍了拍展杰的肩膀,"明天晚上正式开始吧。"

"这么严重?"展杰半开玩笑地问道。

"其实你很清楚。"景樱凑到他面前,戳了戳他的胸口:"你这里住着一只怪物,如果不控制,早晚会变成一只魔鬼。"

展杰愣了一会儿,然后才缓缓说道:"你还没说价格呢。"

"一次一百吧。"景樱耸了耸肩,"但只能在非预约时段。"

李正天像做贼的一样溜进刑侦总队大院。刚才郭博英带人追到电科大厦,李正天让人下去拖住他,自己到地下停车场叫了一辆网约车,这才暂时逃了出来。他知道自己的时间不多了，郭博英随时会找上门来。

他把张大超的路由器插到电脑上，弹出一个文件夹。里面有三个视频、无数个 PDF 文件和一个快捷文档。李正天打开快捷文档，里面写着：

> 张警官，你好。这些就是你想要的全部真相。我相信你是个正直的人，希望你能让真相大白。但我现在还不能自首，我的事情还没有做完。你不用找我也不用劝我，我的搭档就是因为听了你们的话，被你们害死了。所以，你做你该做的事，我做我该做的事，如果有一天我们遇上了，那就看老天认为谁对谁错了。

李正天思索了好久，从这封信看来，苏哲认定包皮匠已经死了，那么他看到的包皮匠又是谁？他绝不可能认错的。难道他们一共有三个同伙？他想不通这个问题，索性先放在一边，打开了第一个视频。

视频里，一个眉毛和头发都被刮光的女人坐在地上，身上裹着灰色的编织袋遮羞。李正天看了半天，终于认出这个女人就是陈燕妮。

"我是快乐同城网的员工，我叫陈燕妮。"她说道，"我们为了赚钱，挑选出带着女儿生活困苦的女性会员，怂恿她们和那些恋童癖的男人交往，让自己的女儿陪他们睡觉。"

"你们是怎么怂恿的？"一个男人的声音响起。

"先接触她们，试探她们是不是排斥，如果不排斥就和她们聊，告诉她们很多人都这么做，从古至今都这样，没什么不正常的。况且古代孩子十二三岁都结婚生子了，现在小孩吃得好发育好，十一二岁就可以了。她们有一部分是生活不下去，还有一些是追求更好的生活，就都非常愿意。而且我们提供的客户非富即贵，是她们一辈子也攀不上的圈层。我们从来没有强迫别人，都是她们自愿的，我们只是中介。"

"正因为有那些非富即贵的客户，所以你们即便被举报，也没有挖出来这些事情，对吧。"男人说道。

"这个我不知道。"陈燕妮摇头道。

"说你知道的。"

"有个警察找到我，让我把这些事全都烂在肚子里，谁也不许说。如果说了我还有我的孩子都会死。如果我不说的话，我们就能平平安安活下去。"

"所以也没有人追究你？"

"没有，我只是干活的，我们老板被抓了。"

"她们的资料你还有吗？"

"我放在了一个 U 盘里。"

"在什么地方？"

"就在我以前的办公室里，窗台的花盆底下。"

李正天回忆了一下，没看见窗台上有花盆。

"你知不知道还有别人干这样的事？"

"不知道。"陈燕妮麻木地摇摇头。

"如果你知道你因为干了这种事，有一天要被活活烤死，死之前还要亲眼看着生病的孩子在家活活饿死，你还会这么做吗？"

"不会。"陈燕妮又麻木地摇摇头。

"你觉得你做错了吗？"男人问道。

陈燕妮忽然抬起头，面无表情地看着镜头，像复读机一样说道："我们只是中介，没有强迫任何人。这些客户是她们一辈子也高攀不起的圈层。没有我们介绍这些客户给她们，她们就要去卖淫，还要让女儿去卖淫，甚至冻死饿死。我们是积德行善，救人危难。"

画面戛然而止。李正天打开下一个视频，是处决陈燕妮时的录像。他在陈燕妮被抛尸当天就看到了这个视频，尽管他也算见多识广，但还是无法接受像屠宰动物一样杀人。尤其陈燕妮也被折磨成一只没有思想、任人宰割、只会产生生理反应的动物，这让他很长一段时间一想起来就不寒而栗。

所以他立刻关掉了这个视频，然后点了支烟，打开下一个视频，视频中的女人正是奚莉莉。她同样被剃光了头发和眉毛，四肢绑在一起，脸朝上地吊在水池上面。池子里是乳白色的液体。

"我说！我什么都说！"奚莉莉在半空旋转着，撕心裂肺地喊道，"张珂是被高乔带着玩的！高乔就喜欢这个，所有人都知道，他养了好多小女孩。张珂和他玩了几次，就对白静下手了。"

"你既然知道为什么不管？"

"我不敢管，我怎么敢管他？"奚莉莉哭了起来，"那是我女儿，我心里也不好受。但是又能怎么办呢？他根本不听我的，随时都能把我赶走，我真的没有办法！而且……而且白静每天穿得那么风骚，不就是为了勾引他吗？她自己都不要脸，我为什么要管她？"

"你是说她主动勾引你丈夫？"

"对！没错！是她勾引我丈夫的！她就是个贱种，是个坏坯！"奚莉莉忽然像疯了一样歇斯底里地吼道，"她就是个讨债鬼！就因为她，我被白蒙那个窝囊废害了十年！没有她我早就过上现在的日子了！就算补偿我，她陪张珂睡睡觉又怎么了！我的人生这么美好，全都被她毁了！"

"你果然是从地狱逃出来的魔鬼。"一双手扒开了奚莉莉的嘴，把浮潜呼吸管塞到她嘴里，然后套上橡皮筋。

"回到地狱去吧。"

伴随一阵铁索转动的声响，奚莉莉挣扎着沉入乳白色的液体中。

李正天关掉视频，在笔记本上写下高乔两个字，然后打开浏览器，搜索这个名字，第一条就是恒泰集团掌舵人高乔将在今晚出席企业家年会并为年度十大新晋企业家颁发奖杯。

他联想到陈燕妮口中非富即贵的客户，把这么大的案件隐瞒下来，不是一般人能办到的，难道就是这个高乔吗？高乔是企业家协会的名誉副主席，郭博英是企业家协会的座上宾，他们相熟也是正常的。

他感觉自己正在拨开乌云，于是打开一个 PDF 文件，是快乐同城网的会员线下活动登记表复印件，里面有详细信息。李正天看着复印件里的女人照片，想起她也是包皮匠案的受害者。

如果他们的目标是杀掉这里面所有的女人，那么他们才完成了 1/20。李正天觉得脊背发凉，就算他们已经知道了苏哲就是另一个凶手，组织全网通缉，在他们真正抓到人之前，苏哲也有足够时间再杀一两个人了。

姑且认为这些女人都是有罪的，那也要交由法律来审判，而不是让这个变态杀手来充当法官。但是他很可能已经在行动了，想到这里，李正天疲惫的肾上腺又开始分泌激素。

他又把天台捡到的 U 盘插进电脑，重听了一遍苏哲和包皮匠的对话。他叼着烟走到窗边，拉开百叶窗，东边的夜幕下缘已经浮现出鱼肚白。他看着玻璃中邋遢而疲惫的中年人，他还以为是心里住着那个强壮勇猛的青年呢。那个年轻人不知什么时候就下场了，偷偷摸摸换上了这么个招人讨厌的中年人继续扮演自己。

他苦笑一下，觉得偷偷摸摸还挺符合他现在的状态，畏首畏尾、沉默寡言，投鼠忌器、患得患失。所以有时候他甚至会羡慕展杰，年轻真好，有什么办法能再换回从前那个少年呢？

忽然之间，他发现了自己逻辑里的一个死角。这个死角几乎把他拖入败局，好在最后时刻被他发现了。

44

李正天再次回到工厂区的时候天已经大亮了，路上他接到了技术科的电话，弹道测试证实了杀害姜力的那把手枪就是杀害张大超的凶器。

忙碌了一整夜的警员们看到他去而复返都感到惊讶。他来不及解释，直接爬到天台，来到包皮匠跳楼的位置。

他伸出头往墙外看，边沿下面凹进去的位置水泥都掉光了，裸露着小拇指粗的钢筋，长的有十几公分。楼下两个警员正看着他，李正天认得他们，都是张大超的手下。

"你们拿一卷警戒带上来，再拿个隔离墩！"李正天对着对讲机说道。

很快他们拎着几个铝合金的隔离墩爬上来，问李正天拦在哪里。李正天让他们把隔离墩拿到天台边缘，然后做了一件让他们瞠目结舌的事情。

李正天把警戒带一头缠在隔离墩上，一头系了水手扣套在钢筋上。他举起隔离墩向外抛去，隔离墩划了一道抛物线，然后在警戒带的拖拽下甩进了下面早已没有玻璃的窗口。

他冲到下一层，可是窗边并没有隔离墩。他返回楼梯，这才注意楼梯旁的红砖墙，在两层中间的位置有一层不起眼的水泥台。他踏上水泥台，沿着红砖墙一边走一边摸索。

他忽然停下来，猛地一推，一片虚搭的砖墙倒下去，露出一个门洞。一股夹杂着土腥的烟尘从空洞里涌出。他用手电往里照去，黑暗中一片狼藉，尽头一个窗口透进的阳光格外刺眼。

他走到窗边，隔离墩躺在那里。他拽着警戒带轻轻往外一拽，套在钢筋的那头掉了下来。他接住警戒带，终于找到了包皮匠死而复生的真相。

包皮匠曾经和某个警察联系，试图揭开快乐同城网的真相。对方表面答应，却在见面时将他拿下并带到工厂区，藏在了天台下面的夹层里。

随后这个警察假冒包皮匠和保安约定在工厂区天台交易。他知道保安一定会和警方报告，警方一定会借这个机会抓捕包皮匠，而他要在警方面前上演一出包皮匠跳楼自杀的戏。

交易之前，他的同伙和包皮匠藏在夹层里，用红砖堵住门洞，躲过警方的事先侦查。他开着包皮匠的面包车来到工厂区，假装交易，然后引着李正天跑到天台，让李正天目睹自己跳楼。

他绑上了提前准备好的绳子，跳下去后荡进了夹层的窗口里。与此同时，等待在那里的同伙将昏迷的包皮匠从窗户扔出去。接着两人躲在夹层里，直到警方离开。

活人从二十多米高空摔下来一定会血肉模糊，但尸体没有这样的生理反应。所以为了让包皮匠的尸体尽可能难以辨认，他们将活着的包皮匠扔了下来，而包皮匠的死状也确实惨不忍睹。

面包车上的指纹和其他生物信息都指向死者，同时提取到了受害者的生物信息，所以警方确认死者就是包皮匠。包皮匠的身份一直未解，没有身份证，指纹也没有匹配到结果。警方也没有预算找入殓师给包皮匠整容，即便整容也会和真实相貌差距很大。所以包皮匠在李正天大脑中留下的样子是那个假包皮匠。

包皮匠确实死了，而李正天看到的"包皮匠"是假的。

假包皮匠唯一要解决的问题是不能让李正天靠得太近，否则会穿帮，最好的办法就是枪战。但又不能真的伤了李正天，毕竟他是唯一的目击证人，所以假包皮匠才会用发令枪吓唬人。

至于他这回再度露面并杀害了张大超，很可能包皮匠同伙苏哲交给张大超的这些证据中，有他想要销毁的东西。

巨大的悲痛和破案的喜悦交织在一起，在李正天心里形成了巨大的漩涡。他放声大笑，又像是在放声大哭。如果他手里有枪一定会朝天鸣枪，告诉天上的姜力和张大超，他终于破案了！

他被警察搀扶着回到警车里，盖上军大衣，昏昏睡去。后面的事有技术科的人接手了，他相信他们一定能找到证据。

等李正天再次睁眼的时候，发现自己躺在沙发上，再一看，原来躺在姜力的办公室里。茶几上摆着一个塑料袋，里面有三个餐盒，旁边还有一瓶北冰洋。他坐起来，打开北冰洋，一口气灌下去半瓶，又打了一串嗝，然后打开餐盒，一盒溜肉段、一盒酸菜炒粉丝，还有一盒米饭。

他发现自己饿极了，差点连筷子都拿不住了。他风卷残云一般把饭菜吃光，倒在沙发上，终于感觉体力一点一点长出来。他掏出烟，顺便掏出手机看了一眼，已经下午五点了。林兮给他发了一条信息，里面就两个字：恭喜。

他模模糊糊地想起自己坐在地上，她抓着自己的手，她的手温暖有力。她不顾郭博英的不满把车钥匙给了他。他心底涌上感动，回了一句话：谢谢，多亏有你。

外面又黑了，这一天又过去了。李正天望着玻璃中的中年人，看起来比早上更落魄了。他决定从明天开始善待这个中年人，至少让他看起来体面些。他想起金盏和他说的：咱们是收拾垃圾的人，但咱们不是垃圾。

说到收拾垃圾，他又开始犯难了，虽然种种迹象都指向郭博英，但他现在还无法证明他就是幕后黑手。而且，理性来看，他极可能永远找不到证据。毕竟郭博英也是一个警察，他会的招数郭博英也都会。

就在他胡思乱想的时候，办公室门开了。他一下子愣住了，站在门口的正是公安局长梁安治。

梁安治看起来比十年前苍老了很多，但他依然保持着挺直腰板的坐姿，后背绝不沾椅背。他的脸上被风霜雨雪刻满了皱纹，如同一条条干涸的河床，永远也等不到江水的灌溉。那张官僚的笑脸已经长在他的脸上，变成了永远揭不下去的面具。可说来也怪，李正天看着它的时候，总能分辨出面具背后的喜怒哀乐。

比如现在，笑脸的背后就是悲戚。

梁安治坐在椅子上没有说话，通常这个时候李正天会主动说："您有什么事就交代我，保证完成任务。"

结果他刚要开口，就被梁安治伸手拦下了。

"你进来的时候，我还在队里吧。"梁安治先说话了。

"是，您那会儿是队长。"

"是啊，一晃十几年了。"梁安治叹了口气，"我记得那会儿谁也瞧不上姜力，就你挺他。你为什么这么挺他？"

李正天迟疑了一下，然后说道："不知道，可能……觉得他不容易吧。"

"是啊。"梁安治点了点头，"他不容易，吃了很多亏。"

"梁局，老姜不是……"他想说姜力不是那种计较的人，转念一想，梁安治还不了解姜力吗，何必再说这些呢，于是把后半句话咽了下去。

梁安治忽然把上身探向李正天，这是要商量机密事宜的肢体语言。李正天见状也立刻凑了过去。梁安治从兜里掏出一张叠好的纸，递给李正天。李正天打开一看，是一份挑战书。

　　　　我就是你们口中的"包皮匠"，我看到你们庆祝我"畏罪自杀"的新闻，真是太搞笑了。我知道你们不相信我还活着，别着急，我会证明给你们看的。

　　　　这些女人都是我杀的。我为什么要杀她们，因为她们有罪。我曾经向你们告发过她们的罪行，你们答应处置，结果骗了我。你们根本就不想主持正义，你们只想除掉我，因为我是个"麻烦"。

　　　　我的确是麻烦，我不仅是麻烦，我还是个魔鬼。但是你们记住，我这个魔鬼是你们制造的。因为你们充当了罪恶的保护伞，所以我只能将你们连同这所有的罪恶公之于天下。我会继续惩罚那些女人，她们本该受到法律的审判，既然你们不管，那就只好由我来当这个刽子手了。

　　　　我在想你们为什么对罪恶如此无动于衷，我得出唯一的结论竟然是因为我给你们找的"麻烦"还不够大，还让你们觉得可以捂住盖子。这好办，我很快就会送给你们一份大礼。不用谢。

12.18

12月18日是奚莉莉被绑架的日子。李正天看完把这张纸叠好还给梁安治，然后说道："这个情况我们已经掌握一些了。包皮匠已经死了，这个人是他的同伙，叫苏哲。但他说的部分是真实的，咱们队伍里确实出了败类。"

梁安治点点头，示意他继续说下去。于是李正天把快乐同城网案、包皮匠案和黑警勒索案的来龙去脉和他的判断向梁安治全部报告了一遍。梁安治认真听着，时不时点头。等他说完了，梁安治终于问道："你觉得这个人是谁？"

李正天深吸一口气，然后说道："郭博英。"

梁安治愣住了，他似乎没料到李正天会说出这三个字。

"你说谁？"

"郭博英。"李正天重复道。

"你为什么怀疑他？"梁安治又问道。

"为什么怀疑他？"李正天笑了，"既然您这么问了，那我就实话实说吧。我怀疑他，一是他和强奸幼女犯称兄道弟，他一个堂堂公安局副局长，亲自给那个人渣办取保候审的手续。二是他在刑总安插眼线。而且这个人很可能就是在抓捕包皮匠行动前给无人机断电的内鬼。否则他为什么咬着无人机的事不放，我就不信他单凭看卷宗就能发现这个纰漏。第三，张珂的继女生日被改也是咱们内部人干的，张珂除了找他还会找谁？"

"还有第四吗？"梁安治问道。

"梁局。"李正天疲惫地摇了摇头，"自从奚莉莉被绑架后，郭博英就一直上蹿下跳，可是没有一次踩到点上。不仅没帮上忙，还几次在媒体面前胡说八道，让我们陷入那么大的被动。但凡他不这么胡来，张大超没准也……算了，不说这个。他不就是想借着这个案子把姜力弄下去，把刑总收编进他的势力吗？这您能看不出来吗？还是您看出来了，不想管？"

梁安治沉默了片刻，缓缓说道："可是你说的这些都没证据。"

"有证据我还跟您说什么！"李正天喊了起来，"我直接去抓他了！"

梁安治摆了摆手，李正天压抑着怒火狠狠出了口粗气。

"我今天找你，是因为昨天姜力找我汇报了三个情况，我估计他没和你说，所以今天过来一是来看看你们，二是把信息和你转达一下。"梁安治掏出一个黑皮口袋本，慢条斯理地翻开，一边看一边念道，"第一个事是那个叫白静的女孩，她的生日被改了。真实情况是她的继父以孩子出国留学为名，托关系找到医院改了出生证明，然后又托到属地派出所。这个事姜力已经查清楚了，属地派出所也提交报告了。跟郭博英没关系。"

"嗯。"李正天点了点头。

"第二个呢，就是你们行动之前给无人机充电，结果充上三台，有三台没充上。"

"对！"

"这个情况他也调查了。"梁安治叹了口气，"是你们楼下扫院子的那个老头，那天他值夜班给电动车充电，搞跳闸了。因为那是库房的电路，他没发现，结果一宿都没充上电。那三台充满电的是跳闸前就充好的。"

"什么！"李正天睁大了眼睛。

"姜力特意找我来说这个事，就是想给老头求个情。"梁安治说道，"他一直瞒着你们，现在发现快瞒不住了，所以昨天晚上就来找我自首了。"

李正天想起之前和姜力、展杰一起分析案情，说到这个环节时都是他和展杰在讨论，姜力一直没说话。

李正天睁大了眼睛问道："那库房……"

"没错。"梁安治点了点头。

按照规定，所有装备器材都要从东配楼的库房领出来拿到主楼的技术科备勤室，用专门的不间断电源充电，如果跳闸值班室会立刻报警。但是技术科的人有时会图省事直接在库房充电。

看来张大超也私下找梁安治"自首"过了。

"唉我去！"李正天揉着头发，过了好久才说道，"您说他找您汇报了三个事。"

"哦。第三个事，你没想过他昨晚为什么能追到工厂区救你们吗？"梁安治问道。

李正天想了想，然后摇头。

"因为他又抓了一个叫彭祖杰的人，这个人也被黑警勒索，但他们之间联系比较多。姜力从他嘴里问出了联络黑警的方式，然后给黑警发了信息。"梁安治顿了顿说道，"那个黑警不知道彭祖杰被捕了，给姜力回了信息，被锁定了手机识别码。"

"他是跟着手机定位找过去的？"李正天问道。

梁安治点了点头。

"原来如此。"

李正天无力地点了点头。他忽然意识到自己和姜力的差距：当他像愤怒的公牛一样四处乱撞的时候，姜力却能静下心来思考，从细节入手，一步步接近真相，并且救了他，还搭上了自己的性命。一想到这里，李正天脸上红得发烫，恨不得找个地缝钻进去。

过了很久他才回过神来，脑子里冒出的第一个念头就是：那个勒索强奸犯的黑警就是假包皮匠吗？他究竟有什么目的？

45

梁安治走到门口，转身对李正天说道："收到这封举报信之后，我们也讨论了很久，最终决定重启对包皮匠案的调查。郭局是代表组织对你们审查的，以后就不要再带情绪了。"

李正天想起最后那次内部调查时傅强对自己说的话，终于忍不住问道，"您不会也觉得我能干出来冤杀好人、栽赃顶罪的事吧？"

"至少现在确认你不是了。"梁安治又露出职业的笑容，他的情绪重新恢复成一面镜湖，"人之于社会，就像细胞之于人一样。每个细胞都有癌变的可能，有时候它甚至不知道自己变了。所以定期体检是有必要的。"

李正天意识到自己失态，于是说道："梁局，我不该这么说话。我怀疑郭博英有问题，您也没说我什么。"

"没事，这都正常。"梁安治拍了拍李正天的肩膀，"话说这次林兮真是立了功，如果不是她百分百相信你，好几次郭博英要拿下你的时候，都是她拼了命保你，我想可能连现在这个局面都没有。"

听到梁安治这么说，李正天好像眼眶被狠狠揍了一拳。

"还有姜力，为你争取升职分房也是尽力了。"梁安治一边说一边掏出一式三份的文件，递到李正天手中。

李正天打开一看，是市局特批他提升为副队长级别待遇的批复文件，主要内容是虽然李正天因为工作失误无法晋升副队长，但考虑各方面因素，同意特批他享受副队长级别的待遇。

"哀悼结束了，继续干活吧。"梁安治说完这句话，拉开门出去了。

李正天站在窗边，看着梁安治的专车缓缓驶出队部院子。老梁以堂堂局长的身份亲自跑到下级单位，以交代工作的名义陪他一同哀悼牺牲的姜力和张大超，可以说是厚待有加了。而且老梁对这两人的感情应该远比自己深沉。

李正天叹了口气。老梁说得对，哀悼结束了，该继续干活了。成人的世界就是这样，人们就像被猛兽追赶的羚羊，只能拼命往前跑，没时间停下脚步看看倒下的同伴。

李正天坐到姜力的办公桌后面，看着桌面上他、姜力和张大超的合影，照片中的他们正在开怀大笑。他把照片扣在桌面上，打开电脑，过了一会儿，屏幕右下角弹出一个日历对话框，提醒事件：母亲六十九岁寿宴，地点：大董，时间：明天全天。

李正天呆呆地看着屏幕，过了好一会儿才把对话框关掉。他打开抽屉，从里面掏出一条崭新的中华烟，拆开，点上一支，然后倒在松软的老板椅上，过了许久才悠悠吐出一口烟圈。

华灯初上，威斯汀酒店三层的主宴会厅灯火辉煌，这座城市最富有的一百人都在这里。他们三三两两围在一起，或谈笑风生，或窃窃私语。郭博英作为贵宾由协会主席和副主席亲自陪同，不断有著名企业家过来和他寒暄。

人在这种状态下很难不飘飘然，郭博英每和一个人握手，都会在心里重复一遍那个古老的官场故事。郭博英很提防这些商人，因为他们最懂用小恩小惠拉人下水，然后为自己谋取更大的利益。对付他们最好的办法就是威压，让他们时刻担心会失去一切，他们才会心甘情愿地为已经拥有的一切买单。

郭博英眼前一亮，看到林兮款款向他走来。林兮穿了一件香槟色的露肩晚礼服，和她白皙水嫩的皮肤相映成辉，搭配华美的珠宝首饰，比现场所有名媛贵妇都要光华夺目。郭博英向客人们介绍了林兮，在客人们惊艳的目光中，郭博英获得了极大的心理满足。

林兮第一次出席这样的场合，难免有些拘谨。她看到那些平时只会出现在电视里的商界领袖和社会名流，这些人的眼睛里都闪烁着奇异的光芒。郭博英告诉她这就是顶层男人的特征，他们强大、好斗，随时准备吞掉和他一起喝酒的人。

还有那些美丽的、优雅的名媛贵妇，她们毫不掩饰让同性嫉恨、而令异性着迷的魅力。她们一个眼神就能撩拨男人们的欲望，同样一个眼神就能挑起男人之间的搏杀。她们乐此不疲，她们既是战利品，又是大赢家。

林兮忽然意识到自己走进一个她从没想到过的世界，一个用财富和享乐主义构筑起来的金字塔的顶端。她体内那股原始的火焰被挑动起来，她吸引着所有男人的注意力，这些男人也在吸引着她。她想说不，但身体已经燃烧起来。

她看向郭博英，郭博英正在施展他的社交技巧，和几个新结识的商人周旋。她看出他对这几个人很感兴趣，是那种猎豹看到羚羊时表现出的兴趣。可商人并没有发现，他们还沉浸在被郭博英高看一眼的喜悦中。

然后她看到了张珂，张珂走到郭博英面前，两人握手问好。接着张珂把一个美艳的女人叫过来介绍给郭博英，郭博英也和她握了下手。

林兮忽然感到恶心，刚吃的点心差点呕出来。郭博英难道不知道张珂做过什么事情吗？他怎么还能若无其事地和这个罪犯聊天？她觉得浑身发冷，好像有一条毒蛇在她后背上爬。她走到吧台要了一杯香槟，一口气喝掉。

她心中的火焰消失了，取而代之的是沉重的负罪感。她不想看到它，于是又要了一杯香槟，一口气喝掉。她想过去提醒郭博英，接着她立刻想到郭博英会如何反驳她。他曾经和她说过这样的话：这些商人只有被发现有罪的和没被发现有罪的，但没有一个人是无罪的。和罪人打交道是他们的工作，也是他们的幸运。他是不会浪费这份幸运的，她想着，又喝下第三杯香槟。

人群中出现了一些小骚动，几个工作人员快步向外面走去。协会主席快步走到郭博英身边，在他耳边低语了几句。郭博英放下酒杯，和他一起往外走。林兮的目光随着他们走到外面。这时电梯门打开，里面站着两个男人。

　　前面的中年男人穿着又脏又破的空军夹克，左侧肩膀上咧着大口子，他身后的年轻人穿着绿色军大衣，胸口炸开的棉花就像一枚勋章。中年男人亮出工作证吓退了上前阻拦的礼宾，径直往宴会厅中心走去，眼中燃烧着烈火。

　　林兮的心脏都停止了跳动，她从来没想过李正天竟会有这么雄姿英发的瞬间。此时此刻她甚至幻想着，李正天是来把她救出这个纸醉金迷的地狱的。

　　两人很快走到郭博英对面，郭博英看了看李正天和展杰，皱眉道："你们来这里干什么？"

　　李正天从口袋里掏出一张三叠的文件，递到郭博英手上，然后说道："我们要拘捕犯罪嫌疑人张珂。"

　　这句话声音不大，但立刻引起全场哗然，所有人的目光都集中在张珂身上。

　　郭博英往前走了一步，小声说道："不是取保候审吗？"

　　李正天也小声对郭博英说道："咱们已经找到他修改白静生日的证据了。他现在涉嫌的是强奸幼女，这个罪不能保释。"

　　"证据？"郭博英挑了下眉毛。

　　李正天叹了口气，缓缓说道："姜力昨天夜里给你发了邮件，没看吗？"

　　"即便如此，你们也不用上这儿来吧。"郭博英盯着李正天说道，"你知道这是什么场合？你知道这会产生多大影响？"

　　"有什么影响？"李正天的目光锁定人群中的张珂，低声说道，"你有没有考虑过和一个强奸继女的禽兽推杯换盏称兄道弟，会产生多大影响？"

　　郭博英胸口燃烧着怒火，他之所以能成为企业家年会的座上宾，很重要的一个原因就是他能扮演"庇护者"的角色，虽然这是商人们臆想出来的角色。实际上如果有人犯罪，他也不敢提供任何明目张胆的庇护。但事情就是这样，一尊泥神像没有摔碎以前，所有人都会认为它是无比灵验的。

　　而李正天一旦在企业家年会这么重要的场合带走本市著名企业家，就相当于当众把郭博英踢下神坛。他这些年苦心经营的一切就会瞬间化为乌有，而且再没有人会相信他。他忽然发现，这局棋他被李正天将死了。现在对他最有利的选择就是认输，然后继续下一局。

　　于是他侧过身，给李正天让出了路。李正天从他面前走过的时候，他还是忍不住一把拽住李正天的胳膊。

"你在这等着，我把他带过来。"郭博英小声说道。

"劳驾。"

郭博英松开李正天的胳膊，迈着大步朝张珂走去。

张珂非常配合地和郭博英走到李正天面前，然后低声说道："我要和郭局长说两句话。我有重要情况向他检举！"

"好啊，说吧。"李正天说道。

"不能在这里说。"张珂小声对李正天说道，"我要检举的人就在这里。"

李正天盯着张珂，张珂用挑衅的眼神回敬他。

"你不要耍滑头。"李正天警告道。

"耽误了事情，你负不起这个责任。"张珂笑了一下，"很简单，你让我和郭局长去那边的 VIP 休息室里说几句话。有他在你还怕我跑了不成？"

李正天看向郭博英，郭博英无奈地点了点头。

郭博英和张珂进了休息室，郭博英关上了大门。

李正天来到林兮面前，他看到林兮的眼睛亮晶晶的，像星星一样漂亮。失去喜庆气氛的烘托，宴会厅立刻冷下来。林兮感觉身上一阵发凉，下意识捂住雪白的肩膀。李正天脱掉夹克，披在林兮肩上。

"对不起，有点臭了。"李正天摸了摸鼻头。

林兮笑了一下，裹紧衣服。

"谢谢你。"李正天低声说道，"老梁和我说，你一直在帮我说话。"

"你以前是不是还以为我在打小报告？"林兮微笑着问道。

李正天点点头。

"没事，我还挺高兴的。"林兮说道。

"高兴什么？"李正天问道。

林兮高兴的是李正天认为自己给郭博英打小报告，还这么帮自己，可见他对自己是发自肺腑的友善。但这些心里话她不能说出来，于是笑着说："当然是高兴咱们把误会解开了。"

"是，我也很高兴。"李正天看着 VIP 休息室紧闭的大门，缓缓说道。

46

休息室里，张珂用戴着手铐的双手泡了一杯挂耳咖啡，然后双手举起雪茄，气定神闲地朝郭博英挥了挥，示意他帮忙点烟。郭博英耐着性子给他点上烟。

"有话快说！"郭博英皱眉道，"别想耍滑头，现在没人能救你。"

"郭局。"张珂坐在沙发上，抖了抖手铐，"刑不上大夫，想法给我解了吧。"

"法律面前人人平等。"郭博英走到远处，双手环抱在胸前，"你有什么要说的，赶紧说。"

"那我开始说了。"张珂笑着抽了口雪茄，然后说道，"你要不要坐下听？"

"拖延时间没有任何用。"郭博英冷冷说道。

"好吧，那你站稳了。我要向你举报另一个强奸幼女的罪犯！"

"谁？"

"高乔。"

张珂看着愣住的郭博英，哈哈笑了起来，然后说道，"想不到吧，企业家协会副主席，恒泰集团董事长高乔先生，竟然和我有一样的雅趣。对了郭局长，你买了恒泰集团多少股票啊？"

听到这句话，郭博英的脸色彻底变了。

"今天是星期五，明天是周六，后天是周日，大后天才是周一。"张珂又吸了口烟，"两天时间足够这个丑闻全网热搜，紧接着天港集团就会宣布终止和恒泰的合作，周一股市开市，恒泰股份就会停牌。高乔为了这个项目用了超级杠杆，一旦项目搁浅，下个财季恒泰就会破产。到时候您买的股票也就血本无归了。"

郭博英脸色煞白，额头冒出汗珠。

"您买了多少？"张珂笑着说，"我猜猜，两百万？"

郭博英艰难地咽了口唾沫，双手紧紧攥在一起，否则他就会发抖。

"四百万？"张珂继续猜测，"真可惜，你这一辈子都白干了。"

"你想怎么样？"郭博英终于说话了，"如果你以为这几句话就能让我放你走，你就太天真了。"

"当然不是。"张珂喝了一大口咖啡，"您是公安局局长，怎么能让您知法犯法呢？不过如果我现在忽然发了心脏病，能不能拜托您把我送到市医院？"

"心脏病？"郭博英起了疑，往前走了两步，"你有心脏病？"

"是啊。"张珂忽然像是失去了精神，往后面一瘫，呼吸也变得急促起来，"突发心脏病。"

郭博英看了一眼桌面上的咖啡，立刻冲到张珂面前，伸手搭在他的静脉上，感觉到他的脉搏混乱无力。

"你干什么了？"郭博英吼道。

"我……"张珂小声说道，"你把我送到市医院，剩下的事就和你没关系了。"

"市医院?"郭博英转了转眼珠,然后问道,"你要干什么?你要潜逃吗?"

"怎么?你想知道吗?"张珂依然笑着,但表情变得狰狞起来,"不告诉你是为大家好,你按我说的做,我保你顺利清仓。何况外面那两条狗是你家的,狗到外面乱咬人,你这个当主人的总得负点责吧!啊?你听好了,我无论如何也不会进去蹲十几年!"

"别废话了!我们有自己的医院!"郭博英一边说一边扔掉张珂的雪茄,扯掉他的领结,撕开衬衣和内衣,让他呼吸更加顺畅。

"你必须送我去!"张珂声音越来越低。

"为什么!"郭博英把张珂拽到地毯上,摆成平躺的姿势。

"因为……"张珂喘了口气说道,"我有艾滋病。对了,如果你以后能看到白蒙,告诉他,她女儿也被传染了。"

五分钟过去了,郭博英和张珂还没有出来。李正天有些担心,准备进去看看。他刚走到休息室门口门就打开了,郭博英冲了出来。李正天往里看去,张珂躺在地上。

好在抢救及时,医生诊断张珂没什么大碍,只需要留院观察一夜,如果第二天没有别的症状就可以出院了。李正天松了口气,他走到外面,看到郭博英坐在长椅里,林兮在他身边隔着两个位子坐着。

李正天走到郭博英面前,郭博英还是盯着地板发呆。

"没什么大问题,明早就可以带走了。"李正天说道。

郭博英抬起头,望着李正天问道:"白静的体检结果出来了吗?"

李正天点了点头,没有说话。五分钟前展杰给他打电话报告,法检中心的化验结果出来,白静已经是 HIV 病毒携带者了。

郭博英的眼睛里腾起一层薄薄的雾气,他站起来对李正天说道:"今晚你辛苦了,看好他。"

李正天点了点头,这是他的分内之事。

郭博英看了一眼林兮,转身离开了。李正天让林兮早点回去休息,明天早上过来接他的班。林兮又叮嘱他几句,朝着和郭博英相反的方向离开。

很快护士过来查房,还拎着一兜子饮料食品送给李正天,说是他女同事买的。李正天打开一瓶矿泉水猛灌了半瓶,忽然天旋地转,接着眼前一黑昏倒在地。

护士从病房里出来,从容地搜出李正天身上的手铐钥匙,然后回到病房,打开张珂锁在病床上的手铐。两人把昏迷中的李正天抬进病房,然后一起离开病房,钻进电梯。

护士从兜里掏出两罐药递给张珂，说道："以后药会直接给您寄到澳大利亚。"

"还是私立医院服务好。"张珂笑着说，"替我谢谢徐医生。"

"别客气，您都是付过费的。"护士一边说一边从二层下了电梯。

张珂直接来到 B3 停车场，司机已经在这里等他了。他现在只要顺利赶到机场坐上飞机，半小时后就永远自由了。

这个预案他几乎每年都要演练一次，有专业团队负责操作。他会冒充维修机师或地勤人员混上飞机，然后钻进行李舱以避开海关检查，虽然看起来很狼狈，但相比用假护照闯关，这是更安全的方式。

他老远就看到了自己的迈巴赫，但是车子并没有开出来迎接他。这也是预案的细节，他必须尽可能低调行事。他快步走到车子旁边，从右边绕到左后门，却没有拉开车门。他看到司机坐在驾驶座上，于是敲了敲玻璃，司机还是没反应。

他觉得有点奇怪，俯身一看，司机满头是血一动不动。他吓得向后摔倒在地。他忽然感觉身后出现什么东西，猛地转过头，看到了白蒙。白蒙拎着一把高尔夫球杆，合金杆头还滴着血，这是他的球杆。

银光一闪，紧跟着传来"砰"的一声闷响，张珂重重地砸在地上，脑袋变成了一个血葫芦。他趴在地上，吐了一大口血，口齿不清地求饶："兄弟，我错了，你听我说……"

又是一道银光，夹杂着骨头碎裂的声音，张珂朝着反方向甩去，这次他爬不起来了，倒在地上无力地抽搐。

白蒙扔下球杆，把张珂拖到轮胎旁边坐直，掏出一把除草用的大剪刀，对准张珂两腿中间，用脚分开他的双腿，再把剪刀顶到他的裆部。张珂无力反抗，只好眼睁睁地看着白蒙咬紧牙关合上剪刀。

"啊——"一声惨叫在停车场里回荡。

郭博英坐在车里，思考着该如何解决这个大麻烦。他无论如何也要扛到周一开市，没有任何退路可言。但是他也知道张珂要借病潜逃，办了这么多年经济案，这点把戏根本瞒不住他。他担心的是如果纵容张珂潜逃，那么这件事就会成为被张珂永远攥在手里的把柄。而这个把柄肯定会在某一天给自己带来灭顶之灾。

他甚至想干脆尾随张珂前往机场，然后在他登机前干掉他，一了百了。

他立刻否决了这个荒诞的想法，因为别人一旦问他怎么知道张珂要跑，他无法回答。他只好另觅其他的解决方案，但思来想去也没有头绪。于是他烦躁地摇下车窗，掏出烟叼在嘴里。

就在这时，一连串惨叫声重叠着飘过来。这是地下四层停车场，这个时间根本不会有人。郭博英从手套箱里取出手枪，下车顺着声音找过去。

惨叫声越来越弱，郭博英悄悄凑过去，看到张珂满身是血地瘫在轮毂上，白蒙拿着剪刀，夹住了张珂最后一根连在手掌的手指。

郭博英吓了一跳，立刻高喊："别动！放下凶器！"

白蒙转过头，看到了举着手枪的郭博英。他知道这个男人是警察，他还在电视里污蔑自己是包皮匠。白蒙假装放下剪刀，猛然戳进张珂的大腿动脉。

"啊——"这次的叫声无比惨烈。

"住手！"郭博英又喊道，同时打开手枪保险，手指扣住扳机。

白蒙冲他微微一笑，猛地用力将剪刀拔出来，一股血浆喷射出来，溅了他一身。

"砰——"一声枪响，白蒙向后飞了一米，然后躺倒在地。

他看着自己的胸口，弹孔周围的鲜血正在快速洇开，和张珂的血迹混合在一起。

郭博英收起枪，走到张珂面前。张珂侧倒在地上，眼巴巴地看着不断喷血的大腿，以肉眼可见的速度走向死亡。

郭博英走到白蒙面前，从他兜里掏出手机，打开通话记录，最近的通话是半小时前一个打来的网络号码。

"谁告诉你他在这的？"郭博英问道。

白蒙愣了一下，然后笑了起来。这些天他日夜跟踪张珂，始终无法鼓起勇气。直到刚才，那个神秘人告诉他张珂把艾滋病传给了白静，他终于醒了。于是他先杀了张珂的司机，准备进病房偷袭，没想到张珂竟然迷倒警察出逃，正中他下怀。

"有句话我要告诉你。"白蒙虚弱地说道。

郭博英凑到他面前。

"你们比他差远了。"说完这句话，白蒙的头歪向一边。

李正天醒来后发现自己躺在病床上，展杰站在旁边。

"我是不是让人麻了？"李正天摸着跳痛的脑袋坐起来。

展杰点点头。

李正天想了想，然后问道："那个护士？"

展杰又点了点头。

"张珂跑了？"李正天捂着脸说道。

"跑了，但也死了。"展杰说道，"在停车场被白蒙打死的。郭博英……"

"郭博英？"李正天把手放下，惊讶地问道。

"对，郭博英赶到的时候，白蒙刚把张珂杀了。他要对郭博英行凶，被郭博英一枪打死了。"

"郭博英去停车场干什么？"李正天警惕地问道。

"这个你得问他了。"展杰耸耸肩说道，"不过估计你也没机会问了。"

"为什么？"

展杰叹了口气，然后说道："两个坏消息，先听哪个？"

"滚！"李正天有气无力地骂道。

"第一个，你又被停职了。"展杰说道。

看守嫌疑人时麻痹大意，被不明身份者进入病房，导致嫌疑人脱逃，造成三人死亡的后果，这属于重大责任事故，停职处理也属正常范畴。

"第二个。"展杰说道，"马东你还记得吧。"

李正天点点头，马东是部里派到市局的组长，几次开会下来，李正天感觉他和郭博英关系不错，经常帮着郭博英说话。

"他代理刑侦总队的队长了。"展杰把夹克扔到李正天身上，"新领导等你开大会呢。"

47

李正天已经习惯了屋漏又遭连夜雨，他也懒得收拾心情，走进会议室干脆连个招呼都不打，在众目睽睽中找了个角落坐下。

马东代理队长召集的第一个会就讲整顿纪律，明显就是冲着李正天来的。李正天知道新官上任三把火，马东肯定要拿自己开刀。伸头是一刀，缩头也是一刀，不如坦然面对，看看是他的刀硬还是自己的骨头硬。

他扫了一眼坐在旁边的展杰，忽然意识到，这不是展杰常干的事吗？

马东见李正天进来立刻话锋一转，说起他昨晚被人放倒，导致张珂等三人死亡的事故。马东把性质说得很严重，甚至用了渎职这样的评语，搞得连平时和李正天关系不怎么近的人都听不下去了，低头的低头，横眉的横眉。

最后马东宣布对昨晚医院重大事故展开内部调查，李正天无限期停职。这时会议室的气氛已经压抑到极点，马东满意地看了看大家，拿起茶杯喝了一口，说了句散会，然后起身离开。

大家跟着蜂拥而出，这时候走得越快越避嫌。因为大家都知道李正天肯定最后一个走，所以走得越慢就越像是同情他。很快会议室里就剩下李正天和展杰。

李正天坐在椅子上发呆，时间一分一秒过去，展杰甚至无聊得打起盹来。就这样过了半个多小时，会议室的门又打开了。

二组组长孙贺把头探进来说道："我们组来了几个新人，马队说先用你们办公室。"

李正天看着孙贺，没有说话。孙贺等了一会儿，终于走进会议室。

"怎么个意思？跟你说话呢。"一想到李正天成了过街老鼠，孙贺开始蛮横起来。

"你不是说领导让你们用吗？那你们就用呗。"李正天回答道。

"废话！你们东西不清走我们怎么用啊？"孙贺喊道，他开着门，故意让声音传到走廊里。

"下周一，我们收拾干净。"李正天说道。

"马队说现在，现在你听不懂吗？"孙贺不依不饶地咆哮道。

办公室和汽车是刑警队最重要的两项资产，代表着在警队的地位。收回汽车还有可能是一项惩罚性措施，而一旦失去了办公室，就意味着这个小组马上就要被裁撤了。

在刑警的生态系统中，大组长的地位和副队长差不多，大组长要么就是关系硬到能扛雷，要么就是管理水平突出，孙贺就属于前者；然后是业绩突出的组长和骨干，比如李正天；再然后是展杰这种工作没三年的新人；排在新人后面的是几十年都没干出成绩的老人；而处于垫底位置的是被撤编的人，他们就像失去领地的狮子，被人称为流浪狗。

流浪狗的职业生涯基本就到头了，就会沦为出气筒，比如扫院子的那个老头。有人在外面受了气或者办案不顺利，就经常拿他出气。

孙贺和他的亲信们就经常这么干，所以李正天对他这种落井下石的态度一点都不意外。

"我说下周一，你听不懂吗？"李正天冷冷地反问，手关节掰得咔咔响。

孙贺愣了一下，他没想到李正天这么横。如果李正天把满腔怒火都发泄在自己身上，马东还真不一定能给自己做主。毕竟是他追着马东申请借用李正天办公室的，一旦马东明白了他这么做背后的意思，也许还会觉得他在无事生非。最后不仅这顿打白挨了，在马东那边减了分，还会沦为大家茶余饭后的笑柄。想到这里，他反而不知道该怎么下台了。

"你听好了。"李正天指着孙贺说道，"你不干正事不代表我们不干。跟你说周一搬就周一搬，你要是再跟我废话，我就让你下周上不了班。信吗？"

不等孙贺反应，李正天抄起一个白瓷茶杯扔过去，砸到孙贺身后的墙上，发出一声巨响，炸成碎片。孙贺吓得像炸了毛的兔子一样跳到一旁。

"你一个要撤职的人，我看你还能牛多久！"孙贺骂骂咧咧地逃走了。

李正天起身，抓起夹克，对展杰说道："走，查案去。"

"查案?"展杰惊讶地问道,"咱们自身都难保了,还查什么案?"

"越是这种时候,就越要把心思放在查案上。"李正天穿好衣服往外走。

他走到门口,回头一看展杰还站在原地。

"怎么了?你不去我自己去了。"李正天说道。

展杰压抑已久的情绪终于爆发了,他近乎吼着说道:"大哥!咱们组都撤了,还查什么案!你现在出去有人搭理你吗?你知不知道现在所有人都等着看你笑话呢!还有,刚才马东怎么说你你没听见吗!说你渎职!你差点都成烈士了说你渎职!怎么不渎职?非得挂墙上才叫不渎职吗?还查案?"

这番话在会议室里产生了嗡嗡的回响。展杰脸色通红,身体微微颤抖。

李正天若有所思地点点头,然后说道:"你是想知道我为什么不生气,为什么山穷水尽了还一心查案,我是真傻还是在自我逃避,是不是?"

"是啊!"展杰的声带肌肉充血,声音又尖又沙,还没控制好力度,于是吊起了尾音,就像个小太监。他说完这两个字,他和李正天都忍不住笑起来。

"想知道还不跟我走!"李正天瞪着眼说道,"这么好的长进机会,不识抬举!"

展杰把车停在路边,前方不远处就有一个巨大的"禁停"标志。远处的交警一直盯着他们,却没有过来轰他们走。交警一眼就能看出这两个人是同行,尤其坐在副驾的那个男人肩膀都开口了也不换件衣服,肯定是执行重要任务。展杰放下车窗抽烟,冷风把烟灰全吹到了李正天身上。

"他会来吗?"展杰紧张地问道。

"肯定来。"李正天胸有成竹地说道。

正说着,一个身穿羊绒大衣、打西服领带的中年男人从院里走出来,左右张望了一番,看到了展杰的车。他像是触霉头了一样嫌弃地皱了皱眉,但还是快步走过来,拉门坐到后排。

"让你找个没人的地方等我,你们就在这等啊!"中年男人抱怨道,"你干脆直接开院里得了!"

"这就是我常和你说的罗瑁,罗检察官。"李正天对展杰说道,"负责白静性侵案的。"

"罗检好。"展杰回头说道。

"行了。有话快说。"罗瑁不耐烦地说道,"我还有会呢。"

"我找你呢,是要送你份大礼。"李正天说道,"能让你重回事业巅峰,就看你有没有本事拿下了。"

"什么大礼?"罗瑁警惕地问道。

"多个强奸幼女的案件。"李正天拿出 U 盘。

罗瑁眼睛都直了，他不敢想象这个数字意味着什么，但他知道这将是一起前无古人的大案。如果他接下，那就真正站上历史舞台了。

"你够牛的啊！一个案子让你挖出这么多！你真是神探啊！"罗瑁伸手去摸U盘，李正天一缩手，又把U盘收了起来。

罗瑁按住李正天的肩膀，说道："开条件吧，我照单全收！"

"好像有人不想让这个案子曝光。"李正天说道，"你有胆子接吗？"

"切。"罗瑁不屑地摇了摇头，"我现在是光脚不怕穿鞋的，就算是天王老子来了，也阻止不了我办这个案子！"

"别吹了！你要想要这个案子也行，告诉我一开始是谁在找你？"李正天问道。

"噢。"罗瑁恍然大悟，"原来你是冲这个来的。没人找我，我就是想给你们提个醒，不要搞冤假错案。"

罗瑁不松口，因为他料定李正天肯定得把案子交给他。没想到李正天给展杰使了个眼色，展杰解开车门锁，这是下逐客令的意思。

"开会去吧。"李正天看着一动不动的罗瑁，过了一会儿又说道，"我听说你们老主任退休，汪蕾蕾这次要和你竞聘主任了。"

汪蕾蕾是新生代检察官，除了资历，各方面都不比罗瑁差。如果不是罗瑁犯过错误，这次提主任应该是他，但是现在就不好说了。一旦汪蕾蕾上了，那罗瑁就真成全院笑柄了。现在正到了决定胜负的关键时刻，上面也在纠结，所以李正天把这个案子给谁竟然阴差阳错成了影响胜负的重要因素。

想到这里，罗瑁闪亮的额头渗出汗水。

李正天微微一笑："我现在问你是给你机会，你以为我们查不出来是谁在背后捣乱吗？无非是早点晚点的事。我是想咱们这个系统毕竟还要讲究尊师重道长幼有序，所以才先来找你。我估计给你递话的人肯定也不会给你什么实际好处，给了你也不敢收。你自己算笔账，就为了个不知道什么时候能还上的破人情，耽误后半辈子职业生涯，耽误你成为青史留名的检察官，到底划算不划算。"

罗瑁用力咽了口口水，脸上浮现出焦躁。

李正天把U盘拿出来晃了晃，继续说道："选择比努力更重要。想想，全国几万检察官，这个馅饼单砸你头上了。我随便把它一扔，那得多少人抢破头啊！"

罗瑁从兜里掏出一个黑色的小盒子，上面有个按钮。他按下按钮，小盒子没有反应。

"放心，我不搞窃听这种小把戏。"李正天不屑地说道。

"好，我说。"罗瑁把手伸过来，"恒泰集团老董事长高义岳，十年前在一个案子上帮过我，具体的我不想说。总之我欠了他一个人情。他找我问了案子的情况，还说可能另有隐情，让我务必调查清楚，不要掉进你们的坑里。"

"问什么了？"

"就问我这个案子是不是我负责，还问了十四岁以上怎么界定。"罗瑁顿了顿道，"我就跟他实话实说，反正就算我不说，他随便找个律师也能问清楚。"

"高义岳和张珂有什么关系？"

"高义岳和张珂父亲关系很好。"罗瑁继续伸着手，"听说他们是世交。张珂能把生意做起来也是高义岳在帮忙。这都是公开的信息，别的我也不知道了。"

李正天掂着 U 盘说道："这个案子会有很大阻力。"

"阻力？我忍气吞声这么多年，就等着这个机会一雪前耻呢。谁敢阻挠我办案，我连他一块送进去！"

李正天把 U 盘递到罗瑁手上，罗瑁立刻塞进胸口。

"老罗。"李正天看着后视镜里的罗瑁说道，"老天爷能再给你这个机会翻身可真不容易，你别再搞砸了。"

"我欠他的人情还清了。"罗瑁打开车门，停顿了一下，把反窃听器放到扶手上，然后说道，"现在我欠你一个人情。"

展杰看着罗瑁走进检察院大院，问李正天这就把这么重要的案子交给一个犯过错误的人，会不会有点冒险。李正天告诉展杰，罗瑁之前犯了错误还没被撤职问罪，说明他还是有底线的，否则早就进监狱了。这种犯过错误的人一旦改造好了比没有犯过错误的人更安全，因为他们知道侥幸心理和贪念有多可怕。

而且之前罗瑁来队里找他，明着把他和姜力一顿贬损，其实也是在警告他们：已经有人在搞小动作了，提醒他们要小心提防。罗瑁做了这件好事，不管他是有心还是无意，让他接这个案子也是一种报答。

"您不是说查案吗？案子都给他了咱们还查什么？"展杰问道。

"当然不可能都给他。"李正天伸了个懒腰，"走吧，咱们的时间不多了。"

48

展杰认得这条路是通往市局看守所的，但他不知道李正天要去找谁，更不知道看守所的人会怎么招待他们。司法系统是个庞大而封闭的体制，停职撤编这种事很快就能传遍各个角落。所以看守所的人一定已经知道他们的处境了。

展杰十分担心，但还是按照李正天的指示把车开到看守所对面的小区里。这个以六层砖混楼为主的老小区是东郊农机厂的宿舍楼，还维持着三十年前的生活风貌，仿佛被时间抛下了一样。

两人在车上等了一会儿，这时一辆出租车停到小区门口，林兮从车上下来，拎着一个书包朝他们走来。

"噢。"展杰若有所思地点点头，"我说你怎么不怕呢，原来有强大后援。"

有林兮在，李正天和展杰顺利进入看守所，提审了之前展杰抓获的贩枪团伙的成员目标 A。贩枪团伙案交到重指部以后一直没有进展，目标 A 就关在看守所里。目标 A 大名叫蔡亮，是贩枪团伙的骨干成员。他这已经是第三次被抓，有丰富的对抗审讯的经验。

李正天这才第一次认真观察这个人，他身材矮小壮实，皮肤黝黑，尤其是一双手又黑又粗，虽然登记年龄只有三十五岁，但看起来像四十多岁。他看起来像个朴实无华的体力劳动者，但狡黠阴冷的眼神却暴露了亡命徒的本质。

他已经打定主意保持沉默，这样才能尽可能保护他的同伙。同伙都是他的亲戚甚至近亲，他知道自己在里面待着，家人能得到很好的照顾。所以他一进审讯室就表现出抗拒的姿态，直勾勾地瞪着地面。

李正天从书包里掏出杀害姜力和张大超的雷明顿黄金手枪放在桌面上。蔡亮看到枪的时候眼睛放出光来，很快又低下头。

"认识这把枪吗？"李正天问道。

蔡亮像听不见他说话一样，继续低着头。

"这把枪是美国生产的，由货轮的水手带到中国。货轮靠岸之前，你们开小艇过去取货，然后从海巡薄弱的潜礁区回到村里。一把普通手枪在美国枪店里卖五百美元，卖到国内至少卖三千美元。这把枪在美国就要五千美元，卖到国内得多少？能买得起的更不可能是普通买家。这种大买卖，就算不是从你们手里过的，你也一定听说过。"

蔡亮抬起头，带着浓重的口音说道："警官，您说什么我一句也听不懂。"

"行，那我就说点你能听懂的。"李正天说道，"有人用这把枪杀了我两个同事，我一定要找到凶手，如果你不说就是包庇杀人犯。贩卖枪支是一个罪，包庇杀人犯是另一个罪。你想一辈子待在里面吗？"

"警官，我已经说了多少次了，我就是个打鱼的。"蔡亮说道，"您说的什么我都听不懂。我也不知道自己犯了哪条王法，你们要把我关这么久。你们是不是搞错人了？"

"没时间和你逗闷子了。"李正天打开文件夹，从里面拿出一张纸放到蔡亮面前，"你儿子叫蔡逸君吧，还有三年就要考大学了。"

蔡亮愣住了。

"你做了一辈子贼，还想让你儿子和你一样继续做贼么？现在的日子和以前可不一样了。你年轻的时候倒腾这些玩意是生活所迫，但是现在只要有一技之长，稳稳当当生活没问题。我看你儿子还在上学，上的还是你们老家最好的县二中，你也想他做个好人吧。"

李正天说完这番话后牢牢盯着蔡亮，他的脸色果然开始变了，思想防线正在一点点崩塌。

于是李正天再加了一把火："你儿子这一辈子的命运，就在你现在的一念之间。"

蔡亮抬起头，犹豫地看着李正天，几次想说话都咽了回去。

"如果你一定要替你的客户保密，代价就是你儿子会被所有大学拒绝。这个客户给了你多少钱够买你儿子的一辈子？这笔账不难算吧。"

"我……我……"蔡亮面露难色，像一只被掐住了脖子的鹅。

"你为什么不敢说？"李正天问道，"你怕什么？"

"我……"蔡亮低下头。

"因为他是你老乡？当地的地头蛇？"李正天一口气说道，"你怕他报复？"

蔡亮身体抖了一下，脸上露出心思被揭穿的窘态。

"你是乐亭人，乐亭当地最大的企业就是经营港口的恒泰集团。你们也是靠港口吃饭的。"李正天盯着蔡亮的脸说道，"所以这把枪的买主是恒泰集团的某个老板。我说得对吧。"

蔡亮立刻摇头，但是越摇头越紧张，最后沮丧地低下头。

李正天起身走到蔡亮面前，亲手打开手铐和戒具椅之间的锁，然后攥着手铐把他拽起来。他表情严肃地说道："我已经知道我想要的东西了，但不是你告诉我的，所以你刚刚毁了你儿子的一生。"

说完这些话，李正天把蔡亮往外拽，蔡亮立刻崩溃，跪倒在地，抱住李正天的腿求饶。李正天大喝一声"闪开"，蔡亮吓得往后一坐，瘫在地上。

"求求你！放过我儿子吧！"蔡亮趴在地上给李正天磕响头。

李正天蹲下来看着蔡亮，缓缓说道："不是我不放过你儿子，是你自己把他逼上绝路。我给过你机会，现在晚了。"

说罢李正天起身往外走去，就在这时蔡亮高喊一句："我还知道别的！"

李正天停顿了一下，继续往外走，蔡亮再想抱住李正天的大腿，被展杰按在地上。李正天叫来了管教，把情绪失控的蔡亮架回走了。李正天和展杰来到旁边的观察室，林兮立刻迎上来。

"果然是高乔！"林兮兴奋地说道，"接下来怎么办？"

李正天一边拿衣服一边说道："你和展杰留在这里，过两个小时再把他提出来审一遍，那时候他肯定竹筒倒豆子，什么都撂了。"

"你是怎么猜到是恒泰的？"林兮追问道。

"奚莉莉被苏哲抓住后有一段视频，说恒泰老板高乔也是恋童癖，就是他把张珂拉下水的。而且从陈燕妮留下的文件看，高乔是快乐同城网最早的客户。第二，张珂出事后高乔的爸爸高义岳专门给检察院的老罗打招呼。他们非亲非故，为什么要帮他？最重要的是，这款雷明顿黄金枪可不是一般人能买得起的。"李正天一边走一边说道。

"既然这把枪这么贵重，凶手为什么还要把它丢在现场？"展杰问道。

李正天停下脚步，想了一会儿说道："他随身带了两把枪，但是射杀张大超的时候却用了这把黄金枪。他知道这把枪会留下线索却依然把枪留在现场，肯定是故意的。他既然是故意的，就说明他也想让我们顺着这把枪找到高义岳父子。他们也许起了内讧，或者别的原因，这个就无法推测了。但我能确定的是只要你们今晚撬开蔡亮的嘴巴，明天我们就能把杀害姜力和张大超的凶手送进监狱。"

"你去干什么？"展杰问道。

"我去找高乔。"李正天看着林兮说道，"你把那些案子分下去了吗？"

"分下去了，各分局都签军令状了，24小时收网。"林兮回答道。

李正天走到门口，转身说道："等蔡亮招了，你们就把他带回市局，展杰你亲自看管。"

"你要一个人去吗？"林兮问道。

李正天没有回答，紧绷着脸冲出大门。

"你确定这个药不会被检验出来？"

"确定。"

"看起来就像心脏病发作？"

"是的。"

"……"

"还有什么问题？"

"一个十几岁的孩子，忽然心脏衰竭死了，这说不过去吧！"

"法律不讲说得过去还是说不过去，讲的是证据和检验结果。这个药不在他们的毒素库里，他们想验出什么毒素就要一个一个试，没有三五年试不出来。谁也不会在一个小女孩身上浪费这长时间的。"

"你说的倒是有道理，但是……"

"怎么做决定权在你，我只是给你提供专业意见。"

"……"

伊莎贝拉坐在床边，看着门缝渗进来的光。房间里一片漆黑，所以这道光就格外明亮。十三岁的小女孩正是最怕黑的年纪，但她却从来不在房间里开灯。

相比黑暗，她更怕身边的魔鬼。

十一岁的时候，她们被奶奶赶出家门，住进一间臭烘烘的小屋子，唯一的好处就是离公共厕所近，出门走几步就到。她们在那里住了一年，妈妈总是夜里出去，她就亮着灯睡觉等她回来。

一年后，妈妈带着她搬进了这座别墅。她早熟，知道妈妈组建了新家庭。她非常高兴，因为这里到处都是香香的。但她不敢表现出自己的高兴，她怕会让妈妈难堪。于是她小心翼翼地躲在角落里。

直到有一天，她发现那个和蔼的叔叔竟然是魔鬼。她想跑，却跑不了。她向妈妈求救，妈妈转过身，却变成了另一只魔鬼。

现在，她又看到了魔鬼的影子。

叮铃铃，身上的铃铛响起来。她越害怕就越颤抖，越颤抖铃铛就越响，铃铛越响，那个魔鬼就越兴奋。

叮铃铃，酒吧门口的风铃在风中摇摆。

曹阳娜经常光顾这家蓝调酒吧。从服务生为她拉开车门开始，精神便在她体内复苏。她走进红砖堆砌、点缀着鲜花和松枝的拱门，第二个服务生拉开酒吧的木门，温暖的气流和慵懒的音乐扑面而来。她在流光溢彩中走过吧台，坐到过道和楼梯夹角的卡座里。

她选择这里只有一个原因：她不想被人注意。

服务生送上一杯长岛冰茶。她迷恋这种看似柔和却暗藏凶险的鸡尾酒，会格式化大脑，让她短暂地忘记痛苦。她也记不清自己从什么时候开始变成这样，好像就在昨天，又好像过了很久。她每天都重复着同样的生活，她也想过要逃走，却无能为力。

思考让她痛苦，于是她喝了一大口长岛冰茶。一瞬间周围变得美妙起来，酒精弹奏着蓝调音乐冲进了她大脑中的云中之城。她站在下面，看着阳光照在万年冰墙上反射出的柔和光芒。如果能长梦不醒该多好，她摸着洁白的云朵，又喝了一大口酒。

当她再睁开眼的时候，看到吧台边上坐着一个干净的男人。他侧对自己，穿着白衬衫，身材笔直健美，目光纯净平和，正欣赏着乐队表演。他不是来酒吧猎艳的恶臭男人，他身上散发着一种与众不同的味道。

男人偶然看到了曹阳娜正盯着自己，他淡淡一笑算是打招呼，然后又认真欣赏音乐。过了一会儿酒保给曹阳娜端来一杯长岛冰茶，说是老板请客。曹阳娜知道这是男人送她的，但他不想打扰自己。于是她起身来到男人身边，从手包里拿出烟。

"借个火。"她说道。

男人从裤兜里掏出一只造型奇特的打火机，给她点燃香烟。她拿过打火机仔细看了看，然后好奇地望着男人。男人从小皮包里拿出一只烟斗，装上烟丝，然后把打火机搭在烟斗上，喷火嘴正好对准烟草。

男人点烟斗的姿势让她的好感继续升高，于是她说道："请我喝杯酒。"

这句话的潜台词就是"喝完这杯酒带我回家"。以往她无论喝多少酒也从不在酒吧招惹男人，但今天她不知道自己怎么就忽然说出这句话。

况且男人已经请她喝过一杯酒了。

她看到男人衬衫里露出一块青色的东西，鬼使神差地把手伸过去拨开衬衣的领口，看到一团怒放的火焰。

"你有纹身?"她碰了下男人结实的胸膛。

"我是纹身师。"

49

男人叫来酒保，从小皮包的夹层里掏出两张百元钞票递给他，然后微笑示意不用找零了。这个小动作让曹阳娜更着迷了，她好像看到了一个从十年前穿越过来的男人，他浑身散发着被时光遗忘的魅力。

"你看起来有心事。"男人的声音充满磁性。

"干杯。"她一口气喝掉一杯长岛冰茶，茶色的烈酒又化作眼泪，从眼角溢出来。

她哭了，男人绅士地送她回到隐蔽的卡座。

"我是个坏人。"她抽泣着。

"为什么这么说?"男人眼睛里闪着光亮。

"我不知道……"她使劲绞着手，"但我可能会害死我女儿。"

"你这样说很可怕。"男人看着她，柔声说道。

她再也无法控制自己的情绪，哭了起来："我应该把她送出国的!"

她忽然扑在男人怀里大哭起来，哭花了他的白衬衫。

"我帮你。"男人说道。

她抬起头，泪眼婆娑地看着男人。

"你？"

"我帮过很多人。"男人微笑着点点头。

伊莎贝拉缩在被窝里，她听到开门声，地板发出的吱吱呀呀的声音，还有粗重的喘气声。一只手搭在她身上，她触电似地弹了一下，铃铛声更激烈了。

她不能再装睡了，于是掀开被子，惊恐地看着眼前的男人。

"叔……爸爸。"她小声说道。

男人把手伸进她的衣服，解掉了那些叮当作响的铃铛。

"伊莎贝拉，乖，把药喝了。"男人把她扶起来，双手像铁钳一样钳住她弱小的双臂。

"我没病，我为什么要喝药？"她惶恐地问道。

"这个药对你好。"男人拿起一支细针管模样的药瓶，小心翼翼地打开，一股香甜的味道弥散开来。

"来，张嘴。"男人托起她的下巴，把药瓶插进她的喉咙。

她只好顺从地咽下去，男人又拿起第二支药剂。

"乖，这个喝下去就好了。"男人温柔地说道。

就在这时，楼下响起门铃声。男人皱了皱眉，把第二支药剂收好，让伊莎贝拉躺在床上，然后走到窗边。他将蕾丝花边的窗帘轻轻扒开一条缝，往下看去，一个男人站在大门口。他认得这个男人，昨晚企业家协会年会上，这个男人带走了张珂。

客厅里飘着高级香水的味道，搭配奢华的装修，让李正天感觉走进了高档楼盘的样板间。墙上悬挂着一家三口的油画，女主人坐在左侧，男主人站在中间，小女孩站在右侧搂着男主人，形成了以男主人为中心的稳定结构。

保姆把李正天带到书房，然后关上门离开了。高乔坐在书桌后面，手支着下巴观察他，一句话也不说。李正天站在书桌前打量高乔，户籍信息显示他今年四十二岁，但良好的皮肤保养和身材控制让他看起来年轻了十多岁，和油画里的形象差不多。

两人谁也不说话，一站一坐相互看着。最终高乔终于把支住下巴的手抽出来，做了个懒洋洋的请坐的姿势。李正天依旧站在原地，静静地看着他。

"有事吗？"高乔终于开口，既像打招呼又像逐客。

终于慌了，李正天从高乔冰山一般的脸上看到了一道细微的裂纹。

奚莉莉交代了高乔的罪行，可那不是能上法庭的证词，因为律师会声称她是在被胁迫的状态下说出那些话的。高乔父亲高义岳干预张珂性侵案的调查，也大可以说是帮助世交子弟。高乔完全可以不承认那把黄金枪是他的，就算能证实也算不上杀害两名警官的直接证据，只要他说这把枪丢了就行。

所以，李正天知道眼前这个男人有罪，但却没有直接证据逮捕他，只能看着他趾高气扬地坐在对面抽雪茄。既然如此，他来做什么？就为了来打草惊蛇吗？他是不是太沉不住气了？被一连串意外和挫折打击得晕头转向了？

现在他不仅没有调查权，连警官证都没了，高乔完全可以不配合他，叫律师来对付他，甚至可以报警。如果真是那样的话，恐怕他会遭到更严厉的处分。他到底干什么来了？他看着窗外骆马湖的夜景，对岸灯火璀璨，是纸醉金迷的夜生活聚集地。

过了好久，李正天终于把目光转回到高乔身上，语气平和地说道："有几个问题要问你。"

"好。"高乔干脆得让他意外。

"一年前，曹阳娜的居住地登记到了这栋别墅。"李正天说道，"她和你是什么关系？"

"同居关系。"高乔自然地回答道。

"她的女儿也住在这里？"

"是的。"高乔点点头。

"我能见见她吗？"李正天问道。

"可以。"高乔起身说道。

高乔带着李正天来到别墅的地下一层，这层由两间卧室和一间客厅组成，客厅南边有一个宽阔的天井采光。高乔敲开一间卧室的房门，一个十三四岁的小姑娘坐在写字台前写作业，看到高乔进来，立刻毕恭毕敬地向他问好。

这就是油画中的小女孩，李正天想着。

"妈妈呢？"高乔蹲在女孩面前柔声问道。

"出去了。"女孩回答道，看了一眼高桥身后的李正天，向他点了点头。

"你在写作业？"李正天问道。

"是的，叔叔。"女孩非常礼貌。

"这位叔叔有几个问题想问你。"高乔说完起身站到一边。

李正天走到女孩面前，他本来也想像高乔一样蹲下，最终却只是猫下腰，双手支在膝盖上。因为他忽然感觉这个女孩已经不是需要蹲着说话的小姑娘了。

"你叫什么？"后半句是告诉叔叔，被李正天咽了回去。

"我叫韩馨，你也可以叫我伊莎贝拉。"

"你妈妈叫什么？"

"妈妈叫曹阳娜。"她礼貌地回答道。

"你们在这里住多久了?"

"一年多了。"

"你住在这个房间里?"

"是的。"

李正天看着韩馨的眼睛,平静而从容,就像一潭水波不惊的湖面,这是一双大人的眼睛。

"你今年多大?"

"我今年15岁。"

"可你看的还是初二的课本?"

韩馨的眼睛闪过一丝慌乱,立刻就镇定下来。

"我以前经常转学,学习很差。叔叔让我复读打好基础。"韩馨流利地回答道。

"你有没有……你知道妈妈去哪儿了?"李正天问道。

"应该是去酒吧了。"韩馨把脸侧过去看着课本,"叔叔还有什么要问的?我要学习了。"

"高勇有一把这样的枪。"蔡亮说道,"他是高义岳的干儿子,听说是个杀人不眨眼的狠人,高家的脏活都是他来做的。"

"高勇?"展杰在笔记本输入这个名字,显示没有找到匹配对象,于是说道,"高家的户口本里可没这个人。"

"他本来不姓高,是个孤儿。"蔡亮回答道,"这个名字是高义岳给他起的。他十几岁就跟着高义岳偷渡韩国,听说身上背了好多条人命。可是这些也都是大家私下传来传去的,究竟怎么样谁也说不好。"

"你见没见过这个高勇?"展杰继续问道。

蔡亮本来想否认,但想起了上中学的儿子,就这么稍一迟疑,他意识到自己的念头肯定已经被对面两个警察发现了,于是他僵在那里,不知道该怎么回答。

"实话实说。"展杰说道,"想想你儿子。"

蔡亮猛地抬起头,看着两人大声说道:"我和你们说了,你们真能把他抓起来吗?还是只是做做样子?如果抓不了就不要逼我了!他连你们警察都敢杀,他报复我你们能管我吗?"

展杰点了支烟,他十分理解眼前这个男人。很多人不愿意作证不是因为他们是非不分,而是因为恐惧,恐惧那些躲在黑暗里的邪恶伺机对他们报复,所以才多一事不如少一事。

展杰起身走到蔡亮面前，把烟递给他，然后缓缓说道："这个人杀了我们的队长和同事，你觉得我们会放过他吗？而且我向你保证，你说的所有内容只限于我们掌握，绝不公开。"

蔡亮轻轻点了点头。展杰解锁手机，调出假包皮匠的素描画像，放到蔡亮面前。

"见过这个人吗？"

蔡亮闭上眼睛，恐惧地点点头。

高乔把李正天送到大门口。李正天一直想着那个女孩的眼睛，它们像深不见底的幽潭，在黑暗深处不知潜伏着什么，让他后背直冒凉气。

他换下客用皮拖鞋，从鞋柜上拿出自己的鞋。鞋柜由木制抽屉和玻璃格子组成，李正天的鞋放在玻璃格里。鞋柜上有自动感应灯，他刚把手伸过去灯就亮了。玻璃格区一共放了四双鞋，除了他的脏皮鞋，还有一双保养得很好的休闲皮鞋和两双雪地靴。

李正天回过头，看到高乔正双臂抱胸站在一旁看着他。

"鞋柜真漂亮。"李正天一边说一边伸手把格子里的尘土扫出来，"不好意思，给你弄脏了。"

"没事，我让保姆打扫。"高乔说着没关系，语气却充满了嫌弃。

"鞋柜不摆满吗？"李正天拍了拍手上的尘土，"虽然看起来漂亮，但还是少点生活气息。"

"不穿的鞋子都要放在抽屉里。"高乔冷淡地回答道，"我是个注重秩序的人，所以我家的规矩是每人只能留一双鞋在外面。"

"原来是这样。"李正天点头道。

高乔走到门口，按下按钮，户门缓缓打开。他侧过身看着李正天，此时已经不再掩饰对李正天的不屑和嫌恶，就像在等一只苍蝇飞出自己的车。他不是打不死这只苍蝇，而是怕它的尸体弄脏了自己的车。

李正天似乎没有注意到高乔的嫌恶，他又看向鞋柜，被两双雪地靴吸引了目光。于是他把手伸进格子，拿出那两双雪地靴，仔细观察起来。

"这两双鞋好小啊，原来都是35码的。可我看你家保姆的脚至少有39。而且我觉得她这个年纪的女性不会穿少女喜欢的款式。"李正天盯着高乔，"你家有几个女孩？"

高乔的脸色一下变灰了，就像被抽掉所有血液一样。就在这时楼上传来一声响动，两人都吓了一跳。

"什么声音？"李正天问道。

"没什么。"高乔结结巴巴地回答道。

"让我去看看。"

"出去！滚出我的家！"

高乔一个箭步堵住门口，大声咆哮着，两臂下意识弯曲，这是准备战斗的姿势。

李正天意识到高乔一定在隐瞒什么，而他的猜测很有可能是真的。于是他迈步向里走去，高乔扑上来，被他一记闪电般的勾拳打中下巴，昏倒在地。这一记重拳能让高乔昏迷几分钟。

他快步冲上楼去，轻轻推开发出响动的房门，里面亮着灯却没人。这是个漂亮的女孩房，白色的公主床和家具，粉色的蕾丝窗帘，天花板上画着失落的亚特兰蒂斯。

李正天快速扫视一圈，看到卫生间的门关着，磨砂玻璃透射着淡黄色的灯光。

他悄悄走到卫生间门口，猛地推开门，看到一个少女趴在地板上，旁边是碎掉的镜柜。他冲过去把她翻过来，竟然是另一个伊莎贝拉。

50

"如果不是只服用了一半剂量，你进来的时候她就已经死了。"一个戴着护目镜的女人对李正天说道。

她留着红色超短发，鬓角和侧面几乎露着头皮，这个发型显得她的脸长而硬朗，再加上冷峻的眼神和语气，英姿飒爽、气场十足。

李正天被张大超的接班人吓了一跳，好半天都没缓过来。

"但是呢？"他问道。

"但是过了最佳救治期，加上趴在地上呼吸受阻，大脑缺氧严重。"女人冷冽地说道，"很有可能变成植物人。"

"妈的！"李正天低声咒骂，他发现自己失态，于是立刻伸出手。

"李正天。"

"杨柳。"

李正天点点头，看起来是个豪爽的人，希望能像张大超那样共事愉快。

这时楼下客厅热闹了起来，李正天顺着走廊往下看，郭博英带着重指部的一群人冲进客厅。

"听说你揍过他？"杨柳看着郭博英，脸上露出不屑一顾的表情。

"听谁说的？"李正天反问，看来第一个共同点已经找到了。

郭博英的脸色非常难看，简单问了两句话，抬头朝二楼走廊望过来，正好看到李正天。郭博英目光深邃地盯着李正天看了好一会儿，然后转身离开。

"你俩果然有仇。"杨柳说道。

"这都能看出来？"李正天问道。

"废话！他看你的样子就好像你把他老婆拐走了一样。"说完这句话，杨柳转身又进了卧室。

这时电梯门开，林兮和展杰走了出来。

"把下面的那个伊莎贝拉带回去。"李正天想了想又补充道，"给她做体检。"

林兮点了点头，和展杰下楼了。

这时手机铃声响起，是一个陌生号码。李正天走到一边接通电话，听筒里传来马东的声音。

"你正在停职审查，为什么要私自行动！"马东一上来就质问道。

该来的总会来。李正天淡淡地说道："我在查案。"

"什么案子！你已经没有案子了！你停职了你知道吗！"马东吼了起来。

"你说得对。但如果不是我私自行动，高乔就把一个女孩给毒死了！"李正天语气平和地说道。

"你以为你是英雄吗？"马东继续吼道，"你这个行为性质非常恶劣！简直是无法无天！"

"那我现在该怎么做？告诉郭博英你已经替他教训我了，然后乖乖滚蛋？"李正天望着楼下重指部的人说道。那些人看起来忙忙叨叨指手画脚，其实什么都没做，全在"划水"。

"请你注意和我说话的态度。"马东的声音一下阴沉下来。

李正天感觉后背发冷，但他现在什么都不怕了，困境反而激发了他的斗志。

"怎么？嫌我态度不好？"李正天冷笑着说，"你应该知道尊重是靠付出换的吧。从我报警到现在已经四十分钟了，你在哪呢？郭博英到了你都没到。我告诉你，我们姜队长可是每次都比郭博英快。"

"我……"马东一时词穷。

"我想有一件事你还不清楚。"李正天继续说道，"就算你之前和郭博英好得穿一条裤子，从现在开始你们也是竞争对手了。至少他会把你当成对手。你要想发展下去就必须和他竞争，而你手里能用的牌已经不多了。"

"哈哈。"马东笑了起来，"想不到你看着憨厚，还挺会挑拨离间。"

"别嘴硬了，我知道你已经心虚了。要不咱们打个赌，下周一你敢不敢收走我的办案权。"李正天说完挂断了电话。

林兮拎着一个塑料袋过来，里面装着一支装满透明药剂的药管。

"谁？"林兮问道。

"马东。"李正天接过塑料袋看了看，这就是杨柳刚才说的没来得及服用的另一半剂量的毒药。

"垃圾桶里翻出来的，已经在化验了。"林兮说道，"马东是不是说你擅自行动了？"

"他除了这个还会说什么？"李正天仔细看着药管，"你找个专家辨识一下这个药管，我怎么从来没见过。"

"我也没见过。"林兮耸了耸肩，"毕竟这个案子已经归重指部了，他担心你惹事。"

"回家待着不惹事。"李正天把药管放到灯光下看了看，然后说道："如果我们都没见过，就说明这东西可能不是国内的。"

林兮眼睛一亮，立刻接了过去，然后快步走开了。

李正天看着杨柳指挥技术科采集证据，很有股雷厉风行的气势。张大超却是相反的极端，他总是慢条斯理，左看右看，看得让人着急，但还总是能找到其他人找不到的线索。直到现在他还没有接受张大超和姜力牺牲的事实，他必须用无尽的工作阻止自己思考这件事，一如当年金盏死后，他连续120天扑在案子上不停不休。但是现在他可能连工作都没有了。

他正在胡思乱想，看到林兮在楼下朝他使眼色，然后走了出去。

李正天跟着林兮回到车里。林兮没有打火，却忽然说道："你来重指部吧。"

李正天侧过头看着林兮，林兮目视前方，昏黄的路灯光穿过天窗洒在她的右脸颊，勾勒出漂亮的轮廓。

"你和展杰都来。"林兮继续说道，"我和老梁说了，他说只要你愿意就行。"

李正天喉咙动了动，没有说话。

"你们在刑总的朋友，姜力和张大超都不在了，换个地方重新开始吧。"林兮转过脸，"而且你们来的话可以单独成组，不会有人打扰你们。"

李正天看着林兮忽闪忽闪的眼睛，缓缓说道："这是你的想法还是郭博英的想法？"

"我的想法，他也同意了。"林兮想了想又说道，"还有副队长的行政待遇也可以保留。"

真是天无绝人之路，李正天想着，他在刑侦总队已经没有立足之地了。这时林兮抛来了橄榄枝，简直是场及时雨。但他却不能答应。

李正天叹了口气，坐直了身体说道："我和你说过郭博英有嫌疑吗？"

"你没有证据。"林兮近乎本能地反驳道。

"金盏和赵阳也没有证据!"李正天忽然喊了起来。

林兮吓得往后一退,李正天意识到自己失态,急忙举起双手认错。

"对不起,我粗鲁了。"李正天说道,"但你也不该骗自己。张珂和白蒙的死绝没那么简单,从张珂心脏病发作开始,这一切都是设计好的局。只有你、我和郭博英知道张珂住哪个医院,张珂没有手机,他怎么联系同伙?如果不是张珂,是谁通知他的同伙?还有,谁通知了白蒙?是你吗?还是我?如果都不是,那就只有他!最重要的是,为什么他会在停车场碰上行凶?你们同时离开,他那时早就应该离开医院了,他在停车场里等什么?"

林兮听完这些话沉默了,李正天分析得有道理,她无法反驳。就像李正天说的,郭博英这次太反常了。

"我的确找不到证据,也找不到他的动机。不过我相信撒一个谎就需要用更多的谎来圆,总有一天他会兜不住的。"李正天说道,"他同意我去重指部无非就是要封我的口,限制我查案。当然你肯定知道了,就算不去重指部,我也……我不知道事情为什么会变成这样。我也不知道为什么要和你说这些废话。"

说到这里,李正天摊开双手,露出无奈的苦笑。

"如果你不来重指部,你就没有机会继续查案了。"

林兮眼中流露出的同情刺中了李正天的心脏,他拉开车门说道:"如果我来重指部,会给你添很多麻烦。"

说完这句话,李正天下车走进黑夜。

展杰在刑侦总队院门口抽了三根烟,远处驶来的一辆出租车停在他面前。他急忙拉开车门,把景樱接下来。景樱红着眼睛,脸色很差,但见到展杰后脸上重新焕发了光彩。

"白静呢?"展杰一上来就问道。

"她在咖啡馆。"景樱比了个向上的手势,那是指咖啡馆楼上的拳馆。

"她很喜欢打拳,打拳能稳定她的情绪。"景樱笑着说,"谢谢你。"

"谢我干什么?"展杰想起白静感染了 HIV 病毒,眼神立刻黯淡下去。

景樱看出他的情绪变化,笑着拍了拍他的胳膊,两人一同向院门口走去。

"要不是你这么有面子,肖亮也不会免费教她打拳啊。"景樱笑着说。

展杰点点头,然后说道:"抱歉,昨晚和你约了心理治疗,结果爽约了。"

"没事,工作要紧。"景樱问道,"明天晚上有空吗?"

"明天……"展杰停顿了一下，"可能够呛。"

"算了，等你有空吧。不过一定要来，没开玩笑。"景樱漂亮的眼睛盯着展杰，"说吧，这么晚找我来要帮什么忙？"

展杰点了点头，回答道："按规定，问讯未成年嫌疑人要有心理医生在场。我们合作的心理医生去外地开会了，队里同意请你来帮忙。如果我们的提问不当或者出格，你就制止。然后在她回答问题时判断她的精神状态是否正常。"

"这么多事？"景樱往后缩了一下。

"放轻松。"展杰看了看手机，"现在不到十点，按照规定我们最晚不能超过十二点，要保障未成年人的睡眠。走吧，不会很久的。"

李正天早就想到了高乔会被重指部的人带走。他转过头，看到正准备收工的重指部各位大仙。

那个胖乎乎的家伙叫老郑吧，他正虎视眈眈地看过来，然后朝地上狠狠吐了口痰，开上车从李正天面前扬长而去。

李正天回到高乔家，杨柳还在指挥搜查取证。门口站着两个重指部的人，他们的工作就是监视杨柳等人，看他们是否有新发现。如果有，他们就过去拍几张照片。

李正天回到地下一层的卧室，两名技术员正在布置暗房。李正天让他们先停下工作，两人把房间交给他就出去了。

这个十几平方米的卧室布置成了一间简单的女孩房，楼上也有一间，就是发现昏迷女孩的那个房间。两间女孩房，到底谁住在这里，谁住在楼上。李正天一边思考一边观察房间陈设，首先是靠在墙边的书桌，书桌上面是窗户，窗外是一个单独的采光天井。

李正天打开窗户，一层厚厚的灰尘掉下来，仿佛已经许久没打开了。李正天探出头，天井里布满了落叶，墙皮斑驳肮脏，完全不像旁边客厅的天井干净美观。他跳到天井里，踩在嘎吱作响的枯叶上，拿起手电仔细观察。

他看到了墙上的钉眼和新旧分明的墙皮，原来这扇窗户一直是封死的，直到最近才拆除。

51

女孩优雅地坐在三个成年人对面，她的脖子又长又细，肩膀薄而挺拔，既有儿童的无邪，又有少女的甜美。她低垂着眼眉，看着面前灰色的桌子。

女警武洋把一盒味多美草莓蛋糕放到桌面上，女孩看了一眼描绘着可爱图案的蛋糕盒，不屑地把脸转到一边。

"你好，韩馨。"武洋率先开口，然后给女孩一个试探性的目光。

女孩微微低下头，腰身依然笔直。

"如果你叫韩馨，你的双胞胎姐姐叫什么？"展杰问道。

女孩继续沉默。

展杰拿起一张纸念道："韩瑶和韩馨，明明是双胞胎姐妹，但户口本上只有韩馨的名字。为什么？"

女孩闭上了眼睛，她显然早就经受过训练，知道在这种环境下如何应对。

"你家的事我们都知道了。"展杰看着她说道，"我们问你是因为你还是未成年，我们希望你能自己说出来，这样对你好一些。"

女孩纹丝不动。展杰连续受阻，于是用眼神向景樱求助。

景樱想了想，诚恳地说道："虽然你看起来还是个孩子，但我知道你已经是个大人了。那我们就用大人的方式交谈吧。"

女孩睁开眼看了景樱一眼，又闭上眼睛。

"你爱他，你想成为他的妻子。所以你的妈妈和姐姐都是你的敌人。我说得对吗？"景樱问道。

女孩身体一震，却没有睁眼。

展杰的手心也出了汗，景樱这个问题是他无论如何也问不出口的。但毫无疑问，这个问题已经戳进了她的心里。

"或者换个说法，因为妈妈和姐姐是仇人，所以你才想和他在一起。报复她们，对吗？"景樱又问道。

女孩猛地睁开眼睛，深潭一般的眸子里迸射出愤怒的火焰。这眼神令展杰都感到不寒而栗。

景樱迎着女孩的眼睛说道："因为妈妈要生弟弟，所以双胞胎姐妹只能上一个户口，晚出生几分钟的妹妹就成了没有名字、没有身份的透明人，十几年都生活在姐姐的影子里。如果不是遇到那个男人，她可能往后很长时间都会这样生活。"

女孩紧闭的嘴唇开始颤抖，她闭上眼睛，拼命压抑着愤怒。

"如果只是这样，也就罢了。"景樱继续说道，"但她们还有一个可恶的奶奶。奶奶想要孙子，但有了这对双胞胎姐妹，她的愿望就要落空了。所以妹妹就成了奶奶眼中的讨债鬼，十几年的冷眼和嫌恶，让妹妹心底产生了根深蒂固的负罪感，她认为自己天生就是讨厌鬼。而当她得知这一切伤害都是毫无来由、荒谬至极的时候，所有对自己的厌恶都转成了愤怒和仇恨。

对吗?"

女孩挺拔的后背开始战栗,依旧闭着眼睛。

"更让她痛苦的是,妈妈和姐姐为了自己不受到伤害,在奶奶伤害妹妹的时候选择袖手旁观。可恶的奶奶,懦弱的妈妈,冷漠的姐姐,十几年的伤害却最终换来一个可笑的结局:直到爸爸去世弟弟也没生出来。"

女孩再次睁开眼睛,愤怒的火焰消失了,依稀可见悲伤和恐惧的灰烬。

"所以,她和他在一起,到底是因为爱他,还是为了报复她们?"景樱重复了之前的问题。

"哈——"女孩忽然大笑起来,笑了好久,才狠狠地扫视着三人。

"我不知道你在说什么。"女孩看着景樱说道,"可是看你们的样子,无非也是三只臭耗子吧。你们有什么资格说东道西?就你们这样的,再过十辈子也过不上我过的日子。我明天一早就能回家,继续享受我的人生,而你们也会永远待在这个老鼠窝里,腐烂发臭,永世不得翻身!"

景樱叹了口气,看向展杰,展杰拿出手机放在女孩面前,屏幕上是一张黑色日记本的照片。

"没想到姐姐会写日记吧。"展杰说道,"听听她是怎么说的。"

7月5日 晴

妈妈、我和韩瑶搬进了大房子。房子很大,但只有一个漂亮的房间。韩瑶说她要住那里,妈妈让我去地下室的小房间住。

我不生气,韩瑶从小到大被奶奶讨厌,奶奶说她是讨债鬼。她穿我剩下的衣服,吃我剩下的食物,她很可怜。

让我生气的是韩瑶被打碎的花瓶扎了脚,所有人都围着她转。

可是,她是故意打碎花瓶的!

8月2日 下雨

妈妈出去了,我、韩瑶和大叔在家。大叔让我们给他跳舞,他喜欢看我们跳舞。他让我们站在他腿上跳舞,他说古代有个叫赵飞燕的美女能在手上跳舞。

我们跳了一下午,大叔很高兴,送给我们一人一个新苹果手机。

他说我们快快长大,他会送我们车开。

12月1日 晴

韩瑶又请假了,她总是请假。她对我越来越冷淡。我知道,大叔喜欢她,她要为前半辈子受到的欺负报仇。她要当甄嬛,但我不是皇后。

学校排练舞蹈到晚上，大叔的司机来接我，同学们都很羡慕。

12 月 21 日　大雪
学校中午就放学了，我自己打车回来。我以为家里没有人，跑到二楼去拿韩瑶的漫画。
我看到了，在大叔的房间，大叔抱着韩瑶。
我吓坏了，我知道他们在干什么。

12 月 22 日　大雪
我们都在家，我在想要不要告诉妈妈。纠结。

12 月 24 日　平安夜
他是魔鬼，我要杀了他。

12 月 25 日
他说如果我告诉妈妈，他就把妈妈赶出家门，没有饭吃，被坏人欺负。

1 月 2 日
他们都是魔鬼！

李正天翻到下一页，这是相隔了一年多的最后一篇日记。

1 月 3 日
他把我关在地下室一年了，今天把我带到韩瑶的房间。我有预感，他会杀了我。

李正天把日记复印件放在副驾座位上，看着结霜的挡风玻璃，忽然感觉心力交瘁。

半小时前，他发现高乔家地下一层的卧室曾经被长期封禁，于是他叫来技术员，把房间里所有家具都搬到客厅里拆成零件，然后发现了用胶带粘在床板下的日记本。

重指部那两个人过来要把日记拿走，被杨柳拦住了。杨柳要求必须先提取指纹才能带走，也不管他们抗议，一把夺回日记，交给身边的技术员。

她命令技术员借提取指纹的机会复印了一套复印件，然后把复印件交给李正天。

"你拿走吧，我才不 care 重指部那帮人。"杨柳不屑一顾地摆了摆手。

林兮打来电话告诉李正天，韩馨的情况已经稳定了，但不知道什么时候能醒。

"噢，好消息。"李正天的精神终于振奋了一点，终于有点好消息。

他点了支烟，降下车窗，潮湿的寒风夹杂着雪花挤进来，看来又是长夜漫雪了。

"找到她妈妈了吗？"李正天看着被寒风蹂躏的烟雾问道。

"这就是我要说的，她妈妈曹阳娜失联了。"

就像一滴水掉进滚烫的油锅，李正天的脑袋"砰"一下炸响了。强烈的预感冲击着他的大脑，这次苏哲的目标就是曹阳娜！

"马上定位她的手机，追踪她的行迹！"李正天喊道。

"林处，找到了！"听筒里传来一个女性的声音，接着林兮挂断了电话。

很快她发来视频邀请，李正天看到她的脸一晃而过，然后看到了屏幕上的监控画面。路边，一个男人揽着一个女人上了一辆面包车，女人看起来有些神志不清。

"我好像看到包皮匠了！不，苏哲！"林兮兴奋地喊道，"没错，就是他！他带走了曹阳娜！"

"什么时候！"李正天启动汽车，车身猛地抖了一下。

"一个小时以前。"林兮说道，"已经开始追踪路线了。噢，找到了！"

李正天一脚油门踩到底，车子怪叫着冲向路中间。他跟着林兮的指引在路上飞驰，朝着夜生活繁华的青年路而去。

没过多久李正天警觉起来，因为他发现苏哲在绕路。而且总在摄像头密集的路段出没，似乎在引诱他们来抓自己。这难道又是个陷阱？李正天没有时间去猜他的意图，在密集的车流中来回穿插。

还差两个街区到达青年路，林兮又播报苏哲的车出现在高速出口方向。李正天也只好掉转方向，一路开上高速公路，没过多久林兮指挥他进了服务区。

"在这里等着。"林兮说道。

"什么！"李正天喊了起来。

"你连枪都没有，怎么让你去抓他？"林兮用不容置疑的口吻说道，"你老老实实等支援！"

"支援？什么支援？"李正天问道。

"重指部的人会过去支援你。"林兮回答道。

"等他们？如果苏哲这会儿把人杀了算谁的！"李正天忍不住喊了起来。

"当然算苏哲的。"林兮挂断了电话。

李正天哑口无言，他当然不能再逞英雄。上次抓捕包皮匠他逞了一次英雄，差点被扣上一口大黑锅，所以林兮让他在这里等着也是为他好。可即便理智很清楚，他也憋得五内俱焚，下车冲到路边，朝一棵大树挥拳泄愤。

天空飘起鹅毛大雪，李正天深吸了一口潮湿的冷空气，脑子清醒了一点。他这才开始琢磨苏哲为什么要在市区里兜圈子，然后忽然跑上高速公路。

就在这时，一辆丰田商务车冲到休息大厅门前。车上蹦下来一个穿着黄色反光背心的代驾司机，一路小跑冲进厕所。

李正天忽然想到，苏哲会不会早就料到自己会被跟踪，于是将计就计玩了一出声东击西。他在某个地方停下，把车交给代驾司机开走，带着曹阳娜换另一辆车离开。

不过这件事已经不用他来操心了，重指部那帮笨蛋早晚会找到答案。

李正天到达涉案停车场的时候，岗亭里的保安已经睡着了。他离着老远就关掉大灯，然后把车停在岗亭看不到的地方，翻过围栏进入停车场。

他很快就找到姜力的车，车座上还有血迹。他眼睛发胀，绕道车后打开后备箱，里面的东西都清空了，连备胎都被卸下去了，留下一个黑乎乎的大坑。他拿出钥匙，拧开右侧尾灯检修盖的螺丝。钥匙刚一转动，他长长出了口气。

这个位置只有他和姜力知道，这是姜力藏私房钱的地方，螺丝不会拧紧。所以他一上手就发现没人找到过这里。

他打开检修盖，掏出连在大线上的信号追踪器。姜力提交给梁安治的邮件报告里提到了他通过彭祖杰联系上了假警察，并锁定了手机识别码。幸运的是那家伙一直带着这部手机，姜力才能一路追到了工厂区。没想到那个假警察竟然就是假包皮匠，而他的真实身份是高义岳的干儿子高勇。

姜力习惯把追踪器藏到尾灯里，还是十年前参加专项打击行动时养成的习惯。当时他打入了一个职业犯罪团伙，对方反侦查能力很强，姜力绞尽脑汁想出把跟踪器放到尾灯里的方法。正是破获了那起大案，让他接替了梁安治担任刑侦总队队长。

所以姜力有些"迷信"偏好这个位置，这里确实是个风水宝地。他曾多次和李正天吹嘘，藏在这里的私房钱从来没被老婆发现过。

李正天在雪地里怔了一会儿，才转身离开。他回到自己的车里，把追踪器连到中控屏幕上。一分钟后地图显示定位成功，并把"图钉"定在海运仓附近的一座四合院里。李正天抬头望向夜空，雪越下越大，黑夜都被雪花反射的光芒照亮了。

展杰正要送景樱回家，听李正天说找到了高勇的位置，兴奋得跳了起来。

"我现在就叫支援！最多半小时！"展杰喊道，"你等我……"

李正天已经挂断了。

"喂——喂！"展杰急得直跺脚，他知道李正天又要单独行动了。

"找到坏人了？"景樱问道。

展杰手忙脚乱地拨打指挥中心电话。

"那你们领导一个人去行吗？"景樱着急地问道。

"不知道。他一贯这个德行！"展杰往停车场跑去。

52-1

李正天站在四合院门外的那对石狮子面前，鹅毛大小的雪片安静地落着，好像天亮了一样。他往后退了几步，一个助跑冲上三米高的院墙，翻身跳进院子里。正房还亮着灯，东西厢房都是黑的。

这时候他才想起自己没带枪，不过他已经等不及了。这几天对于他来说就像一场噩梦，凶手就在面前，他却抓不住，没什么比这更可怕的了。他从墙角抄起一根通条。这是三十年前平房住户掏炉渣用的专用工具，生铁锻造，前头有个锋利的铁钩子。

李正天猫着腰迂回到正房的墙脚下，他抬头往里看去，一瞬间觉得自己眼花了，因为站在东首房间里的男人竟然是苏哲。他只看过苏哲的照片，真人比照片更温文尔雅。他穿着白衬衫，就像谦和的语文老师一样。谁能想到这样一个男人竟然是杀人不眨眼的连环杀手。

苏哲似乎没有发现窗外的偷窥者，在房间里踱步，过了几秒钟，房间里传来一声模糊的惨叫。

李正天看了眼手机，增援赶到至少还有二十分钟。他等不及了，把手机关机，走到门口，轻轻一推，然后手托着门边，悄无声息地开门。他摸进北房，中间是客厅，东边卧室、西边书房，苏哲在卧室里。

客厅黑着灯，李正天顺着阴影往里走。卧室敞开着门，李正天屏住呼吸慢慢贴过去，终于看到了里面的情形：高勇赤裸着上身坐在一张轮椅改造的电椅上，身上贴了很多电线。

李正天握紧通条，正犹豫要不要冲进去，卧室里忽然传出说话声。

"这次你终于没有很慢。"

李正天知道他在招呼自己，再躲也没有意义，于是走进卧室。苏哲坐在沙发上，床上躺着个女人，胸口起伏，无明显外伤血迹，应该只是昏迷。李正天认出来她就是曹阳娜。

李正天晃了晃通条说道："停止犯罪，否则我对你不客气了。"

"你这话应该对高乔说，还有对那些没被扒下人皮的魔鬼说。"苏哲迎着李正天的目光说道，同时从兜里掏出一把手枪，枪口对准了李正天。

"你认为他们的罪重一些，还是我的罪重一些？"苏哲继续问道，"还有他，他杀了我的朋友，也杀了你的朋友。你会救他吗？"

他怎么知道这些的？李正天心里冒出这个问题，但很快就打散了。他知道今天的事难以善罢甘休，要集中精力对付眼前这个持枪杀手，索性找了个椅子坐下。

"先不说这个，你能回答我几个问题吗？我真的很好奇。"李正天问道。

"当然。"

"第一个问题，你为什么要杀那些女人？"李正天问道。

"因为她们才是孩子一生的噩梦。"苏哲认真地回答道，"她们本是孩子的保护者，却亲手把孩子送入虎口。她们不死，孩子就永远走不出噩梦。"

李正天摇了摇头："这理由太牵强了。"

"牵强吗？"苏哲冷冷道，"如果你也有一个女儿，被她的亲生母亲亲手送进畜生的嘴里，最后绝望自杀，你就不会这么说了。"

"好吧。"李正天点点头，"还有别的理由吗？"

"男人会因为强奸幼女罪接受审判，而她们很可能什么惩罚都没有。"苏哲继续说道，"但实际上她们比那些男人更可恨，她们才是罪魁祸首。所以你愿意看她们逍遥法外吗？"

"这个理由还不错。"李正天点点头，"还有吗？"

苏哲摇了摇头。

"所以你和那个包皮匠是搭档？"李正天问道。

"包皮匠？"苏哲忽然情绪激动起来，"他替世间铲除罪恶，却背上如此的恶名。他唯一的过错就是认真对待这个根本不值得认真对待的世界！你以为他天生就是杀人狂吗？不。他曾经用温和的方式抗争，但却发不出一点声音。没人在乎受害者的痛苦，只要受伤害的不是你，不是你的家人，这一切就和你无关。所以是你们制造了这场风雪，遮住了所有的罪恶。"

"好，你听我说，那些强奸幼女的案子已经开始办了……你和我回去，把你知道的都告诉我，我保证如你所愿，揭开那些罪恶。"李正天说道，"还有……"

"谈话结束了，警官。"苏哲打断了李正天的话，"我来问你一个问题，如果让你在救他和抓我之间做出选择，你会怎么选？"

焚冬

李正天的脑子还没转过弯来，高勇忽然又开始猛烈地抽搐起来。

苏哲从容走到门口，转身说道："我们打个赌，你揭不开白雪下的罪恶，最后还是要我来。"

警车和救护车冲进胡同，撕裂了宁静的长夜。没过多久，急救医生抬着两具担架出来，旁边有人举着氧气袋和输液袋，说明担架上的人都还活着。

李正天一瘸一拐走出院门，在探照灯的强光下，他显得格外狼狈，裤子中间湿了好大一片。同事送过来一条毛毯遮住他的肚子，被他一把拽开，面无表情地回到车上。

他救下了高勇，自己被电击得失禁，双手和双脚肿得犹如生姜，碰一下方向盘就像被针扎了似的疼。苏哲最后那句"你揭不开白雪下的罪恶，最后还是要我来"一直在他脑袋里回响，这家伙还要再杀人。如果不是曹阳娜，会是谁呢？

他总觉得哪里不对劲，疑点就像一团黑影，在他脑子里飞来飞去，但就是抓不住。

就在这时他的手机响了起来，来电是个陌生号码。他接通了电话，一个女人的声音响起："请问您是李正天先生吗？"

"是。"李正天看了看车载时钟，已经深夜一点了。

"您方便把车开出这条胡同吗？"女人问道。

李正天没有左顾右盼，他知道对方正在他看不见的地方监视着他。他启动汽车，轧着平整的新雪开出胡同。胡同的尽头只能右转，他继续往前开，看到路边停了一辆集装箱货车。货车打着双闪，集装箱背板搭到地上，形成了一道斜坡。

一辆集装箱货车出现在中心市区，显得格格不入，这是冲他来的，于是他慢慢停下车。

"您看到一辆集装箱货车吧？"女人的声音再次响起。

"没有。"李正天回答道。

女人停顿了一下，然后说道："那您方便把车开上去吗？"

李正天把车开进集装箱，背板徐徐扣上，顶上有几排日光灯，车厢里十分亮堂。面前的铁门打开，一个精干的男人走过来按下按钮，车子向右侧滑动了五十公分。然后他走到车门旁边，轻轻打开车门。

男人引领李正天来到前面的隔间，这是一间风格古朴的办公室，一个老人坐在一张老旧的榆木书桌后面阅读文件，桌子边边角角磨损很严重。桌面上摆着一台宜家台灯，是所有陈设中最新的物件了。老人看他进来便放下文件，从书桌后面走出来，伸手指向沙发。

老人身材消瘦，身穿笔挺的西服三件套，戴着金丝眼镜，花白头发，精神矍铄。他坐在沙发的另一侧，伸手打开茶几上的雪茄盒，取出一支雪茄递向李正天。李正天摆了摆手，老人又把雪茄放回去，然后盖上盒盖。

"你知道我是谁？"老人问道。

李正天摇了摇头，然后看着老人说道："不知道，但能猜出来。"

"那你说说。"老人靠在沙发上说道。

"小孩子犯了错，家长就要出来解决麻烦。"李正天说道。

老人点了点头："你很聪明。"

"没你儿子聪明。"李正天反讽道。

"不，他是个笨蛋。"老人摇了摇头，"虽然我到现在还没有搞清楚这件事的来龙去脉，但我知道这本是一点钱就能解决的问题，但他们非把事情闹大。我是反对他们杀人的，无论这个人是不是坏人。"

"别绕弯子了，有话直说吧。"李正天说道。

"我承认高乔是个蠢货，虽然他是我儿子。"老人摊开手说道，"蠢货犯了错，通常第一反应是怎么遮掩，而不是真正解决问题。这就是他犯下的第二个错误。再然后，他和高勇一起杀了你的同事，这就是更不能饶恕的错误了。我是后来才知道事态竟然失控成这个样子，杀警察，真大胆。"

"两个警察。"

"对，两个警察。"

"好了，我听明白了。"李正天点点头，"你想说这事和你没关系。"

"怎么会没关系，他是我的儿子。"老人顿了顿说道，"所以我想，我们能不能试着解决一下这个问题。"

"解决？"李正天重复道。

"对。说心里话我比你更想把他送进监狱。"老人说道，"但我不能。并不是因为他是我儿子，而是因为他是一家拥有四万名员工企业的董事长。如果他进了监狱，这家公司就会完蛋，这四万个家庭就会毁于一旦。"

说到这里，老人停下来看着李正天，让这段话在空气中充分发酵。

过了很久，李正天慢慢点了点头。

老人用低沉的声音继续说道："你一定听过那个悖论，失控的火车正冲向道口，往左边开就掉下悬崖，往右边开就会撞死一个无辜的人。现在道岔由你控制，你会怎么选择？我承认最该死的是让火车失控的那个人，但是我们现在要解答的是这道选择题。四万个家庭的生计和为四个人的正义，如果必须牺牲掉一个，你会怎么选择。我们毕竟生活在这个违心的世界。"

"我们毕竟生活在这个违心的世界。"李正天重复道。

"既然是牺牲，就一定要有所补偿。"老人正色说，"我决定为每个死者

焚冬

的家庭一次性支付一千万元补偿金。"

"你……"李正天愣住了。

"不要着急表态。"老人温和地打断了李正天的话，"想一想你能不能替他们的家庭做决定。想一想那些孤儿寡母需不需要这些钱维持生活。想一想他们愿不愿意接受这个庭外和解的方案。想一想他们是怎么想的。"

这番话让李正天哑口无言，是啊，他真的能替姜力和张大超的家人作主吗？为了伸张他坚持的正义，让他们失去了后半生最大的保障。如果张大超和姜力此时正在黄泉路上回头看自己，他们会做何选择呢。

"作为附加条款，我会交出高勇，毕竟他是杀人犯。"老人继续说道，"我会让他接受审判，这样死者的家属会好过一点。同时我承诺，风声过去后我会让高乔卸任，把他永久驱逐出境。我一辈子都在和集装箱打交道，我甚至住在这里，这点事业是我一生奋斗的结晶，也是我活着的全部意义。只要能保住它，我会尽一切努力抚慰受害者的创伤。"

"你这个条件让人无法拒绝。"李正天摇了摇头，"我该干什么？"

"什么都不做，回去睡个好觉。一觉醒来，凶手伏法。"

"看来你在我们内部有人。"李正天问道。

"我在任何地方都没有人。"老人摇了摇头，"我不需要再做任何违法的事了。相反，我现在唯一要做的就是把所有阻碍公司发展的违法的人和事揪出来，让公司安安稳稳地运营下去，让四万个家庭能安安稳稳地生活下去。"

李正天掏出皱巴巴的烟，抽了起来。

"我在你这个年纪的时候也总在想，你拿多少钱能买走正义。"老人顿了顿说道，"但我现在明白了此人之肉彼人之毒的道理，一件事对一个人有益，对另一个人可能就是伤害。我说句难听的话，正义固然是你追求的，但生活可能正煎熬着其他人。如果你能帮他们摆脱生活的压力，那么你所追求的正义才问心无愧。"

李正天点点头，掐灭烟头，然后站起来；老人也站起来。

李正天看着老人说道："你不仅绑架了恒泰集团四万名员工，还绑架了受害者的家属。你说得对，我不能给他们一千万，就没资格替他们拒绝你。"

"毕竟我们生活在这个违心的世界里。"老人喃喃道。

"那你回答我一个问题。"李正天说道。

"当然。"

"如果我没有抓到高勇，没有找到高乔犯罪的证据，你还会给他们每人一千万吗？"

老人愣了一下，没有说话。

"所以这里根本没有一千万的事。"李正天继续说道，"这只是你用钱变出来的一个障眼法。你善于利用钱达成你的目的，也正是因为你这样的人多了，这个世界才变成违心的世界。"

李正天走到门口，又转过身说道："你还有两句话说错了。第一，无论你们父子什么下场，那四万员工一定还有工作，是他们养活你，不是你养活他们。第二，有些东西的确是无价的，比如人命。因为只要标了价格，今天能卖一千万，明天就可能只卖一百。所以还是以命抵命吧，你说呢？"

52—2

李正天离开时没有受到阻拦，他开着车在街上漫无目的地转来转去，不知怎么就来到了曾经住过的那条胡同。胡同拆了一半，剩下的一半也破破烂烂，只有一个房子外面亮着昏暗的招牌。那是他爸爸从小带他洗澡的澡堂子，场地已经缩减到了1/3，但老板还是一下就认出他了。

"你家小子呢？"老板挥舞着夹着烟卷的手说道。

李正天一愣，旋即明白老板把自己当成父亲了，这一瞬间，时光仿佛回到了三十年前。

"您怎么还不睡啊！"李正天问道。

"打了一辈子更，睡不着。"老板从钥匙柜里取下钥匙，颤颤巍巍地交到李正天手中。

李正天看着台面上破损的二维码，旁边写着洗澡二十，搓澡二十。

李正天趴在池子边上，感受着水池里蒸腾出来的热气。尽管澡堂里只有他一位客人，但老板还是把锅炉烧得旺盛。李正天感觉身体里积累许久的寒气被慢慢蒸腾出来，由内而外地暖和起来。

老板一边给他搓背，一边和他唠家常，想起什么说什么，无非就是谁家老人走了，谁家添丁进口了，北边菜市场能用福利券买肉便宜，但是肉不好，卖肉的还缺斤短两，上次来洗澡让他给轰出去了。

李正天洗完澡，躺在休息室的躺椅上，忽然一下就睡着了。他已经多少年没睡得这么好了，以至于他都要忘掉之前自己开着车冲进一座山洞。山洞里有个白胡子老人，他身边有数不清的财宝。老人对他说，只要把他带出去，这些财宝就都归他了。他正在犹豫，忽然看到老人的脸在金镜里变回魔鬼的原形。想起老人腰间缠绕的红绳，于是他逃出了山洞。

"曹阳娜醒了。"林兮推门进来，眼睛因熬夜而发红。

展杰从沙发上蹦起来，兴奋地问道："可以审了？"

　　　　　　　　　　　　　　　　　　　　　　　　焚冬

"可以。"林兮坐在李正天的办公椅上,"但有个问题。"

"哦?"

"高家的律师一直在外面盯着,首次审问后就要允许他们会面。"林兮说道,"如果律师和她说了什么,之后她很可能就会闭嘴。所以我们只有首次审讯这个机会,一定要把握住。"

展杰点了点头,然后说道:"曹阳娜有两个身份,杀人未遂案的受害者和性侵幼女案的犯罪嫌疑人,也许还是毒杀韩馨案的证人。我们可以先从受害者的角度切入。"

"对,趁着她惊魂未定,才能问出真话。"

果然,惊魂未定的曹阳娜像抓住救命稻草一样抓住了林兮,向她讲述自己的遭遇。从她到了酒吧遇到那个男人,不知为何,她的神志很快就模糊了,好像被一股突如其来的负罪感压迫。

"为什么去酒吧?"林兮温和地问道。

"我觉得自己被压垮了。"曹阳娜抽泣道。

"你看起来很恐惧,发生了什么事?"林兮把一杯热气腾腾的红茶递到曹阳娜面前。

审讯室的温度是19℃,曹阳娜的体感温度可能会更低,所以她立刻双手捧住了茶杯。她喝了一口热茶,像是作为质量交换似的,她说了以下一段话。

"是韩瑶。"她抽泣着说,"我偷听到韩瑶和高乔说话,韩瑶竟然说要毒死她的姐姐。她怎么能把这种话说得这么轻松?就像说关掉电视一样。我怎么会养出这样的女儿。对了,她还不够十四岁,而且韩馨也没死,她不会被判刑吧?"

这个时候再想起来关心,还有什么屁用!展杰心里骂道。他听景樱分析过韩馨、韩瑶这个畸形的原生家庭后,倒是觉得韩瑶有这种念头并不难理解。的确,这个家庭的其他成员并没对韩瑶做过什么真正过分的坏事,甚至也把她养到这么大,可是长年累月的心理暴力对一个孩子的伤害要远比犯了错揍她一顿更严重。

不过现在他不想在这个问题上和曹阳娜纠缠,于是问道:"那个男人对你说什么了?"

"他说愿意帮我,于是我们就回去了。"曹阳娜回答道。

"回哪里?"展杰问道。

"高乔的家。"

"然后呢?"

"然后就看到好多你们的人。"曹阳娜情绪又激动起来,"当时我就知道……"

"没事了。"林兮安慰道，"医生说她的身体状况已经稳定了。"

"接下来你们去哪了？"展杰平静地问出这个最关键的问题。

"然后我就不知道了。"

"不知道了？"展杰挑了挑眉毛。

"对。"

"说仔细点。"

"在高乔家门口，我……忽然晕过去了。"曹阳娜低下头。

"你昏迷前做过什么吗？"

曹阳娜摇了摇头。

她在说谎。展杰盘算着下一个问题，这时林兮开口了。

"你和高勇很熟吗？"

曹阳娜忽然浑身一抖，像是调成振动的手机忽然来了一条信息。接着她沉默了。大约过去了五分钟，林兮又轻声问了一遍。这一次她的问题仿佛沉入无边的黑洞。

"周五晚上，高乔出席企业家年会，这期间你打了三个小时的电话。"展杰说道，"是高勇打给你的吧。你们说了什么？"

曹阳娜抬起头，看着展杰问道："你们到底要问什么？你们不是问我被劫持的事情吗？"

"还有你女儿被下毒的事情，以及……"林兮加重语气说道，"你的女儿们被高乔性侵的事情。"

曹阳娜眼睛的光芒忽然消失了，就像关上了一道铁门。关上心门就是这个意思吧，展杰看着变成一尊雕塑的曹阳娜想着。

无论他们再怎么问，曹阳娜都不再开口了。林兮叫来女警把她带了出去。

"她昏迷前和高勇通过一次电话。"展杰说道，"她明明记得却隐瞒。她和高勇私下有联系。"

"肯定和她女儿有关系。"林兮说道，"也许她想让高勇帮她。"

展杰摇了摇头："她是个懦弱的人，她什么事都不会做。"

"嗯？"

"我是说，她不会主动做任何事，她是个随波逐流的人。她可以容忍婆婆对她长期的折磨，也可以容忍十二岁的韩瑶引诱比自己年纪还大的男人，甚至可以容忍男人将黑手伸向韩馨。所以她也一定能容忍他们杀了韩馨。她是一只羔羊，只会抱怨，只会逃避，从来不敢反抗。"

"你这样说有些偏激了，毕竟是孩子的日记……"

"孩子是不会说谎的!"展杰打断了林兮的话。

林兮有些吃惊,两人都沉默了。

"对不起。"展杰说道,"我只是觉得事情没这么简单。两个完全没有关系的人,不,是比没有关系更尴尬的叔嫂关系。他们之间第一次通话是周四晚上,是高勇打给曹阳娜的。那是高勇杀了张大超以后,一个刚刚杀害了警察的凶手,为什么要打电话给一个毫不相干的女人?他们在说什么?他们建立了什么关系?这些我都不知道,我只知道主动的一方肯定是高勇!"

"你压力太大了。"林兮看着展杰说道,"去休息吧,明早我们再继续。"

"对不起。"展杰抄起衣服往外走去。

"展杰。"林兮叫住他,"不用担心李正天。"

"谁担心他!"展杰挤出一个笑脸,"我以后跟您干吧!"

一觉醒来已临近中午,李正天感觉心里无比宁静。老板已经把他尿湿的裤子洗干净,在锅炉房烘了一上午,穿上之后特别舒服。他跑到小卖部买了两条红塔山香烟塞到柜台后面,然后回到队部。

刚进队部的院子,李正天就看到怒发冲冠的展杰被薛杨按在围观人群后面,重指部的人趾高气扬地把高乔带走。有人看到了李正天,很快大家都看到了他。他们默契地站在远处看他,这种感觉就像他匆匆跑回家,看到邻居们站在远处围观自家烧毁的房子。只有杨柳走过来,告诉他高乔要被取保候审了。

事情很简单,高勇今天早上接受首次审讯后见了律师,然后承认自己经常性侵韩馨,昨晚韩馨威胁要报案,于是他将韩馨毒死。这时高乔发现他的暴行,他扔下一半毒药逃离。高乔正打算报120的时候李正天上门纠缠,耽误了韩馨的救治。

高勇担下所有罪名,而曹阳娜见完律师后改口说自己什么都不知道,然后一直保持沉默。高乔说自己发现高勇行凶后及时阻止了他。高勇逃离后,他正要报警,李正天却找上门。因为高勇是自家人,所以他才没向李正天透露这件事。

除此之外,高勇还认下了杀害两名警察的罪行,并说这一切和高乔无关。再往下问,高勇就保持沉默,什么都不肯说了。

技术科发回结果:药管上发现了高勇的右手拇指和食指指纹,没有发现高乔的指纹。

高家律师团立刻提出对高乔取保候审,同时口头质疑李正天是否按程序执法,所幸他们还没有提到李正天已经在刑侦总队内部被无限期停职了。

虽然这个故事漏洞百出,但既有嫌疑人认罪,又有物证,所以郭博英同意让高乔取保候审，同时启动对李正天是否按程序执法和"上门纠缠导致救治延误"的内部调查。马东知道李正天违反禁令调查是个大麻烦，因此没有提出任何反对意见。于是重指部派人接走高乔。

李正天没有说话，他甚至没有表现出情绪的波动。他朝人群微微点了点头，然后走向食堂。其他人跟在他身后，保持着十米左右的距离。李正天努力不去想自己多像一个傻瓜，因为他一旦这么想了，就真的变成了一个傻瓜。这是金盏教给他的保持体面的最后一课。

他第一个走进食堂，其他人都站在门外，好像他身上有什么致命病毒。他打了一份饭，坐到角落里独自吃了起来，这时其他人才进来。食堂里失去了往日的热闹喧嚣，笼罩在带着默哀意味的沉寂中，所有人的目光都在他身上。

大家都知道发生了什么，很多人今天早上还在笑话李正天从警以来第一次小便失禁。但是几乎一瞬间整个世界都颠倒了。

人们很难不去想一个问题，李正天为什么会被如此对待。是他触碰了某条看不见的红线，还是别的什么原因？但在没有答案之前，为了安全起见，要和他保持必要的距离。所以大家都坐在他两个桌子以外，不时偷偷看他。

展杰端着盘子走到李正天对面坐下，和他一起默默吃了起来。李正天心底升起一股暖意，这孩子到底还是傻。

两人正吃着，一个人在众人瞩目中走到李正天和展杰身边，从兜里掏出一盒新的硬中华拍在桌面上，然后转身离开。这个动作叫"上烟"，是刑警之间表达尊重和祝贺的仪式，通常只有在破获大案要案后才会"上烟"，以示心服口服。

这个敢为天下先的人就是刚刚提成组长还没过考察期的薛杨。他这个举动冒了很大风险，如果传到马东耳朵里，甚至可能影响他本就不稳固的位置。但在这里，还是有很多人身上保留着血性和骨气，这是李正天一直喜欢这里的原因。

接着一组组长吕川晃晃悠悠过来，把一盒软中华放在硬中华旁边，然后拍了拍展杰的肩膀，转身走了。他往回走的时候，一组几个组员默契地排着队过来上烟。

其他人好像被施了魔法一样，几乎同时起身排成了一条长队。展杰从没见过这个阵势，感动之余也有些不知所措。二组也有人想要去上烟，但他们看到孙贺脸色铁青只好作罢。

没过多久食堂就只剩下李正天和展杰，还有桌上各式各样的堆成小山一样的香烟。李正天从最下面翻出吕川上的软中华，拆开扔给展杰一根。

"你好像一点都不着急。"展杰看着烟头上印刷的399，闻着中华烟特有的酒香气，"今天上午林兮满世界找你，你跑哪儿去了？"

李正天掏出淡紫色的苹果手机，按下开机键，很快弹出几十条信息，都是林兮发来的。

53

林兮听说高乔要取保候审的消息，立刻闯进了郭博英的办公室。这是她第一次硬闯郭博英的办公室，以前她和郭博英关系最好的时候也没这么干过。

郭博英也很惊讶，但他并没有表现出不满，而是起身从写字台后面转出来，亲自给林兮倒了一杯水，然后坐在沙发上等她开口。

"为什么要给他取保候审？"林兮质问道，"他是高勇老板，高勇杀了两个警察！"

"还不是因为李正天搞砸了。"郭博英回答道。

"搞砸了？如果没有他，永远不会有人知道那个女孩被谋杀了！"林兮大声反驳道。

"我说他搞砸了不是指这个。"郭博英说道，"你知道我说的是什么。抓包皮匠的时候他就单打独斗，结果没人给他做证，他什么都解释不清楚。他给内部调查造成多大麻烦！这你应该也深有体会吧。可是呢？他连伤疤都没好就忘了疼，这次又是单独行动！你以为高家那些律师是吃白饭的？他们像苍蝇叮鸡蛋一样看我们的流程，就想找到一点瑕疵，然后大做文章。老实说昨天晚上我就想到了一定会有这样的结果，我思考了整整一宿，取保候审是目前最好的策略。"

"策略？"

"没错。"郭博英点点头，"先拖住高家的律师，同时我们立刻恢复李正天的执法权，清除他所有的审查材料，至少证明他不是非法闯入高家。如果有一天这个案子递到法院，法院不会找我们的麻烦！我们只有立于不败，才能想办法打败对手。你想想，如果李正天被高家攥在手里，我们怎么查？投鼠忌器的道理你不懂吗？"

经郭博英提醒，林兮才意识到李正天面临新的困境。郭博英说得没错，如果法官认为办案干警行为操守有问题，对判决会起到重大影响。尤其是近些年时有错抓错判的新闻，法院对侦办环节的审查越来越严格了。

"还有药管上面的指纹。"郭博英说道，"李正天自己也说没看到是谁下毒。也就是说现有的证据无法证明是高乔下毒还是高勇下毒，甚至高勇下毒的嫌疑更大。现在高勇认罪了，我们凭什么还要继续扣押高乔？退一万步说，真要证明高乔是下毒的人，只有等那个女孩醒过来，让她自己来证实了。"

"如果她醒不过来呢？"

"所以啊！"郭博英说道，"高家目前唯一的软肋是他家保姆，我会从她这边打开突破口。一旦她交代了，高乔不仅坐实了杀人罪，还多了一条欺瞒警方拒不认罪，这下他连争取宽大的机会都没有了。"

"所以你这么做是为了保护李正天？"林兮怀疑地看着郭博英。

"不，我是为了维护警察的尊严。"郭博英说道，"我不否认李正天有一定的能力，但现在不是开封府的年代了，不管你用什么方法只要抓对人就行的方法行不通。现在是法制时代，我们是纪律部队，不仅要抓对人，更要合法合规。"

"你不用和我说这些。"林兮审视着郭博英，"你打算怎么办？"

"明天，最迟周二。"郭博英看着台历说道，"搞定那个保姆。"

"我怎么没见到那个保姆？"林兮冷着脸问道。

"我找了另一组人在跟进。"郭博英回答道。

林兮无话可说了，郭博英总能让人无话可说，但也仅仅是无话可说。

"我知道高勇杀了两个警察，我也不想挨底下人的黑枪。"郭博英缓和了语气，"但凡事都要讲究策略，尤其是高家律师团那种级别的对手，更要谨慎。而且就因为李正天蛮干，我们现在必须格外小心。如果说李正天救下了那个女孩，那么也许这就是代价吧。"

"希望能如你所愿。"说完这句话，林夕转身离开了办公室。

郭博英知道林兮已经开始不信任他了，但他没有办法。他用全部资产买了恒泰集团价值两千万的股票，如果高乔被刑拘，明天恒泰的股票就会停牌，恒泰和天港集团的收购就会流产，恒泰就会倒闭，他的人生也就跟着完蛋了。所以他无论如何也要撑到明天上午开市，把所有股票抛掉再说。所幸恒泰股票已经大涨了两周，出货没有困难，而且还能维持大概两千万的收益。

如果在林兮和两千万之间做出选择，他肯定会毫不犹豫选择林兮。但如果这两千万是他的全部资产就另当别论了。任何精神层面的伟大和高尚都要有物质基础，而钱就是衡量物质基础的唯一标准。这是他从小接受的教育。钱是世上唯一可靠的东西，是生存的许可证，是衡量地位和实力的准绳，是一切自信和自尊的源泉。没有人不喜欢钱，所有扬言鄙视金钱的都只不过是酸臭的失败者，它们用表现排斥金钱和权力来掩饰自己的失败。

就像李正天，他把自己包装成堂吉诃德，其实就是个即将被淘汰的中年

loser。

　　一想到林兮居然为了这么个男人和自己赌气，郭博英就恨意难平。更让他气愤的是，不管他怎么调节情绪，林兮的选择会都影响他的自信，甚至让他产生自我怀疑。但是他绝不能有一丝动摇，他见过太多人倒下就是因为动摇信念，而他没有任何后路可以退。

　　林兮在走廊里看到了取保候审的高乔，他被随从们簇拥着，趾高气扬地从她面前走过。她回到办公室，老郑、老刘和老张那几个草包正围在一起抽烟喝茶侃大山。因为周末加班有双倍工资和调休，所以这些人没事就约着一起过来混工时。

　　本来他们混点加班费和林兮也没关系，毕竟工资也不是她支付。但他们工作效率极低，抓个苏哲这么长时间也没进展，更过分的是他们毫无责任心，好像抓不抓都无所谓一样。

　　想起李正天几次身涉险境，屡遭打压仍然锲而不舍地查案，再看看这些人的表现，林兮就气不打一处来。

　　这些人都是察言观色的高手，看到林兮一脸寒霜，知道她今天心情不好，于是一哄而散。很快办公室就只剩她一个人了。她忽然无比讨厌这个地方，就像忽然在粪坑里醒来一样，窒息、恶心，却无力挣脱。

　　这时手机响了起来，她解锁屏幕，眼睛忽然亮了起来。李正天终于给她回信息了，他就像她的救命稻草，给她送来了希望。

　　林兮踩着高跟鞋，一路小跑出了市局大院，看到了停在拐角的 C63。她顾不上被汗水浸湿的丝袜摩擦着脚心，飞快地跑过去，钻进车里。她闻到了李正天的味道，被狂风卷席的情绪就莫名安定下来。

　　"我找郭博英了，但他坚持取保候审。"林兮一边系安全带一边沮丧地说道，"对不起。"

　　"你有什么对不起的？"李正天无所谓地说道。

　　"我不知道为什么会变成这样。"林兮叹了口气，继续说道，"但郭博英说为了保护你才把高乔放走的，我也不知道该怎么反驳他。"

　　"他做得对。"李正天一边说一边开车上路。

　　"什么？"

　　"他做得对。"李正天重复道，"问题出在高勇身上，他认了所有罪名。他是高乔的影子，所有指向高乔的证据都同样可以指向他。所以现在没理由再扣着高乔了，就算没我的事最多 24 小时也要放人。"

　　"你刚才和我说你想到办法了，什么办法？"林兮好奇地问道。

　　"到了你就知道了。"

　　李正天把车停到北新桥卤煮店旁边的胡同里，尽管过了饭点，卤煮店还是排着长队。胡同里开着一排饭馆，是观光游客经常光顾的餐饮街。李正天告诉林兮，昨晚九点左右高勇从这条胡同离开，只要找到他在这里停留的时间，就知道是不是他给韩馨下毒了。

"你怎么知道他昨晚来过这里？"林兮惊喜地问道。

"展杰找到了他昨晚回家的监控，一路反推回来的。"李正天说道，"附近监控正在整改，这几个胡同都是盲区。如果不在这条胡同，我们就去下个胡同继续找。"

于是两人挨家挨户询问，饭馆老板大都是久在街面上混的人，自然知道两个人得罪不起，都十分配合。他们来到一家烤翅店，老板立刻认出了这个客人。

"他昨晚来过。"老板说道，"我印象特深刻，他是这几个月第一个用现金付账的人。我们没钱找给他，特意叫伙计去了小卖部兑零。"

两人很快就拿到了视频，高勇是晚上七点十分进入店门的，就算他开车从高乔家过来至少也要开一个小时，也就是说他六点十分就要从高乔家出发。但是韩馨中毒是在晚上七点到八点，所以肯定不是他下毒。

"你看，有时候破案就是这么简单。"李正天踩着墙边干净的积雪说道。

"可是重指部那帮笨蛋什么都查不出来。"林兮叹了口气。

"不。"李正天摇头道，"展杰为了找高勇的监控，在机房熬了一整天。所以没有会不会，只有想不想下功夫。"

"怎么了？"林兮看到李正天发闷，于是问道。

"我在想一个问题。"李正天顿了顿说道，"既然不是高勇干的，那他的指纹是哪来的？"

郭博英听林兮说找到了高勇的不在场证明，脑子嗡的一声懵了。他下意识地看下时钟，已经快下午四点了，再坚持几个小时就能把事情拖到明天了。

但他不敢让林兮感觉到他要拖延时间，于是说道："好，你现在立刻去审讯高勇，把他的情况落实了。给你24小时，明天这个时候务必把高勇拿下，然后去抓高乔。"

"为什么要明天再抓高乔？现在不能抓吗？"林兮在电话里问道。

"先落实高勇那边，我不想让高家律师有任何反咬一口的机会。"郭博英义正词严地回答道。

挂断电话，郭博英终于松了口气。这时电脑弹出新的会议通知：明天上午九点在八楼801会议室召开保密会议。他想了想，给证券公司的童大伟打电话，让他明天开市就把所有恒泰股票全部抛出。

童大伟显然被这个指示惊到了，恒泰股票经过两周疯涨，现在被各大机构和散户追捧，再涨五个涨停板没有任何问题。

"郭总，你确定要全部抛出吗?"童大伟问道，"要不留……"

"留什么留! 我说的话你听不懂吗!"郭博英吼道，"全部抛掉!"

童大伟吓得立刻连连称是，然后挂断了电话。

郭博英也不知道自己为何忽然情绪失控，也许和他最近总有一种不好的预感有关。有那么几个瞬间他都开始后悔买了恒泰的股票，但他立刻又赶跑了这种懦弱的念头。这个世界是属于强者的，如果他没胆量搏就会被后来者赶下去，沦落成李正天那样的失败者。

再有不到二十四个小时就能实现财务自由了，他畅想着，就在这时，他的手机又响了起来。

电话是他妻子打来的，一上来就质问他为什么要把房子抵押了。他从没想过妻子竟然会知道他抵押房子的事，一时语塞，于是妻子愤怒地挂断了电话。

这个被醋意激怒的女人转而拨打了情敌的电话。

54

郭太太打来电话的时候，李正天和林兮正在去看守所的路上。林兮的手机连接了车载蓝牙，当苹果铃声在车里乍响的时候，李正天吓了一跳，不小心按到接听键上。

紧接着柏林之声音里传出一连串恶毒的辱骂，等李正天缓过神来，郭太太已经咆哮着让林兮不要装聋作哑，赶紧说话。

这时候再挂电话已经来不及了，李正天偷偷瞟了林兮一眼，她脸色煞白，气得直哆嗦。

林兮极力控制自己的情绪，问道："郭太太，我不知道你为什么发这么大脾气。但是请你先把事情说清楚了。你这样像泼妇一样劈头盖脸骂一顿，只会显得你自己没素质。"

"我没素质?"郭太太咆哮道，"你个倒贴没人要、犯贱当小三的人有素质! 你说，郭博英给你买房花了多少钱!"

"买房?"

"别跟我装蒜! 你以为我不知道你们俩的破事!"

"我的确是要买房，但是我没找他借过一分钱，他也没给过我一分钱。"林兮声音越来越大，"你听懂了吗? 郭太太? 如果你先生挪走了一大笔钱，我不知道他花在什么地方了，反正没花在我身上，我也不会要他的钱。"

"信了你的话就有鬼了！"郭太太怒吼道，"我警告你，赶紧把钱还回来！否则我明天就让你卷铺盖滚蛋！"

"我已经告诉你了这事和我没关系，你应该去问你老公把钱花到哪了！"林兮一边喊一边用力拍打着车载显示屏，终于挂上了电话。

她再也忍不住，痛哭了起来。

李正天把车停到路边，下车抽了一根烟，回来看到林兮哭得更厉害了。他纠结了一下，终于把胳膊伸到她后背。林兮扑在他怀里放声大哭，终于将压抑了许多年的情绪宣泄出来。

李正天一边轻轻拍她的后背，一边看着仪表台上的机械时钟，想着一会儿如果赶不上晚饭前提审高勇，就得先找地方吃饭。那边有个老五烤串不错，就是不知道林兮愿不愿意吃苍蝇小馆。接着他又开始琢磨提审高勇的时候该怎么问，才能撕开这小子的心理防线。

他这一走神，就没听到林兮说什么，于是嗯嗯啊啊地应付几下。没想到林兮从他怀里离开，泪眼婆娑望着他问道："你也觉得我活该？"

"没有没有！"李正天连忙摆手，"我刚才走神了。"

话一出口他就后悔了，和婉柔相处的有限经验告诉他，有时候说实话更会后患无穷。

"那你想什么呢？"林兮果然追问道。

"我……我想……"李正天结巴了一下，"我想你这么好的女人，早就应该和他一刀两断，开启新生活！"

"真的？"林兮抹了抹眼泪，"那我是不是没人要？"

"她瞎说！"李正天立刻大声说道，"他俩才是天生一对！要我说你索性就抓住这个契机彻底和过去的自己说拜拜。真的，和他在一起没有好儿！"

林兮点了点头，不知道想到什么，忽然又委屈了起来，对李正天说道："能再抱我一下吗？"

"行吧。"李正天探过身去，用力抱紧林兮，然后闭上眼睛。

"啪啪啪！"

李正天睁开眼，看到有人敲窗户。他降下车窗，看到了一个交警。

"干吗呢？大白天的！"交警把手伸进来，"行驶本驾驶证。"

李正天掏出警官证递过去，赔着笑脸说道："兄弟，自己人。"

交警看了看警官证，又看了看坐在副驾梨花带雨的林兮，于是把警官证还给李正天，催促道："赶紧回家吧！好好哄哄。"

"好好！这就回家。"李正天从后排的塑料袋里掏出一盒烟递过去。

交警接过去塞到裤兜里，冲着悠悠开走的车喊道："好好哄哄！"

李正天一边开车一边好奇地看林兮用纸巾洗脸。刚才她的妆都哭花了，只能洗掉重来化一遍。林兮化妆比他单手上铐还熟练，很快就收拾好了。她对着镜子左看看右看看，看来已经把悲伤都掩埋好了，她满意地点点头。

她把化妆品塞回包里，然后侧着头看向李正天，一副若有所思的样子。

李正天被她看毛了，问她为什么要盯着自己。

林兮咳嗽了一下，还拖着一点鼻音说道："你刚才看到我哭了。"

"嗯?"李正天瞟了她一眼。

"你还看到我卸妆后的样子了。"林兮继续说道。

"为这点事灭口不值当吧?"

"灭口?"林兮被逗笑了一下，然后白了他一眼，对着镜子捋了捋头发，说道，"你不要以为见到了我最软弱的一面，就可以怎么样了。"

李正天听她语气冰冷，于是转过头看了一眼，她果然板起了脸。

"就可以怎样了?"李正天反问道。

林兮想了想回答道："就以为抓住了我的软肋。"

李正天本来想说这是郭博英爱干的事，但话到嘴边又咽了回去，只是缓缓点了点头，用一本正经的语气说道："谁敢抓林大处长的软肋啊，不混了? 您放心，今天的事绝不会有第三个人知道，就算有那也是你自己说出去的。不过……"

"不过什么?"林兮问道。

"不过看起来郭博英背着他老婆挪用了一大笔资金。"李正天说道，"他老婆既然说是买房，那少说也得几百万吧。这么多钱他拿去干什么了? 不买房子不买地的。"

林兮早就联想到郭博英向她借钱的事情，但她犹豫了片刻，没有接话。因为这个契机，两人都归于沉默。

车子开上三环路，逐渐拥堵了起来。天色将晚，灰蒙蒙地让人恹恹欲睡。李正天打了个哈欠，林兮打开天窗让他抽烟提神，李正天拒绝了。这时林兮拿起烟点上，熟练地抽了两口。

"你还会抽烟?"李正天十分惊讶。

"以前抽过。"林兮递给李正天一支，"后来戒了，怀孕。"

李正天一口烟呛在嗓子里，咳嗽了起来。

"没生下来，四个月的时候，打了。"林兮平静地说道，然后优雅地弹了下烟灰。

"和郭博英的?"

林兮点了点头。

李正天眼睛一转，继续说道："该不会就在他第二次结婚之前吧。"

"就是。"林兮把腿架在驾驶台上，摇下车窗，用围巾捂住自己，"两个月的时候发现的，他说要和我结婚。到四个月的时候，他结婚了。"

李正天沉默半晌，终于说道："真是造孽！以后要遭报应的！"

他想了想又补充道："我是说郭博英造孽。"

林兮沉默地看着路边的高楼大厦，夕阳的余晖彻底被夜晚吞没，璀璨的夜都会粉墨登场。

"你也是！他都这么对你了，你还跟他扯什么啊！"李正天忍不住说道，"要换我直接一个大嘴巴子扇过去，那都算轻的，这种人就得拉黑，老死不相往来。"

林兮看着车窗外，用平静得不带感情的语气说道："老死不相往来？说起来简单。你不知道当时我多恨那个女人。所以我就发誓，你不让我好过我也不让你好过。我知道她的生日，他们的结婚纪念日，还有情人节，圣诞节……只要是节日，我就让他们见不成面。我已经忘了最开始为什么要调到经侦处，为什么会和郭博英认识了。好像一条路走得太远就会迷路吧，慢慢忘了当初为什么出发。"

"现在想起来了？"

"想起来了。"林兮看着熠熠生辉的摩天大厦，"所以我要谢谢你。因为你的出现，我才又想起来我留在警队的原因，是为了调查他的案子啊。这些年我都在干什么……"

林夕一边说一边把脸埋在臂弯里。

李正天想了几段安慰人的话，但是不确定会不会起到反效果，过了一会儿才说道："你要是这么想，咱们就是同盟了。"

"你还查金盏的案子？"林兮抬起头。

"当然得查，只不过一直没线索罢了。"李正天说道，"这东西就像债一样，已经背到身上了，估计这辈子也不会放下来了。"

"为什么？"

"因为……"李正天深吸了口气，"还不是因为我们对不起他。"

"怎么了？"

"金盏出事的那段时间我被派到南方查个案子，如果我还在也不会出事。这就不说了。"李正天抿了抿嘴唇，"等我回来才知道，他出事之后孩子被车撞死了。"

"什么？"林兮叫了起来。

李正天直直地看着前面的路，脸上的肌肉慢慢绷成了一副刻着愧疚之情的面具。

"他爱人去世早，自己带孩子生活，他一死孩子就没人管了。当时特别乱，开始那几天谁也没想起他孩子的事，等想起来已经晚了。"他缓缓说道。

"姜力也没想起来吗？"

"他因为这个事得了几年抑郁症。"李正天摇着头说道，"后来几年里，金盏这两个字在刑总都不能提，一是因为他的案子，再一个是因为这事。大家都觉得很对不住他。"

"可是这也和你没关系啊，你不是去南方查案了吗？"

李正天攥紧方向盘，手背上青筋暴露，慢慢说道："是他安排我去的，后来仔细回想其实也不是非要去。也许他那会儿已经知道自己要出事了，才把我支开。可是我那会儿什么都不懂，走之前还和他吵了一架，连句告别的话都没说。"

哥伦比亚咖啡馆三层的天台上，白静跟着拳馆老板肖亮练习打沙袋，景樱和咖啡馆老板一起堆雪人。展杰裹着军大衣瘫在长椅上，一根接一根地抽烟，烟灰缸里已经塞满了烟头。白静跑过来抢走了他手里的烟，他还浑然不觉把手伸到嘴边。

展杰抱着电脑生气已经两个小时了。中午他和李正天吵了一架。李正天告诉他昨晚苏哲说他女儿自杀了，于是让展杰去调查苏哲的身份背景。展杰认为李正天在这么紧急的时刻把自己拴在办公室里，要么就是瞧不起自己，要么就是在玩"大人办事小孩别掺和"的老头乐游戏，用这种方式找回中年人那点可笑的自信。

很显然李正天被"找回那点可笑的自信"击中了，他沉默了至少十秒。展杰趁机摔门而去，他觉得比和中年人吵架更羞耻的事情就是打一架。

展杰调查到苏哲从未登记过结婚，更没有女儿。当然这只是户籍系统中的数据，他可能有非婚生子女，或者在某次人口普查的时候改了身份。权且相信户籍系统，那么他口中被继父强暴而自杀的女儿又从何说起呢。

展杰失去了调查方向，被这个问题一直困扰到现在。

景樱给白静拍了一组照片，然后走到展杰面前问他有什么烦心事。展杰又怔了一会儿，才反应过来。

"我在想那个苏哲。"他哑着嗓子说道。

"他怎么了？"景樱听他声音沙哑，皱起眉头，抢走他手上的烟，倒了一杯热茶塞到他手上。

展杰喝了一口茶，清了清嗓子说道："他没结过婚，也没有子女，他为什么要和李正天说女儿自杀的话？"

"有没有可能是精神疾病。"景樱说道，"如果他真的没有结过婚，也没有子女，那么很可能是精神疾病导致他产生了幻想。有些病人会把幻想出来的事情当成真实经历，发展到中后期就会混淆幻想和现实。"

"那你说他杀人会不会和这个病有关系？"

景樱想了想说道："老实说，精神病人攻击他人的概率只有不到5%，比正常人还低。说精神病人有危害是社会偏见！"

"不是。"展杰摇摇头。

"什么不是？"

"他不是精神病人。"展杰坐起身说道，"从他操纵白蒙这一点就足以说明他是个思维缜密而且看过三十六计的人。所以……"

"所以什么？"景樱问道。

展杰猛地站起身，说道："所以他一定有个女儿！"

李正天和林兮中间隔着一个长条的小炭炉，炉子上摆着一排羊脆骨。林兮认真吃着羊脆骨，李正天则看着窗外发呆。

"怎么不吃？"林兮问道。

"我在想怎么对付高勇。"李正天回答道。

"他怎么了？"林兮放下签子，擦了擦嘴问道。

"他杀了包皮匠、张大超和姜力，光我们掌握的就三条人命。"李正天低声说道，"他知道自己肯定是出不去了，这样的人最难撬开嘴。"

林兮想了想，这确实是个麻烦。

"你准备怎么办？"她问道。

"我……"

就在这时，两人的手机同时收到一条短信：韩馨身体忽然恶化，于十五分钟前宣布死亡。

李正天叹了口气，心底涌上一股无力感，他喝了一大口冰镇可乐，冰得槽牙隐隐作痛。

55

李正天再次看到高勇的时候，恨不得一拳砸碎他写满挑衅的脸。他的确有挑衅的资本，对于一个已经认下全部罪名的人来说，没什么能再刺激他了。

"谢谢你。"高勇出人意料地向他点头致意，颇为诚恳地说道，"谢谢你救了我。"

"我救了你不意味着你不该死。"李正天说道，"只不过换个合适的死法。"

"费心了。"高勇张大嘴吸了口气，既像是在笑，又像是打哈欠，"能给我支烟吗？"

李正天点了支烟递给他，然后盯着他的脸。

"那天夜里你把那支黄金枪扔在现场，是故意引我们找到高家吧。"

高勇用力抽了几口，很快整张脸都被烟雾笼罩住了。

"你怎么打听到那把枪是我的？"高勇笑着反问道。

李正天点点头，继续问道："你是高家的人，为什么要这么做？"

高勇默默抽了两口烟，然后掐灭，小心翼翼放进胸兜里。

高勇转了转眼珠，说道："我知道了，是卖枪的老蔡和你们说的吧。这个老东西，我会好好报答他的。"

装模作样。李正天松了口气，只要肯开口就好，就怕死鱼不张嘴，那才真麻烦。他决定跳过试探和周旋的环节，直奔主题。

"你还是先担心自己吧。"李正天不紧不慢道，"不过既然你都认罪了，那就从头聊吧。"

"随便。"高勇伸出手指，"再给我支烟。"

李正天又点了支烟，递到高勇手上，继续说道："半年前，高乔从快乐同城网购买幼女的秘密被包皮匠发现了，所以高乔想杀人灭口。但他知道就算包皮匠消失了，警方也不会停止调查，可能还会翻出他的事。最好的办法就是让包皮匠死在警察面前，一了百了。于是他让你冒充警察抓了包皮匠，找个机会在我们面前弄死他。你发现我们盯上了模特厂的保安，所以就冒充包皮匠约保安交易，最后在天台下面的夹层里给我们演了一出大变活人。说说，你是怎么想到这个方法的？"

"你也说了，要让他死在你们面前。一时半刻也没别的法子了。"高勇耸耸肩说道，"好在那家伙和我身高体型都差不多，就搏一把喽。反正就算你发现了破绽，我还有一些应急措施。没想到你胆子这么小，枪一响就拉垮了。不过也好，胆小救了你一命。"

李正天走到他面前，把他手里的烟和口袋里的烟扔到地上踩碎。

"你说得对，我的确没能发现你的诡计，虽然你已经露出破绽了。"李正天转头看向林兮，"你问我为什么包皮匠每次都交易 30 公斤那个什么原料，最后一次交易只要了 5 公斤。因为最后一次是他冒充包皮匠联系保安，他不知道包皮匠每次要买多少原料。"

林兮点了点头。

"还有这种事？"高勇撇了撇嘴，然后说道："能不能再给我根烟？"

"可以，不过你得回答我一个问题。"李正天点了第三支烟，"你是怎么找到包皮匠的？"

259

"我没找他啊。"高勇有些诧异地停顿了一下,"是他找我的。"

"他找你的?"李正天迟疑了一下。

他立刻想通了这件事。是啊,手握着全市公安资源的刑侦总队尚且找不到包皮匠,高乔和高勇怎么可能找到。高乔家大业大,包皮匠找到他是合理的。

"他找你们干什么?"李正天问道。

"还能干什么?勒索啊。"高勇笑了起来,"他找我勒索一千万。"

"勒索?一千万?"李正天一边重复,一边把烟递给高勇。

"他说他手里有多个性侵案的证据要卖给我,否则就交给警察。我假装答应了他,让他带着材料见我。"高勇抽了口烟,然后掐掉烟头,把烟小心翼翼放在口袋里,"为了让他相信,我还特意准备了两百万现金,作为定金放在他指定的地方。如果他没那么贪心,拿着这两百万远走高飞,也不会死了。所以人为财死鸟为食亡,这话真是太对了。"

李正天没工夫和他探讨人性的弱点,他附身盯着高勇,问道:"你有没有假冒警察?"

"我为什么要假冒警察?"高勇看着李正天说道,"是他来勒索我,当然知道我的身份了。"

李正天回忆着包皮匠和苏哲的对话,虽然只是微信语音,但说得很清楚是去联系警察了。难道他没和苏哲说实话?一个情景在李正天眼前慢慢显影,包皮匠为了钱背叛了搭档苏哲,但他没有脸面说实话,于是扯了个找警察报案的谎。

想着苏哲不顾一切为包皮匠报仇的样子,为包皮匠狂热声辩的样子,毅然决然独自完成这番未竟之事的样子,李正天又觉得好笑,又想叹气。

可如果包皮匠主动找到高乔,不存在那个约见他的警察,那么一直徘徊在自己脑海边缘的那个影子又是谁呢?

"其实一开始是打算给他的,没想到他见面之后又改口说要一千万美元。"高勇摇头道,"这种不讲信用的人肯定是不能留的,他这是自寻死路。"

高勇看起来不像在撒谎,他也没必要撒谎。李正天决定先把这个疑点放在一边,集中精力把高勇攻克下来再说。

于是他顺着高勇的话说道:"但他也没放过你们,即便死了,还是用某种方式举报了快乐同城网。然后你们就忙着掩盖快乐同城网的黑幕。"

"不,快乐同城网是我举报的。"高勇笑着回答道。

李正天怔了一下,旋即想通了逻辑:买通网站负责人和几个女人认罪,以介绍卖淫定案,掩盖真正的罪行。就像用爆炸来灭火,看似荒唐,实则爆炸会消耗氧气，失去燃烧的条件，是山林灭火最有效的方法。

果然，高勇也说道："和组织强奸幼女比起来，介绍妇女卖淫的罪名可要小多了。而且尽快结案对所有人都好。"

更重要的是，快乐同城网案是分局立案侦查。虽然警方系统内信息共享，但是分局极少关心刑侦总队的案子，所以办案人员根本没想到这起网络卖淫案居然能和包皮匠案扯上关系，只是按照程序匆匆移交检方了。

原来如此，李正天理顺了来龙去脉：包皮匠见财起意，抛下苏哲去勒索高乔和高勇，却和苏哲说自己去向警方举报。高勇杀了包皮匠，又举报了快乐同城网——以介绍妇女卖淫而非组织强奸幼女的罪名。于是苏哲认为是警方有人杀害了包皮匠，又隐瞒案件真相，这才愤而继续作案挑战警方。

高勇和苏哲共同制造了一个大漩涡，把他卷了进去，差点就死无葬身之地了。

展杰把 AI 爬虫程序嵌入到警务系统里，这是一个有自主学习能力的大数据采集和智能匹配的程序，相当于五百个警校学生同时工作的效率。他根据苏哲的户籍地和生日，筛选出五十个在上次人口普查中销户处理的男性。

他们中的大多数都是因为有犯罪记录而销户，几个人是因为出国移民。但是这些销户记录里没有照片，如果一个个去找又是个大工程。展杰思考着案件所有细节，其中一定蕴含着苏哲身份的线索。他忽然眼前一亮，想起一个细节。

苏哲绑架奚莉莉时，撬开了号称最保险的奔驰 G 越野车，拔掉了电源。张大超当时就说这是一个行家。

展杰很快从五十个销户人口中找到了一个名叫秦卫东的男人，他在本世纪初涉嫌盗窃广本雅阁上百辆，最终只落实了三辆，判了三年，出狱后销户。紧跟着 AI 程序又推送出和秦卫东相关的户籍信息，他曾经结过婚，有个女儿，女儿十一岁时坠楼死亡。展杰算了下时间，女儿死亡正是在他服刑期间。

展杰点开秦卫东的案件资料，里面还有几个他的同案。展杰把这几个名字输入查询对话框，很快显示出结果，其中把他送进监狱的同伙现在已经是个小老板了。

就在这时，新任技术科长杨柳给他打来电话，告诉他在苏哲丢弃的两辆面包车上发现了一个重大线索。那两辆车的车架号都已经磨平，找不到身份信息，但是她把车解体后在右后轮的悬挂和底盘之间的连接处找到了一个带钢印的豁口。这是车辆即将被拆车报废的标识，钢印上有车辆报废场的名称简写。

"车辆报废场吗？"展杰看着屏幕问道，"物流基地旁边的那个。"

"你也发现了？"杨柳兴奋地喊道。

难怪苏哲要让白蒙去物流基地，原来他一直藏身在出卖他的同伙名下的车辆报废场里。

车辆报废场通常位于郊区，占地极广，而员工又非常少，所以根本不可能巡查到场子里的所有角落。况且他们也不会巡逻，报废车送到这里来之前已经拆掉了所有值钱的东西，这里就相当于一个汽车垃圾场，谁会看守垃圾场呢？

这是个天然的藏匿地点。

展杰知道苏哲身上有枪，所以又穿上了防弹衣。景樱看到他穿防弹衣，于是过来问他要去干什么，他说要去抓包皮匠的同伙。景樱的脸色一下就变得煞白，漂亮的眼睛泛起了泪花。

展杰走到门口又停下脚步，转身说道："明天晚上我找你做心理治疗。"

"好。"景樱点了点头，颤抖着问道，"你要一个人去吗？"

"当然不是，我找了好多人。"他微笑地说道。

"等一下！"景樱喊道，然后拿出一个绿腕带戴在展杰手腕上，告诉他这里面有定位器，如果他有危险，就按下上面的按钮，她就能看到。

展杰虽然知道这玩意没用，但还是很开心地戴在手上。

手机在李正天裤兜里振了一下，但他没有掏出来看。

"看来你没少给高乔擦屁股。"他盯着高勇的脸说道，他要发起进攻了。

高勇耸耸肩，继续回避和高乔有关的问题，答非所问地说道："这世道不就是这样吗？"

"所以你也想有钱。"李正天顺着他的话说道，"你发现那些强奸幼女的男人大多有钱有势，又怕曝光，是勒索的最佳人选，于是你冒充警察去勒索他们，既能发财，又能封住他们的嘴，最重要的是这个过程中你根本不用露脸。"

高勇撇撇嘴，不置可否。

"你以为天衣无缝，可还是露出马脚了。"李正天眼中迸发出光芒，"有个叫田媛的女孩体检时查出遭到性侵，这个事你记得吗？"

"你说什么？"高勇问道，但眼神却飘忽了一下。

"田媛的第二任继父。"李正天一边说一边点了支烟，仿佛这个名字无比恶臭，"这个软蛋主动交代了所有事情。当医院通知他田媛被性侵时，他担心自己罪行暴露，于是打电话给负责包皮匠案的警官，举报前任继父强暴孩子，想把事情全推到前任身上。他说那个警官是在田媛母亲被害后主动联系他的。可他见了我们所有的人，没找到那个警官，所以这人是谁呢？而且，包皮匠杀害了多名女性，为什么这个警官唯独联系他呢？"

高勇转了转眼珠，似乎在思考这个疏漏会产生的后果。

"所以我就想，会不会是你呢？你也干过假冒警察的事。"李正天说道，"于是我就给他看了你的照片。"

高勇表面平静，心里却翻起了巨浪。他已经猜到李正天的意图：既然那个男人认出自己，警察肯定会联想到高乔，说不定那个女孩也还记得高乔。当初狠一点灭口就好了，可是世上没有后悔药卖。

"还有那个前任继父，堂堂恒泰集团的董事长，明明富可敌国，却连区区几万块的救命钱都能耍赖。那可真是田媛弟弟的救命钱！难怪田媛对他记忆深刻，而且愿意出庭指证他。这就叫自作孽不可活吧。"

李正天证实了高勇的担心。

高勇沉默了片刻，然后问道："所以你们要去抓高乔了？"

"还不到时候。"李正天看着高勇，"我要等着他逃跑。"

56

"什么？"

听李正天说把高乔放出去就是在等他潜逃，终于轮到高勇吃惊了。

"有个专门帮人潜逃的犯罪团伙，你听过吗？"李正天盯着高勇的脸问道。

通过张珂医院潜逃事件，李正天确定有个专门帮人潜逃的团伙。他之所以没有反对高乔取保候审，就是想看看高乔会不会趁此机会潜逃，从而引出那个团伙。既然张珂是他们的客户，高乔很可能也是。

高勇恢复了沉默。

刚才那个瞬间，这家伙是在担心什么？李正天一边观察高勇的表情，一边点了根烟递给他。

高勇接过烟用力抽了几口，然后夹在指间。这次他忘记了掐灭烟头。

"那我继续说吧。"李正天继续说道，他要打断高勇的思考。

"直到新死者出现，高乔知道包皮匠还有同伙，这就意味着他的犯罪证据还存在。所以他命令你干掉对方，找回犯罪证据。你在寻找证据的时候遇到我们的同事。"

李正天顿了顿，继续说道："你杀了他，发现他曾经去过工厂区，所以你认为证据在那里。你去工厂区不是对付我们，而是去找证据。但是，那个时候的你已经不再是为了帮高乔，而是已经把他也当成一个勒索对象了。"

勒索对象。

高勇皱了下眉，夹着烟的手指微微颤抖，原本垂直升起的烟柱开始出现波动。

"的确，钱能让人改变心性。"李正天继续说道，"你什么都没有的时候，高义岳给你一口饭吃就能让你给他卖命。但是当你有了钱，你就想要更多。凭什么他们可以像皇帝一样活着，你却只能待在阴暗的角落里过着没有身份没有未来的日子，还要随时为他们而死。若在平时你也只能忍受，但忽然有了翻盘的机会，你一定不会放过。"

高勇沉默地大口吸烟，却没发现烟头已经烧到了烟嘴的海绵。

"你把黄金枪扔到现场，就意味着你已经彻底背叛高家了。"李正天拿走高勇手里的烟头，给他换了一支新的，"你甚至已经做好和他们同归于尽的准备了。所以我很好奇，既然如此，你为什么还要给高乔顶罪。"

高勇认真地看着烟卷的商标，还有过滤嘴飘出来的一缕烟雾。

"顺便说一下，你昨晚的不在场证明我已经替你找好了。"李正天说道，"你去北新桥吃饭，七点钟到的，九点多才离开，根本没时间去杀那个女孩。你现在就是想替他顶罪都顶不了。"

高勇慢慢点了点头，然后说道："就算我什么都说了还是一样要死，我杀了两个警察。你们一定会杀掉我的。"

"本来是一定要死的。不过现在高乔疯狂地垂死挣扎，对你来说是个绝好的机会，如果你有重大立功表现，又能证明你是从犯而不是主犯，也许能争取死缓。死缓表现好就是无期，如果你好好服刑，二十几年就能出来，那时候你也就五十多岁。"李正天说道，"你还有后半辈子可以自由生活。还有个情况你可能还不知道，毒杀韩馨的药管上的确有你的指纹，但指纹是贴上去的。所以你知道是谁贴上去的吗？是高乔吗？他为什么要害你？"

高勇沉默了片刻，忽然看向林兮问道："我杀了你同事，你不恨我吗？"

"恨，但我们更恨元凶。"林兮回答道。

高勇沉默了片刻，终于说道："那我给你讲个故事吧。"

"好啊。"李正天坐回到椅子上，"不过要快。"

展杰一路上都在犹豫要不要通知别人来支援，但他担心打草惊蛇，而这可能是他最接近抓到苏哲的机会了。他不想背负着包皮匠的债过一辈子，最终沦为队部扫院子的老头，所以直到他到达车辆报废场也没有通知任何人。

这是一片连路灯都没有的空旷荒地，一条土路通往远处的值班岗亭，一扇巴掌大的窗户亮着微弱的灯光。展杰把车停在一片蒿草后面，从车里拿出手枪和手电，朝岗亭走去。

焚冬

他走到岗亭旁边，顺着窗户往里看去，一个保安正躺在行军床上，背对着窗户看手机里的电影。床脚靠墙的地方摆着一张破桌子，桌子上有台显示器，显示器里播放着正对着栅栏门的监控画面。

展杰顺着破破烂烂的铁丝网走，很快就找到了能通过两个人的大洞。他借着手电光仔细观察断面，已经生锈了，看来这个洞早就有了。他从破洞走进来，看到了两排摞起来三米高的压扁的汽车残骸中间，有一行凌乱的脚印。

他心里一阵悸动，跟着脚印往前走，走过了小汽车的停放区。这时脚印分叉了，一边通往集装箱的停放区，一边通往大客车的停放区。他想了想，往集装箱停放区走去。他跟着脚印来到一个集装箱外面，它藏在无数集装箱中间，如果没有脚印带路他根本找不到这里。

他没有着急进去，而是先围着集装箱转了一圈，发现下面电源箱的箱盖开着，外接着一条很粗的电缆。通过箱盖内侧的铭牌，他知道了这是个冷冻集装箱。面板上的绿色指示灯长亮，说明它在工作。

一个被扔在车辆报废场的集装箱会为谁工作呢？肯定不会是门口看电影的保安。展杰心里又一阵悸动，端着枪回到集装箱的铁皮门面前。门没有上锁，他深吸一口气，慢慢将铁皮门拉开，一股冷气蹿了出来。

里面黑洞洞的，他拿起手电照过去，不由得愣住了。过了几秒钟，他才忽然感觉到一股冰冷的恐惧爬上了肩头，双腿一软瘫倒在地。

集装箱里摆着十几具姿态各异的人体模特，每个模特的左脚踝都绑着一根鲜红的红绳。

"你们见过集装箱吗？我从小就住集装箱里。很奇怪对不对？因为我是个不该存在的人。"高勇深吸了一口烟，嘴巴嚅动着，似乎在咀嚼它的味道，然后喷出干冰一样浓白的烟雾，遮住了面无表情的脸。

"我妈妈生我的时候四十二岁，所有人都觉得我是个孽种。就连我妈妈也讨厌我，要不然我也不会被扔在集装箱里，也许我的出生让她丢脸了吧。我很小就开始思考这个问题，为什么每个人都讨厌我，排挤我。小孩子的大脑发育得非常快，我十岁的时候就已经懂得了大人所有肮脏的嗜好。"

"所以我在想，是我妈妈跟别的男人搞破鞋才有了我，因为我爸爸结扎了。从那时候开始我就恨她，如果她不能照顾我，为什么把我带到这个世界上。她既然唤醒了我，又让我来这个世上受苦，那么我也要让她尝尝这个滋味。"

"十三岁那年我杀了经常欺负我的小男孩，他爸爸是调度工人，妈妈是调度主任的情妇。我亲眼见到调度主任开车把他妈妈带到货区……可是他却说我是坏女人养的。所以那天晚上我把他抓到货区，让他亲眼看到自己的妈妈和调度主任偷情的样子，然后他就跳海自杀了。"

"巡逻员看到我和他一起来到海边，所以把这笔账算在我头上。当然，我没有否认杀了他，虽然我没有亲自动手。他爸妈讹了我爸妈一大笔钱，他们的生活就此完蛋了。我非常高兴。为了还债，他们必须出海打鱼，然后就像你们知道的那样，他们遇到海难，喂了鱼。我十五岁那年跟着高义岳去了韩国，我没有身份，正好可以做别人做不了的事，这是我的生存之道。"

这番话说完，高勇又吸了一口烟，正好把一支烟燃尽。

"我想喝点啤酒。"他说道。

两分钟后，民警拿了一提啤酒进来。高勇打开一罐，缓缓饮了一口，眼角眉梢流露出舒爽的表情。

"几点了？"他问道。

"九点。"

"你想听另一个故事吗？"他又点了一支烟，像朋友喝酒谈天似的问道。

展杰沿着脚印在雪地中奔跑，从集装箱区跑到了大客车停放区，这里停放着许多老旧的公共汽车，还有被遗弃的房车拖车。

脚印引领着他来到一辆房车面前，这辆车的电源箱盖敞开着，同样插着电缆。展杰轻轻按住门把手，屏住呼吸，然后轻轻向下拉，竟然拉开了。他的心提到嗓子眼，慢慢拉开车门，一道光亮和暖气从里面涌出来。

他猛地拽开车门，端着枪跳上车，明亮温暖的车厢里空无一人。车厢前部是床，中部是厨房和卫生间，后面摆着一套书柜桌椅，书桌上摊开着一些纸张。他走到书桌面前，拿起一张纸，是那个叫田媛的被性侵女孩的体检报告。

"人与人之间有完全的信任吗？当然没有。比如我，我为高义岳做了那么多事，他到现在都没有百分之百信任我。就像我不信任他一样。所以我在他和他儿子家里都装了窃听器。"

高勇看到李正天眼前一亮，笑了一下："当然，我有录音。"

李正天点点头，又给他点了一支烟："继续说。"

"高乔自从知道那个女人死了就疑神疑鬼的，就是那个被放在国贸展览的女人，以前就是她给高乔物色幼女人选。于是高乔让我去找她遗留的证据。"

李正天盯着高勇，刚才他要么把罪责往自己身上揽，要么避而不谈，现在开始主动提起高乔，他的内心在做怎样的活动呢？

"我又不是神仙，怎么知道证据在哪。所以只好守株待兔。"高勇说道，"我在快乐同城网公司和那个女人家门口装了监视器，只要有人去我就能发现。结果你们同事去了快乐同城网。"

李正天点点头，背在身后的双手紧紧绞在一起。

"我本来不想杀他的，毕竟他没有看到我的样子。但是没办法，高乔非让我动手。而且我能看出来他已经找到了什么，但就是不告诉我。所以……没办法，既然不能销毁证据，那就只能杀人灭口了。"

"但是杀警察这么大的事我想还是要和高义岳说一下，正好看看他们父子间有什么反应。果然高义岳对高乔大发脾气，高乔也不示弱，于是他们在电话里吵了起来。你们注意，接下来就是第二个故事了。"

"高义岳觉得高乔杀警察可能有点过火，于是骂他恋童癖惹出这么大麻烦。高乔反击他，说有其父必有其子，自己的癖好都是从他身上遗传的。然后高乔还说自己知道二十八年前高义岳睡了一个十三岁的女孩，然后那个女孩难产死了，留下一个男婴，被养在集装箱里。"

说到这里高勇停了下来，房间里的气压陡然升高。李正天和林兮看着他，一时都说不出话来。

"那个女孩的父母养下了男婴。因为有过一个女儿，所以男婴的'爸爸'结扎了，'妈妈'才会被人当成坏女人。"高勇忽然笑了起来，"这个男婴长大以后惹了很多祸，而那时高义岳已经是知名企业家了。所以他害死另一个男孩后，他'父母'找到高义岳，要他认下这个孩子。结果这对不知天高地厚的夫妻被高义岳灭口了。从此这个男孩就留在高义岳身边，成为他的'养子'。"

57

高勇心平气和地说完这番话，房间里安静得可以听到电流涌动的声音。

他抽完一支烟，忽然笑了起来。

"我从来没敢做这种美梦！我竟然是大富豪高义岳的亲儿子！我知道这件事以后，感觉自己好像重生了一样！哈哈哈哈哈！"

高勇放声大笑，李正天却感觉一阵毛骨悚然。

"然后呢？"林兮问道。

"然后？"高勇慢慢收起了笑容，"然后我一直纠结，到底要夺回本该属于我的东西，还是要毁掉这一切。这取决于我到底是谁？我是高义岳的儿子，还是被高义岳害死全家的孤儿。不过这都是后话了，我首先要做的当然是找到高乔犯罪的证据。你们的同事把他和包皮匠同伙的通话都录了音，我才知道他被我抓住之前去了包皮匠死的地方。"

"如果我早点去，或者晚点去，也许就碰不上你们了。也许什么事都不会发生。"高勇说道，"也许我的运气已经用光了。我留下枪就是想让你们找到高家，这一点你猜对了。"

"你和高乔的女人曹阳娜私下联系，也是为了对付高乔吧？"林兮问道。

"没错。"高勇点头道，"我让她把高乔睡她女儿的证据给我。等我干掉高乔，这个世界上唯一和高义岳有血缘关系的就是我了。到时候我可以给她一大笔钱，还有自由。她不傻，所以就同意了。"

"干掉？"李正天冷冷道，"你们的矛盾又升级了？"

"自从我哥哥知道我的身份后，就应该一直想置我于死地吧。"高勇平静地说道，"最新的计划就是毒死那个女孩，然后栽赃我。就像你们看到的那样。"

又是一段长时间的沉默，李正天终于问道："既然如此，你为什么还要替他们顶罪？"

高勇咧开嘴笑了，一股浓烟从嘴里喷出，遮住了他的脸。

李正天和高勇相互凝视着。忽然李正天眼前闪过一道光亮，他终于挖开了坚固的冰山，看到了恶土中的罪恶，于是抓起衣服夺门而出。

李正天快步向外走去，林兮追上他，问他想到了什么。

"高勇是故意的！"李正天两眼冒着精光，"他故意被抓进来，认罪，把高乔换出去，就是为了给苏哲创造机会杀掉高乔！他在用同归于尽的方式报仇。"

"什么？"

李正天停下脚步，对林兮说道："苏哲肯定是通过曹阳娜抓住了高勇。高勇为了活命，或者也是为了报仇，说出高乔是杀死包皮匠的幕后真凶，并提出用自己交换高乔。苏哲同意了，于是他们在我面前做戏，让我把高勇救下来。高勇被抓后再把所有罪名都认下来，高乔自然就能取保候审。然后苏哲就能亲自杀了高乔。"

"可是这样一来，高勇自己也出不去了啊！"

"你觉得他现在还会考虑这些吗？他要毁掉高家！"李正天一边说一边拨打展杰的手机。

展杰的手机躺在书桌上，因为调成了静音模式，所以只亮了屏幕。展杰翻箱倒柜，找到了大量苏哲的个人物品。在柜子的最下面有一个小书包，书包里放着几件女孩的衣服和书本。他拿起一件白色的卫衣，布料已经发黄，上面还有淡淡的血迹。

就在这时，门口传来"咔哒"一声落锁的声音。他急忙冲过去，发现车门已经上锁了。然后他看到了墙角藏着的一个黑色的摄像头正凝视着他。

空调口喷出白色的烟雾，很快充满了房间。他闻到了一股香甜的味道，然后倒在了床上。

高乔知道自己在劫难逃，他不相信高义岳会搞定这件事，最好的结果就是等风头过去后再悄悄把他逮捕归案。高义岳不会为了他断送自己的生意，哪怕有一点风险，高义岳都会亲自把他扭送到公安局。

高义岳现在安抚他，无非是想让他把眼前的事情做完，等天港集团的项目落地再把他交出去。他太了解自己的父亲了，所以他绝不能坐以待毙。他认为哪怕流亡到国外做个隐姓埋名的富家翁，也好过被抓进监狱生不如死。

所以他决定表面上答应高义岳的条件，然后连夜出逃。明天一早高义岳怎么和公众交代就不关他的事了。他的海外账户里有两亿美金的存款，这些都是背着高义岳搞的，有这些钱他可以一辈子活在天堂里，直到真的去了天堂。

最关键的是，他安插在律师团队里的人刚刚传来消息：高勇很快就顶不住了。

他让家政员去买小龙虾慰劳保镖们，然后悄悄来到地库，开车离开。即将要转出地面的时候，面前忽然出现一个白色的影子，他吓了一跳，一脚急刹车停在对方面前。

他正要破口大骂，认出对面站的竟然是曹阳娜。

他降下车窗破口大骂，曹阳娜直勾勾地看着他，忽然抬起手，亮出了手里的备用车钥匙。他还在莫名其妙，身后忽然伸出一双手捂住了他的嘴巴。

伴随着发动机的咆哮，酒红色的 C63 在车流中飞速穿梭。林兮买了这台车以后还没见过它有如此凶猛激烈的一面。她有些紧张，又有些兴奋，就像当初赵阳带着她骑摩托车时的感觉。

"别怕。"李正天盯着前方说道，"咱这是奔驰。"

"嗯。"林兮深呼吸了几口气，"苏哲会不会已经把高乔杀了？"

"不会。苏哲是信仰型杀手，仪式感很强，观众不到场，他是不会开始审判的。"

李正天在滑如镜面的冰雪小道上接连甩了几个尾，终于冲到工厂区门口。一辆白色宾利欧陆跑车早就等在这里了，车门敞开，两道脚印拖着一条拖痕进入前方的黑暗中。

李正天让林兮在外面等着，林兮立刻拒绝，从后备箱的保险箱里取出防弹衣和手枪，让李正天也穿上，否则就不让他上去。

两人摸上天台，看到高乔跪在天台边缘，苏哲和曹阳娜站在他两侧。这时探照灯亮起，铺满积雪的天台变成一个闪亮的舞台，苏哲朝他们招了招手。

李正天指了指旁边的空调风机，让林兮躲到那里，然后朝苏哲挥了挥手。

"你们果然是有钱人的狗啊。"苏哲大声喊道，"主人被抓了，你们的效率还真是高！如果你们能在干正事的时候有现在一半的效率，事情也不会变成现在这个样子吧？"

"不要再错上加错了！"李正天喊道，"你把他交给我，我会让他……"

"砰！"

苏哲朝天开了一枪，然后喊道："你真是大言不惭，居然还有脸指责我？那你回答我，这个人是谁！"

苏哲一边说一边用枪管戳着高乔的脑袋，高乔吓得恨不得把脑袋缩进胸腔里。

"这是高乔。"李正天回答道，他看出苏哲情绪激动，于是放缓了语气。

"高乔？高乔不是被你抓了吗？"苏哲装作吃惊，薅住高乔的头发把他的脸扬起来，"要不你再好好认认？眼神不好就仔细闻闻！"

"不用了，我确定他就是高乔。"李正天回答道。

"好。"苏哲把枪口按在高乔的头顶，"下一个问题，既然他已经被警方逮捕了，为什么现在会出现在这里？"

"听着……"

"回答问题！"苏哲吼道，威胁似地把子弹上膛。

"因为他被取保候审了。"李正天只好回答。

"为什么会被取保候审？"苏哲逼问道。

他为什么会被取保候审你心里没点数吗？李正天看着苏哲扣住扳机的手指，一个杀人犯劫持了一个强奸犯。李正天忍不住想，如果现在不给苏哲台阶下，他俩都会有什么反应。

"因为……"李正天看了一眼苏哲身边战栗不已的曹阳娜，"因为有人替他认下了所有罪名，而另外两个关键证人都保持沉默。所以我们只能去找新证据，在此期间……"

"好了！"苏哲再一次打断他，"所以这都是别人的错，你们一点错都没有，对吧！所以你也不知道这个取保候审的高老板，半小时前正打算开车到机场坐私人飞机潜逃了？"

焚冬

"我们的人全天候盯着他。"李正天说道。

"哈哈哈！"苏哲仰天长笑，"真没想到你这么幽默。你所说你们的人是不是就是躺在警车里安心睡大觉的那几个大老爷？"

李正天看了眼躲在空调机组后面的林兮，林兮冲他点了点头。

"应该是。"李正天大声说道。

"这帮蠢货，连我大摇大摆走进他家车库，劫走了他都没发现，你指望他们盯住个鬼啊！"苏哲吼道，"你说这种话是你自己傻还是当我傻！"

"听着！"李正天举起双手往前走了两步，"你说得对，这个王八蛋罪该万死。可即便如此也要由法律审判。因为只有法律判决他是强奸犯、是杀人犯，他才是。如果你现在杀了他，他就只会以受害者的身份盖棺论定，所有的罪行都会随着他的死被掩盖！"

苏哲愣了一下，然后放声大笑："说出这种言不由衷的话，难道你自己不会想笑吗？那我告诉你真相吧，如果我不杀他，他就能逍遥法外一辈子！"

苏哲越说越激动，用手枪戳着高乔的脑袋，一边戳一边吼道："为了把这些魔鬼赶回地狱，我已经做好了和他们同归于尽的准备！你呢？你就会说这些扯淡话！等你女儿被人强奸的时候再去找你的法律吧！"

"为什么！"李正天忽然喊道。

"什么为什么？"苏哲下意识地咆哮道。

"为什么你的女儿会被人强暴？她被强暴的时候你在哪！"李正天孤注一掷地喊道。

"你愿意开枪就开吧。"

苏哲身体一震，好像被冻住了一样。

机不可失！李正天向前走了几步，边走边喊话："因为那时候你在蹲监狱吧！"李正天拿出手机念道，"秦卫东，2002 年因盗窃罪入狱三年。如果你在她身边的话，她会遇到这种事吗？她会自杀吗？你说我女儿被强奸？我告诉你，我永远不会离开她半步！"

苏哲身体又是一震，回忆又化成一层坚冰裹住了他。

加油！别慌！李正天一边在心里给自己打气，一边走到距离苏哲五米处停下，这是李正天的优势区域。在这个距离，李正天有 90% 的机会一枪打倒苏哲。另外 10%，苏哲可能有机会一枪打死高乔。

这似乎也不错。

李正天深吸了一口冷气，这个动作可以让自己的声音看起来有些哭腔。

"我知道你是为了报仇才活到现在，但你的仇早就报完了吧。"李正天看着苏哲的脸说道，"那你现在在干什么？杀掉那些卖女儿的女人？那她们的孩子怎么办你有想过吗？她们不还在继父的手心里？日复一日被蹂躏！"

"我们怎么没想过？我们举报了！但是你们和他们狼狈为奸，掩盖了真相！"苏哲喊道。

李正天摇了摇头："他根本就没去举报，他骗你呢！他背叛了你！"

一瞬间时间静止了，苏哲慢慢将枪口对准李正天。

"你——说——什——么！"苏哲一字一顿地说道。

李正天挺直了身体，迎着枪口说道："我说包皮匠。他根本没去找警察！他拿着性侵案的证据勒索高乔去了！"

"胡……胡说八道！"苏哲嘶吼道，端着枪的手在不住颤抖。

"勒索一千万美元。"李正天指着缩成一团的高乔，"你可以问问他。"

苏哲俯下身，看着高乔的侧脸，高乔战栗着点了点头。

苏哲的目光变得空洞，枪口对准高乔的太阳穴。

58-终章

人在绝望的时候就会幻想和世界同归于尽吧。李正天曾经也生出过这样的念头，所以他明白苏哲的感受。

"为什么？"李正天忽然问道。

这句没头没尾的问话打破了苏哲的梦魇，把他的目光吸引过来。于是李正天继续说道："你有没有想过，他为什么要骗你说去找警察！"

苏哲麻木地摇了摇头。

"因为他不想再让你杀人了。"李正天说道。

一阵西北风从李正天斜后方席卷而来，扬起地上的浮雪，形成了白色的雪暴。几米之遥的四个人被雪花隔绝在各自的空间里。

"他想离开这种生活！但他放不下你！"李正天在风雪中说道，"他知道你还会继续杀人，所以才骗你说找了警察，这样你也许就不会再杀那些女人了！这么简单的道理你为什么不懂？因为你心里早就被仇恨塞满了！除了杀人，你已经什么都想不到了！连你的同伴都离你而去了！可即便如此，他也不想你变成一个只会杀人的怪物！"

"如果你……"李正天灌了一嘴雪，咳嗽了两下，继续朝着面前的风雪说道，"如果你真的想替那些孩子报仇，你就放下武器和我回去！我会把那些性侵案公诸于世！只有这样，才能让更多的人关注这种事情，才有亡羊补牢的机会！所有悲剧才不会白白发生！而你就是这出悲剧的证人！"

风弱了下去，李正天逐渐看清了苏哲的轮廓，他呆呆地站着，握着枪的手垂在腿边。

就在这时，一道金光伴随着刺破空气的声音从李正天身边飞过，飞进苏哲的身体。苏哲猛地一抖，然后像被这道射线冻住了一样，慢慢向后跌下天台。

　　这时，沉闷的枪声才传到天台上。

　　"谁开的枪！"李正天瞪着眼睛吼道。

　　天空下起鹅毛般的大雪，仿佛一出大戏终了，落下白色的帷幕。早已隐蔽在风机管网后面的警员和医护人员一拥而上，把高乔和曹阳娜带下去。李正天来到天台边缘，往下看去，苏哲躺在一张巨大的充气垫上，急救人员正在就地抢救。

　　"是郭博英下令射击的。"林兮来到李正天身边。

　　为什么要开枪？他马上就能说服苏哲缴械投降了，苏哲已经放下武器了！是的，正因为苏哲放下武器，才达到了"确保被劫持人的生命安全"这个触发射击动作的条件。

　　郭博英有一万个理由开枪，其中最腻味人的一条就是保护他的手足同袍李正天。李正天知道他肯定把这一条写在报告的最上面。他肯定会这么做，就像他永远也不会承认，自己下令开枪是因为怕被人抢走功劳。

　　就这么怕自己抢功吗？李正天忽然同情起郭博英了，这样谨小慎微的人生，就像那个什么装在套子里的人，就算给他再大的利益他也不愿意活成这样。

　　轰鸣声自空中而来，一架直升机晃着强烈的探照灯在半空中盘旋。探照灯罩住李正天，他朝着直升机挥了挥手。他猜郭博英此刻正向梁安治吹嘘他亲自部署的抓捕计划。

　　"不是我跟各位吹，这头功可得有我一份吧。"重指部的老郑对着众人吹嘘道，"打那小子一进别墅区我就盯上他了。就哥这双眼睛，这么多年就没失过手。我定眼一照，就是那小子没跑！"

　　"老郑眼神那就没挑了。"老张接过话头，"可是到了这边都是我的活了。刚才真是悬透了。您猜怎么着？充气垫充不上气了！哎哟！把我急的。我知道上头什么时候往下掉啊？赶紧把车弄过来接电源充吧！还不敢打着火，怕动静太大上头听见。愣是把车给推过来的。列位，就冲这个不得来个个人二等功啊！"

　　李正天和林兮绕过欢腾的人群，安静地往外走。

　　"我真没和郭博英说你在等高乔逃跑。"林兮先开口说道。

　　"我知道。"李正天笑着说，"郭博英看我对放走高乔没有任何反应，就知道我一定有想法。高乔回去后唯一的变数就是像张珂那样潜逃，所以他很容易就能猜到我要干什么。"

经侦是郭博英的老本行，一个专门帮有钱人潜逃出境的产业链对于他的吸引力要远远大于一个在劫难逃的强奸犯。所以他才会把草包们摆在明处监视，再让特警队暗中观察，然后等待时机将他们一网打尽。

虽然计划出了意外，高乔被苏哲劫持，但好在李正天及时赶到稳住了苏哲，给郭博英从容部署的时间，最后一枪制胜。

"那你还一直配合他？"林兮分析道，"你通过击垮高勇给高乔施加压力，促使他出逃？"

"其实我也没想到高乔真敢扔下老爹跑路。"李正天摇摇头，"他们父子倒真是一家人，互坑。"

"如果刚才郭博英没下令开枪，你会开枪吗？"林兮忽然问道。

李正天想了想，说道："应该不会吧。"

"那你为什么要走到那么近？"

李正天似乎没想过这个问题，过了一会儿才反问道："如果我离他八丈远，你觉得我那些话还有说服力吗？"

工厂区门口围了一圈警车，中间是三辆救护车。四名急救人员抬着担架从里面小跑着出来，苏哲躺在担架上，头上戴着氧气罩。经过高乔和曹阳娜面前的时候，苏哲的脸正好侧向他们这一边，空洞的眼神从他们身上划过。

高乔躺在担架上，他因为长时间失温和过度惊吓而引起机能障碍，正在注射镇定剂和葡萄糖。曹阳娜面无表情地走到他面前，高乔动了动眼珠，看着她。

"我女儿死了。"曹阳娜低声说道。

高乔继续看着她，没有任何反应。

"医生说，她是因为求生欲望太弱才死掉的。"曹阳娜又说道。

高乔似乎听到了她的话，眼睛转向了别处，露出厌恶的表情。要不是这个吃里扒外的女人，他早就喝着香槟远走高飞了！

"你不会内疚吗？"曹阳娜几乎哀求着问道。

滚开！如果他有力气张开嘴，一定会骂走她，这个扫把星，倒霉的女人！你把我害成这样，你不会内疚吗！

果然还是这种冷血的、自私的、不把人当人的眼神，曹阳娜喃喃自语："他说得对，你就是个魔鬼。"

魔鬼害人，皆因人怕魔鬼。多简单的道理，但她活了三十七岁才明白。她抬起手指向担架上的男人，和手臂连在一起的，是一把袖珍单发手枪。

他的眼神终于变了，呵呵，真有趣。

砰——

李正天和林兮跑过去的时候，高乔瘫在担架上，肚子上一片鲜红，两名医生正在给他止血。不远处，两名警员将曹阳娜按在地上。一支比口红大不了多少的小手枪静静地躺在高乔面前一米处的雪地里。

"我们打个赌，你揭不开白雪下的罪恶，最后还是要我来。"苏哲的声音在李正天脑海中响起。

李正天猜测苏哲和曹阳娜也打了个赌，那就是警察绝对不会帮她报仇，警察甚至会杀掉他们来保护高乔。所以苏哲把枪给她，让她看着自己和警察之间的最后交锋，如果警察射杀了他，那就证明他对了。

曹阳娜目睹苏哲的预言成真，自然也认同了他的结论：没人会帮她主持正义，唯一能帮她报仇的就只有手中的枪。这里人来人往，却没人多看她一眼。她是被所有人都憎恶的肮脏恶毒的女人。

如果此时她还不敢举起枪报仇，恐怕她都会无比憎恶自己吧。

李正天并没有为自己忽略了曹阳娜而懊恼，相反还暗自松了口气。不知从什么时候开始，他开始信奉"因果报应"那种冥冥中的力量，而这回显然又应验了。

他还在胡思乱想，总部传来消息，展杰出事了。

展杰进入了一个白色的世界，好像是在一张纸上，又好像在一个圆球里。他感觉自己正在和这个奇怪的世界融为一体，难道这就是死去的感觉，他获得了从未有过的平静。

一个影子闯进了进来，在他耳边喃喃细语，就像潜在水中听到的声音。声音忽然变大变清晰，是熟悉的声音。他的意识立刻恢复了，睁开眼睛，看到了景樱焦急的脸。

他在昏迷之前，用最后的力气按下了腕带上的按钮。景樱从家赶过来，把他从充满麻醉气体的房车里抬出来。这时警察和急救车也赶来了，把昏迷的展杰送进了医院。

李正天在窗外看到已经睁开眼睛的展杰，杨柳才敢告诉他：如果景樱再晚来半小时展杰可能就醒不过来了。李正天冲进病房，扇了展杰一个响亮的耳光。

林兮和杨柳把李正天拖到一边，展杰的脸以肉眼可见的速度肿起来，他龇牙咧嘴地喊道："能不能别每次都打脸！我没让毒气熏死，让你一巴掌干脑震荡了！"

"装什么英雄好汉！"李正天吼道，"我们还没死绝呢，轮不上你！"

他还想再骂，看到景樱端着脸盆站在门口，于是闭上嘴巴悻悻走出去。

李正天走到户外平台上透气，过了一会儿杨柳也出来了。

"如果你刚才不扇他那一下，他现在已经能出院了。"杨柳说道，"还有个消息，应该算是好消息吧。"

"什么？"李正天烦躁地摸着口袋。

杨柳拿出一包骆驼烟，完成了"上烟"的仪式。

"高乔没死。"杨柳说道。

"哦？"李正天点上烟，用力吸了一口。

杨柳在铁栏杆的积雪上画了一个圆，又在圆里画了个十字，然后说道："曹阳娜也不知道是手头太不准还是太准，一枪打穿了高乔两节脊椎。他全身瘫痪了。"

"这倒是个好消息。"李正天点点头。

"马东来了。"杨柳放低了声音，"拉个脸在里面转悠呢，估计是找你，小心点。走了！"

李正天看着杨柳远去的背影，说了句"谢了"。

马东走了过来，和李正天并排站着，从兜里掏出一张三叠的纸递给他。李正天打开一看，是任命他担任刑侦总队副队长兼重大案件调查组组长的文件。

"什么叫重大案件调查组？"李正天问道。

"和重指部一个概念。"马东直白地说道，"换了个名，还是你俩。"

"你这个态度变得有点太快了吧。"李正天苦笑着说，"昨天开会刚把我们组给撤了。"

"这是上级决定的，我只是执行。"马东面无表情地说道。

"为什么给我提职？"李正天问道。

"因为你这两天整出好几个大热搜了。"马东看着远处说道，"现在只能二选一。要么就坚持你做得都对，立了大功，立功就要受奖。要么就承认你做错了，错了就要处分。但是处分你就等于告诉全世界我们搞砸了。为了顾全大局，大家只能昧着良心挺你。所以你别以为过关了，你的问题非常严重。这些情况我都会如实向上级汇报。好自为之吧，下次你就没这么幸运了。"

李正天点点头。

"还有，明天上午局里开总结大会，由重指部总结发言，你们就别出现了。这个案子虽然你们参与了，但破案也是刑总和重指部共同努力的结果。所以在总结表彰的时候会通盘考虑。还有就是，你们在办案过程中毕竟存在很多违规的地方，出于对你们的保护，上级决定把案子算在重指部那边。"

马东说完这番话就走了。李正天看着手里的文件，这算什么呢？如果是五年前的自己，肯定会追上去让马东把话说清楚。十年前的自己没准还会把这张纸团起来扔到马东脸上。但现在，他却只是目送马东离开，多一句话都不想说。

他忽然想起姜力总挂在嘴边的一句话：幼稚是可以为了理想光荣地死去，成熟则是愿意为了理想卑贱地活着。他一直说这是姜力为自己的卑贱找借口，却不曾想有一天自己也要从这句话中汲取勇气和力量。

他点了一根烟，胸口像堵着一团脏棉花。

李正天把林兮送到楼下，把车钥匙还给她。

"明天就回市局了吧。"李正天笑道。

"是啊，案子查清了，你也高升了，我当然得回去了。"林兮笑着说，"以后再查你就得郭局长这个级别的领导来了。不过你们食堂的溜肉段好吃，以后我要路过你得请我吃饭。"

"就别再查了呗。"李正天笑了笑，"我请你去小饭馆吃，更正宗。"

"嗯，对。"林兮点点头，两人在寒风中站了一会儿。

"明天起早不？要不去喝一杯？"李正天忽然说道，接着又叹了口气，"案子虽然破了，但心里更堵得慌了。"

"好啊。"林兮点点头。

59-尾声

毛彤彤的酒吧依旧没什么客人，于是李正天、林兮、毛彤彤和酒保凑一桌喝了起来。李正天去了洗手间，过了好久才回来，脸上的胡茬刮得干干净净，人立刻年轻了十岁。

"总想着明天开始好好收拾，一晃好多个明天了。"李正天摸了摸光滑的下巴，"不等了。"

酒保高兴地举起酒杯："李哥这一下就返老还童了，我提一杯！"

李正天一口气干了一杯黑啤酒，然后瘫在沙发上打了个嗝。

"胡子虽然刮了，行为依旧油腻。"毛彤彤一边切香肠一边嫌弃地说道。

"少喝点。"林兮说道，"明天上午大会你还得发言吧，写发言稿了吗？"

"什么大会？"毛彤彤问道。

"总结大会，也可以理解为庆功大会。"林兮说道。

酒保刚拿起酒杯，毛彤彤越过桌子拍了下李正天的肩膀，叫道："可以啊！油腻英雄！来，提一杯！"

四人又碰了一杯，李正天告诉他们自己明天不去开会了，然后把马东和他说的话简要说了。虽然说得轻描淡写，但大家都听出了是怎么回事。

毛彤彤急忙说道："没事。不是都给你升职了吗？那些虚头巴脑的东西你还和他们争什么！你没精打采的就因为这个啊？太小气了吧。"

"跟那个没关系。"李正天一饮而尽，然后看向窗外。

"那跟什么有关系？"林兮给李正天倒了一杯酒。

李正天看着夜幕下空荡的街头，慢慢吐出了几个字："那些女孩。"

那些女孩中，固然有像白静那样，心灵受到了严重的伤害，可能终其一生都无法痊愈，也有像田媛那样为了拯救亲人而忍受侮辱，更有像孙美宸那样，已经接受了这个现实，并甘愿成为这条黑色食物链上的一分子。

这才是最可怕的，一旦受害者接受了犯罪，罪行就会永久地隐匿起来。只要还有愿意花钱买少女的人，还有愿意为了钱出卖女儿的母亲，或者父亲，那么快乐同城网早晚会死灰复燃，换个名字重临人间。

到那时，还需要另一个李正天吗？或者，还需要另一个包皮匠吗？

李正天给自己倒了一杯占边威士忌，他要问问欧美警察是怎么想的。

李正天把林兮送到家门口。林兮让他等一会儿，然后从家里拿出一件崭新的空军夹克。李正天愣了一下，没有伸手接。

两人站在走廊里，声控灯亮了又灭，灭了又亮。林兮终于过来把李正天身上破破烂烂的夹克脱下来，帮他穿上新夹克，然后在黑暗中摩挲温软的牛皮。

声控灯又亮了，李正天看到她脸上亮晶晶的。

"对不起。"林兮低声说道，"我就是……"

就是在想赵阳吧。李正天想着，想说些什么，但是嘴巴好像被什么封住了。沉默了许久他终于开口了，一开口却变成了："这么贵的衣服，我不能白拿。"

"包皮匠案发了一万块钱奖金，应该有你一半。"林兮说道，"我又不好直接给你钱，所以就又给你买了一件。"

"你都给过我一个手机了。"李正天说道，虽然那个手机是紫色的。

林兮没有接话，朝李正天笑了下，但眼神却是不容讨价还价的意思。

"行吧。"李正天看懂了眼神，"那我走了。"

李正天摸到了闹钟，显示凌晨三点。一阵困意袭来，他终于放下酒瓶，闭上了眼睛。他想着在林兮家门口等电梯的时候，林兮就一直在门口看着他。

电梯门开了，他朝林兮挥了挥手，然后逃跑似的钻进电梯。放松下来后，他才发现身上起了一层汗。之前被苏哲拿枪指着的时候都没有这么紧张。

他觉得自己应该是喜欢林兮吧。但他不想和她在一起。也许因为他潜意识里认为自己会死于非命，就像赵阳一样。他不想她为自己难过，就像为赵阳难过一样。

如果这样算的话，那么他可能真的没那么喜欢婉柔。不喜欢还和人家交往，甚至到了谈婚论嫁的地步，想想这也挺混蛋的。于是他又睁开眼睛，给婉柔发了一条短信。

> 婉柔，我想了很久，分手的责任全在我，是我对不起你，辜负了你。为了表达歉意，我会继续关照你哥哥，保证他得到应有的待遇，直到他刑满释放，请放心。如果你遇到别的麻烦也可以随时来找我，我会尽可能帮你。祝你幸福。李正天。

这一次，他终于平静地睡去了。

恒泰集团董事长高乔遭枪击成为全网早间新闻的头条，同时夹杂着各种传闻和猜测。证交所赶在股市开市前决定对恒泰集团停盘。郭博英得到这个消息后，手脚冰凉地走进报告厅，主持包皮匠案和高乔枪击案的新闻发布会。

李正天翻看着报纸，报纸首页用整版介绍了重指部破获连环杀人案，并刊登了郭博英心不在焉的大幅照片。每次他破的案子报道了，他都要买一份报纸留念。

"别看了！看也没你！"展杰瘫在沙发上，一边刷手机一边忿忿地说道，"所有人都在市局大食堂吃咱们的庆功宴，咱们在办公室吃外卖，你不觉得搞笑吗？"

"我去！"展杰忽然翻身坐起，"你看这个！恒泰集团董事长高乔昨夜遭到袭击，巴拉巴拉，据悉恒泰集团将聘请欧洲顶级医疗团队，给丫更换人工脊椎，有可能恢复80%的功能！这还讲不讲理了！真是好人不长命，祸害活千年啊？"

李正天看着窗外没有接话。他们能怎么办呢？他们最多把高乔抓进来，把证据找齐了，这都已经是用重大牺牲换来的成果，剩下的事他们也管不了了。

展杰一脸愤怒，这毛病和自己刚工作那会儿一模一样。李正天想着，仔细在郭博英的眼睛和嘴上戳了三个洞，然后把报纸叠好，放到抽屉里。

办公室门忽然被推开，冲进来的竟然是罗瑁。他把展杰支出去，然后一屁股坐在沙发上，从兜里掏出烟，叼在嘴里。接下来他就像被按了暂停键，两眼直勾勾地看着前面，一动不动。

李正天走到他面前，给他点上烟。他深吸了一口，终于活过来了。

"怎么了？又犯事了？"李正天说道。

罗瑁瞟了一眼李正天，然后继续大口抽烟。

"咋了？让人从历史舞台上轰下来了？"李正天又问道。

罗瑁把才抽了一半的中华烟掐灭，喷出最后一口烟，然后才缓缓说道："今天我来还你个人情，往后两不相欠。"

李正天见他说得郑重，也不再说笑，搬了个椅子坐在他旁边，拿了一支中华烟点上。

"你说吧，我做好准备了。"李正天说道，"一般二般的小事，也不能劳动您的大驾。"

罗瑁又点了支烟，似乎在思考怎么开口，过了很久才说道："昨天晚上，都有谁在那个天台上？"

"都有谁？"李正天往椅背一靠，挨个说了一遍，警员和医生记不住名字了，就用数量代替。

"枪响以后，苏哲掉下去了。"罗瑁说道。

"对。"

"然后呢？"

"然后我们就跑过去，把高乔和那女的……"

"好好说。"罗瑁打断了李正天，"谁干了什么，先后顺序，说清楚。"

"怎么了？"

"说你的。"罗瑁郑重其事地说道。

"我离着最近，肯定是我第一个冲上去，把高乔和曹阳娜从天台边上拽回来。他俩当时都在天台边上，一阵风就能刮下去。"李正天回忆着说道，"然后林兮过来了，其他人也过来了。我们一起把高乔拽到担架上，那小子就穿了个单衣，冻得跟什么似的，腿都伸不直了，费老大劲才给抬到担架上。然后……"

"行了。"罗瑁再次打断李正天，"你不可能同时把高乔和曹阳娜拽下来。你现在回忆一下，你是先接触高乔还是先接触曹阳娜。"

"当然是曹阳娜了！妇女儿童优先嘛！"

"你把曹阳娜抓下来的时候，旁边有没有人？"罗瑁顿了顿又补充道，"除了高乔以外。"

"没有。"李正天摇了摇头。

"林兮也不在？"

"不在。"李正天又摇了摇头，"苏哲掉下去以后，我第一时间就上去拽人了。林兮他们离我至少十来米，肯定过不来。"

罗瑁叹了口气，然后说道："我也不跟你卖关子了。事情是这样的，曹阳娜射击高乔的那把小手枪，是苏哲给她的吧。"

"那是啊！"

"但她现在说想不起来了。"罗瑁看着李正天说道。

"所以呢?"李正天还没想明白。

"所以,高家律师可以主张这把枪是你给她的……"

"放屁!"李正天蹦了起来。

罗瑁一把按住李正天,然后说道:"枪上除了曹阳娜,没别人的指纹。事发前后她只接触过苏哲和你。所以,理论上,你们都有可能给她这把枪。"

"我有病啊我……"

"我知道!我说的是理论,如果你们无法证实这把枪是苏哲给她的,那么在法庭上这永远是个疑点。"

"那你要这么说,所有人都可能……"

"对!"罗瑁一拍茶几,"但是他们和你都一样,你们都是警察!"

李正天愣了一下,终于明白过来,缓缓说道:"他们碰瓷来了?"

"说得好,就是碰瓷。"罗瑁点头道,"这是我从个人渠道打听出来的消息,于公于私都不该和你说。但我觉得如果因为这个事最后给高乔弄一个保外就医,那也挺绝的。"

"保外就医?"

"对,这就是高家律师团的策略。认罪,然后抓你们的过失争取保外就医。因为高乔是在你们手里被打伤的,这是事实。所以只要无法证明这把枪就是苏哲给曹阳娜的,就算苏哲醒过来认了,只要曹阳娜还说想不起来,这个黑锅就得你们背。"

李正天猛地起身,被罗瑁一把拽住胳膊。

"我今天来还你人情,就是要告诉你,千万别去找曹阳娜!"罗瑁喊道,"不管她改不改口,只要你露头,你们就完蛋了!而且就算她改口,你们也有处置不当的责任,谁叫你们没搜身。"

"搜个毛……"李正天咆哮道,"谁知道她身上有枪啊!"

"是啊,都是事后诸葛亮,可是没办法,这就是规则。"罗瑁耸耸肩,"士以笔杀人,这就是高家律师团的厉害之处。"

李正天颓然坐回到椅子上,问罗瑁还有什么补救的法子。

"暂时没有。我来是要告诉你千万别冲动,也让你家那位小少爷别冲动。老老实实猫着,高家律师专门盯着你们呢。就算最后高乔保外就医了,那也是法院判的事,跟你们没关系。你们已经付出太多了,不能什么事都让你们来承担。"罗瑁一边说一边从包里掏出一条软中华,放在茶几上,然后一字一顿地说道,"我听说这是你们的规矩。我也挺服你的。但是千万记住,别出去,出去必死!"

李正天思考着罗瑁最后这句话,他相信罗瑁来是真心还人情的,他也知道如果自己沉不住气去找曹阳娜，百分百会被安上一条诱供逼供。

门慢慢打开，展杰把脑袋探进来，问他怎么了，为什么罗珺一脸悲壮地走了。

李正天看了看手表，已经快下午三点了。

"没事。他就是瞎操心。"李正天起身，"走，跟我出去一趟。"

60-华彩

街道两侧停满了汽车，司机大多站在车外翘首以盼，这是中小学放学时的常见情景。家长接上孩子后就直接奔赴补课班，很多孩子甚至在车上解决晚餐。家长们的焦虑都写在脸上，他们生怕孩子慢下来一点，或者走一点弯路，就会在未来的竞争中落败。

学校门口的保安吹响哨，家长们立刻骚动起来。十几分钟后，这条街重新恢复了平静。学生们还在源源不断地出来，但已经没有家长了。很快小痞子们接管了这条街道，他们像盯着羚羊群的猎豹一样寻找猎物，把他们带进小胡同弄点钱花。

"肆儿B"是附近有名的小痞子，今天他要为手机游戏运营商新推出的卡包寻找买单的人。一个卡包要648，大概五个四年级以上的学生就能凑够。现在的孩子越来越有钱了，他六年级的时候一个班的学生都凑不够五百块钱。

他在猎物中拥有自己的眼线，那个被他榨干并驯服的小胖子。他让小胖子在自己的班级里物色下一个猎物，然后跟着猎物一起出来。小胖子自卑地低着头，跟在一个消瘦的男生身后走。肆儿B从胡同里蹿出来，拦在两人面前。

不要抵抗，就少吃点苦头。这是所有小孩子在街头学到的生存哲学。

在周围同学投来的同情目光中，消瘦的男生被肆儿B拽进了胡同。

男生从地上爬起来，羽绒服上沾了很多雪水。不管他乖不乖，这几下揍是肯定要挨的，就像林冲过堂被打一百杀威棒一样。但肆儿B看他并不反抗，也就没使全力。

男生掏出手机给他转账，这时一个啤酒瓶子飞过来，直接把肆儿B砸了个跟头。等他捂着血流如注的脑袋挣扎着爬起来，看到几个油罐一样的中年男人。他认得他们才是这个地方的老大。

好在老大们没有为难他，让他狼狈逃跑了。

为首的中年人拽起被抢劫的男孩，掸了掸他身上的鞋印和雪水，然后揽着他的肩膀走出胡同，一直送到公交站。

"以后这条街上不会有人欺负你了。"男人说道，"我会看着你的。"

"谢谢叔叔。"男孩鞠躬道。

男人目送孩子上了公交车，然后向远处车里的李正天点了点头。

"张大超的孩子都这么大了。"展杰一边感叹一边启动汽车。

"走，去酒吧。"李正天闷声闷气地说道。

展杰一愣："当领导就这么横了？还没下班就开始喝了？"

李正天看着窗外，没有理他。

李正天一口气干了一杯伏特加，他现在必须用撕裂的痛感才能打开心扉。

"喝吧，我请过假了。"李正天说道，"我师父叫金盏。"

"你说过。"展杰看着杯子里的透明液体，学着李正天的样子喝了一大口，然后好像有人在他嘴里点了一枚炮仗。

"我揍过郭博英一拳。"

"这事我也听说过。"展杰点了点头。

"因为他说我师父是黑警，我必须揍他。"李正天说道，"他现在当我面说，我现在还揍他。我师父是我见过最好的警察。"

"我替你揍他！"展杰嘿嘿一笑，"你说说他怎么好。"

李正天又喝了一大口酒，用灼热的目光看着展杰说道："运河杀人案你知道吧，队部扫地老头办的。老头退了之后我就接了。然后发生了一起新的案子。死者是个十几岁的女孩。因为那几天河道正断水清淤，尸体很快就被发现了，尸检做得也很充分。"李正天顿了顿说道，"她是吸毒过量死的。"

"不对啊！"展杰皱了皱眉，"我看过卷宗，没有……"

"对，所以这是个模仿案。"李正天说道，"死者身份很快就调查出来了，一个学芭蕾的学生。案情也很简单，女孩参加了几个富二代组的冰趴，被玩死了。富二代们怕闹出事，就想了这个办法瞒天过海。不过这不是关键，关键是他们把所有罪行都推到了一个未成年男孩身上。"

展杰点点头，这是现在很多富二代的避险常规操作，没想到那时候就有了。

"那个男孩也很痛快就认罪了。"李正天说道，"这案子看着血腥，其实人是死于吸毒，按侮辱尸体罪判最多三年。再加上未成年，估计还会从轻。本来事不大，但是那些富二代的律师竟然要求我们撤销案底，说我们不能影响那些孩子的前途。就好像他们真没干过把一个大姑娘活活玩死的事一样！所以我就急了，我坚持审那个男孩，他终于全交代了。"

说到这里，李正天停了下来，看向外面。

"然后呢？"展杰问道，"我怎么没听过这个案子？"

"因为那个男孩在少管所自杀了。"李正天说道，"他写了份自白书，把所有罪名都揽在自己身上，又找别的警察念了一遍自白书，夜里吞铁自杀了。"

"他为什么自杀？"

"他从小被姥姥带大，那会儿他姥姥治病急需用钱。那些富二代答应他，只要进去顶罪就给他一笔钱，但是败露了就拿不到钱了。"李正天摇了摇头，"为了能拿钱他就自杀了。但是他在遗书里写的是我把他逼死了。"

"说你把他逼死了？"展杰叫了起来，"没调查你吗？"

"当然调查了，他家长也来闹了好久。"李正天说道，"内部还有人煽风点火说我过火，本来也没多重的罪，把一个未成年人生生给逼死了。这时候我师父站出来，告诉所有人逼死男孩的不是我，是那些富二代，是男孩的家人。如果我这次网开一面，下次再有人为了给姥姥治病收钱杀人，我们是不是也要网开一面？他这么一说，所有人都没话说了。那会儿他还不是我师父，我是跟着孙贺的。"

"煽风点火的不会就是孙贺吧？"

"有他。"李正天揉了揉眼睛，"我记得那天晚上，老梁把我和金盏叫到小饭馆喝酒，让我管他叫师父。"

"后来呢？我听说他出事了。"展杰问道，"出什么事了？"

李正天和展杰碰杯，两人各自喝了一大口。

"这事一句两句说不清。"李正天瞪着面红耳赤的展杰说道，"但是他……他老婆去世早，他一个人带着孩子生活。他出事后，大家都乱成一团，没人想起他孩子的事。"

说到这里，李正天又干了一杯，然后张大了嘴巴，像一条离开水的鱼。

"他儿子呢？"展杰跟着硬喝了一口。

"死了。"李正天眼中闪着亮光。

"死了？"展杰大声道。

"死了。"李正天看向窗外，"没人照顾，流落街头，被车撞死了。以后我们就有了个约定，如果有人死了，其他人要守望他的孩子到成年。"

"守望。"展杰点点头，这个词真好。

"这也是咱们唯一能做的事了。"李正天又一口气干掉第三杯，眼圈变得通红。

"你见过他孩子吗？"展杰陪着喝了一大口，辣得眼圈也红了。

这句话却让李正天陷入沉思，他用力抿着嘴唇，过了好久才说道："你当不当我是你师父？"

"嗯……还行吧。"展杰勉强地点了点头。

"那就当是了。"李正天和展杰碰了一下杯，"如果我有一天死了，这事就交给你了。"

"呸呸呸！"展杰急忙摆手，"别说这么不吉利的话！"

"行了，就这事。"李正天抹了把脸，"喝酒！"

李正天和展杰安静地喝酒，他们看着城市沉入黑夜，看着鹅毛般的大雪再次无声降临。

景樱打开门，展杰捧着一瓶红酒和一束玫瑰站在门外。

"我喝酒了。"展杰说道，把红酒和玫瑰递过去。

"可以理解。"景樱微笑着接过来，侧身让展杰进来。

五分钟后，展杰躺在放松椅上。景樱端来一杯水，放在他旁边的茶几上。

"是不是这个水一喝，咔一下就睡过去了？"展杰问道。

"想得美。"景樱笑道，"你知道那么强效的安眠药多贵呢？"

"那你这个呢？"展杰端起杯子看了看。

"一百一次你还想要什么？白开水。"景樱坐下来，"说说你为什么来？"

"不是你让我来的吗？"展杰一口气喝掉半杯。

"是我让你来的，但你自己为什么要来？"景樱问道。

"嗯……"展杰想了想，"因为我也觉得自己心理可能有问题。"

"为什么？因为你心里总放不下那个女同学的事？"

展杰摇了摇头："也……不完全是。"

"还有什么？"

"能抽烟吗？"

景樱把烟灰缸放到展杰手边。

"因为我有个秘密。"展杰点了支烟，吐了个缥缈的烟圈。

"你觉得这个秘密影响你了？"

展杰点点头，又抽了口烟。

"你和别人倾诉过吗？"

展杰摇了摇头，又抽了口烟。

"你现在想说吗？"景樱问道。

"你会保密吗？"

"当然。"

展杰沉默了好久，终于说道："其实我不姓展。"

"哦?"

"我爸爸死了。"展杰看着天花板说道,"他是个警察。"

我爸爸是个警察,他有个徒弟叫李正天。我爸是最好的警察,嫉恶如仇。这种人通常会成为坏人的眼中刺,于是就有人对他下手了,还把他的死伪造成畏罪自杀。

那年我十三岁,一下子家没了,感觉天都塌下来了。我在街上漫无目的地走,不知道走到了哪里。一个人贩子把我抓了,把我的衣服给他孩子穿。他想把我卖给乞丐,像我这么大的孩子只能断手断脚卖给乞丐了。

我假装很乖,让他放松警惕,半夜他要用硫酸毁我容的时候,我把他反杀了。

我爸爸是警察,他怕我被绑架报复,所以从小就训练我。我六岁就知道人的死穴在哪里。他孩子发现我杀了他,就往外跑,我就在后面追。他跑到马路上被货车撞死了。那个孩子穿着我的衣服,戴着我爸给我的手表,那块表是总队发的。所以他们都以为我死了。

我在街上流浪了好几天,直到有个老奶奶收留了我。我告诉她我是警察的孩子,我爸含冤而死,如果他的仇家知道我还活着就会来杀我。她相信我,也许她觉得一个小孩子编不出这么复杂的故事。于是她收养了我。后来我托人改了户口,也给自己起了个新名字,展杰。有了这个干净的新身份,我才能报考警官大学。

复仇是最强的驱动力,我成功考上了警官大学刑侦专业,每门课都是全班第一。只有这样我才能有最优先的选择权,确保分配到刑侦总队。也不知道是幸运还是不幸,我不仅回来了,竟然还分到了李正天手下。

我也怀疑李正天,因为爸爸出事前的某天夜里悄悄出去,在楼下和他见面。我在窗户边上看得很清楚,李正天用手指点着爸爸说了一大段话,被爸爸一拳打倒。然后李正天离开了。虽然我听不到他们说什么,但我知道他们在吵架。

现在看他也许……不是坏人,那姜力呢?我不知道,因为姜力已经死了。

今天李正天还说我小时候他经常抱我,瞎说!他从来没抱过我。他只会趁爸爸不在把我弄哭,还笑话我是尿包。

这就是我的秘密。

展杰从放松椅坐起来,拿起水杯一口气喝完。他的嗓子已经沙哑了,但他又点上一支烟。

"这就是我的秘密。"他说道,"奶奶得了老年痴呆症,住养老院,每个月要八千块生活费。这下你知道我为什么住在地下室了吧。"

"说出来好点了吗？"景樱问道。

"好像卸掉了一座山。"展杰点了点头，站起来往外走。

景樱把展杰送到门口，展杰回头看着景樱说道："有什么医嘱？"

"你能说出来，已经好一半了。"景樱认真地说道，"人生的路很长，总要往前看。这句话是老生常谈，但人生就是这样。永远背负着痛苦生活，好人也会被逼疯的。虽然你现在的行为多少会有些偏差，不过没关系，慢慢纠正吧。而且，我觉得有时候你还挺酷的。"

"谢谢，我回去再把军大衣穿上。"展杰笑道，"下次见。"

"下次见。"

景樱看着展杰进了电梯，又在门口待了好久，才回到房间里。

她拿着展杰带来的红酒和玫瑰走进卫生间，放了满满一浴缸的热水，然后把红酒和花瓣洒到水里。浴室里氤氲缭绕，景樱看着镜子里的自己慢慢模糊，轻轻拂去镜子上的水汽，拿出口红，涂了一个惊艳的红唇。

她向镜子微笑，欣赏着镜子里完美的女子。笑容慢慢消失了，她转了个身，解掉浴巾，露出曲线完美、白得发亮的美背。

白皙水嫩的皮肤在腰身处收紧，那里纹着一幅奇怪的图案。

那是一句梵文，翻译出来是："恣行淫欲堕入地狱，千万亿劫求出无期。"

她迈进一池荡漾着玫瑰花瓣的猩红之水中。

61-雪盲

那一年我和你一样，也是十三岁。

我想逃离，但最后还是被那个魔鬼抓到了。他喂我吃下安眠药和催情药，然后就会强暴我，就像他每次做的那样。但这一次我鼓起勇气跑出门。他在后面追，他刚追出来就被叔叔用铁锤砸烂了脑袋。

叔叔原本在楼下等我，看到他上楼便跟了上来，然后救了我。你不知道我当时多解气，他的脑袋就像个摔烂的西红柿。我真想上去踩两脚，要不是叔叔拦着我，我真的会踩两脚。

叔叔让我在家等着，他去自首。不，他怎么能去自首？我死死抱住他。那么逃跑呢？现在也不是逃跑的时候，因为两只魔鬼只打死了一只。

叔叔看了我好久，终于点头。他把尸体拖回房间，我擦干净门外的血迹。叔叔把他放到沙发上，打开天然气，又断掉电源。然后我们就躲在车里等着那个女人回来，从白天等到夜里。

没错，那个女人就是我妈妈，我恨她超过那个魔鬼一亿倍。我看着她走进电梯，我可以清楚地看到她下了电梯，拿出钥匙，打开门。

叔叔拿着遥控器，但他没有按下按钮。不能让那个魔鬼跑掉！这是我大脑里唯一的想法，我扑过去，拼命拍打那颗红色按钮。

轰，一切都炸没了，连同我悲惨的过去。我看着红色的火焰，我获得了新生。

从此以后，我和叔叔一起生活。他失去了女儿，我没有爸爸，于是我们成了一对父女。

半年后我们遇到了叶翔。他也遭到了继父的性侵。他和继父拼命，被继父打断了腿，扔到另一座城市的垃圾站。叔叔救了奄奄一息的叶翔，他身体的伤很快就好了，但每天夜里都在做噩梦。叔叔知道要想消除他的梦魇，就必须彻底消灭罪恶。

一天夜里，叔叔带他报了仇。从此我们相依为命，共同保守着我们的秘密。

你想知道叶翔是怎么开始的，对吧。其实这非常偶然，所以我觉得这是冥冥中的天意。一个老师带着女学生找我做心理咨询，因为上课的时候只要说到妈妈两个字，她就会痛苦地抽搐。

我们费了很大力气才找出真相，就是你经常和我说的快乐同城网。相比那些男人，我们更恨那些女人。

我要那些男人下地狱，我要那些女人活着下地狱！

那些女孩一定和我们有同样的心情，所以我们要帮她们。我们不仅要让那些女人下地狱，还要让她们在世人面前暴露罪行，就像岳飞墓前的秦桧，永世遭受唾弃，永世不得翻身。

我知道我们走上了绝路，但我们早就被逼到绝路上了，不是吗？

你和我说，叶翔为了钱背叛叔叔，你说坏人果然是坏人，再冠冕堂皇的名义也掩盖不了邪恶的本质。

不，他之所以要和高乔交易，是因为高乔就快要发现我了。高乔就是那个强奸犯，他已经打探到女学生曾经和心理医生说过遭性侵的事。

如果高乔找到了我，我不知道能不能骗过他。叶翔说我骗不过他们，我们根本玩不过他们。与其三个人一起死，不如他主动出击。对方知道他是那个连环杀手，肯定也忌惮他，他肯定能回来。

叶翔再三保证自己一定能回来，他让我瞒着叔叔，我同意了。这是我这辈子最后悔的一件事。

你说他见到高乔后把勒索金额从一千万元提到一千万美元，我才知道他那时已经抱着必死的心，牺牲自己来保护我和叔叔。

焚冬

后来新闻说叶翔拒捕自杀，也就是说叶翔死在了你们手里。我以为你们和高乔勾结，所以我们蛰伏了一段时间，等你们以为没事了，我们再报仇。

这时候奚莉莉送上门来，她比之前那些女人更可恶，她竟然给白静吃药！既然你们都说叶翔死了，那好，那就送个新模特给你们。

圣诞节的那个女人是送给高乔的。

叔叔给你们寄了信，你们终于害怕了，开始认真调查性侵案。我看着你们没日没夜调查的时候，我真的很感动。

可你们还是杀了叔叔。

我在你的病房外哭了一夜。他对你们来说是个罪大恶极的连环凶手，但对我来说却是救命恩人和最亲的人。

我看了新闻，高乔居然还能康复！他真的是魔鬼吧！子弹都杀不死的魔鬼！凭什么他能康复？

我只有两个亲人，都被这个魔鬼害死了。十二岁的时候，我曾被一个魔鬼毁掉了生活的信念。叔叔和叶翔用了十二年才让它重新生长出来，结果又被高乔毁掉了。

杀掉那些女人是我提出来的，叔叔和叶翔因此而死。现在到了我为他们做点什么的时候了。我没有能力再去继续他们做的事，但我至少可以杀掉那个魔鬼。

结束吧！我真的受够了！

展杰，再见了。可能我心里的某个部分已经喜欢上了你。也许我们能在另一个时空相遇。希望在那里，我们能有不一样的结局。

高乔睁着眼睛，觉得自己是被关在神灯里的魔王。今天有好几个好消息，一是欧洲的专家团已经确认恢复正常的概率超过90%；二是曹阳娜那个女人终于搞定了，虽然花了不少钱；三是律师已经策划好在赴欧治疗期间申请避难，已经有国家同意接收他了。

好消息越多他就越焦躁，为什么不能立刻就办好，让他离开这个地方。他要去荷兰，荷兰不错，什么都可以玩。他觉得自己这几十年活得太克制了，这次渡劫后他要彻底放飞自我。

护士进来看了看他身边的仪器，然后让他张嘴。嘴巴是他现在能控制的为数不多的器官，避免了用软管往他胃里塞药的痛苦。

他张开嘴，等着药片放进嘴里，没想到塞进嘴里的却是个带着腥气的钢管。他的身体被关在神灯里，只能通过眼睛表达惊吓和困惑。

护士摘掉口罩，一张漂亮女人的脸。她是谁？

她拿出一面镜子对准他的脸，让他看到自己嘴里的是一把微型手枪。和曹阳娜的那把一模一样。

"你什么时候知道的？"李正天看着车窗外的住院大楼问道。

"今天下午……"展杰停顿了片刻说道，"技术科送来的物证里面没有我在房车里找到的书包，那个包里有一件血衣。我想了好久，应该只有她有机会把书包处理掉。"

"你怎么不早和我说？"李正天板着脸问道。

"你也没和我说曹阳娜翻供和高乔保外就医的事。"展杰叹了口气，"我现在很困惑。"

"你困惑是因为眼看着高乔钻程序的空子，逃避法律制裁，我们却无能为力。为什么不干脆让景樱杀了他。景樱能报仇，正义也能得到伸张，我们……"

"我们也能报仇了，高乔是害死老姜和张哥的幕后元凶。"展杰接着说。

"是啊。"李正天叹了口气。

"只要我们什么都不做，抽根烟的工夫，等上面枪一响，一切都结束了。"展杰点了支烟，"既然有这么简单的办法，为什么还要上去阻止她，也不一定能阻止成？再说就算真的阻止了她，还是要看着高乔逍遥法外！"

"什么都不做。挺好。"李正天点点头，"如果什么都不做，张大超和姜力也不会死了。"

"我不是那个意思……"

"怎么不是？景樱不是正要犯罪吗？"李正天反问道，"如果因为被害人死有余辜就动摇，甚至什么都不做，那我们何必去查包皮匠的案子，反正那些女人也都是有罪的！"

展杰转过头，看到李正天失望的表情。

"还记得我和你说过的案子，少管所自杀的男孩吗？"李正天说道，"他本身就有罪，也愿意替其他人顶罪，很多人站在自私的立场上，也都认为他认下所有的罪是最好的结果。如果说顺水推舟，那个更容易，因为已经有人把所有事情都准备好了。我为什么要在很多人的反对中揭穿它？为什么金盏会反而因此欣赏我这个愣头青？"

听到金盏的名字，展杰心里狠狠拧了一下。

"为什么？"

"因为警察这个工作，稍不留神你就会被影响、诱惑，然后你就会迷茫、困惑，直至在不知不觉中堕落。而我们只有一个指南针，就是法律。法律应该是什么样的，我也不知道。但我知道，这是唯一能保护我们的东西了。有了它，你至少不用做出选择。因为你不可能永远选对，一旦选错了，结果就变成了债，永远跟着你。"

展杰看着李正天，神情恍惚起来。李正天推门下车往住院大楼走去，展杰跟了出来。

"你要干什么去？"

"你回家吧。"李正天冷冷地说道。

"为什么？"

"回去好好想想，要不要继续干这个工作了。"李正天一边走一边说。

展杰一把拽住李正天，李正天挣了一把，竟然没有挣动。

"我错了！"展杰看着李正天说道，"但我不知道该怎么做！你能不能教教我？"

"这颗子弹无法打穿你的颅骨，它会在你脑子里反弹几十个来回，把你的大脑打烂。"她俯下身轻轻说道，"两秒钟后你才会脑死，这两秒钟的痛苦对于你来说大概有两亿年那么长。"

高乔惊恐地看着她，惊恐中带着疑惑。这个女人到底是谁？

"不要看我。看镜子。"她冷冷地说道，"看着自己是怎么被杀死的。"

她的手指扣住扳机。

"景樱！"

她抬起头，看到展杰站在病房门口，静静地看着自己。

62-焚冬

"你怎么……"景樱见到展杰，不由得愣住了。

你怎么会来这里？难道你在跟踪我吗？难道你发现什么了？景樱的头脑飞速运转着，看他的样子一定是知道了。景樱的目光从惊讶转而慌张，又从慌张转而愤怒，最终定格成冷酷。

"你在干什么？"展杰问道，但他的表情说明了这是个明知故问的问题。

"你说呢？"景樱冷冷道。

"你借我的衣服是他的吧？"展杰忽然没头没尾地问了一句。

"什么？"景樱一愣，随即想到展杰说的他就是叶翔，也就是他们警察嘴里的包皮匠。

"对。"景樱点点头。

一个莫名其妙的问题，悄悄拂去了隔在两人中间的薄雾，也斩断了他们之间脆弱的几不可见的丝线。

展杰挠了挠头，然后又没头没脑地说道："外面全是警察，你出不去了。"

"我没想出去。"景樱冷冷道。

出去做什么？这个世界还有什么可留恋的？不，其实她早就对这个世界绝望了。即便学了心理学，即便每天给自己做心理康复，也毫无用处。恐惧和仇恨像冰与火一样折磨着她，日日夜夜。

如果没有叔叔和叶翔，如果没有复仇，如果没有杀死那些女人的使命，她早就不想活了。

出不去了，呵呵，吓唬谁呢？

展杰似乎明白她的心境，点了点头，接着说道："我现在很为难。"

"为难怎么打死我？"景樱冷笑道，"能让我来不及扣动扳机？"

"不，我根本不关心这个人的死活。"展杰摇摇头，"这个人害死我的同事和你的同伴，强奸多名幼女，罪大恶极。而且他还打算以保外就医的方法逃脱刑罚，并且很可能成功。最重要的是，你说得没错。你现在要开枪，没人能阻止你。"

"所以呢？"

"所以我在想怎么才能让你放下枪，不杀他。"

"哈。"景樱气极而笑，"你想到办法了？"

"没有。"展杰摇了摇头，"能救他的只有你，但你没道理这么做。"

"所以就是来走个过场的吗？"景樱问道。

是啊，我来干什么？展杰沮丧地叹了口气，李正天的话在脑海中一遍遍重播。

"你真想要高乔死，为什么不亲自去杀他？为什么要借景樱的手？虽然你不想承认，但你也知道不该杀他，所以把所有罪名都安在你的救命恩人身上。"

说得真难听！正是这句话刺激了展杰，让他松开李正天，迈步进了大楼。

"我来……"展杰下定决心说道，"是想亲口告诉你，谢谢你救了我一命。还有就是我不想看你杀人……"

"闭嘴！"景樱喊道，"我不想听这些废话！"

"不是废话！"展杰忽然吼道。

第一次听到展杰怒吼，景樱也下意识安静下来。

停顿片刻，展杰继续说道："因为我不想看你杀人！所以我要告诉你一件事，苏哲并没有死，而且已经恢复了神志。之所以一直对外宣称他死了是为了迷惑高家，看高家律师有什么动作。但是我现在说出来这个计划就废了。随便吧！"

展杰一边说一边把收声器拽下来，扔到地上。

"你……"景樱睁大漂亮的眼睛。

"我就想告诉你，苏哲替你认了所有的罪。你还有机会和他会面，把你们之间没说完的话说完。但如果你杀了高乔，你也成了杀人凶手，就再也见不到苏哲了。"展杰一口气说道，"现在你想想，要不要为了杀掉这个垃圾搭上自己的性命，还丢掉和爸爸见最后一面的机会。"

"爸爸……"景樱的眼神晕开了，这个词已经二十年没和自己发生联系了。

"他不是你爸爸吗！就算血统上不是，情感上也是吧！"展杰说道，"他是我见过的最可怜的爸爸。因为自己犯下的错误永远失去了那个女儿，就只好把所有的亏欠和爱给了这个女儿。你知不知道他在天台上为什么放弃抵抗？因为他意识到自己变成了一个怪物！他不想让女儿看到他变成怪物，更不想让女儿变成和他一样的怪物！他也知道再这样下去，女儿迟早会因为给他提供情报被警方抓住！"

展杰的声音越来越大，景樱愣住了。

"我们已经没有选择了！苏哲也没有选择了！但你还有选择！"展杰几乎喊了起来，"你和我说人生要放下痛苦前行，就只是说说吗？你就这么放不下这个垃圾吗？难道处理这个垃圾比再见爸爸还重要？你就不想再当面叫他一声爸爸了吗？你知不知道我多羡慕你！"

戛然而止。

展杰愣愣地看着景樱，过了好久，他低下头。

说漏嘴了。

马东的咆哮声由远及近，然后被奋力拍打窗户的声音代替。李正天降下车窗，向外吐了口烟。

"哪个人走漏了消息？"马东胳膊支在窗框上，看向车里的李正天。

刚才展杰和景樱的谈话通过展杰身上的收声器一句不落地传入行动正线频道，随后梁安治在正线里破口大骂："哪个人走漏了消息？"

好在展杰成功阻止了这起枪杀案件，原本静默的正线频道立刻人声鼎沸，各路人马有条不紊进场开工，梁局长的咆哮也就此告一段落。

"说话！明天我还得和梁局汇报呢！"马东催促道。

"今天你有进步。"李正天看着马东，"你来的比郭博英早了。"

"别废话！"马东嘴里骂着，嘴角却不自主地翘了起来。他立刻板下脸，伸手进车里拿出烟盒，掏出来点上，"梁局说了，谁的锅谁背。你惹下这么大麻烦，后面你自己收拾。"

"天地良心，我是一个字都没说。"李正天喊冤道，"可能是展杰偷看了我的手机邮箱。"

晴空万里，警察公墓被积雪刷成了纯白的世界，因此所有人的黑衣服才格外刺眼。

展杰第一次参加因公殉职的警察葬礼，他一直以为会像电影中悲壮肃杀，没想到一走进殡仪馆，看到一群男人三五成群嘻嘻哈哈地抽烟聊天，丝毫没有追悼会的氛围，反而像参加年终表彰大会一样轻松惬意。

喧闹的氛围忽然安静下来，所有人都看向大门口。梁安治在郭博英和马东的陪同下缓步走进来。梁安治几乎是这群人里最矮的，但他的腰板挺得最直。仿佛整个警局的天都靠着他撑起来。

郭博英一脸黑气，两个黑眼圈占据了半张脸，魂不守舍地跟在梁安治身后。难道他也为姜力的牺牲难过？李正天心里想着。再看马东，他的眼睛竟然亮晶晶的？

三人走到遗像面前，表情肃穆地鞠了三个躬，然后走到长条桌前面。梁安治从兜里掏出一个厚实的信封，上面依然没有字。

李正天接过信封，随意插到其他信封中间。

梁安治转过身，环视着大厅，就像一个乐队指挥。他鞠了一躬。

音乐响起，哭泣的音乐，成年人无声的哭泣的音乐，黑色衣服组成的乐器，缓缓奏响了哀乐。

终于可以不丢人地哭出来了，展杰流下了眼泪。

户外的祭奠仪式非常简单，送行队伍站在过道上，一个人走过去，在墓碑面前鞠躬，放下一枝白色的梅花，然后离开，下一个人再过去。

排队祭奠后，展杰就站在李正天身后。他看着抹去世界的皑皑白雪出神，心中也一片空白，忘记了再戴回墨镜。

仪式持续了很久，然后大家一起沉默地往外走，展杰忽然一个趔趄摔倒，他没有起来，反而捂住眼睛。李正天冲过去扳开他的手，看到他泪流满面。

"这么多人哭个屁！"李正天低声说道。

"我没哭！"展杰惊慌失措，"我瞎了！"

"谁让你不戴墨镜！"李正天重新给他戴好墨镜，"别拿手碰！眼角膜碰掉了就真瞎了！"

尽管年关将至，但中缅口岸依然车流如织，数以千计的中国籍货车将沿着新建成的国际公路直达南亚大陆的尽头。休息区里，司机们正做着出发前的最后准备，他们将食物塞满驾驶室后排的缝隙中，毕竟这一走就是千里异乡。

公用电话亭里，一个男人正在低声打电话。

"你好，我有情况要说。去年12月19日夜里，我看到有人在110国道上把一个女人扔下山涧，那个女人可能是你们要找的。"

"请问您怎么称呼？"接线员警觉地问道。

男人挂断了电话，裹紧衣服离开电话亭。

"陆明诚！这儿！"熊美娟在不远处朝他招手。

陆明诚跳上司机楼，发动汽车，熊美娟也熟练地爬上车。

"你给谁打电话呢？"熊美娟一边擦玻璃一边问道。

"给我妈。"陆明诚笑着说，"报个平安。"

远处指挥员向他招手示意，他按下了汽笛，开车缓缓驶向国门。

"你昨晚上说你爸是怎么回事？"李正天看着坐在圆凳上的展杰，他眼睛上蒙了一层纱布。

"车祸。"展杰低下头，简单地回答道。

李正天正要说什么，指挥中心打来电话。他拍了拍展杰的肩膀，转身走出了诊疗室。

指挥中心通知他，五分钟前有人用中缅国际口岸的公用电话报警，声称12月19日有人在110国道将一具女尸扔下山涧。应急处置小组已经出发，通讯频段358，要求李正天立刻前往现场。

—正文完—

番外—搭档 1

昨天刚下过一场击溃城市排水系统的暴雨。积水尚未完全退去，街道上还是一片狼藉，就像散落着残渣剩菜的洗碗槽一样。经过烈日烘烤了一上午，空气中散发着令人作呕的味道。

从火车站开往 S 市的公交车上只有十几个乘客，他们大多都被高温折磨得昏昏欲睡。戴着白手套一丝不苟驾驶的司机赵立勇，在等红绿灯的时候拿起挡风玻璃下面写着安全行驶模范号的银色牌子。

跑完这趟，明天就能换成金色牌子了。大约只有 1/8 的公交司机能在退休前拿到金牌，甚至一半人连银牌都拿不到。金牌司机享受全额退休金、全额医疗保险和补贴，这样一来，他的退休金比队长都高。

人生总会有辉煌，只是早晚的问题。怀着对退休生活的向往，他谨慎地驾驶庞大的车辆冲出拥堵的中心城区，上了空旷的高速公路。他松开了领扣，暗自出了口气。

"上车的乘客，请您站稳扶好，保管好个人物品！"售票员唐瑾用沙哑的声音喊道。

赵立勇看了一眼后视镜，对上了唐瑾的目光。他很快又把眼神移开，继续以谨慎的态度默默驾驶着车辆。

"你碰我干什么！"一个男人吼道。

"碰你怎么了！"

"你找打是不是！"

噼——啪——

乘客们还没有弄明白怎么回事，就看到了两个年轻男人殴打另一个瘦小的年轻男人，其中一个显然练过，几下重拳将对方打倒在地，满脸鲜血。

被打倒的男人双手捂住头，白衬衫满是血迹和污渍。

"让你手脚不干净！"练过的那个还在猛踢倒地那人的肚子。

刺——哗啦——

赵立勇踩下刹车，打开车门。

"要打下去打去！"赵立勇喊道。

两个动手的男人和另外两个男人跳下车。赵立勇关上车门，继续开车。这时乘客们才把目光集中到颤颤巍巍站起来的瘦小男人身上。

他浑身是血，彷徨无助地看着警戒、鄙视的一道道视线。

"是……他们……偷我钱包。"他委屈地说道。

打人最狠的名叫韩伟，和他一起动手的男人叫陈郝，另一个身材矮小的是陈郝的弟弟陈通。三人走进一条僻静的胡同，两侧都是山墙。走到一半，韩伟停下脚步，转身看着从公交车下来后就一直尾随他们的年轻人。

这个人身材瘦高，新剃的圆寸，穿着黑色T恤衫和黑色短裤，背着一个巨大的黑色行囊。他见三人转身，又往前走了几步，距离三人五米左右站住。

"你什么意思?"韩伟恶狠狠地问道。

"就是你想的意思。"

年轻人摘下背包，随意扔在地上，开始活动身体。

三人相视，韩伟给陈郝一个阴毒的眼神，陈郝摸出一把蝴蝶刀，上下翻飞耍了几个花样。

年轻人扑哧一声笑了："峨眉山的猴子都比你会耍。"

"找死!"

陈郝攥着蝴蝶刀朝年轻人扑过来。一看就是个外行，年轻人心里有了数，盯着陈郝的脚步，等他即将冲到自己面前时猛地欺身上前，一把卸了他手里的刀，同时用肘顶在他喉结上。

眨眼间，陈郝身子一软倒在地上，捂着脖子不住蹬腿。

陈通见哥哥一晃眼就被打倒了，一咬牙，撒开腿往后逃跑。年轻人不紧不慢捡起一块红砖，朝他扔过去。红砖划出一道抛物线，正好砸到他后脑勺上，炸开一团红粉。

陈通一个马趴栽倒在地，不动了。

"这是那小子的手机。"韩伟掏出一个手机扔到年轻人对面，"今天算韩六爷栽了。咱们交个朋友……"

"你刚才怎么打人家的。"年轻人摩拳擦掌，"也跟我比划比划。"

"兄弟，大哥……"

韩伟话音未落，一拳已经冲破了他的两臂，砸到左脸颊。一阵天旋地转，他向侧方倒去，看到一只黝黑的膝盖正冲面门而来。

"关于我们这个在抓捕行动中使用武力的规范……上级又有了新文件。"姜力想加两句自己的见解，吭哧了一会儿，但没想出合适的语言，还是照着文件念下去了。

会议室里烟雾缭绕。

刑警哪有不动武的。

这句话看似荒谬，却在某些限定条件下：例如执行逮捕任务时，嫌疑人拒捕甚至武力对抗，刑警是有果断处置的权力的。但是现在，这种权力也在

"程序正义"的名义下一步步收紧。

一旦出现警察动手的新闻，哪怕是国外发生的，也要吹一阵程序正义的风。每到这个时候，大家都戴上隐形的镣铐，心照不宣地挤在办公室里，热情工作的样子也变得虚伪起来。

姜力读完文件时已经恹恹欲睡，警花武洋推门进来，捂着鼻子冲到姜力身边，跟他低声说了几句话。

姜力立刻坐直了身体，同时挑起眉毛。

"你是说要来报到的新人？"姜力问道。

武洋捂着鼻子点了点头。

"抓了三个扒手？在清源派出所？"

武洋又点了点头。

"一打三？"

"还是持械的。"武洋补充道，然后又捂住鼻子，眼睛里发射出兴高采烈的目光。

会议室里一阵骚动，大家都对这员未见其人先闻其名的猛将产生了期待。

"咱们要来新人了吗？"张大超又掏出一根烟叼在嘴里。

武洋把他的烟揪下来，然后说道："警官大学今年的状元！"

"啥意思？猛虎下山啊。"姜力笑了一下，问道，"这个年轻人叫什么？"

"你叫展杰？"花白头发的中年男人问道。

夏季蓝色警察常服和肩上两杠三星的警衔准确表明了他的身份，一个老资格但职务不高的警察。

对面的年轻人点了点头。

"说说为什么打架？"中年男人靠在椅子上，一副高高在上的样子。

打架？难怪自从进了派出所就被晾在一边，一晾就是两个小时，原来在搞这种把戏。他们是在保护这三个小偷吗？这三个小偷对周边地形很熟，应该是长期在周边作案，难道是本地人，甚至和他们沾亲带故？

展杰挑了挑眉毛，锐利的目光直接钉在中年男人的脸上。

过了良久，展杰终于开口了："这是你制服吗？"

中年男人一愣，看了看自己的衣服，然后疑惑地看着展杰。

"这是你警号吗？"展杰继续说道，"把你的姓名、职务和警号写下来，我要找你领导。"

"我就是这里的领导。"中年男人探过身子，在后辈面前维护自己的尊严。

"我说找你的领导。"展杰也探过身子，目光依旧盯在对方脸上，"你要是打算审问我咱们就去问询室。你要是不敢带我去问询室就叫你们领导过来。我不会和你在这里说话了。"

中年男人眯起眼睛，上下打量着这个年轻人。本以为是个毛头小子，没想到还是个刺头。

"你什么意思？"中年男人使出了万能话术。

展杰做了一个封嘴的动作，然后靠到椅背上，给他回了个挑衅的眼神。

五分钟后展杰被带到问询室，另一个两杠三星的中年男人坐到了他对面，他长着一张审讯者的脸，应该是近几年才从一线退下来安享晚年的。

"你不是想在这里说吗？"中年男人说道，"有什么要说的，说吧。"

"你是谁？"

"我是清源派出所的所长，我姓王。这是我的警号。"他指了指胸前亮银色的镀铬警号。

展杰看着他的眼睛，看起来像个正派的人，但是谁知道呢。

"好。"展杰点了点头，"我要投诉刚才那位。"

"投诉什么？"王所长打开本子，做好记录的架势。

"我报案时说得很清楚，我抓了三个持械的小偷，但是他却故意把事件的性质往打架上引导。首先这种行为算是诱供。其次，他为什么要这么说？这是袒护对方吗？他们什么关系？他为什么要这么做？"展杰一口气说道，"我不相信一个两杠三星的老警察这点事都搞不懂？我进来的时候看你们架构图了，他是你们的指导员吧？"

"你报案的时候，的确说的是抓了三个持械小偷。"王所长咳嗽了两下，然后说道，"但是我们也不能听你一面之词，我们也会进行调查。"

说到这里，他停了下来，等着展杰反驳他。

出乎他意料的是，展杰并没有接话，只是那让人不舒服的目光一直盯着自己的脸。这就开始比了吗？他忽然升起斗志，那就比比看吧，我这个工作了三十八年的老家贼能不能降服你这个刚毕业的小家雀。

沉默持续了很久，展杰依然没有要说话的意思，最终王所长妥协了。他从展杰身后的电子钟里看到时间已经到了下午四点。今晚他要回家陪孩子吃饭，然后送孩子坐午夜航班飞往澳大利亚留学。

王所长心里咒骂了一句，继续说道："我们调查的情况和你说的不一样。"

继续沉默。

"现在来看，这就是一起寻衅滋事的案件。"王所长说道，他知道眼前这个年轻人能够准确接收到他的意思。

番外—搭档 2

"我知道你是警官大学毕业的，要去刑总报到。"王所长大声说道，"所以那三个人在羁押室待着，你在我们指导员办公室喝茶，这就够以礼相待了。但我警告你，这不是你能撒野的地方。你们刑总姜队长来了也得按规章办事。"

"说得好。"展杰点点头，"按规章办事，那麻烦你解释一下你们是怎么按规章办事，能把公交车上偷窃打人的案件粉饰成寻衅滋事。"

"这个我和你说不着。"王所长翻着本子说道，"他们三个已经放弃对你指控和索赔了，你把这个填了就能走了。"

王所长从本子里拿出一张民事调解书，放到展杰面前，上面签了三个笔迹丑陋的名字，名字上都按了手印。

展杰轻轻把这张纸推回去，说道："你是说我在寻衅滋事？"

"当然不是。"王所长耐心地说道，"是他们寻衅滋事。但是放弃追究和索赔是双方的。"

"那个手机呢？"展杰问道，"他们偷的手机？"

"那是他们捡的，已经联系失主还回去了。失主没提手机被盗的事。"

"也没提被打的事？"

王所长摇了摇头，也不知道他是不想说还是没掌握情况。

原来如此。展杰点点头，继续问道："他们仨怎么处理？"

"原则上有了这个调解书……"

"就从刑事案件变成民事案件了，是吧。"展杰打断王所长的话，"你们胆子可真够大的，竟然当着同行的面徇私舞弊。"

王所长皱了下眉，依旧耐心地说道："如果你不想签署的话……"

"怎么？你们也想把我关进羁押室吗？"展杰再次打断王所长的话。

"你不要总打断我说话！"王所长终于动了气，"你既然是同行，就知道发生在公交车上的案子归公交总队管。我们只管辖区地面发生的案子。经我们调查确认的，在我们辖区里发生的就只有一起寻衅滋事的案子！"

"所以你们也不联系前因后果？就断章取义？"展杰反问道，"既然如此，你们为什么不干脆截取我打他们的那个瞬间，说我无故殴打他人呢？"

"因为。"王所长合上本子，"公交总队的答复是没有接到任何报警，他们根据你提供的信息去调查，也没有发现你所说的情况。"

"也没有发现？公交车上没有摄像头？"

"有三个，没有发现任何问题。但是有那么几分钟视频丢了。那几分钟里，有几名乘客发生了肢体冲突，很快就结束了。"王所长想了想继续说道，"公交总队的人说视频丢失很常见，属于技术问题，已经责令公交公司研究升级了。"

"司机，售票员呢？"

"他们都说不知道发生了盗窃，只看到乘客间发生了肢体冲突，但很快就随着一方下车而结束了。"

"其他乘客呢？"

"联系不上。"

"被打的那个失主总能联系上吧，他的伤还在呢。"

"是的。但是他说是因为肢体接触引起了小冲突，已经解决了。"王所长终于正面答复了。

因为没有造成不可挽回的结果，就可以大事化小小事化了，把一切弄成好像什么都没发生过的样子。

展杰深呼吸了几次，然后问道："他们用管制刀具打架，这也可以算了？"

"这就是我刚才要说的，如果你不同意调解，用这一条可以把他们判刑。"王所长说道。

"判刑？多长时间？"

"按我的经验，动刀的一年半，另外两个半年。"王所长说道，"没有缓刑。"

倒是和盗窃罪的量刑差不多。

"怎么样？如果你认可这么处理，咱们就去认人。"王所长建议道。

蝴蝶刀上有三人的指纹，但是拔刀的肯定只是一个人，所以还需要展杰去辨认一下。

既然如此，看来派出所并非要保这三个小痞子，那他们在做什么？展杰看着王所长，这副写着公正和执拗的面孔下到底隐藏着什么想法。

"这份口供我没法签字。"展杰把口供推回到王所长面前。

"可你已经认完人了。"王所长脸色一变。

"你是不是有事？"展杰忽然问道。

"什么？"

"你从刚才就一直看时间，看了好几次。"展杰说道，"既然如此，你为什么不把我交给值班副所长？我看了你们的值班表，反正你今天是备班，完全可以不管这个事情的。"

王所长感觉额头和后背有细小的针尖在扎，这孩子眼睛还真毒。

"所以公交总队的什么人托付你了吧。"展杰继续说道，"他为什么不去托付值班副所长？因为他们关系不好？怕副所长坏了他的事？你和副所长关系好不好？好的话你也可以拜托他啊。难道你们关系也不好？"

越来越不像话了，王所长拿起烟点上，真是小瞧了这个毛头小子。不过他点烟的行为在展杰看来却是另一种形式的投降，这个满脸写着难言之隐的王所长就要坚持不住了。

"王所长，我明天就正式成为一名警察了。你是前辈，我是晚辈。"展杰说道，"你做前辈的不能给晚辈树立坏榜样吧。"

王所长似乎被这句话刺激到了，他咬了咬牙，起身走出去。

五分钟后，展杰被带到了会客室。

指导员办公室、问询室、所长办公室和会客室，一下午的时间，展杰已经换四个地方了。

会客室里坐着一个中年矮胖的男人，穿着蓝黑色调的格子衬衫，黑黝黝的大脸浸透了风霜，一看就是个奔波操劳的人。

"这是公交总队的于警官，你们聊。"王所长找了个单人沙发坐下，掏出手机翻看起来。

于警官上下打量了一番展杰，展杰也上下打量他。很快于警官就发现这个年轻人并不是装腔作势，这小子身上竟然有一股"亡命"的劲头。他不知道自己怎么一下就想到这个词，把警察和亡命联系在一起本来就是很荒唐的。

但他身上的确散发着亡命的气质，而源头就在那双漆黑的冰冷的眼睛里。

"我听王所说你有些误会，所以我特地来澄清一下。"于警官一边说一边往后靠去，表面上看是为了彰显气势，其实是为了离这双冰冷的眼睛远一点。

"公交车上的摄像头坏了吗？"展杰问道。

"对。"于警官点点头，"今天出发前还好好的，开到一半就坏了。"

"是被拔掉继电器了吧。"展杰冷笑了一下，"监控系统的硬盘是每十分钟存储一次，这期间断开继电器，没来得及存入硬盘的视频就会丢失。所以如果我没猜错的话，这应该也不是什么技术问题，而是被默许的避诉手段。比如售票员和乘客发生冲突，而售票员不占理的时候，监控就可能会恰巧坏掉。"

这番话一出口，会客室里的温度瞬间降了好几度。于警官脸上阴沉不定，显然是被揭穿了谎言。谁能想到一个二十岁出头的小伙子竟然知道公交

焚 冬

车上的继电器，警校什么时候开始教这些东西了。

看着四十多岁的中年男人避无可避的一脸窘态，展杰心中闪过一丝怜悯，但随即恢复了冷漠。

"你是哪里人？"展杰忽然问道，"你家住哪里？"

像是为了逃避窘迫，于警官立刻回答道："我家住石景山。"然后才意识到这是个奇怪且无关的问题，于是反问道，"问我这个干什么？"

"你认识这几个小偷？"

"不认识！"

展杰看了看墙上的电子钟，17：27，王所长该下班了。

"看来你们不是在保护那三个小偷。"展杰终于挑明了话，"所以你们在保护另外的人。是司机和售票员吧。我实在想不到别人了，但肯定不是被打得满脸是血的事主。"

于警官深吸了一口气，然后像泄了气的皮球迅速瘫在沙发上，点了点头。

"事主已经送到医院治疗了，司机为他垫付了医药费。"于警官说道，"当时情况很乱，那几个小偷贼喊捉贼，所以司机以为他才是小偷。搞清状况后，司机和售票员也很愧疚，主动承担了医药费，车队也答应给予一定经济补偿。"

"既然如此，你们为什么不立案呢？"展杰问道。

"嗯……"于警官看了一眼王所长，王所长把脸转到一边。

"因为司机赵师傅明天就能拿到金牌了。"于警官为难地说道，"金牌是司机的最高荣誉，而且和退休待遇挂钩。这对公交司机来说是天大的事，而且赵师傅工作一贯……"

"如果立案，金牌就没有了？"展杰打断了于警官的话。

"对。"于警官点了点头，"他当时处理得确实有些瑕疵，至少应该把情况问清楚了再开门放人。但情况紧急，双方又有严重的肢体冲突，所以他立即停车让一方下车也是合理的，至少避免伤害进一步扩大。至于说被小偷骗了，那也只是应对经验的不足，没有原则上的问题。"

"既然没有原则上的问题，为什么就不给金牌了？"展杰问道。

王所长和于警官都笑了，似乎他提了一个可笑的问题。

"因为这是制度啊。"于警官笑着说，"制度层面的东西，有的时候也不能尽如人意。所以才会沟通，人性化处理。这三个小偷，王所长已经确认了，以持管制刀具寻衅滋事进行立案，虽然罪名不一样，但刑罚都差不多。车队主动给事主经济补偿，说明了情况，事主也表示理解和配合。当然，这件事能有这样的结果主要还是归功于你的见义勇为。我们会向上级反映，向刑侦总队去函表扬。"

展杰看向王所长，他也一脸真诚地看着自己。

原来如此，展杰想着，王所长和指导员一早就打定了这个主意，和自己使了个以进为退的策略：先由指导员唱红脸，大踏步踩过自己的底线，然后王所长和于警官唱白脸，一边往后退一边给展杰抛出好处，直到他们商量好的底线上。

话已至此，若还不松口，就不仅是不通人情，甚至是成心撕破脸皮了。

"不行。"展杰摇了摇头。

番外—搭档3

王所长和于警官没料到展杰居然拒绝，甚至都没做好立刻摆出不满姿态的准备，然后就失去了谈判的先机和反驳的气势。

"司机和售票员在说谎，小偷团伙一上车他们就发现了。"展杰认真地说道，"售票员肯定认识他们，所以才会突然提醒乘客看好个人物品。"展杰看向于警官，"这在公交车上算是半公开的暗语了吧。我理解售票员不敢招惹他们的心情，如果我是她，我也会担心自己的安全。她能出言提醒已经是很有良心了。"

"可是被偷的那个家伙全部注意力都被旁边坐着的大胸妹子吸引了。从他上车开始，两眼就没离开过妹子，直到发现钱被偷。"展杰顿了顿说道，"那些钱对他很重要，因为他串了个尼龙绳绑在书包里。小偷偷钱的时候牵动绳子才被他发现。我想起他上车时向售票员问了半天医院哪站下车，估计是去给家人交医疗费的吧。那些钱至少得有五万。"

"五万？"于警官撇了撇嘴，"你知道五万多厚吗？什么钱包能装下五万块钱？你当是日元呢？"

"我什么时候说装钱的是钱包了？"展杰平静地说道，"一个牛皮口袋，这么厚。"

展杰一边说一边比划了五公分的长度。

于警官和王所长对视一眼，这小子语出惊人，原本简单的案子经他三言两语变得疑窦丛生，他们也不由得谨慎起来。

"你问我为什么不同意撤案，就因为他们连看病的钱都敢切。于警官你是反扒的前辈，你应该知道伸手不取救命钱吧。这在过去都用不着我们出手，贼头儿就把他们清理门户了。这种人不抓，你让他们在外面祸害人，心里过意得去吗？"

展杰一席话把警官和王所长说得脸有些燥热。当然，关键在于他们根本不知道牛皮口袋装着的五万块钱，才被展杰打了个措手不及。

于警官立刻问道："我没听事主说过这事啊！"

"对，不过你这是下一个问题。"展杰打断了他的话，对王所长说道，"你手下搜查他们的时候，没找到这个牛皮口袋吧。"

王所长先是摇了摇头，又点了点头。

展杰拍了拍自己身上，然后说道："我身上也没有。那个领头的身上只有事主的破手机，那么这个牛皮口袋在哪呢？"

王所长和于警官看着展杰，就像两个看魔术表演的观众。

"在那个大胸妹子身上。"展杰说道，"那个女孩是他们同伙，她故意穿着低胸吊带坐在车窗边的单人座位上，就为了吸引男乘客的注意力。从火车站到S市，二十多千米路程，足够钓上来一两条直男鱼了。如果有鱼上钩，她就通知同伙在S市某站上车作案，然后分批下车。但是这次惊动了事主，所以同伙们只能提前下车，下车前把赃物转移到了她身上。"

"原来是这样。"王所长恍然大悟。

"下一个问题。"展杰继续说道，"为什么事主没和于警官报告这件事？"

"是啊，为什么？"于警官附和道。

"肯定是有人把这钱还给他了。"展杰回答道，"否则他不会选择和解的。"

"是那个女孩把钱还给他的？"于警官猜测道。

"不知道。"展杰摇了摇头，"那时候我已经下车了。不过你可以派人联系一下事主，一问便知。"

于警官举着电话走出会客室，因为突如其来的五万块钱，这个案件的性质已经发生了改变。

"不是那个女孩给的吧。"王所长说道。

"我猜不是。"展杰说道。

"那你猜是谁？"王所长凑过来问道。

展杰抬头看了眼电子钟，已经17：55了。

"你不着急走吗？"展杰问道。

"不着急了。"王所长摆了摆手，"你快说！"

"我猜是售票员。"

"什么！"

"是售票员！说是售票员在车里捡到的！"于警官推门而入，举着手机喊道，"把那三个家伙提出来，我要审他们！"

办公桌上摆着十个一次性餐盒，装着楼下东北菜馆的五大招牌菜：溜肉段、五花肉炖粉条、锅包肉、小鸡炖蘑菇和炒肉凉菜。

王所长举着一盒米饭往嘴里填，十七岁的女儿看着一桌子油乎乎的菜，不知道如何下筷，只好拣凉菜的黄瓜丝和萝卜丝吃。

"姑娘多吃点！"王所长夹了一筷粉条放到女儿面前的满满当当的饭盒里。

展杰看着这一桌子硬菜，也直替王所长的女儿头疼。女儿终于忍受不了油腻的老爹，抱着饮料到里间休息了。

"你说说，你怎么发现的？"王所长抹了抹满嘴油，扔给展杰一根烟。

"因为我在车站等车的时候就注意那个大胸妹子了。"展杰低声说道。

"哦？哈哈哈！"王所长笑了起来。

"不是你想的那样。"展杰跟着笑了笑，"我注意她，是因为她等了好几辆车。在首发站发车的公交车基本都很空，她也没有等人，那她在等什么？"

王所长若有所思地点点头，然后问道："你既然看到她等了好几辆车，也就是说你也等了好几辆车。"

"对。"展杰点点头，"我本来没打算来这边的，我想今天就去报到。但总务科的人说今天下午开会，没时间给我办手续。"

展杰话只说了一半，并没有说来这边做什么。王所长也没追问，只是点了点头，让他继续说。

"我跟着她上车，看到司机和售票员都和她有眼神的交流。"展杰说道，"司机和售票员认识固定乘客也很正常，但是售票员看她的眼神很奇怪，那是一种带着担忧的愤怒。"

"带着担忧的愤怒。"王所长重复道。

"后来三个小偷上来，售票员忽然广播，我就猜到他们之间认识。他们殴打事主的时候，售票员急切地看向女孩。三人下车前，其中一人把牛皮纸袋交给了女孩。售票员看到了，当时她的眼神非常慌乱，这不应该是旁观者的反应。从年龄差来猜，她可能是其中一个人的母亲。我想起她看着女孩的眼神，才明白我漏掉了一种情绪。"

"什么情绪？"

"无奈。母亲被女儿裹挟的无奈。"展杰说道，"她知道女儿在犯罪，但她不敢阻止她。也许是担心女儿的安危吧。"

王所长若有所思地点点头，然后说道："那么，那个司机师傅，他也知道整件事，他在替售票员隐瞒？"

"一般人可不会拆继电器。"展杰说道，"除了那个赵师傅，还有谁能那么及时破坏证据。"

"他用全额退休金做赌注替售票员掩饰了真相。"王所长叹了口气，"如果他当时出面制止，或者在那三个人下车后说出真相，就一点责任也没有了。哪怕他什么都不做，只要不去拆那个继电器就不会受牵连。"

焚冬

"代价是售票员和她的女儿就完蛋了。"

"唉！"张所长摇了摇头，"如果你不在车上，他们可能真过了这关了。"

"不会的。"展杰说道，"这只会让他们尝到侥幸的甜头，胆子越来越大，早晚得栽跟头。只是栽到我手里还是别人手里的区别。那个司机，他以为自己救了她们母女一命，其实是往火坑里狠狠推了一把。"

这时办公室的门打开了，一个男人走了进来。展杰一愣，他看到了李正天。

李正天说自己代表刑侦总队过来看看，顺便把人接走。王所长把展杰一通夸赞，展杰见李正天不住审视自己，便打断王所长的话。

"这是他们实施盗窃的视频，我录下来的。"展杰说道，"你把这个发给于警官，不怕他们不招。"

王所长兴高采烈地走了，展杰跟着李正天走出派出所，上了车。

"能送我一段吗？"展杰问道。

"去哪？"

"天宫敬老院。"

李正天默默把车开上高速公路。

"去敬老院干什么？"

"看我奶奶。"

一路上两人再也没说话。直到李正天把车开进敬老院，他压低了车速，对展杰说道："明天你报到以后，咱们队长会和你谈话。如果他问你想去哪，你就说想去一组。"

"为什么？"展杰看着远处夜幕中的星星灯火，那就是他的目的地了。

"一组是最大的组，组长吕川人很好，能力也强，跟着他你能很快长进。"

"噢。"

"如果去不了一组就去四组。"李正天继续说道，"四组新组长叫薛杨，也是个不错的人。他年纪不大，你们估计能聊得来。"

"噢。"

"就是千万别去二组。"

"噢。"展杰顿了顿问道，"你在哪个组？"

"我……我在三组。"李正天咳嗽了一声。他不想告诉这个年轻人，身为三组组长的他，组里只有一个还有五天就退休的老头。这个苟延残喘的小组终于要解散撤编了。

展杰下车，李正天叫住他。

"老于和我说了。"李正天俯下头看着车外的展杰，"那个司机以前见义勇为被歹徒扎了，落下个残疾。所以公交总队才帮他。没想到他会帮售票员隐瞒。"

展杰想了想，问道："所以你也觉得我多管闲事？"

"你做得对。"李正天说道，"不管以什么名义作恶都不能被原谅。我们对于每个犯罪的人来说都是多管闲事。"

展杰朝他挥了挥手，走进灯光明亮的敬老院大厅。

"你是吴秀芝的家属？"护士朝展杰翻了个白眼，又瞟了一眼时钟，"这都几点了！"

"不好意思。"

护士不再理他，用力敲打键盘，接着打印机传出"呲呲啦啦"的声音，打印出一张收据单。护士把收据单放到桌面上，用圆珠笔在两笔金额上分别画了个圈。

"这是之前欠费的。"护士说道，"七千五。"

"好。"

"这是下个季度的费用，两万两千五。"护士用笔头戳着收据说道，"前两天老人肚子不舒服，用药花了五百，合计三万零五百。"

"那个……"展杰有些窘迫地说道，"能月付吗？"

"不能！"护士立刻说道，"你这属于欠过费的，就只能季付。"

"好，那我……明后天过来交钱，可以吗？"

"你尽快吧。"护士把单据推到展杰面前，"我们院里有规定，超过时限不续费就送回街道了。我看看，最晚后天。"

"您放心，我一定按时交钱。"

护士于心不忍地叹了口气，说道："固安那边有个新开的敬老院，比我们便宜一半，你要不要去看看？"

"不用。"展杰急忙说道，"就住这儿。"

说完话，他欠了欠身，逃出了大厅，一头扎进无边的夜幕中。

现在是21：30，回市区的末班车已经过点了。而且就算回去，他也不知道要去哪。

他找了个僻静的长椅躺下，头枕背包，仰望星河。

幸亏是夏天啊。

番外—搭档4

被老年痴呆症折磨的奶奶早已失去了往日的精神，生命也开始迅速流逝，行将就木一般缩在轮椅里。

"吃的还行，脑子不行了，连我们都不认识了。每天出来晒两个小时太阳，早晚各换一次纸尿裤，晚上擦身子……"

展杰蹲在奶奶面前，看着她空洞的眼睛。

"明年开始护工费可能要往上调，跟你说一下。"护工继续说道。

展杰站起身，让护工把奶奶房产被夺走的经过说一遍。

"别提了。"护工皱起眉头，"她外甥带着律师来的，给老太太按了好几个手印，还录了像。结果转脸就把老太太房子卖了。老太太是用房租支付费用的，这不就断顿了。我们给她外甥打电话，他居然说让我们看着办，爱送哪送哪。这种混蛋玩意以前我们也就在电视上看，没想到还见着活的了!"

"没事，老太太有人管。"展杰俯下身，在奶奶干瘪的脸颊上贴了贴。

这是展杰上大学之前，每天吃完晚饭后和奶奶的情感交流。困在记忆沙漠里的奶奶可能感受到了什么，喉咙里发出"嗯嗯"的声音回应他。

"我今明两天把钱送过来。"展杰说道，"就算暂时凑不齐，也很快就……"

"行了，知道你们不容易。你不是公安吗? 有固定工作，领导应该不会太难为你的。"

从哪搞到这三万块钱呢? 展杰迎着朝霞走出敬老院。从他上大学的那一刻起就没再要过奶奶一分钱，四年来靠奖学金和当协警挣劳务费维持生计，钱包里从来没超过五百块钱。

现在身上的钱连打车回市区都不够了。他用微信余额里的最后十七块钱买了份全拼鸡蛋卷饼和一杯冰豆浆，几口吃光，然后坐上回市区的公交车。

等他赶到刑侦总队队部的时候已经快十点了，办公楼里一片繁忙景象。他轻车熟路来到行政科，他童年一半时间是在这栋楼里度过的。武洋给他填了一套入职登记表，然后把他带到姜力办公室。

还是老样子啊，就是长了些白头发。展杰看着姜力一脸客套的笑容，看来这个小时候抱自己最多的男人已经认不出自己了。也不知道该庆幸还是该悲伤，他喉咙像被人卡住一样，无法言语。

姜力从办公桌后面转出来，一把攥住展杰的手，狠狠握了两下，然后拽着他坐到沙发上。

"紧张个啥!"姜力朗声大笑道，"我虽然是领导，但还是很平易近人的! 别拘束! 拿出昨天初生牛犊的劲儿来!"

姜力搬了把椅子坐在展杰对面，掏出烟递给展杰。

"怎么样? 昨天晚上老李给你介绍咱们刑总的情况了吧。"姜力问道。

"介绍了。"展杰立刻点上烟，然后吐出一团浓浓的烟雾，遮住了脸色。

"他怎么说的?"

"说让我去一组或者四组。"

姜力呛了口烟。他可不是这么交代李正天的,他既然安排李正天去派出所接展杰,就是想把展杰安排到他的三组,没想到他居然推荐展杰去别的组。这个李正天,自己都快活不下去了,还在替别人考虑前途。

可事已至此,姜力也只好顺着问道:"你的想法呢?"

"我服从安排。"展杰干脆地说道,"我去三组。"

姜力又呛了一口。

"他是三组组长吧。您让他来接我,应该就是想让我去他的组。"展杰平静地说道,"我服从安排,也愿意去三组工作。"

这一下倒轮到姜力不好意思了。

于是他试探地问道:"三组的情况他和你说了吗?"

"没说,不过我都了解了。"展杰回答道,"楼下有架构图,三组总共就两个人,一个是李组长,还有一个朱警官。我刚才问了武洋,朱警官马上就退休了。如果再没新人顶上,这个组可能就会撤掉吧。"

"你知道这个组为什么一直没人愿意来吗?"姜力又问道。

"不知道。"展杰摇了摇头,"也不关心。既然是刑总名正言顺的调查组,就没有什么愿意来不愿意来的。"

"好!"姜力一拍大腿,瞪着眼睛说道,"我就喜欢你这样的!"

"而且在李组长身边工作,我也能更快进步成长。"展杰一本正经地说道。

"三组人是少了点,但办的都是大案要案。你有这样的觉悟我很高兴,你只要跟着李正天好好干。我保你十年内,不,八年内也当上组长!"

姜力回到办公桌旁,拿出早就准备好的分配通知单,生怕事情有变似的,一把塞到展杰手里。

"我不是让你去一组或者四组吗?"李正天看着分配通知单说道。

展杰打量着办公室,两个房间打通的,至少有四十平方米。外间是顶头摆放的两张办公桌和一组沙发茶几;里间摆着一张大工作台,还有张单人床。

"你们俩人也这么大办公室?"展杰好奇地问道。

"为什么不去一组?我都和吕川打好招呼了!"李正天皱眉道。

去什么一组!展杰心里默念道,姜力早就打定主意让我来你这了,他怎么可能同意我去一组。我就算提出来也会被他驳回的。幸亏我在楼下看了一眼组织架构图,要不然连怎么踩坑里的都不知道!

"因为想和您多学习!"展杰郑重地说道,"无论在一组还是在四组,我都不太可能跟在组长身边工作。但是跟着您,我就可以迅速进入状态,更快成长!"

李正天点了点头。

"还有，我不知道大家为什么不愿意来三组，但我知道，一定是因为您做了什么正确的事情!"

李正天眼睛一亮。展杰知道这句话击中了他的心脏。

"会打拳吗?"李正天问道。

展杰伸出双手，骨节上全是厚厚的茧子。李正天默默点了点头，从兜里掏出一把车钥匙扔到茶几上。

展杰把车钥匙塞到兜里，深吸了口气，然后问道:"那个，咱们这能预支工资吗?"

李正天第一次听到有人问这个问题，过了几秒钟才反应过来。他几乎要脱口而出"为什么"这三个字，但最终还是嘴唇动了动，吐出来的却是另外三个字。

"要多少?"

"大概……三万吧。"展杰说道。

"着急吗?"

展杰点点头。

三万块钱不是什么大数目，即使对于展杰这种刚毕业的学生来说是，对于他的父母也不应该是。他为什么如此着急筹措这笔钱?李正天站起身，同时停止了思考。他从来不琢磨自己人。

"走，吃饭去。"

下午李正天参加一组的案情分析会，展杰获得了半天休息时间。

他开着单位新配的哈弗H9越野车去拜访他的朋友——据说在娱乐圈混得风生水起的功夫新星肖亮。他跟着导航一路来到将台路附近一条幽静的街道，看到了肖亮和他提起的铁道口。肖亮的拳击俱乐部就在铁道口旁的红房子里。

展杰看到那栋红房子，心里立刻就凉了半截。如果不是窗户整齐，外墙上没有喷着"拆"字，他都认为这里是拆迁区了。

果然如他所料，肖亮的拳击俱乐部惨淡得惹人落泪。

"还不错。"展杰拍了拍肖亮的肩膀，"至少你还没失去精神。"

"这点挫折打不倒我。"肖亮双手扒着擂台边绳，笑着说道，"只不过证实了我确实不适合娱乐圈。"

"打一场?"

"打!"

第二回合，肖亮一记刺拳打乱了展杰的呼吸节奏。十秒钟后，因缺氧而头昏眼花的展杰被一记重拳轰倒在地，随之也将借钱的想法轰得烟消云散。

肖亮把展杰扶起来，两人靠在边绳上休息。

"找我什么事？"肖亮问道。

如果说没事，肖亮肯定不会相信，反而会刨根问底。

想到这里，展杰笑着说道："想跟你同居几天。"

肖亮点点头，也笑着说："好啊，这是我现在唯一力所能及的了。走，带你看看我的秘密花园。"

肖亮的秘密花园在红房子的天台上，有烤炉、遮阳伞和吊床。两人在夏日余晖中一边喝啤酒一边串烤串，然后一起吃串。

只不过，彼此都没有再提起挂念的问题。

第二天一早，一夜无眠的展杰忽然收到李正天的信息。李正天说已经和财务打好招呼了，让展杰直接到市局财务处领钱，处理完自己的事再来上班。

刑侦总队是市局的派出机构，没有独立财务权。上百人的单位，每分钱都要经过市局财务处的核算审批。而财务处对刑侦总队似乎也格外严厉。

由此可见，李正天帮他申请下来预支工资有多困难。

展杰来到财务处，两个身穿夏季常服的中年女人在谈话。看到他进来，其中一个打了个招呼便离开了。另一个坐在出纳岗的工位上，朝他招了招手。

"我是刑侦……"

"李正天让你来的吧。"出纳转身弯腰打开保险柜，取出三沓百元钞票，拍在桌面上。

展杰一愣，他以为自己过来是来办手续的，没想到直接发现金。

"赶紧签字。"出纳指着收款单说道。

展杰急忙签上名字，收好钱转身离开，走到门口的时候被出纳叫住了。

"回来，签上代李正天啊！"出纳喊道。

"代李正天？"展杰问道。

"是啊！你不是替李正天拿奖金的吗？"出纳皱起眉头。

展杰仔细看了眼收款单，上面写着人民卫士专项奖金，收款人李正天。

领导，你的奖金……

噢，够不够？

这钱我不能……

行啦！磨磨唧唧的！又不是给你的，有借有还啊！

谢谢！

搭档之间没这俩字！行了，给你一上午把你的事办完，下午两点到青龙湖度假村集合，有新案子了！

—完—

梵冬

番外—谢幕（上）

郭博英坐在沙发一角，双臂支在腿上，双手合在一起，既像是在思考，又像是在祈祷。这一瞬间，他又变回了二十年前那个无依无靠、敏感自卑的青年，期盼着命运的施舍。

施乃雯居高临下看着自己的丈夫，尽管心里清楚这副可怜巴巴的样子是郭博英装出来的，但她还是忍不住心疼起来。她着迷于风度翩翩的成功男人，就像以前的郭博英；她更着迷于成功男人走向穷途，就像现在的郭博英。

郭博英向她坦白了自己质押资产买了两千万恒泰股票的事情，这个时候再隐瞒什么都已经毫无意义。他就是想告诉她，自己已经选边了，选在她的一边。作为回报，她要承担这两千万的损失，否则自己的职业生涯将就此终结。

"你向她借了多少钱？"施乃雯忽然问道。

"什么？"郭博英抬起头，有气无力地看着她。

"那个女人。"施乃雯说道，"我算了算，你把手里能质押的都押上，也还有几百万的口子。"

郭博英叹了口气，最后一片遮羞布也被扯掉了。

"四百万。"

"她还挺有钱？"施乃雯冷笑道。

"买房的钱。"郭博英像是要避嫌似的又立刻补充道，"我也是偶然听说她爸为了给她买房，最近刚卖了房子。"

真是个无耻的男人，施乃雯冷笑着，说撇清关系就立刻撇清关系。不过这在他们的圈层中倒是个优秀品质。

"我手上有一千六百万。最多就这些，你看着办吧。"施乃雯站起身。

真往脖子上掐啊，郭博英苦笑着摇了摇头。

"她可是经侦处代处长。"郭博英说道。

"什么意思？"施乃雯吊起眉毛。

"只要她愿意，几天就能查清我所有的经济活动。"郭博英看着施乃雯，"她就会知道我在做什么。如果我把她惹急了，她查出我买了恒泰的股票，然后捅到上面去，我一样会完蛋。就算她不捅出去，这个把柄也会攥到她手里。你愿意和她分享这个把柄吗？"

分享这两个字像一根针扎透施乃雯的心脏，瞬间一股怒火从心底涌起，直冲头顶。

郭博英看着脸涨得通红的妻子，知道这场清算暂时告一段落了。

"你之所以能入局那么多优质项目，合作方看重的是什么，你心里应该很清楚吧。"郭博英站起身，走到施乃雯面前，轻轻搂起她又热又软的腰。

"所以我应该感恩戴德，出钱给你们筑爱巢吗?"施乃雯狠狠地说道。

"我向你保证，我和她已经结束了。"郭博英认真地说道，"从我刚才走进家门的那一刻开始就已经决定了。以后只有你和我，没有我和她。"

"也没有你和我。"施乃雯冷冷地推开郭博英，"明天上午我会打四百万到家用卡上，你去还给她。其他人的钱我亲自去还。"

这样一来，整个替郭博英经办财务的链条就全暴露了。不过郭博英依然痛快地点头道："好。"

施乃雯推开郭博英，抄起风衣和挎包往外走去。

郭博英一怔，随即问道："这么晚了，你去哪?"

"有约。"施乃雯对着穿衣镜补了个口红，踩上高跟鞋离去。

郭博英笑看她摔门而去，心里竟没有一丝愤怒和醋意。他又回到了那个一无是处、却眼中只有高山的青年。他一路以弱克强，登上了万人羡慕的高峰。但成功和财富却在不知不觉中包裹了他，把他变成了自己曾经最讨厌的畏首畏尾、患得患失的人。

幸亏这两千万亏没了，一脚把他踹出了舒适圈。他如梦初醒，人生怎么能如此荒度下去?

林兮认得这张银行卡是郭博英和施乃雯共用的家用银行卡，她借给郭博英的四百万就存在这张卡里。林兮面无表情地接过银行卡，揣到裤兜里。

郭博英本来还想说点什么，见林兮这个态度，于是也闭上了嘴。

林兮把一张申请单放到郭博英面前，郭博英正要签字，扫了一眼内容，接着放下签字笔。

"为什么要0级的授权?"郭博英问道。

0级权限是检索保密信息检的最高级权限，因为限制项是0条，也称无限制权限，只有梁安治、郭博英等极少数领导才有。经侦处长和刑总队长也只有3级权限，李正天这个级别的人只有5级权限，普通民警是8级权限。

"还需要我说吗?"林兮反问道。

"听着……"

"行了郭局!"林兮瞪着郭博英，"你借我的钱干什么去了，你真当我什么都看不出来吗? 就算我笨，可你夫人聪明啊。"

郭博英一时语塞。他扶了扶眼镜，看了林兮一会儿，抓起申请单签好自己的名字。林兮伸手要拿，被郭博英一把按住申请单。

"噢，好吧。以后我不会来找你。如果你嫌我碍事，随时把我调走。调到哪里都可以。但是这个，得一直跟着我。"林兮指了指申请单。

"我不是这个意思。"郭博英解释道。

"我是！"林兮眼中射出冰冷的视线。

如此陌生的感觉，郭博英叹了口气，把手拿开，把身体转向旁边。

"我只是怕你有危险。"郭博英看着旁边说道，"过去的事……"

"谢了！"林兮甩下这两个字，抓起申请单，头也不回地走了。

林兮兴奋得胸口要爆炸一样，她飞快地冲出办公大楼，迎面而来的寒风终于让她稍稍冷静了一点。她掏出手机，颤抖着给李正天打过去。

"我拿到 0 级权限了！"林兮几乎叫了起来。

电话那头闷了一会儿，然后传来李正天的声音："郭局什么时候这么好说话了？"

"我和他摊牌了。"林兮说道，这个大概就是彻底决裂换来的成果。但是她没说，李正天也没问，又是一阵沉默。

"你会帮我吧。"林兮继续说，一边说一边往车库走。

"帮你可以，但有条件。"

"条件？你说。"

"一切行动听我指挥。你敢说一个不字，我转身就走。"听筒里传来断断续续的声音。

"你这个要求太过分了。"林兮立刻否决道，"我也是警察，我……"

李正天竟然挂断了电话！

"我去！我让你少盛点！"李正天看着洒了一桌子的鸡蛋汤喊道，"就说不花钱你也不能这么造啊！你直接把锅搬来得了。"

"那你坐这跟个大爷似的，连个手都不知道伸！"展杰反驳道。

两人手忙脚乱收拾桌子，手机又响了起来。展杰随手接通，按到免提模式。

"谁让你挂电话的！"林兮的声音冲了出来。

"汤洒了！"李正天一边擦桌子一边喊道。

"反正我要查金盏的案子！"

展杰的动作滞了一下，幸亏李正天专注于用垃圾桶接鸡蛋汤，没看到他脸色突变。

"我也说了，帮你可以，但是一切行动听指挥。"李正天慢条斯理地说道，"这个没得商量。你好好想想吧，想好了再聊，先挂了。"

挂断电话，李正天闷头吃饭。展杰看着旁边冒着热气的红柳大串，装作不经意地问道："怎么林处也参与调查你师父的案子？"

"因为……唉！"李正天叹了口气，拿起一根串递给展杰。

"又一言难尽了？"展杰往嘴里塞了一口肉。

李正天扑哧一下笑了出来，然后严肃起来，说道："金盏的案子是我和姜力这些人欠的债，和你没关系。你绝不能掺和进来。"

"那不也是我师爷吗？"展杰用尽全力挤出一个笑脸。

"那也不行！"李正天瞪起眼睛。

"林处呢？林处就能掺和吗？"展杰说道。

李正天又叹了口气，然后说道："我也不想让她掺和。"

"为啥？你怕她危险？"

"不全是。"李正天想了想说道，"我是不想她再背着赵阳的债活下去了。没错，案子是要查下去，但没必要把所有活着的人都拖下水。有我一个就够了。"

"你这话说得不对。"

"哪儿不对？"

"你不能替别人决定怎么生活。"展杰晃着红柳签子说道，"因为你不知道这些事情在他们心中的分量。"

李正天没有说话，有些惊讶地看着展杰。

"而且，我觉得她能下决心离开郭博英是件很好的事，你别又把她往回推。"展杰耸耸肩说道。

"我什么时候……"

"你就是。"展杰盯着李正天，打断了他的辩白，"你说得好听，其实就是怕人家给你添麻烦。你师父就是怕你添麻烦，什么事都自己顶着，然后出事了。你还学你师父。"

"我……"李正天本来想发怒，但是提了两口气都没提上来，只好作罢。

接下来两人都不说话了，默默埋头吃饭，很快将一桌子菜扫空。

"一会儿要不你上去得了。"展杰忽然说道，"我就别露面了。"

"是你让景樱放下屠刀、苦海回头的。"李正天说道，"所以你得去。"

"我这不是……"

"咋了？"

"我这不是也一言难尽了嘛。"展杰叹了口气，惆怅地点了支烟。

李正天看了眼时间，再过半小时就是苏哲和景樱的会面时间了。

焚冬

番外—谢幕（下）

让展杰一言难尽的是市局局长梁安治直接下达的一条命令。

由于苏哲揽下了所有罪行，现在景樱只被控故意杀人（中止）和非法持有枪支两项罪名。因为景樱主动中止犯罪①，且只持有一枪一弹，即便判刑也不会很重。

事实上，杀人的是苏哲，所有证据也都指向他。只要他咬定没有同伙，就几乎不可能和其他人产生关联。相反，即便苏哲承认景樱参与作案，如果没有证据支撑，也不会被采信。

同理，就算景樱自己承认参与作案，如果没有证据支撑，同样也无效。

苏哲声称不认识景樱，预审小组也没有什么好办法。他们已经有足够证据把苏哲定罪，所以更不想冒诱供的风险去扯一个根本没有证据支撑的同伙。只能日复一日审问各种细节，看苏哲有没有可能自己露出破绽。

谁也没想到，就在苏哲和预审警官苦苦对峙的时候，景樱竟然主动认罪了。

她只有一个要求：和苏哲见面，说服他同意自己认罪。

一边是最多三到五年的有期徒刑，一边是至少死缓，她为什么要认罪？或者换个更直白的问法：她为什么要把自己送到枪口下？作为一个老刑警，梁安治已经想不起来自己从多少年前就不再相信"良心发现"这四个字了。

"皮裤套棉裤，必定有缘故！"这是梁安治每次认为事有蹊跷的口头禅。

"就算她现在认罪，没有证据支撑，我们也很难办。"马东说道。

"除非像景樱说的，她能说服苏哲。这样她的认罪可以通过两人口供互证。"这是展杰第一次在梁安治面前发言。

于是梁安治亲自与检察院和法院领导协商，然后以"嫌疑人苏哲已经承担全部罪行，不存在会面时串供的可能"的理由特批了会面。

批复文件的空白处手写着一句话：搞清为什么认罪！

为什么要认罪？展杰思考着这个问题，看着景樱从空中廊桥的另一端朝他走来。午后的阳光洒在她身上，充满了明亮和温暖。若不是鲜艳的黄色马甲和身后表情威严的女管教，他甚至以为是在外面的世界遇见了她。

---

① 《中华人民共和国刑法》第二十四条：在犯罪过程中，自动放弃犯罪或者自动有效地防止犯罪结果发生的，是犯罪中止。对于中止犯，没有造成损害的，应当免除处罚；造成损害的，应当减轻处罚。

展杰还没想好怎么开口，景樱先笑了。还是那双漂亮的眼睛。展杰想着，她们都有漂亮的眼睛，都有温柔的目光。

办好简单的交接手续，女管教给景樱解了手铐。展杰拿出手铐，给景樱轻轻铐上，然后带着她走进身后的铁门。

门里面是一条幽长的走廊，两人并肩而行。

"我一直在想……"景樱忽然开口，但欲言又止。

"想什么?"展杰侧过头。

"报告警官，我不该乱说话。"景樱低下头。

"没事，说吧。"

展杰放慢了脚步，转过前面的拐角，就到会面室了。

景樱也放慢了脚步，缓缓说道："你和我说了你父亲的事。"

"嗯。"

"你是为了劝我。"景樱看着展杰，"劝我放下。"

"是的。我想告诉你，我能放下，你应该也能。"展杰说道，"不过我错了。有的事可能一辈子也放不下。"

景樱侧过头看向展杰，展杰也看向她。

"如果我知道你受过那样的伤害，绝不会劝你。"展杰继续说道，"后来也仔细想过，那么说话真够傻的。"

"当然，我不是说你做得对。你犯了法。"展杰补充道，"我只是觉得自己没有立场劝你放下。"

两人转过拐角。

"谢谢你。"景樱点点头。

"谢什么?"

"谢谢你告诉我叔叔没死。"景樱说道，"给你添了很大麻烦吧。"

"是我领导教我的。"展杰小声说道，"就是你说演技特浮夸的那个。"

景樱轻笑了一下，两人沉默着走完最后十几米，站定在会面室的门口。景樱转过身，看着展杰。

"白静怎么样?"

展杰立刻点了点头："特别好。住在拳馆里，每天练拳。昨天我去看她，长了这么高。"

他一边说一边比划着。

"那就好。"景樱笑了笑。

展杰终于也笑了。

苏哲坐在轮椅上，苍老很多，消瘦很多，头发也全花白了。他看到景樱的瞬间像被电击了一样，电流穿过他颤抖的身体，从双眼迸射而出。电光之后，他的双眼变成绝望的深潭。

景樱走过去，坐在他对面的折叠椅上。

看守苏哲的管教也出去了，空荡荡的房间里只留下展杰、景樱和苏哲。时空在这一刻好像冻结住了，只有挂在墙角的摄像头，指示灯一闪一闪的证实着时间还在流动。

寂静的五分钟，随着苏哲一声轻叹打破了。他的目光撇到墙角，盯着黑色的踢脚线。

明知徒劳无功，但苏哲还是问出了那句话："她是谁？我不认识她。"

到现在还想撇清景樱的罪行。

展杰很想叹口气，又担心发胀的眼睛会随时忍不住崩溃，只好抿着嘴唇，保持着冷眼旁观的表情。

"我已经决定认罪了。"景樱用一句话打碎了苏哲的心愿。

"谁让你认罪了！"苏哲咆哮起来，"这跟你有什么关系！"

接着他朝展杰大吼道："这事跟她一点关系也没有！都是我一个人干的！我跟你们说了多少次了，都是我一个人……"

景樱忽然扑上去，扑在苏哲怀里。

"爸爸！"

一声大喊。然后房间就被哭声淹没了。

先崩溃的果然还是景樱，展杰终于叹了口气。

苏哲两眼瞪着前方，双臂还保持着刚才挥舞的姿势。

"爸爸！爸爸！爸爸！"景樱哭喊着，"爸爸——"

好像要把从前没机会叫的都补回来，那个哭着想爸爸的小女孩又回来了。

真羡慕啊。眼睛越来越烫，视线也变得模糊。不管了，随便吧。

一颗滚烫的眼泪顺着脸颊流下来，被僵直的苏哲看见了。

苏哲愣了一下，他似乎被展杰的眼泪鼓舞了勇气，终于冲破僵直的躯体，轻轻搂住景樱。

"为什么要认啊！"无能为力的嘶吼。包皮匠死了，只留下那个老去的父亲。

——因为我要和你一起站在法庭上啊！

——你还想把我一个人留在这个世界吗！

——我不想孤零零一个人啊！

展杰回到观察室，几个五大三粗的男人各自闷头玩手机、抽烟。

"老李刚才接了个电话就跑了。"其中一个抬起头，用略带的鼻音说道。

展杰跑到走廊尽头，看到哈佛 H9 缓缓驶出看守所的大门。

这时他的手机响了，是李正天打来的。

"我有点事。"李正天的声音有些疲惫，"我和看守所打过招呼了，要加强戒备，防止苏哲自杀自伤。你留下盯着他，不成就把他先放到特监。你不要以为景樱认罪了就大功告成了，这才万里长征第一步。后面拉抽屉的事多着呢。"

"你去哪？"展杰看着 H9 消失在积雪映衬的柏油路尽头。

"麻烦事。明天见面再细说。"

李正天按下车载大屏的挂断键，开车驶向高速公路收费站。他的目的地是检察院，十分钟前负责性侵案的检察官罗瑁让他过去一趟，两个小时后就是警方和检方首度联合新闻发布会了，但现在却传来了个坏消息。

主任办公室门口挂着崭新的蓝底白字门牌，印着汪蕾蕾的名字，这场竞赛终究还是以罗瑁失败而落幕。李正天叹了口气，敲了三下，听到里面传来清亮热情的女性声音后，推开暗红色的榆木房门。

罗瑁和刑侦总队技术科长杨柳坐在沙发的两边，身为后辈的汪蕾蕾以恭敬的姿势俯身坐在折叠椅上。茶几上摊着一大堆文件。三人脸色都不好看。

"行。情况就是这么个情况。"罗瑁说道，"我们下去再研究吧。"

他一边说一边收拾好文件，起身准备告辞。

"也只能这样了。"汪蕾蕾也站起身，对李正天说道，"一会儿让罗检详细给您讲讲。我和杨姐抓紧时间和领导汇报，一会儿就开发布会了。"

罗瑁带李正天来到他的私人会议室——天台吸烟处。

"情况是这样。"罗瑁深吸了口烟，然后缓缓说道，"杨柳正在给受害女孩进行全面体检，发现其中一个还是处女。"

"什么意思？"李正天一时没想明白。

"她也遭到了继父的性侵害，但没有器官接触，所以……"罗瑁顿了顿说道，"所以只能按猥亵儿童罪立案……如果没有发生关系的话。"

"哎我去！"李正天终于明白，脑袋嗡的一下大了。

"猥亵儿童罪顶格判是五年。"罗瑁继续说道，"这个情况很特殊，所以把你叫过来通个气。"

"会不会出岔子了？"李正天急切地问道。

罗瑁摇了摇头："杨柳已经保证检测结果没问题了，而且和女孩的证词吻合。"

"所以就只能判五年呗？"李正天斜眼看着罗瑁。

"对。"

"啊！"李正天大吼一声。

"我也很气愤，但事实就是这样。"罗瑁无奈地说道。

焚冬

"那这算不算性侵？"李正天质问道。

"算。"

"那不就完了！"李正天说道，"判定一个人有没有罪取决于他做了什么，而不是怎么做的。猥亵和强奸对一个女孩造成的伤害有什么差别？都是会折磨她们一辈子的犯罪！而且犯罪人的动机也都是为了获得变态的性满足！怎么到了这会儿还能不一样了？"

一阵西北风呼啸而来，卷起天台上的积雪，淹没了李正天的诘问。

两人躲进顶楼，李正天问起汪蕾蕾当选主任的事情。罗瑁解释，领导的意见是他手里有这个大案子，无暇兼顾行政工作。本着培养年轻干部的原则，就一步到位把汪蕾蕾提成主任了。

"没想到还连累你了。"李正天有些不好意思。

"这条路是我自己选的。"罗瑁笑了下，"领导说让我选，要么接案子，要么接主任，我自己选的接案子。"

"话是这么说。但我还是过意不去。"

"没事！"罗瑁笑着拍了拍李正天的肩膀，然后神秘兮兮地说道，"我虽然当不了主任，但是单位推选我出任市人大代表了。还没公示，你不要泄露。"

"真的假的？"

"今年开会我准备就性侵幼女的问题放两个大炮。"罗瑁看着窗外的风雪说道，"第一个提案是附带强制经济赔偿，有经济赔偿，孩子至少可以在经济上摆脱弱势地位。而且增大犯罪成本，多少可以威慑一下潜在的犯罪分子。"

"第二个提案就是你刚才说的，判决一个人犯罪，应该在于他干了什么，而不是怎么干的。"罗瑁转头看向李正天，"同罪同罚。"

李正天离开检察院的时候碰见了来参加新闻发布会的郭博英，郭博英主动向他走过来。

"恭喜你，这次又赢了。"郭博英笑着说道。

"什么又赢了？"李正天想起林兮说过和郭博英决裂的事。

"当然是你们搞定了景樱，让她主动认罪了。"

"你觉得那是赢了吗？"李正天反问道。

"不是吗？"

李正天看向别处，但郭博英也没有要走的意思。

一阵沉默。

"我还以为你们每办完一个案子都会很快抽离情绪。"郭博英笑着摊了摊手，转身离开。

"你真觉得和你没关系吗？"李正天问道。

"什么？"郭博英停住脚步，转身看着李正天。

"你觉得这种事轮不到你身上，被侵害的都是弱势群体，但是你确定你的孩子永远不会遇到这样的事情吗？"李正天一口气说道，"这种从人性深处长出来的恶无处不在，没人能独善其身。也许绝大多数人都不会成为施暴者，但所有人都可能成为受害者。"

郭博英被李正天直白粗鲁的"诅咒"噎住了，一时没想到该如何反应。

李正天转身离开，边走边说："什么时候没有景樱了，什么时候才算赢了。"

半份烤猪肘，炸薯条、洋葱圈和酸黄瓜拼盘，一大扎黑啤酒。李正天打开餐盒，溜肉段的香气立刻飘了出来。

电视屏幕播放着新闻发布会的画面，郭博英一本正经坐在台上。

"我都连买带送赔本销售了，你还总自己带菜是几个意思啊？嫌我们厨子脾气好呗！"毛彤彤一边抱怨，一边夹了一大块溜肉段塞进嘴里。

李正天仰脖闭眼，清爽甘醇的黑啤酒涌进身体，却好像是他跳进了黑啤酒的深潭。黑啤酒冲走了烦恼，也冲走了他的五感和思维。音响里似乎传出了郭博英模模糊糊的声音：

"我相信绝大多数人都不会成为施暴者，但是所有人都可能成为受害者……"

—完—

楚冬